rororo

ro
ro
ro

Zu diesem Buch

«Wie kein anderer Dichter unserer Zeit führt Péter Nádas auf fast jeder Seite seines Werkes jenen eigentümlichen Prozeß vor, in dem Nichtartikuliertes, in die Vergessenheit abgesunkenes Wissen durch die Anstrengung der Phantasie und des Formwillens, durch die Kraft seiner kunstvollen Sprache und ihrer einzigartigen Melodie emporgehoben wird in das Reich der Bildhaftigkeit, in den sicheren Port der Literatur. Seine dichterische Arbeit ist Meditation.» (Michael Naumann)

Péter Nádas, 1942 geboren, lebt in Budapest und Gombosszeg. Seit seinem «Buch der Erinnerung» (Rowohlt · Berlin 1991) gilt er als einer der großen europäischen Erzähler. U.a. ausgezeichnet mit dem Österreichischen Staatspreis für Europäische Literatur und dem Leipziger Buchpreis für Europäische Verständigung.

# Péter Nádas
# Heimkehr

Essays

Aus dem Ungarischen von Zsuzsanna Gahse,
Hildegard Grosche, Krisztina Koenen,
Laszlo Kornitzer, Terézia Mora,
Kristin Schwamm, Wolfgang Stettin
und Christina Viragh

Rowohlt Taschenbuch Verlag

Die Übersetzung wurde gefördert vom Übersetzungsfonds der Stiftung
Ungarisches Buch, Budapest
Die hier vorgelegte deutsche Fassung der Essays entstand in enger
Zusammenarbeit mit dem Autor und weicht auf seinen Wunsch
verschiedentlich vom ungarischen Original ab.

Deutsche Erstausgabe
Veröffentlicht im Rowohlt Taschenbuch Verlag GmbH,
Reinbek bei Hamburg, Oktober 1999

Der Band enthält eine Auswahl aus dem essayistischen Werk des Autors,
das zuletzt in zwei Bänden mit den Originaltiteln *Talált cetli* (1992) und
*Esszék* (1995) beim Verlag Jelenkor, Pécs erschienen ist.

Satz Janson PostScript, PageOne
Gesamtherstellung Clausen & Bosse, Leck
Printed in Germany
ISBN 3 499 22577 8

# Inhalt

# Wort und Strich

Ich schreibe einen Satz. Oder schreibt der Satz mich? Ich ziehe einen Strich. Aber kann ich fragen, ob der Strich mich zieht?

Ich habe vier Sätze. Zwei Fragen, die auf zwei Aussagen antworten.

Wer redet in meinem Satz, und zu wem spricht mein Satz?

Wäre es nicht richtiger zu sagen, in meinem Satz sprechen die, die nicht reden? Und daß ich nicht mehr und nicht weniger sagen kann als das, was ihr Schweigen umfaßt? Wer wäre ich? Und wäre auch mein Sprechen nichts anderes als das in anderen angerührte Schweigen? Ich wäre so viel und so lange, wie ich den anderen anspreche.

Ich habe zwölf Sätze. Das Reden über den dreizehnten ist mein vierzehnter.

So häuft sich Satz auf Satz. In dem Haufen bin ich höchstens Herr der zwischen den Sätzen entstehenden Relationen, Herr dessen, was ich nicht aussprechen kann, nicht aber Herr des Satzes, auch nicht des Wortes, obwohl beide im Besitz des Menschen sind. Die zwischen den Sätzen entstehenden Relationen lassen sich höchstens mit Sätzen beschreiben; es gibt aber nicht so viele Sätze, ich habe nicht genug, um die Relationen zwischen ihnen beschreiben zu können. Damit scheinc ich zu sagen, daß das Schweigen, die Stille, das Reden übersteigt. Oder aber, auf dem Papier bleibe mehr leerer Raum, als ich Striche ziehen könnte. So viele Punkte und Striche gibt es nicht, daß sie den Raum ausfüllen könnten. Wenn es doch so wäre, sind sie nicht mehr Punkt und Strich; Raum hingegen bleibt Raum.

Seit unvordenklichen Zeiten müssen Strich und Wort nebeneinander existiert haben. Es hätte wohl niemand daran gedacht, daß zwischen ihnen eine Beziehung sein könnte. Warum denkt man es jetzt und seit wann? Könnte ich das Wort nicht nach meinem eigenen und dem Sprechen der anderen verwenden, wäre ich nicht fähig, diesen Satz zu schreiben. Und auch dann nicht, wenn nichts Verwendbares da wäre. Eigentlich schreibe ich keinen Satz, sondern verknüpfe Vereinbarungen. Vielleicht sollte man sagen, daß der Gedanke hinter meinem eigenen Wort das Gemeinsame ist. In mir verschaffe ich den anderen Geltung.

*Punctum*, sagen die Lateiner und fassen damit die sinnliche Erfahrung eines Stichs in ein Wort. In der Tat glühen und brennen uns die Zeichen auf dem Körper. Man bläst darauf, man macht kalte Umschläge, man reibt daran, aber erst wenn man sie lange betrachtet hat, wird etwas daraus, das gemäß Euklid keine Teile hat. Und auch der Strich bedeutet erst nachträglich das eindimensionale geometrische Grundgebilde, das keine Querausdehnung hat, denn wenn die Lateiner *linea* sagen, denken wir zuerst an den Leinenfaden, an die Angelschnur, daraus wurde die Meßschnur und später dann der Begriff des Strichs, der Linie.

Niemand kann ein Wort sagen oder einen Strich ziehen, hinter denen nicht die sinnliche Erfahrung erschiene, aus der das gemeinsame Wissen stammt. Und wenn er es doch täte, wer würde es verstehen?

Zuerst also die sinnliche Erfahrung, dann der Gegenstand, zuletzt der Begriff, der sich von der Bedeutung löst, die in seiner Form beschlossen ist.

Ein lebendiger Mensch besteht nicht im Wort, nicht im Strich, sondern erscheint in der Beziehung. Beglaubigte Vergangenheit, fragwürdig gewordene Gegenwart. Was zu der präverbalen Erfahrung zurückreicht, das übersteigt die Begriffe. Mit seiner eigenen Stummheit rührt es an die Stille der anderen; in diesem Gemeinsamen kommt das persönliche Schweigen zu Wort. Nackte Erfahrung dialogisiert wortlos mit dem nur individuell Erfahrbaren. Die künstlerische Begabung ist nur eine Möglichkeit, diese menschliche Fähigkeit einzulösen.

Alles andere ist trügerische Nachahmung.

*Deutsch von Christina Viragh*

# Heimkehr

Im Herbst neunzehnhundertdreiundsiebzig fuhr ich von Berlin nach Rostock und von dort nach Warnemünde. Weder da noch dort hatte ich irgend etwas zu tun. Ich kannte niemanden, und niemand kannte mich. Ich wollte das Meer sehen, und vom zehnten Stock eines ungemütlichen neuen Hotelkastens aus sah ich es schließlich auch.

Das Wasser war ruhig, fast ohne Wellengang, der Himmel düster, bewölkt, die Luft von Dunst gesättigt. Das Essen im Restaurant geschmacklos und fade. In den Nächten fror es bereits.

Es muß in den letzten Tagen des Oktober gewesen sein; Jahr für Jahr ein besonderer Monat für mich, als würde ich den Wendepunkt meiner Geburt jedes Jahr aufs neue erleben. Ich empfinde den Herbst als die frohe Jahreszeit einer schönen Nüchternheit; das Keimen, Knospen, Blühen und Sprießen, dieser ganze Frühlingsaufbruch, macht mich reizbar, beunruhigt mich auf lästige Weise; den Sommer mit seiner Überstürztheit, seinen lähmenden Hitzewellen, seinem wütenden Donnergetöse finde ich ganz und gar hysterisch, scheint die Natur doch zu tun, als wolle sie etwas hastig, mit ruckartigen Stößen zu Ende bringen; im Winter aber fällt in unseren Gegenden zuwenig Schnee, sein trostloses Grau macht müde und lustlos. Meine Jahreszeit ist der Herbst. Mit seinem strahlenden

Himmel, seinen morgendlichen Nebeln, seinem Rauchgeruch, den lang anhaltenden Regengüssen, seinen bunten Beeren, seiner Gemütlichkeit, den Weinfliegen, dem Reif in der Frühe, den Frösten. Meine dem Abschied, der Lust am Vergehen zuneigende seelische Disposition hängt vielleicht auch damit zusammen, daß ich auf Grund meiner düsteren Geschichtserfahrung auch von der Zukunft eher unheilvolle Vorahnungen habe als Kraft und Energie spendende Hoffnungsbilder; mit einem Wort, ich bin kein Mensch des Frühlings. Andererseits ist auch Aktivität nicht meine Stärke, mit Sicherheit ein Grund dafür, daß ich den Sommer nicht mag. Den Tod aber kenne und fürchte und wünsche ich mir viel zu sehr, als daß ich den endlosen Winter genießen könnte, obwohl ich seine Verschlossenheit, seine Strenge, die Geometrie seiner Eisblumen bewundere.

Ich bin als ein kontemplativer Mensch geboren; genauer, mein Geburtsmonat hat meine Art, die Welt zu betrachten, irgendwo an die Grenze von Leben und Vergehen gedrängt. Nicht hier und nicht dort; ich lebe in einem Zwischenzustand.

Fast jeden Herbst werde ich krank, geradezu fahrplanmäßig. Trotzdem fühle ich mich dann, verschnupft, mit Tee und Taschentüchern ausgerüstet, fiebernd, geistig so richtig eins mit der Welt. Es ist ein listiges Einssein, eins mit der Vergänglichkeit, dem Schwitzen, der Dunkelheit, den Fieberträumen, den noch nicht tödlichen Unannehmlichkeiten. In der reinen Herbstluft, wenn die sommerliche Hysterie des Überlebenwollens vorbei ist, ist das entfernte Läuten der Glocken deutlicher zu hören.

Manche halten mich für abweisend, andere für gefühllos,

wieder andere für allzu nüchtern, in Wirklichkeit aber bin ich wie ein mit Butter und Honig bestrichenes Brot; viel zu empfindlich, um all den Gefühlen freien Lauf zu lassen, die in mir zu Vergänglichkeit und Tod verurteilt und ständig im Begriff sind, sich vor meinen Augen in nichts aufzulösen.

So ist das mit den Gefühlen.

Was ich immer wieder vergesse, so daß mich die Krankheit in jedem Herbst unerwartet überfällt.

So ging ich zum Beispiel an jenem ersten Abend in Warnemünde hinunter in die Sauna des Hotels und schlenderte, ohne abzuwarten, daß sich mein erhitzter Körper abkühlte, hinaus ans Ufer zu den verlassenen Strandkörben. Der wollene Schal um den Hals, die leichte Bekleidung schützten mich nicht ausreichend, doch meinen Füßen tat es wohl, im Sand zu versinken. Ich mochte den Spaziergang im kalten Abendnebel nicht abbrechen, und so ließ der Erfolg nicht auf sich warten, noch in derselben Nacht bekam ich hohes Fieber.

Ich kann es nicht bedauern, denn an jenem Abend, in jener Nacht, tauchte in mir der Gedanke zu einer Arbeit auf, die mich jeden Tag und jede Nacht der kommenden mehr als zehn Jahre mit der ganzen Freude und der ganzen Qual der Verwirklichung ausfüllen und erfüllen sollte.

Zwei Tage später fuhr ich nach Heiligendamm, wo meine von Fieberträumen angeheizte Phantasie einen realen topographischen Rahmen erhielt.

In jenen Jahren hatte ich mit schweren Problemen zu kämpfen. Das heißt, daß ich mich mit den grundsätzlichsten Fragen meines Lebens auseinanderzusetzen hatte. Mit Schicksalsfragen, die immer neue Fragen produzierten, ohne daß ich auch nur auf die geringste Antwort hoffen konnte. Es war jener dunkle Wald, in dem ich vom geraden Weg abkam, um auf so manchen falschen, morastigen, verlockenden und verführerischen Pfad und Holzweg zu geraten.[1] Nicht nach der sogenannten Wahrheit suchte ich, nein. Ich suchte ganz einfach nach Sicherheit, als Gegenmittel für meine unerträglich gewordenen Ängste. Oder den Tod. Nichts beschäftigte mich stärker in jenen Jahren als der Gedanke, mein Leben auszulöschen.

Eine in Erfüllung gegangene Liebe hatte mich krank gemacht.

Diese Krankheit hatte mich im Alter von neunzehn Jahren befallen. Inzwischen währte sie bereits elf Jahre. Die Wunden eiterten, waren zu Geschwüren geworden, juckten, ich kratzte, der Schmerz bereitete Genuß, ich wollte nicht länger leben.

Ich wollte keinen Augenblick länger leben, obwohl ich mittendrin war im Leben.

Wären die Umstände meiner Geburt und Kindheit nicht gewesen, wie sie gewesen sind, oder wäre ich mit einer anderen Empfindlichkeit in dieses Leben hineingeboren worden, wäre es mir also beschert gewesen, friedlich, ohne den Anblick von Toten und Leichen, meine Jugend zu erleben, hätte mich die körperliche Liebe gewiß nicht so empfindlich getroffen.

Im natürlichen Ablauf des Lebens bleibt der Mensch sehr lange vollkommen taub für den Tod; wohl nimmt er ihn wahr, doch er wird zu keinem echten Erlebnis für ihn, er erfindet Mythen, macht sich lustig über ihn, versucht vorsichtige Annäherungen, aber erst eine ganze Weile nach der

1 Anspielung auf den Beginn von Dantes «Göttlicher Komödie», *Anm. d. Übers.*

Lust, die er seinem eigenen Körper abgewinnt, und noch jenseits der Zeit, in der er die Schönheit des anderen Körpers entdeckt, und weit über die Zeit hinaus, in der er die eigene Lust in der Liebesvereinigung mit fremder Schönheit erfahren hat, erst jenseits seiner zahlreichen Enttäuschungen und Niederlagen, in der Wüste seines Erwachsenendaseins fängt der Mensch an, sich mit dem Tod wirklich zu befassen, um dann mit der Zeit zu ihm emporzuwachsen, sofern ihm das Emporwachsen überhaupt gelingt.

Mir hatte man den Tod nicht verheimlicht, weder das Ende noch die Zerstörung, und deshalb habe ich mein Leben genau umgekehrt zu leben begonnen.

Die Liebesvereinigung mit dem Körper eines anderen Menschen erlebte ich wie andere den Verlust eines geliebten Wesens. Sie hatte mich nicht zum Leben erweckt, sondern für das Leben zerstört. Ich hätte lernen müssen, in einer neuen Sprache zu sprechen, aber der Tod war meine Muttersprache geworden. Wenn, wie angenommen, der Mensch nur seine Muttersprache mit völliger Natürlichkeit spricht, dann habe ich die Sprache der Liebe vergeblich erlernt, da doch in meinen Träumen der Tod mit mir redete.

Ich erinnere mich jenes neunzehnjährigen, seiner Konstitution nach zarten Jünglings, der erst vor wenigen Wochen den Körper einer Frau kennengelernt hat. Er ist nicht zu sättigen und hat Angst vor seiner Unersättlichkeit. Ist aber glücklich, jeden Morgen neben diesem Körper aus seinen gewohnten grauenhaften Träumen zu erwachen, obwohl er jene wollüstig hinausgezögerte Explosion der Leidenschaft, die zugleich ich und sie ist, zugleich Blendwerk und Wirklichkeit, und den Weg dorthin, der in seinen Nuancen so reich ist, daß er keine Wiederholung kennt, auch wenn das Ganze Wiederholung ist, irgendwie als zuviel, als unzulässig empfindet, und es kann auch geschehen, daß ihn manchmal Ekel überkommt, was er jedoch nicht versteht.

Ich erinnere mich, wie ich eines Morgens zum Schwimmen ging. Das kühle Wasser wusch mir die Liebe aus den Poren. Mit starken, energisch-jugendlichen Stößen teilte ich das Wasser wie jemand, der ihm alle seine Gedanken, alle seine Glieder überlassen kann. Außer meinem Geschlecht. Es schien zu einem selbständigen Wesen geworden, auch im Ruhezustand bis zum äußersten erregt, und der Gedanke überfiel mich, daß dieser Körper, den ich mit der Kraft meiner Arme und Beine von einer Wand des Bekkens zur anderen schleppte, schon beim allerersten Mal hätte sterben müssen. Er hätte sich verlieren müssen im Element des anderen Körpers, denn von nun an würde er nichts anderes mehr ertragen können. Er war schutzlos geworden. Mit seinem Wissen vom anderen Körper würde er nicht fähig sein, das Leben weiter zu ertragen. Er will sterben. Und damit schwamm er zur gegenüber liegenden Wand.

Ich sagte, daß ich ein Herbstmensch bin. Weit entfernt von Klagen, von Selbstmitleid und Schuldzuweisungen, möchte ich niemandem für mein verkehrtes Leben die Verantwortung aufbürden, weder mein Schicksal noch die Geschichte anklagen. Ich möchte, weil mein Leben auf so merkwürdige Weise verkehrt ist, einfach versuchen, die Tatsachen in Augenschein zu nehmen. Die Tatsachen aber sind leer. Erst das Nachdenken über sie spricht ihnen vermeintliche oder echte, nützliche oder fruchtlose moralische Inhalte zu.

Die größten Schwierigkeiten hatte ich in jenen Jahren

mit meinem Erzählen. Nicht, daß ich keine schönen Sätze zu schreiben verstanden hätte, denen andere Glaubwürdigkeit zusprachen, nein, ich selbst war es, der eine vollständige, perfekte, mir angemessene innere Glaubwürdigkeit in diesen Sätzen nicht finden konnte. Ich fühlte mich in meinen eigenen Sätzen, als ginge ich in fremden Kleidern. Mal in diesen, mal in jenen. In abgelegten, verwaschenen Kleidern, in Verkleidungen. Zwar war ich vom Schicksal mit gewissen mimetischen Talenten beschenkt worden, doch schien es, als würde dieses Geschenk, das doch die Voraussetzung zum Verstehen und Erleben fremden Lebens ist, ausgerechnet jene Gefühle nicht zu Wort kommen lassen, um die es mir wirklich geht. Vergeblich, wenn es mir gelang, einen Stil oder eine Stimmung zu treffen, die meinem Wesen wenigstens in etwa entsprach, vergeblich, wenn der erzählerische Motor auf diesen Erzählmodus ansprang, wenn er doch nach ein paar geschickt heruntergeleierten Sätzen über die Stolpersteine meiner Langeweile und meines Widerstands zum Versiegen kam. Ich habe in diesen Sätzen das Schreiben bloß imitiert. Jene weitausholende, blutvolle, aus tausend Einzelheiten verdichtete und trotzdem durchsichtige Struktur, wie sie jedem authentischen erzählerischen Werk eignet, konnte aus diesem Nachäffen von Sätzen nicht entstehen. Trotzdem hatte ich Erfolg, was meine Arbeit besonders gefährdete. Meine Kritiker ehrten mich öffentlich, indem sie meine Fähigkeit zu schreiben mit jener der Größten verglichen. Doch zum Glück glaubte ich meinen eigenen Qualen mehr, das heißt, es gab nichts, was mir in meiner Verstrickung mit der Literatur nachdrücklicher die Richtung wies als die Qual.

Diese Qualen steigerten sich so weit, daß ich nach ein paar einigermaßen gelungenen Erzählungen nicht nur mit meinen Sätzen unzufrieden war, sondern auch die Zeichensetzung für unglaubwürdig und falsch hielt. Falsch die Kommata und die Punktsetzung, den Gedankenstrich und das Fragezeichen.

Für noch hassenswerter die Absätze, da ich mir im unklaren darüber war, wann und warum ich neu einsetze und ob es, wenn ich es tat, auch überzeugend war.

Ich hatte das Gefühl, diese Schriftzeichen nur deshalb mal hierhin und mal dorthin zu setzen, weil es auch andere tun, aber sie hatten keinen persönlichen Bezug zu mir und konnten daher nur von allgemeiner Bedeutung sein, ohne jeden persönlichen Wert. Und je mehr ich mich diesem allgemeingültigen Sinn der Zeichen unterwürfe, um so mehr gäbe ich von meinen persönlichen Ansprüchen auf.

Sowenig wie die Liebe hatte mich die Arbeit zum Leben erweckt, sie hat mich vielmehr zum Leben verdammt. Zur Lösung meiner Probleme sah ich keine andere Möglichkeit mehr, als mich zu töten.

Ich habe mehrere Anläufe gemacht. Und weder Angst noch Schuldbewußtsein haben mich zurückgehalten, sondern ganz einfach die Überlegung, daß ich in diesem Fall die Qualen meines elenden Lebens potenziert dem Menschen aufbürden würde, den ich am meisten liebe. Und obwohl ich wußte, daß es sich im normalen Leben nicht anders verhält und die Menschen ihre Gefühle gegenseitig im Geben und Nehmen austauschen, war ich irgendwie von der mir damals übermenschlich erscheinenden moralischen Forderung fasziniert, mich nicht so zu verhalten. Ich durfte diese Qual keinem anderen hinterlassen, hatte sie zu ertragen, ohne mit der Wimper zu zucken. Bis zu meinem Tode. Denn zu sterben hoffte ich doch noch. Solange ich mich aber nicht töten und nicht sterben konnte, mußte ich arbeiten. Arbeiten aber bedeutete, in einem ohnmachtsähnlichen Zustand glatte, sichere, ruhige Sätze zu schreiben, Sätze, die weder von ihrem Inhalt noch von ihrer nüchternen Interpunktion her auch nur irgend etwas von meinen wirklichen Gefühlen vermittelten, so daß mich wieder der drängende Gedanke überkam, mich töten zu müssen.

Jahrelang, bis zu meinem dreißigsten Lebensjahr, habe ich mich mit diesen Gedanken herumgeschlagen.

In diesen langen Jahren habe ich mir Stufe um Stufe, fast unbemerkt von mir selbst, ein eigenes Interpunktionssystem ausgebaut. Zuerst ließ ich die allgemein gebräuchlichen Anführungszeichen weg, was bedeutete, daß ich auf eine vom Gewohnten abweichende Art Kommata hätte setzen müssen, und da ich eine übertriebene Verwendung von Ausrufe- und Fragezeichen nicht für richtig hielt, mich aber auch gegen einen zu häufigen Gebrauch der Kommata wehrte, weil mir vor jeder Monotonie graut, beschränkte ich mich auf einfache Hauptsätze. Heute würde ich sagen, ich kehrte zur ältesten Form der Benennung von Dingen zurück. Man hat freilich genau zu überlegen, was man benennt. Die Angst läßt Knoten und Klumpen entstehen, im Hals und im Magen. Ich hatte das Bedürfnis, die einfachsten Dinge bei ihrem Namen zu nennen. Zum Beispiel zu wagen, den Tisch Tisch zu nennen, einen Tisch, den auch andere für einen Tisch halten, obwohl ich weiß, daß das Wort Tisch nur ein begriffliches Hilfsmittel ist, das auf die morphologische Identität der in der Welt vorkommenden tischähnlichen Dinge verweist und überhaupt nicht imstande ist, die Besonderheiten meines Tisches auszudrücken. Und in diesem Fall sind auch die Eigenschaftswörter unfähig, das Problem zu lösen, befinden sie sich doch in der gleichen Situation. Solche töricht erscheinenden Fragen werden zu Lebensfragen in Zeiten, in denen die Universalität einer Kultur nur noch durch die Universalität ihrer Unsicherheit und Orientierungslosigkeit gesichert wird. Hätte ich all das in Frage- oder Ausrufeform gesetzt, wäre die Entscheidung naturgemäß den anderen überlassen geblieben. Ich aber habe Knoten und Klumpen in Aussageform ausgespuckt. Meine aneinandergereihten Aussagen aber gaben dem Text seine Form, er erhielt sie nicht mehr wie bei einem guten Schüler von der automatischen Anwendung der Interpunktion, sondern von der Art und Weise ihrer Anordnung und von ihrem Rhythmus. Ich hatte begriffen, daß die Sätze auf diese Weise ihren Rhythmus, das Ganze des Textes aber seinen eigenen Atem hat. Was vom Standpunkt des Lesers bedeutet, daß er nicht nur mit dem Auge, sondern auch mittels seines Atemrhythmus und also auch mittels seines Blutdrucks liest. Die Interpunktion steht zur Physiologie in direkter Beziehung.

Der dem Satz innewohnende Rhythmus und die aus dem Verhältnis der Sätze zueinander sich ergebende Textmelodie erwiesen sich als ein durchaus gestaltungsfähiges, auf vielerlei Arten zu gebrauchendes Mittel. Es gehörte einerseits auf die tiefste und innerlichste Weise zu mir als einer lebendigen, atmenden, über einen ganz bestimmten Lebensrhythmus verfügenden Person, andererseits genau so eng zu der Textstelle, wo ich es gerade anwendete. Den inneren Erfordernissen des Textes entsprechend konnte man damit beschleunigen oder verlangsamen, auflösen oder verknoten, süßliche Melodien erzeugen oder Klopfgeräusche, atmen oder ersticken lassen, und das alles war ich, ohne daß der Text in meinen kontrollierenden Augen etwas von seiner Sachlichkeit verloren hätte oder langweiliger, selbst redundant geworden wäre. Ich entdeckte für mich eine der handgreiflichsten Eigenschaften der Sprache. Die entdeckte Musik riß mich zu schauerlich wilden und keineswegs authentischen Bildungen hin. Ich erkannte jene in zwei Richtungen verlaufende, wechselseitige Beziehung, die Lautgestalt und Bedeutung eines Wortes miteinander verbindet. Ich schrieb dem Wort atomares Leben zu, bei dem Lautgestalt und Bedeutung die Funktionen von Elektronen und Protonen zukommen. Damit war die merkwürdige Situation eingetreten, daß ich jetzt nicht mehr allein über die Wörter nachdachte, sondern die Wörter anfingen, an meiner Stelle zu denken, das heißt, sie hatten an meinem Denken teil. Diese Erscheinung ist auch bei sogenannten Plaudertaschen zu beobachten. Da ihre Hemmungen, der Überwachungsapparat ihres Denkvorgangs nur sehr träge funktionieren, sagen sie nicht das, was sie zu sagen vorhaben, wenn sie überhaupt etwas zu sagen vorhaben, sondern lassen sich von einem ihrem physiologischen System und ihrer psychischen Verfassung entsprechenden sprachlichen Schema überwältigen, so daß sie, vom eigenen Redeschwall und seinem akustischen Getöse hingerissen, überraschende Verbindungen herstellen zwischen scheinbar weit auseinanderliegenden Ereignissen ihres Lebens. Ich mußte nun also nicht mehr nur darauf achten, ob eine Aussage die angemessene authentische Bedeutung, sondern auch darauf, ob die von der Textmusik beeinflußte Aussage sich selbst gut gedacht hatte.

Meine Texte wurden sachlicher, ich ordnete sie äußerst ästhetisch, doch so aufmerksam ich bemüht sein mochte, diese Ordnung entstammte der Organisation der Textmusik. Der Hinweis meiner Freunde, daß ich musiziere, statt zu reden, traf mich nicht unvorbereitet. Auf einem anderen, vielleicht niveauvolleren Weg war ich wieder dort angekommen, von wo ich ausgegangen war. Es stand schlimm um meinen Erzählstil.

Als hätte ich auf der Suche nach meinen Methoden vergessen, worüber ich eigentlich reden wollte. Aber auch das stimmte nicht, weil ich mit der entdeckten Sprachmelodie dem Gegenstand meines Interesses eigentlich recht nahe gekommen war. Dennoch schien es, als habe sich bloß meine Stimme ein wenig hinaufgeschraubt, wenn auch auf einer eigenartigen Tonleiter. Zweifellos, ich war auf eine Art Formprinzip gestoßen, aber noch fehlte es an Erfahrung und Einsicht, daß in der wahren, also vollkommenen Form auch das Formlose, das Rohe, das Deformierte, das nicht zu verschönernde Häßliche, das Plumpe und das magisch Beliebige sich ihren angemessenen Platz verschaffen müßten. Die Gegenstände meines Interesses und meiner Neigung empfand ich als formlos, nicht zu verschönern, häßlich und magisch beliebig. Doch deshalb beschäftigte ich mich ja mit Fragen des Stils. Es war, als habe der Teufel die Hand im Spiel. Zwar hatte mein Stil auf dem Reck der Qualen gewisse Muskeln ausgebildet, doch diese Muskeln waren unbrauchbar für die Bewegungen, die ich gern ausgeführt hätte. Die mit meinem Erzählstil verbundenen Probleme wurden in diesem Abschnitt meines Lebens zu Fragen meiner Thematik.

Ich mußte also nach einem ziemlich empfindlichen thematischen Punkt suchen, von dem aus ich mich mit dem gefundenen und als noch unzureichend, als viel zu formbewußt empfundenen Stil zur Darstellung meiner eigenen Formlosigkeit hinabstoßen konnte.

Mich reizte nichts anderes mehr als meine eigene totale Formlosigkeit, richtiger: meine Form gewordene Unformbarkeit, mein Dazwischensein, mein sich aus dem Sterbenwollen nährende rohe Genußsucht, meine mit spielerischer Leichtigkeit reizbare Sinnlichkeit, die mich in die vulgärsten Abenteuer trieb, meine Brutalität, gepaart mit zartester Aufmerksamkeit, Zärtlichkeit und einer unbefriedigten und nicht zu befriedigenden Empfindsamkeit.

Bis dahin hätte man mich für einen gemäßigt oppositionellen Schriftsteller halten können, der mit seinen ersten literarischen Arbeiten, den stillschweigend und übereinstimmend akzeptierten Spielregeln folgend, auf durchschnittlich primitive Weise in den Porzellanladen politischer Manipulationen einbricht und damit seinem kleinen, sich mit Alltagsdingen abplagenden Publikum eine gewisse Freude bereitet. Mein Interesse wandte sich zunächst der Stilisierung und in deren Gefolge der Erotik zu. Ich war auf einem Gebiet angekommen, wo der Politiker endgültig seinen Kompetenzbereich einbüßt. Falls er nicht ein Tyrann ist. Auf diese, auch als Wende zu betrachtende Richtungsänderung war ich keineswegs unvorbereitet, so daß ich ihre politische Bedeutung durchaus erfaßte.

Ein Politiker, der den Zwängen seines Berufs Folge leistet, verwandelt sich in einen Menschen, der selbst zu seinem eigenen Tod eine koordinierte, instrumentalisierte, stilisierte und nicht thematisierte Beziehung hat, denn er muß ja auch mit dem eigenen Tod wie mit einem einzigartigen, die Politik beeinflussenden Faktor rechnen. Im Gegensatz zu mir, der ich mich, seit ich denken kann, in einer dem Tod untergeordneten Rolle befinde und auch über die Erotik vom endgültigen Standpunkt des Todes aus nachdenke. Deshalb kann der Tod für mich keinen einzigen Augenblick ein Mittel sein, noch nicht einmal dann, wenn ich etwa den Tod meiner Geliebten wünschen sollte. Wenn ich mich also nur mit meinem Tod beschäftigte, und praktisch beschäftigte ich mich mit nichts anderem, würde es mir gelingen, den kreatürlichsten Teil des Lebens unbefugten und damit äußerst unverantwortlichen Händen zu entreißen.

Ich hatte weder die Gelegenheit noch die Absicht, mich von der Geschichte oder von der Politik abzutrennen, im Gegenteil, ich hatte den Wunsch, mich noch tiefer auf sie einzulassen. Auf eine irgendwie obszöne Weise, indem ich in meine allergewöhnlichsten sterblichen Schichten hinabtauchte. Und wie jeder Neubekehrte wollte ich sofort erzradikal sein. Aber nicht Köpfe, Menschenopfer, Blut, Gehirnwäsche wollte ich, nur zersprungene Lippen, den köstlichen Geruch der Geschlechtsorgane, Sperma, die schlüpfrige Scheide, die Kopulation mit jedem, gleich welchen Standes oder Ranges, den Schweißgeruch der Liebe und ihren langgezogenen Klagelaut. All das, was jedes Lebewesen als Urchaos, als Faszination der Vernichtung in sich selbst entdeckt. In der Kultur jedenfalls, in der wir leben.

Es gab also ein Formverlangen, das aus der Formlosigkeit Kraft schöpfte, es gab ein nicht gerade am rechten Ort gestärktes Stilgefühl, das sich imstande fühlte, den Atem der verschiedenen menschlichen Befindlichkeiten einzufangen, eine verhältnismäßig gute mimetische Begabung, die Fähigkeit der Einfühlung, eine gewisse, von mir damals als Neuland erfahrene psychologische Objektivität und eine bestimmte Fähigkeit zur Abstraktion, allerdings zuwenig davon, um von der eigenen Theorie weg- und zur wirklichen Philosophie hinzukommen.

So ungefähr stand es um mich, als ich, erhitzt von der Sauna, am Strand von Warnemünde meinen Spaziergang machte und mich in der Nacht das Fieber überkam.

Meine Phantasie äußert sich seit meiner frühesten Kindheit in zwei bestimmten Formen. Entweder ich grüble über den Tod, seine voraussichtliche Nähe, über Art und Weise, mögliche Gefühle, ein wenig so, als würde ich das Ganze schon nach meinem eigenen Begräbnis von später her betrachten, oder ich erfinde, um die durch diese Gedanken hervorgerufene Erregung zu beschwichtigen, Geschichten, seien sie nun komischer oder tragischer Natur, vollständige Handlungsabläufe, Märchen, historische Szenen, deren Auflösung auch nur wieder mit dem Tod endet.

Die Geschichten beruhigen mich aber, weil es in diesem Fall nicht um meinem Tod, das heißt um meinen persönlichen, beziehungsweise den infolge seiner Unerlebbarkeit abstraktesten Tod, sondern immer nur um irgendeinen Tod geht. Von einer Sache, die mit Leichtigkeit, nämlich mit dem menschlichen Verstand objektiviert werden kann.

Auf jenem Spaziergang stellte ich mir vor, der pensionierte Thomas Mann ginge hier spazieren. Mein Gehirn kopierte Warnemünde auf das mir aus seinen Romanen, Briefen und Erinnerungen bekannte Travemünde. Thomas hätte also eine berufsgenossenschaftliche Zuweisung für ein Ferienheim in Warnemünde erhalten. Und zwar ausgerechnet für das Haus, in dem er einst einen Knaben liebte. Der aus Eifersucht von einem anderen Knaben ermordet wurde. Jetzt erinnert er sich daran. *Thomas Mann frühstückt in Warnemünde*. Diesen kulinarischen Titel hätte ich meiner Erzählung gegeben. Ich phantasierte, doch daß die Phantasie nie die von der Realität bewilligten Grenzen überschreiten kann, davon überzeugte ich mich auch in diesem Fall erst, als ich einige Jahre später anfing, nicht ohne spöttische Nachsicht, die unerträglich weitschweifigen Tagebücher des von mir verehrten Meisters zu lesen, und dort aus einer Notiz des Herausgebers Peter de Mendelssohn erfuhr, daß Thomas Mann in seinen Münchner Jahren tatsächlich in einer Liebesbeziehung mit einem Maler namens Paul Ehrenberg zusammenlebte und daß er über diese tragisch beendete Liebe auch einen halben Roman geschrieben hat, den er nach der Eheschließung mit Katja Pringsheim vernichtete.

Es verlangte mich damals danach, etwas zu schreiben, was andere aus diesem oder jenem Grund nicht hatten schreiben können oder auch überhaupt nicht hatten schreiben wollen. Etwas, das ich an ihrer Stelle zu schreiben hätte.

Ich dachte darüber nach, daß die Literatur des Jahrhunderts voll von solchen Defiziten sei. Selbst in den Werken der Großen lassen sich überall Stellen von Verstümmelungen feststellen. Mir schien, daß es sich dabei nicht um zufällige, naive, etwa aus Gedankenlosigkeit stammende Manipulationen handelte, sondern um strikte Gebote unserer Kultur. Wer also in dieser Kultur zu lesen versteht, der erkennt nicht nur die Verstümmelungen, sondern wird auch sehen, welche Gliedmaßen der Verstümmelung zum Opfer fallen mußten.

Meinem tiefschürfenden Verständnis, meinen hochfliegenden Plänen stand einzig und allein eine thematische Schwierigkeit entgegen. Denn bei diesem schön ausgetüftelten stilistischen Spiel wäre ich selbst noch immer draußen geblieben. Ebendemselben kulturellen Gebot gehorchend, auf Grund dessen Thomas Mann und so viele andere Große entstellen mußten oder doch zumindest nicht frei waren, sich in direkter Form zu äußern. Aber was wäre, stellte ich mir weiter vor, wenn ich neben dieses Spiel, das bis zum Plagiat, zur Idiotie, zur Parodie der Parodie gesteigerte Spiel, fein und unschuldig das setzen würde, woraus mein schlüpfriges Spiel sich herleitete: Was wäre, wenn ich auf die brutalste, die allerplumpeste Weise neben das stilistisch Ambitiöse die simplen Zeugnisse meines eigenen Lebens auskotzte? Schön wäre das, begeisterte ich mich bereits im Fieber, weil ich so blutigen Ernst als Spiel präsentieren könnte. Das Formvolle und das Formlose, das Direkte und das Indirekte würden einander in die Augen sehen, wodurch ich eine Struktur gewönne, die einerseits der Struktur des klassischen Romans äußerst ähnlich wäre, sich andererseits aber von ihr unterschiede, da die Kapitel verschiedenen formalen Ranges nicht bloß eine eigenständige Bedeutung, sondern gleichsam Brückenfunktion hätten für das so Gegensätzliche und Verschiedenartige in mir. So entstünde eine beruhigend überschaubare Struktur, in der ich die verschiedensten Elemente und Motive gegensätzlichen Inhalts ohne den geringsten Anschein, mir zu widersprechen, miteinander verflechten könnte. Was ich nicht auf die eine Weise sagen könnte, könnte ich auf die andere sagen, mal meinen stilistischen, mal meinen thematischen Neigungen Genüge tun, sozusagen nach Lust und Laune, genauer gesagt, ich könnte jenen Gesetzmäßigkeiten folgen, die den Menschen mal redselig und mal schweigsam, mal schamhaft und mal schamlos machen. Ich wäre also an keine bestimmte Tonlage oder Manier gebunden, wäre nicht gezwungen, einen Roman auf einer einzigen Skala zu Ende zu erzählen, ich könnte es so oder anders tun, könnte aus der einen wie aus der anderen Disziplin herausschlüpfen, könnte mich frei und erhobenen Hauptes mit fremden Federn schmücken, weil diese forcierte Formlosigkeit nicht nur für die Teile, sondern für das Ganze Geltung hätte.

Heimgekehrt, ernüchtert, von meiner Krankheit kuriert, fing ich zu arbeiten an.

Versuchte, den stilisierenden Ton zu finden. Versuchte es einmal, zweimal, ein drittes Mal. Es gelang mir nicht.

Vergeblich suchte ich Halt an den Stilisierungen der beiden großen Verstümmler, hatte ich doch Verdacht gegen sie geschöpft. Ihre Indirektheit erschien mir als Verstümmelung. Die Wirklichkeit ihres Lebens und ihrer Ästhetik miteinander vergleichend, verdächtigte ich sie der Lüge, das heißt, ich beurteilte die Form nach ethischen Gesichtspunkten. Proust sowohl als auch Mann schrieben aus Prinzip einen viel zu parodistischen Stil, als daß ich sie zum Gegenstand meiner eigenen Parodie hätte machen können. Später traf ich zwar auf jene Groschen- und Liebesromane der Jahrhundertwende, aus welchen sich ihre Parodien nährten, und auch ich nahm einen tüchtigen Schluck aus dieser trüb sprudelnden Quelle, aber damals lag mir die doch so offenkundige Erklärung noch fern, daß das Subtilste aus dem Trivialsten schöpft, so wie mir die Einsicht fernlag, daß die direkte Sprache ja auch nicht weniger vom Gegenstand verdeckt als die indirekte; in jugendlichem Übermut vertraute ich mich der direkten Rede an und verachtete die indirekte. Es machte mich rasend, daß ich mich wieder mit Stilfragen beschäftigte. Ich wollte weder lesen, noch wollte ich auf Quellensuche gehen, ich wollte schreiben. Mit einem Wort, das Verlangen war unabweisbar, all das, was mir nicht gelungen war, über die wenigen Minuten eines einzigen Abends meines Thomas genannten Helden niederzuschreiben, über mich selbst zu schreiben, und zwar ohne jede Transponierung und ohne jede Distanzierung. Nicht so, wie ich diese Zeilen hier schreibe. Damals wollte ich es so schreiben, wie es gewesen war.

Wie aber war das, was gewesen war?

Ich setzte beim Morgen des Selbstmordes meines Vaters zu diesem neuen Anlauf an. Ich beschrieb, wie der Junge, der ich damals war, im Morgengrauen hochschreckt, draußen beginnt es schon hell zu werden, er schaut auf die Uhr, es ist halb fünf, doch er kann nicht wieder einschlafen. Halb fünf ist es gewesen. Seine Ängste beruhigt er mit dem einzigen Mittel, das es dafür gibt: der seinem eigenen Körper entlockten Lust. Daran ist nichts Besonderes, so hat er es schon immer gemacht, und so wird er es auch später machen. Obwohl sein Vater, der ihn einmal dabei ertappte, nachdrücklich darauf hinwies, daß das nicht erlaubt sei. Der nasse Fleck auf dem Pyjama wird eine Spur hinterlassen, das Übertreten des väterlichen Gebots ist deshalb nicht ganz ungefährlich, aber es gelingt ihm, wieder einzuschlafen. Es ist Sonntag, der fünfzehnte April, er braucht nicht zur Schule zu gehen. Später, gegen halb neun, wird er vom Läuten geweckt. Er öffnet die Tür. Leichenblaß stehen seine Tante und sein Onkel vor ihm und teilen ihm den Tod des Vaters mit, der morgens um halb fünf eingetreten sei.

In diesem ungefähr zwanzig Seiten umfassenden Schreibmaschinentext habe ich meiner Phantasie keinen einzigen noch so winzigen Raum gelassen. Ich habe darin weder einen bestimmten Menschen noch eine mögliche Person dargestellt, sondern ausschließlich mein damaliges Ich. Ich habe meiner Erzählfreude nicht die Zügel schießen lassen, sondern mich ausschließlich auf die streng sachliche Niederschrift der von mir einsehbaren Situation beschränkt.

Das Ergebnis schien mir in keiner Hinsicht uninteressant zu sein. Schon während des Schreibens fühlte ich, mit welchem Ungestüm ich mich der Grenze des Wahnsinns näherte. Wie ein Morphinist, dem man die Droge entzogen hat; ich selbst hatte mir meine einzige Droge, das Erzählen, entzogen. Das bloße Wiederlesen genügte, und das Gefühl war wieder da.

Damals lebte ich in völliger Isolation, ich arbeitete vier bis fünf Stunden, doch auch in der restlichen Hälfte des Tages hatte ich mit niemandem Kontakt. In den anderthalb einsamen Wochen, während ich diese zwanzig Seiten schrieb, senkte sich eine schalldichte, jeden von außen kommenden Laut abfangende Hülle über mich. Das hätte ich geradezu als großartig empfinden müssen, doch mich irgendeinem letzten Gleichgewichtsempfinden, einem tiefinneren und den professionellen Regeln meines Berufs eigentlich widersprechenden Abwehr überlassend, spürte ich, wenn ich so weitermachte, würde ich einem höchst gefährlichen Irrtum in mir den Weg bereiten. Mitten im Satz hörte ich auf. Der Text reichte bis zum Ende der Seite, aber ich fing keine neue Seite mehr an. Eine Woche verbrachte ich in völliger Hilflosigkeit.

Es wäre gewiß richtig gewesen, mich nach irgendeiner anderen Beschäftigung umzusehen, aber die Hülle, die mich umgab, ließ es nicht zu. Denn selbst beim wiederholten Lesen konnte ich den Text nicht uninteressant finden. Er war höchstens geschmacklos, aber einen Grund dafür hätte ich damals nicht nennen können. Und ich konnte mir nicht erklären, warum ich auf so tragische Weise mit meinem Vorhaben scheiterte, wenn ich schon einmal so nahe daran war. Ich wußte nur, daß ich mit diesem Text nicht unter einem Dach leben konnte. Ich verbrannte ihn.

Heute, ohne daß ich mich dieses verbrannten Textes

Wort für Wort erinnern könnte, sehe ich den Grund für seine verstörende oder zumindest nicht uninteressante Geschmacklosigkeit darin, daß er mit seinem geradezu manischen Beharren auf Authentizität und Wahrhaftigkeit eine direkte Verbindung zwischen der Selbsttötung eines Mannes und der Selbstbefriedigung eines Knaben herstellte. Wie der schon erwähnte Schwätzer hatte ich etwas ausgesagt, ohne zu wissen, was ich sagte.

Das zeitliche Zusammentreffen der beiden parallelen Handlungsabläufe ist unbezweifelbar; man könnte sagen, eine historische Tatsache. Zu dem Zeitpunkt, als der Vater sich eine Kugel ins Herz jagt, schreckt der Junge hoch. Als der Vater zu Boden sinkt, berührt der Knabe seinen Körper an der sensibelsten Stelle. Das sind mythische Tatsachen, und sie bedürfen keinerlei moralischen Kommentars. Meinen Text aber diktierte das nachträgliche Schuldbewußtsein darüber, daß ich in jenem Moment nicht nur die mythische Bedeutung des Augenblicks nicht erkannt hatte, sondern sogar etwas tat, was mir vom Standpunkt meines Vaters (der in jenem Augenblick schon tot war) keinesfalls zu tun erlaubt gewesen wäre. Mit dem Übertreten seines mythischen Verbots hatte ich also unbewußt den Toten entehrt. Folglich rührte die tragische Geschmacklosigkeit meines Textes nicht daher, daß ich meine Selbstbefriedigung detailgetreu beschrieben hatte, sondern daher, daß ich den mythischen Zusammenhang zweier einander fernstehender Tatsachen nach moralischen Gesichtspunkten zu begreifen versucht hatte.

Das Experiment würde ich trotzdem nicht als vergeblich bezeichnen. Es machte nämlich ein für allemal klar, wie wichtig für mich auch die moralisch zu beurteilenden Momente eines Handlungsablaufs sind, mit einem Wort, wie maßlos gefühlvoll ich bin. Andererseits machte es auch klar, daß die mythischen Verflechtungen des Lebens nicht nach moralischen Gesichtspunkten zu beurteilen sind. Nähern wir uns den mythischen Verflechtungen des Seins unter moralischen Gesichtspunkten, wird sich jedes noch so echte Gefühl als falsch erweisen und zu nutzloser Sentimentalität verkommen, und dann reden wir nicht mehr vom Sein, sondern von seiner beliebig gemachten moralischen Projektion. Des weiteren machte es klar, daß die Wirklichkeit eines auf dem Papier zustande gekommenen Textes nicht mit der Wirklichkeit des in unseren Erinnerungen heraufholbaren Lebens zu verwechseln ist, denn so wie die Erinnerung ihre eigene Nuancierung hat, muß auch dem Text eine eigene Nuancierung zugebilligt werden. Diese Nuancierung des Textes kann nur die Vorstellungskraft bewirken; die Vorstellungskraft ist in unserem Dasein das einzige, was die Kluft zwischen der Einzigartigkeit persönlichen Erlebens und der Allgemeinheit des in jedem einzelnen persönlichen Erleben enthaltenen gemeinsamen Erlebens überbrücken kann. In unserer Kultur stellt die Phantasie das Gleichgewicht an den Grenzpunkten von Mythos und Ethos her, und so erwies sich schließlich auch, daß derjenige, der im Namen oder im Interesse der Wahrheit die Phantasie preisgibt, sich dem Wahnsinn oder der Unmoral überantwortet. Mir blieb nur ein Weg: das Persönliche mit einer bis zum Paradoxen gesteigerten Ichbezogenheit zu überwinden.

Wie wir von anderen wissen, verbrennen Manuskripte nicht. Auch mein Manuskript ist nicht verbrannt, so oder so blieb es ja in mir erhalten; vielmehr habe ich mit dem barbarischen Opferakt des Verbrennens mein infantiles Wahrheitsverlangen verbrannt, aus dessen Falschheit Falschheiten hervorgehen. Es war zugleich die erste der Zerstörung entgegengesetzte Geste meines erwachsenen Daseins. Ich hatte das, was ich getan hatte, entgegen meiner eigenen Todessehnsucht, entgegen meinem äußersten Negativismus getan. Zum erstenmal hatte ich meinen Dämonen ins Gesicht gesagt, daß ich weder wahnsinnig werden noch mich umbringen wollte, damit aber gelangte ich seltsamerweise nicht weiter weg vom Tod, sondern näher an ihn heran.

Ich war dahintergekommen, daß wir zum Erreichen oder Begreifen welcher Wahrheit auch immer eines Mittlers bedürfen. Das unverhohlene Ich wird sorgfältig von den Dämonen verdeckt, und sie ziehen ihre Hand erst ein wenig ab, wenn ich mich in meiner Todesangst der Phantasie anvertraue. Merken wir uns gut und begreifen wir: nicht meinem Willen, denn der Wille verkrampft und treibt in den Wahnsinn!, und auch nicht meinem auf Erfahrung beruhenden nüchternen Kalkül, weil das Kalkül locker macht und in die Morallosigkeit hineinreißt! Wenn weder so noch so, wenn es uns gelingt, diese Skylla und Charybdis unserer Kultur zu umgehen, dann vermitteln die Dämonen bereitwillig und vermittelt meine Phantasie, lassen mich sehen, was ich nicht zu sehen vermochte.

Bis dahin hatte ich, auf Grund irgendeiner instinktiven Entscheidung, jeden Text in der ersten Person Singular geschrieben. Von nun an begann ich, diese erste Person Singular zu hassen, und dieser Haß half mir, ganz bewußt so von mir selbst zu erzählen, als wäre ich nicht allein ich, sondern soweit ich wie das in mir existierende Gemeinsame.

Das alles war freilich auch nicht annähernd so theoretisch.

Es hatte sich ganz einfach in mir ein Wort artikuliert oder, besser, war abgerufen worden: Erinnerung. Ich würde Erinnerungen schreiben. Zeitlich etwas verschobene, parallele Erinnerungen mehrerer Personen. Ein wenig so wie die Lebensbeschreibungen bei Plutarch. Und all diese verschiedenen Personen könnten ich sein, ohne daß ich es wäre. So hatte ich eine völlig gebräuchliche, allgemein akzeptierte Form gefunden, in die ich glaubte hineinzupassen.

Meine Phantasie kam in Schwung. Figuren, Gesichter, Körper, Gebärden, Kleider überschwemmten mich mit Worten und Gerüchen. Ich hatte das Gefühl, vor Glück zu fliegen oder in diesem Reichtum zu ertrinken. Ich hätte so etwas wie einen wundersamen, stummen Protokollführer gebraucht, der hören konnte, was ich dachte, und sehen, was ich sah, um all das zu Papier zu bringen. Ich war unendlich reich und schwelgte in meinen irdischen Gütern. Ich lag auf dem Bett und versuchte gar nicht mehr, mich vor das saubere Papier zu setzen. Ich fühlte, daß mein Spiel einer geheimnisvollen, schönen Regel folgte. Abwarten, meine Phantasie sich austoben lassen, ist dieser Reichtum einmal da, kann ich auch ruhig abwarten, bis das Wurmstichige abfällt. Noch nicht einmal Notizen machte ich. Das geschriebene Wort legt fest, ich aber wollte mich nicht festlegen. Und tatsächlich, nach einer gewissen Zeit fing meine Phantasie an zu selektieren, zu ordnen, umzugruppieren und schuf der ständigen Neuordnung entsprechend immer neue Einzelheiten und Verbindungen.

Zwei Jahre vergingen so seit dem Spaziergang in Warnemünde. Die meiste Zeit davon verbrachte ich auf dem Bett. Ein oberflächlicher Beobachter hätte aus alldem gefolgert, ich müsse schwer depressiv sein. Zum erstenmal in meinem

Leben, und ich hoffe auch zum letztenmal, nahm ich Medikamente. Schlafmittel zum Schlafen, Beruhigungsmittel zum Wachsein. Im Grunde war ich krank. Noch niemals hatte ich so ausdauernd die Wand angestarrt.

Meine Phantasie tat letzten Endes nichts anderes, als eifrig, mit Hilfe einer bisher verdrängten oder ihres Gegenstandes ermangelnden Energie die grundlegenden Erlebnisse meiner dreiunddreißig Jahre aufzuarbeiten. Hätte ich mit dem gleichen Eifer über mich selbst nachgedacht, dann hätte ich mit Sicherheit weiße Haare bekommen. Meine Phantasie dachte an meiner Statt. Und mein Körper, der wirkliche, der nicht austauschbare, konnte nichts anderes tun, als sich in den Zustand eines Halbschlafes zurückzuziehen, er döste, trat ab, ließ sich fallen. Hatte weder Appetit noch andere Begierden.

Auf die Hilfe der Medikamente verzichtete ich sehr bald, etwa nach drei Wochen oder einem Monat. Allmählich hatten sie mich angegriffen, geistig geschwächt. Die Phantasie hat wahrscheinlich ein Bedürfnis nach Schmerzen natürlichen Ausmaßes, um funktionieren zu können.

Damals wohnten wir im achten Stock eines Hauses einer Wohnsiedlung, und uns gegenüber wurde mit dem Bau eines ähnlichen Betonmonsters begonnen. Tag und Nacht Bohrer, Mischmaschinen, Kipplader und Baukräne. So stelle ich mir den Höllenlärm vor, doch ich glaube nicht, daß der Dichter der «Göttlichen Komödie» sich ihn so vorgestellt hat. Wenn es mir nicht gelang, mich mit den verschiedensten Täuschungsmanövern und Praktiken von der Redaktion zu befreien, in der ich in jenen Jahren arbeitete, und wenn es mir nicht gelang, nach Kisoroszi zu flüchten, wenn ich also vom Gesichtspunkt meines geplanten Romans zur Tatenlosigkeit verurteilt war, mußte ich mich zu jener Zeit mit meinen Phantasien in diese im übrigen hübsch eingerichtete Wohnhölle im achten Stock zurückziehen.

Ich bin äußerst lärmempfindlich, mein ganzes Erwachsenendasein ist vom Kampf gegen den Lärm, von meiner Flucht vor dem Lärm und meinem vom Lärm erzeugten seelischen Leiden ausgefüllt.

Merkwürdigerweise kam ich in diesem höllischen Baulärm zu dem Beschluß, daß ich nicht länger auf eine Besserung der Umstände warten, also die Sache weiter hinausschieben konnte. Meine Phantasie war inzwischen müde geworden, und meine Ohnmacht zwang mich, meine eigenen Produkte immer von neuem durchzukauen. Es war zu befürchten, daß die Sache mich allmählich langweilen würde. Eines Nachmittags, als ich mit Ohrstöpseln in den Ohren und einem samtüberzogenen weichen Kissen auf dem Kopf versuchte, die gewohnte Séance meiner Phantasie in Gang zu setzen – ging es nicht weiter. Ich stand auf, setzte mich an den Tisch und fing an zu arbeiten.

Freilich ist dieses «fing an zu arbeiten» nicht ganz der richtige Ausdruck. Richtiger wäre es festzustellen, daß jemand zum erstenmal in seinem Leben anfing, in natürlichem Tonfall zu sprechen. Dieser Jemand war ich, und schließlich und endlich gelang es mir, Sätze niederzuschreiben, die sich zwischen rücksichtslosester Selbstdarstellung und subtilster Phantasie bewegten, ohne daß sie in geschmacklose Selbstentblößung oder in bloße Phantastereien abrutschten. Darauf bin ich unerhört stolz. Das Bemühen um Selbstenthüllung nämlich belastet den Satz mit übertriebener Sachlichkeit und befrachtet ihn mit Inhalten, die für andere zwar zu begreifen, aber nicht ganz zu enträtseln sind. Tatsächlich beinhalten sie mehr, als sie preisgeben. Umgekehrt werden die aus der puren Phantasie geborenen Sätze unfaßlich wegen ihrer Gegenstandslosigkeit, sie besagen mehr, als sie beinhalten. Und während die ersteren der Wirklichkeit zu nahe sind, sind die letzteren zu weit von ihr entfernt.

Auch meine Phantasie selbst ist eine Erscheinung des Lebens, folglich kann sie nicht Fakten produzieren, die nicht der Wahrheit entsprächen. Doch literarisch glaubwürdig sind nur jene Produkte der Phantasie, deren Stelle und Wert in meinen wirklichen Lebenserfahrungen ich kenne, fühle, wiederfinde. Wenn meine Phantasie und meine Träume etwas produzieren, dessen Stelle und Wert in meinem nüchtern beurteilten Leben ich nicht kenne, dann darf ich mir fürs erste nicht gestatten, diese Szenen, Sätze, Bilder oder Gefühle niederzuschreiben, so vollmundig und ästhetisch sie mir auch erscheinen mögen. Ich muß sie an die Tafel der ominösen, später zu lösenden Aufgaben schreiben, weil dieses Phänomen nicht mehr und nicht weniger bedeutet, als daß ich in diesem Fall nicht mehr Herr über die Situation, sondern ihr ausgeliefert bin. Und genauso ausgeliefert wäre ihr mein Satz. Doch es wäre ein ebenso alter Fehler, wenn ich die Ereignisse meines Lebens unmittelbar, die Phantasie umgehend in den Satz einfließen lassen würde, das würde nämlich bedeuten, daß ich Stelle und Wert der Phänomene meines eigenen Lebens innerhalb der Daseinsphänomene nicht richtig erkannt oder zumindest vorerst nicht die Kraft, das Talent, die Nerven habe, ihren Stellenwert zu erkennen. Daraus würde ein aufgeblasener Satz werden. Jedenfalls wird das moralische Urteil darin dominieren, das heißt, es wäre kein Satz, der wirklich Auskunft über das Dasein gibt. Besser wäre es doch, einen solchen Satz aufzuheben für bessere Zeiten.

Der ideale literarische Satz kann aus der Phantasie und er kann aus der Erfahrung hervorgehen, doch die Phantasie muß sich an der Erfahrung, die Erfahrung an der Phantasie messen lassen. Für meine Phantasie kann nur meine Erfahrung, für meine Erfahrung nur meine Phantasie die einzig mögliche weltliche Instanz sein, mit deren Hilfe ich mich aus dem befreien kann, worin ich gefangen bin. In einer Welt ohne Vermittler ist es nicht nur unmöglich zu leben, sondern auch normale Sätze zu schreiben.

Als ich meinen Roman zu schreiben begann, und immer, wenn ich begann, zehn Jahre lang, betete ich zu Gott, mich niemals einen einzigen Satz von oben herab hinschreiben zu lassen. Ich mußte an den heiligen Georg denken, wie er, wunderbar aufgebäumt, den Drachen von oben niedersticht. So nicht. Darum flehte ich.

Der stimmige Satz kann zwar dem Menschen Macht verleihen, aber der Mensch darf nicht Macht über den Satz ausüben.

In einem stimmigen Satz wirken zwei Kräfte gleichzeitig. Die Phantasie sprengt voraus, die Erfahrung schlendert hinterher, kontrolliert, hemmt manchmal, bremst den Galopp, und das ist gut so. Die Phantasie treibt aus, bildet Ranken, verzweigt sich, die Erfahrung schneidet sie zurück, bestimmt die Richtung, kappt die Triebe, und so ist es gut. Diese Feststellung gilt für den aus der Phantasie geborenen Satz. Der aus der Erfahrung geborene Satz ist von vornherein langsamer, trockener, manchmal ausgesprochen grau oder schwerfällig. Die Phantasie stößt ihn an, umschmeichelt ihn, versucht manchmal sogar, ihn herauszuputzen, ihm ein paar Glanzlichter aufzusetzen, ein bißchen Duft zu schenken, doch der aus der Erfahrung geborene Satz steht allein auf seinen gräßlichen Lehmfüßen, und so ist es gut. Die Erfahrung heftet ihn an den Boden, macht ihn vernünftig, unbeweglich, die Phantasie hebt ihn ein wenig an, macht ihn ein wenig närrisch, hetzt ihn ein wenig, und das ist gut so.

In einem stimmigen Satz kann niemand die Proportion von Instinkt und Verstand bestimmen; die innere Proportion des stimmigen Satzes verleiht diesen Gegensätzen gerade die Spannung. Er ist stimmig dadurch, daß er durch diese Gegensätze gespannt ist, aber weder gespannter noch schlaffer wird, als er seinem Stellenwert gemäß sein darf, er ist also proportional.

Der stimmige Satz richtet sich weder nach einer Existenztheorie noch nach einer Moraltheorie; das Maß seiner Spannung, seine Sprachqualität, die Art und Weise seiner Intonation aber lassen einen Rückschluß auf seine Existenztheorie zu, und das ist zugleich seine einzig mögliche Moraltheorie.

Seither sind zehn Jahre vergangen.

*Deutsch von Hildegard Grosche*

# Der Schatten des Meisters

Ich, der Jünger, sitze an einem herben frühen Herbstmorgen in der Sechsunddreißig-Matten-Halle. Diese Morgenfrühe ist nicht so wie alle meine bisherigen Morgenfrühen, und sie ist so, wie alle meine kommenden Morgenfrühen sein sollen. Ich schaue auf die nackte Wand, die meinem Blick weder nackt noch als Wand noch als irgend etwas noch irgendwie erscheinen dürfte. Ich dürfte den herben Geruch des Herbstes nicht riechen, ich dürfte nichts wollen, nichts fürchten, auch nicht Tag, Nacht, Frühling oder Winter sagen. Nichts, das auf das Gegenwärtige, das Vergangene oder das Zukünftige verweist. Ich dürfte den Satz nicht mit mir selbst beginnen.

Ich dürfte nicht in der ersten Person Einzahl reden. Mit keinem einzigen Satz dürfte ich bestrebt sein, zwischen dem Dürfen und dem Nicht-Dürfen zu unterscheiden, denn etwas wissen kann nur der, der nie und nirgends nach etwas strebt. Sonst hat man sich vierzig Stockschläge verdient.

Das alles ist natürlich viel einfacher. Kein Schritt zu hören in der Halle, wo sechsunddreißig Jünger meditieren. Über die Wand huschen Schatten, so oft mein Augenlid blinzelt. Meinem nackten Rücken kann der Meister ansehen, daß ich wieder denke. Er schlägt mich mit seinem Stock auf den rasierten Kopf, und er wird es in seiner

Handfläche spüren, falls ich noch immer widerstehe. Die Hirnmasse im Schädel ist betäubt, das Fühlen saugt das Denken ein: Beim zweiten oder dritten Schlag füllt sich mein Herz mit Dankbarkeit. Als hätte sich mein Lid bewegt, verschwindet der Schatten des Meisters von der Wand. Er hat seine Schritte unhörbar gemacht, doch den Mond und die Sonne hat er nicht vom Himmel genommen.

Der Jünger hofft, daß auch sein Körper in den Schatten einziehen wird, wenn er so alt ist wie der Meister, und dann wird er nicht mehr auf das hoffen müssen, worauf er zum Beispiel jetzt hofft. Jetzt hofft er, sein Körper werde in den Schatten einziehen so wie der seines Meisters. Für diese Hoffnung bekommt er wieder eins über den Kopf gezogen. Das alles ist natürlich noch viel einfacher.

Er hat an die Tür des Heiligtums geklopft, man hat ihn vor den Meister geführt, er hat gebeten, dableiben zu dürfen. Das hat genügt, um vom Meister tüchtig verprügelt zu werden, und er hat sich nur noch wegschleppen können. Am nächsten Tag ist er trotzdem wiedergekommen und hat es nicht vermocht, nicht um dasselbe zu bitten, und hat auch bekommen, was solchen Torheiten gebührt. Am dritten Tag hat er um nichts mehr gebeten, denn wenn er sowieso nirgendwo anders hingehen konnte, was hätte es dann für einen Sinn gehabt, mit der Bitte, bleiben zu dürfen, vorzutreten. Doch der Meister hat ihn auch beim drittenmal verprügelt, denn die Unhöflichen mag er ebensowenig wie die Toren. Soviel ist geschehen.

Wer nicht weggehen kann, soll bleiben, wo er ist. Man kann es auch so sagen, daß der, der auch nur das Geringste wissen will, zuerst die knochige Faust des Meisters lernen muß. Das alles ist so einfach, daß es noch viel einfacher ist.

Da war mal und war mal nicht ein junger Mann, der es wissen wollte. Mal spürte er, er war, aber er wußte nicht wo. Wußte er aber wo, dann spürte er nicht, daß er war. Das wäre an sich kein Problem gewesen, wenn er es nicht als Problem empfunden hätte. Mal dachte er, das sei ausschließlich sein Problem, dann wieder dachte er, es sei das Problem der Wörter, also das Problem aller. Als müßte es auch Wörter geben, die daher stammen, was nicht nur mal ist. Solche Wörter gibt es aber nicht.

Und so war er mal, und da bedeuteten die Wörter nichts, und er war mal nicht, und da hätte er unter den geliehenen Wörtern gern Ordnung gemacht. Mal war er und brauchte die Wörter anderer überhaupt nicht, mal war er nicht, weil er mit den Wörtern anderer redete und dachte. Mal versuchte er, in sich selbst die Wörter anderer so zu ordnen, daß wenigstens das Ordnen ein eigenes sei, doch daraus ergab sich immer ein Gedanke, der anderen gehörte, dann wieder wollte er einen von den anderen für sich haben.

Mal legte er sich mit jemandem hin, um nicht mit den Wörtern anderer denken zu müssen, mal stand er nicht auf, um nicht mit den Wörtern anderer sprechen zu müssen. Er dachte, sein Bett beginne zu stinken, doch es war sein Körper, der zu verrotten begann. Der salzige Schweiß und der süße Speichel lösten die Fäden des Gewebes voneinander, das zu verfaulen begann, die sauer-salzige Pfütze aber löste und fraß das Fett des Hautgewebes auf. Das Laken faulte in seine Haut, seine Haut in das Laken hinein. Es konnte kein Wunder geschehen, alles lief nach den gegebenen Regeln ab. So war es Winter, Frühling, Tag und Nacht.

Er brauchte sich in der großen Fäulnis gar nicht zu rühren, es wanderte in ihm der große runde Wald. Er brauchte sich gar nicht zu bücken, es fand ihn ein nackter Satz.

In diesem Satz waren die Wörter in einen Schraubstock geklemmt. Hinten der Punkt, vorn der Großbuchstabe, kaum Platz für die ihrer Bequemlichkeit dienende Grammatik. Von solchen Sätzen pflegt man zu sagen, sie seien abgeschliffene Kiesel, dieser Kiesel aber war schwer wie eine Bleikugel. Dieser Satz war beschwert mit dem, was man in ihn hineingelegt hatte, aber auch mit dem, was man aus ihm herausgenommen hatte.

Als ob die Wörter keinen Platz hätten, um Atem zu holen. Einige Wörter mußten die Luft einander geradezu aus dem Mund nehmen, während sich andere Wörter die Luft wegschnappten, Bauch an Bauch oder aufeinandertretend. Einige Wörter trampelten mit ihrer Endung auf dem Artikel des folgenden Wortes herum, andere bohrten sich gegenseitig den Ellenbogen in den Magen. Die Wörter, die mehr Glück hatten, konnten sich aus dem Satz hinauslehnen, wobei vielleicht gerade sie weniger Glück hatten.

Wer sich, vielleicht um in einen anderen Satz hinüberzugelangen, aus dem Satz hinauslehnte, der mußte mit quälenden Anpassungsschwierigkeiten rechnen. In dem weiten Raum zwischen den Sätzen war der Luftdruck nämlich viel niedriger als in den Sätzen. Wer sich hingegen in die Sätze hineinwagte, mußte sich an die Unbequemlichkeit, an die Enge und an den Sauerstoffmangel gewöhnen. Wer sich dann mit seinen nunmehr an die verbrauchte Luft gewöhnten Lungen und seinen nunmehr an die Enge gewöhnten Augen doch wieder hinauswagte, der gelangte in einen Raum, in dem kaum der Nachklang eines Wortes schwebte, wo Schweigen, Leere, Bläue herrschten. Hier aber quoll Blut unter den Fingernägeln hervor, der Schädel bekam unter dem Druck von innen Risse, die Lungenbläschen platzten.

Ein jeder Satz des Meisters war eingeklemmt. Einige nur ein wenig, andere so sehr, daß von ihnen nur ein einziges Wort geblieben war. Das waren die gewichtigsten Sätze, da ja in ihnen fast alles fehlte. Zwischen den Sätzen jedoch stumme Sätze, denen sämtliche Wörter fehlten, und man hätte beinahe sagen können, welche Wörter das waren. So stand das, was nicht zu Papier zu bringen war, nicht nur geschrieben, sondern war sogar lesbar, aber auch sein Nicht-Vorhandensein hätte man nicht verschweigen können. Gleichzeitig waren auch die zwischen Punkt und Großbuchstaben eingeklemmten Sätze nicht bloß zufällige Worthäufungen, sondern ließen deutlich sehen, aus welcher inneren Spannung ihr Geschiebe entstanden war. Es gab stärkere, wirkungsvollere, mächtigere Wörter, die den anderen schwer auflagen. Aber es gab kein einziges Wort, das die anderen Wörter aus dem Satz verdrängt hätte, so wie auch das Nicht-Vorhandensein nicht hätte zu Wort werden können. In den Sätzen herrschte eine Hierarchie, gab es einen König und gab es Untertanen; zwischen den stummen Sätzen war die Gleichrangigkeit des Nicht-Vorhandenseins, zwischen den Sätzen hingegen waren die Bläue, der blaue Dunst, die Stummheit und das Schweigen Gottes, all das, wovon wir sonst nur sehr wenig wissen und sagen können. Im Text des Meisters aber konnte man das Ungeschriebene lesen. Man bekam das eine wie das andere.

Als ich mit meinen Schritten keinen Lärm mehr machte, erhielt ich zur Halle der Meister freien Zugang. Einmal, als der Meister über seine Arbeit gebeugt war, habe ich ihn gefragt: Was machst du, Meister? Ich jäte, hat er gesagt.

Wenn ich ihm zusah, legte er den Pinsel hin und zog die knochige Faust in seinen Schoß zurück. Mir lachte das Herz, daß ich ins Geheimnis der Geheimnisse blicken durfte. Die Berge berührten mit ihrem Grat den Himmel. Ohne Erklärungen hatte ich ihn, mich und das, was zwischen uns war, zu verstehen. Als wäre alles Schönheit und Abenddämmerung. Aber was soll diese Rede? Es ist weder schön noch häßlich, weder Abend- noch Morgendämmerung. Bis der Morgen kam, machte ich das gleiche, auch wenn ich mich ein wenig schämte. Der lernwillige Lehrling ahmt zuerst nach, und erst dann beginnt er daraus zu lernen, vorausgesetzt, der Meister duldet seine Schande nicht.

Ich habe einen Satz geschrieben, dann habe ich einen weiteren Satz geschrieben, und so weiter, bis ein Text daraus wurde. Ich brauchte nichts mehr zu befürchten, denn ich machte ja, was ich vom Meister gelernt hatte. Dann habe ich es angeschaut. Auch der Meister hatte einen Meister. Wenn du einen Satz lange betrachtest, siehst du auf einmal, was ihn zum Satz gemacht hat und wozu er als Satz werden möchte. So kannst du den Schatten deines Meisters von deinem eigenen Schatten unterscheiden. Ich habe alles herausgejätet, was meinen Wunsch nach dem Satz als Satz hätte verdecken können. Dann habe ich tief eingeatmet und habe jeden zweiten Satz herausgejätet. So glich der Text dann aufs Wort dem Text des Meisters, nur daß es ein Text war, der nicht zu Wort kam. Die Sätze waren ganz einfach löcherig, es fehlten die Sätze zwischen den Sätzen.

Einmal sah ich den Schatten des Meisters auf meinem Schatten. Ich dachte, einmal hätte ich nun in seinem Sinn geantwortet, ich hatte gesagt, ich jäte, denn er hatte mich gefragt. Vierzig Stockschläge habe ich für meine Frechheit bekommen. Zugangsverbot zur Halle der Meister. Auch aus der Halle der Jünger wurde mein weichgeprügelter Körper hinausgeworfen. Meine Schande grenzte an die Schande des Meisters. Wer hätte gedacht, daß ich auf diese Weise die Schande aller lernen mußte. Und dazu wurde ich noch bezichtigt, den Blumengarten des Meisters zerstört, die Rosen niedergemäht, die Tulpen- und Lilienzwiebeln zertrampelt zu haben, der Schneeregen und der eisige Herbstnebel zu sein und nur gekommen, um als böser Geist des Meisters aufzutreten.

Da habe ich doch sagen müssen, nein und noch mal nein. Bei anderem hingegen habe ich sagen müssen, gut, ja, das gebe ich zu. Dreißig Monate kostete es mich, die Jas und Neins aufzurichten, während mein gequälter Körper niemanden interessierte. Auf jedes ausgesprochene Nein warf sich das Ja, und in jedem ausgesprochenen Ja blieb das Nein. Seither ist das so, und von nun an wird es so bleiben. Und wer weiß, wieviel so viele Jahre sind.

*Deutsch von Christina Viragh*

# Ein zu weites Feld

«Ach, Luise, laß ... das ist ein zu weites Feld.» Mit diesem Satz schließt Theodor Fontanes Roman «Effi Briest».

Notwendiger und logischer Schlußsatz eines Romans, dessen Stoff das Bekannte ist. Der Stoff eines Romans ist wahrscheinlich immer das Bekannte. Doch ein veritabler Roman deutet vorsichtig auch die Grenze an, wo sich die Welt der bekannten Dinge mit der Welt der unserer Kenntnis nicht zugänglichen, nicht für wert gehaltenen, der nicht bekannten oder einfach unter Verbot gestellten Dinge berührt. Der Roman ist eine höchst gewöhnliche Sache, er stapft in Erfahrungen herum. Und daher muß er wenigstens erkennen lassen, daß es zwischen Himmel und Erde Dinge gibt, über die zu sprechen oder nachzudenken ihm nicht möglich ist, vielleicht auch nicht erlaubt.

Ich kann sehr gut verstehen, daß Dichter und Philosophen, die sich mit den nicht bekannten, nicht für wissenswert erachteten oder einfach verbotenen Dingen befassen, den Roman verachten. Denn der Roman kann nicht anders, als von dem zu sprechen, was zumindest bekannt ist. Das, was einem unbekannt ist, ist Gegenstand der Lyrik. Die Philosophie aber kann sich sogar mit Dingen befassen, von denen noch niemand weiß. Unter dem Gesichtspunkt von Wissen, Erfahrung und Erkenntnis sind die Grenzen der Gattungen deutlich gezogen. Als würde ich die Stufen einer Treppe hinaufsteigen: Geschichtsschreibung, Epik, Lyrik, Philosophie.

Eine andere Frage ist, was kann ich mit einem Wissen anfangen, das das eines einzigen Menschen ist, und dieser bin ich selbst.

Wann bin ich mit diesem Wissen fähig, einen Roman zu schreiben, und wann nicht. Wenn ich dazu fähig bin, dann hat meine Einbildung mir die Genehmigung erteilt, meine schmerzhaften, von mir selber nicht verstandenen Lebenskrisen als Lebenskrisen anderer zu durchleben; in diesem Fall bin ich aber nicht mehr nur ich selbst, sondern spreche vom wechselseitigen und gegensätzlichen Wissen zweier oder sogar mehrerer Menschen, als ob es mein eigenes wäre. Oder aber ich bin gerade nicht fähig, einen Roman zu schreiben, dann wird nicht nur meine eigene Fähigkeit, einen Roman zu schreiben, fraglich, sondern es taucht in mir auch die Frage auf, ob zwischen meinen fortwährenden Lebenskrisen und der historischen Krise des Romans vielleicht irgendein Zusammenhang besteht. In diesem Fall aber muß meine Einbildung blind und taub bleiben, da ich höchstens über meine eigenen Erfahrungen nachdenken kann.

Viel brennender ist für mich aber die Frage, ob ich ohne meine Einbildung der berühmten Erkenne-dich-selbst-Forderung des Delphischen Orakels gehorchen kann beziehungsweise ob es überhaupt möglich ist, mich selbst zu erkennen, ohne andere zu erkennen. Oder anders formuliert, kann es eine Selbstkenntnis geben, die nicht Weltkenntnis wäre, das heißt, kann es eine Weltkenntnis geben, die der Selbstkenntnis ermangelt?

Die fürchterlichen Einbrüche und grausamen Niederlagen beim Schreiben haben mich zu der allenfalls vereinfachenden und für die Theoretiker des Romans gewiß unannehmbaren Feststellung gebracht, daß die Rede von der historischen Krise des Romans nur so lange Gültigkeit hat, als es mir nicht gelingt, meine eigenen, von mir nicht verstandenen Lebenskrisen mit Hilfe meiner Einbildung als Lebenskrisen anderer zu durchleben. Gelingt mir das, dann habe ich mir mit meiner eigenen Einbildungskraft die Erfahrung anderer zu eigen gemacht und aus dem Blickwinkel dieser Wechselbeziehung eine Einsicht in meine eigenen Lebenskrisen gewonnen, und so werden erste und dritte Person Singular nicht nur gut trennbar, sondern durch diesen Vorgang erscheint die erste Person Singular auch als erste Person Plural, als ein Gemeinsames. Habe ich mich aus dem Blickwinkel der dritten Person erlebt, dann habe ich aus dem Blickwinkel des Individuums das Kollektiv gesehen. Und wenn das geschehen ist, hat sich die Situation des Erzählers geklärt: es herrscht Harmonie.

Einfacher gesagt, ich bin nicht interessiert an der Geschichte oder der Theorie oder der Soziologie des Romans, möge an diesem abgenagten Knochen weiter knabbern, wer dazu Lust hat, aber ich bin unverändert interessiert an meinem Geschick, meinem Schicksal, an Krise und Harmonie, die in der Gestalt von Krise oder Harmonie als Geschick und Schicksal anderer erscheinen.

Die Frage nach dem Schicksal des Romans erledigt sich für mich also einfach. Entweder sehe ich sie als Frage meiner persönlichen Krise an und sage mir, zwar bin ich heute nicht fähig, einen Roman zu schreiben, war es aber gestern noch irgendwie und werde demzufolge auch morgen dazu fähig sein oder auch nicht. Besser gesagt, zwar bin ich heute fähig, einen Roman zu schreiben, da meine Einbildung funktioniert, doch daraus folgt noch nicht, daß ich es auch morgen bin, weil sie dann vielleicht gerade nicht funktioniert. Einzig und allein die tägliche Praxis meiner schriftstellerischen Arbeit verrät mir, ob ich aus dem Zustand fortwährender Krisen in den Ausnahmezustand der Harmonie gekommen oder aus dem Ausnahmezustand der Harmonie in den Zustand fortwährender Krisen abgestürzt bin. Falls aber meine eigenen fortwährenden Lebenskrisen alles so maßlos verdunkeln, daß ich statt über die eigene erste und die von meiner Einbildungskraft erschaffene dritte Person eher über die Krise des Romans nachdenke, dann kann ich auch nur sagen, daß das Genre des bürgerlichen Romans möglicherweise ebenso in eine Krise geraten ist wie mein bürgerliches Ich; daraus folgt jedoch nicht, daß dieses Ich nicht gerade der Person des Erzählers und einer erzählerischen Möglichkeit bedarf, wie wir sie aus einer weit hinter der bürgerlichen Epoche zurückliegenden Zeit kennen und in den vielleicht naiv klingenden Worten Herodots als das Bedürfnis ausgedrückt finden, daß «die menschlichen Geschehnisse im Laufe der Zeit nicht in Vergessenheit versinken sowie bedeutende und bewundernswerte Taten ... nicht ohne rühmende Kunde bleiben».

Ich kann kaum mehr sagen als der Historiker und weniger als der Lyriker, weil ich auf das, was mir unbekannt ist, zwar hinweisen, es aber nicht zum Stoff meiner Erzählung machen kann, und erst recht nicht das, wovon noch niemand weiß. Wenn auch nicht als denkender Mensch, als praktizierender Romancier muß ich unbedingt naiv bleiben.

«Madame Bovary, c'est moi.» Bei diesem naiven Satz muß ich bleiben. Und zwar nicht deshalb, weil ich so sehr auf dem bürgerlichen Roman beharren würde. Nein, ich beharre weder auf dem Bürgerlichen noch auf dem Roman. Bei diesem Satz muß ich deshalb bleiben, weil dieser naive Satz für die Einbildungskraft die einzige Möglichkeit ist, durch die das uralte Bedürfnis nach Erzählung dessen, was sich zwischen den Menschen zuträgt, noch immer einigermaßen zu befriedigen ist. Ich würde mich lächerlich machen, wenn ich sagen würde, daß ich alles weiß, und deshalb kann ich auch nicht jede Überlegung in der dritten Person von mir geben, doch ich kann immer noch in der ersten Person von dem reden, was mir in der dritten Person vorstellbar ist. Denn wenn ich geruhe zu sagen, was die müde Romanliteratur in der zweiten Hälfte des zwanzigsten Jahrhunderts behauptet: «Je ne suis rien de plus que moi», dann muß die Einbildung in der Tat taub und blind bleiben, dann gibt es zwischen dem Individuellen und dem Kollektiven tatsächlich keine Verbindung, dann gibt es tatsächlich nichts anderes als die unverrückbare persönliche Erfahrung, dann würde die Krise der Sehnsucht nach Harmonie das Maul stopfen, dann wäre das, was jemand tut, wichtiger als sein Geschick, dann würde das Geschehen das Schicksal nicht auf-, sondern zudecken.

«Ach, Luise, laß … das ist ein zu weites Feld.» Auch bei diesem Satz muß ich bleiben. Dieser Satz der naiven Erfahrung ermöglicht es noch immer, daß ich nicht von dem, was ich kenne oder nicht kenne, spreche, sondern über das Bekannte geradezu im Bewußtsein des noch Unbekannten. Aus dem Blickwinkel der Unkenntnis auf das Bekannte zurückblicken und nicht aus dem Blickwinkel der Kenntnis über das Unbekannte staunen. Schon deshalb, weil ich ja einen Roman schreibe, also von Dingen sprechen muß, die ich mir nicht selbst erzählen würde, da ich sie ja auch so weiß. Ich spreche nicht zu mir, und ich spreche nicht über mich. Mein Wissen besteht nicht darin, daß ich die Bedeutung der Dinge, Phänomene und Begebenheiten auch nur meines eigenen Lebens verstehen würde, nein, ich muß vielmehr aus dem Geschick und dem Schicksal anderer zu begreifen versuchen, was ich bezüglich meiner selbst nicht weiß.

Auf der Strecke, die man zwischen Einbildung und Erfahrung zurücklegt, gibt es vermutlich einen Punkt, wo Weltkenntnis und Selbstkenntnis zusammenfallen. An diesem Punkt herrscht Harmonie. Sobald ich ihn passiert habe, setzt meine Krise wieder ein.

Wenn man einen Roman in der ersten Person schreibt, so bedeutet das nicht unbedingt, daß man von sich selbst sprechen will. Man kann es auch nicht. Man wählt dieses Personalpronomen vielmehr, um für sich selbst die für das zwanzigste Jahrhundert charakteristischen Schwierigkeiten im Bereich öffentlichen Sprechens als gelöst zu betrachten oder zumindest zu umgehen. Man sucht ein Ebenbild, bei dem es keiner weiteren Erklärung bedarf, warum es spricht und woher es sein Wissen hat, und das auch keine Rechenschaft darüber ablegen muß, wer hier spricht, da es ja schließlich man selbst ist, der spricht. Und spricht es, ist man es selbstverständlich nicht selbst.

Nun aber möchte ich einige Worte über das sagen, worüber ich letztlich nichts weiß.

So wie meine übrigen Texte habe ich auch meinen umfangreicheren Roman in der ersten Person Singular geschrieben. Vielmehr so, als hätte ich mich mit zwei Schnitten in drei Teile geteilt. Ich habe mir gesagt, vielleicht gibt es ein Ich, wer weiß, aber in meiner Einbildung gibt es sicherlich drei Personen, die parallel anstatt meiner von sich sprechen werden. Ich mußte ziemlich vorsichtig und sparsam mit den Motiven umgehen, die ich aus meinem eigenen Leben unmittelbar auf das ihre zu übertragen gedachte, denn ich wollte mich ja selbst weder mit der einen noch mit der anderen, noch mit der dritten Person identifizieren. Ich wollte einen Roman schreiben und kein Selbstbekenntnis. Die erste Person Singular trieb mich gleichsam in Richtung Bekenntnis, und so war ich gezwungen, unablässig die Geschehnisse meines eigenen Lebens zu überprüfen, von denen ich nur so viel verwenden konnte, wie die drei Personen es mir erlaubten. In dem Spalt, der sich zwischen ihnen und mir auftat, konnte die Einbildung ungehindert arbeiten, ja, sie konnte sozusagen mein Ich beiseite schieben. Die Logik meines eigenen Lebens konnte weiter im dunkeln bleiben, seine Struktur aber mußte in ihren Schicksalen doch irgendwie sichtbar werden. Ich wußte nicht, was warum so ist, aber irgendwie sah ich, was wohin gehört und wohin es nicht gehört.

Nicht die Erfahrung, sondern die Logik der Einbildung gab mir ein, in welche Richtung ich zu gehen hatte. Dennoch mußte ich immer wieder zur Erfahrung zurückkehren. Die, die nicht ich waren, haben mir dabei souffliert. Sie haben mich bis zum letzten Satz geführt. Ich hätte mich nicht selbst bis dahin führen können.

Diese Arbeit hat viele Jahre in Anspruch genommen. Und die vergehenden Jahre haben meinen Widerstand gegen ein Bekenntnis schon deshalb verstärkt, weil die Bezugspunkte der Selbstbetrachtung sich im Laufe der Jahre wesentlich ändern. Um die stilistische Einheit des Romans zu wahren, mußte ich darauf achten, daß diese Veränderungen nicht in den Stoff des Romans einsickerten. Ich weiß nicht, ob dieses Bemühen erfolgreich war, doch es bestand zumindest.

Im dritten Jahr meiner Arbeit, als mein der Einbildung anvertrautes Ich skizzenhaft die Struktur des Romans entworfen hatte, sah ich schon verhältnismäßig klar, wie das letzte Kapitel aussehen mußte. Ich machte Notizen von meinen Vorstellungen und hatte einen ziemlich heftigen Drang, diese Skizzen regelrecht auszuarbeiten. Ich überlegte, daß es in dieser zeitlosen Zeit leichter und geruhsamer wäre, sich einer Gegend zu nähern, die bereits vorher in allen Zügen bekannt wäre. Es gab einen Schauplatz, aber ich wußte nicht, wann ich bis zu ihm vordringen würde, wenn ich mich nicht meiner Einbildung überließ. Denn wenn ich das letzte Kapitel meines Romans wirklich im voraus schriebe, wäre ich ja gezwungen, auf einem im voraus festgelegten Weg fortzuschreiten, und würde die Arbeit meiner Einbildungskraft überflüssig machen. Nach ihr aber hatte ich ein großes Bedürfnis, um dem lästigen Zwang zum Selbstbekenntnis zu entkommen. Ich tat es also nicht.

Im sechsten Jahr meiner Arbeit artikulierten sich dann in mir die letzten drei Sätze meines Romans. Es war an einem nebligen Winternachmittag, ich stand auf einer Wiese unter einem wolkenschweren, dunklen Himmel. Es gab keinen Zweifel, es waren meine letzten drei Sätze. Vom Spaziergang nach Hause zurückgekehrt, wagte ich es trotzdem nicht, diese Sätze niederzuschreiben. Sollte ich sie vergessen, dann sollten sie vergessen sein. Ich konnte jedoch auch dem riskanten Drang nicht widerstehen, die Tragfähigkeit dieser Sätze dennoch irgendwie im voraus zu erproben. Vertraut man den letzten Sätzen doch das an, was einen am meisten quält. Und dieses letzte Kapitel hatte ein Motiv, das ich aus den quälendsten Geschehnissen meines eigenen Lebens zutage förderte und das ich zutage fördern wollte.

Dieses Motiv jedoch war so stark, so beherrschend, so schwerwiegend, daß ich es mit meiner Einbildungskraft nicht von der Stelle hätte bewegen können. Ich würde zuviel, mehr als geboten sagen, behauptete ich, dieses Motiv sei der Selbstmord meines Vaters gewesen. Zutreffender wäre es zu sagen, es war der konkrete Schauplatz dieses Ereignisses, der Ort, an dem er es getan hatte. Seit Jahren war ich bemüht, bis zu diesem Ort vorzudringen, wer aber hätte sagen können, wann ich ihn erreichen würde.

Ein junger Mann läuft über diesen leeren, verlassenen Platz, geht in ein Haus hinein, steigt die Treppe hinauf, klingelt an einer Tür. Er möchte die Augenzeugin kennenlernen. Die Tür wird von einer Frau geöffnet, die eine Brille trägt. Vier Jahre, bevor ich den Roman beendete, habe ich ein Stück über die Geschichte dieser tragischen Begegnung geschrieben, nur so konnte ich der Versuchung entgehen, das letzte Kapitel des Romans im voraus niederzuschreiben. Das heißt natürlich, daß ich nicht im geringsten irgend etwas entgehen konnte. Ich war zwar herausgetreten aus dem Roman, und infolge der dramatischen Form für eine gewisse Zeit auch aus der ersten Person Singular, und hatte so die Tragfähigkeit der letzten Sätze im voraus ausprobieren können. Doch als ich dann eines schönen Tages endlich soweit war, nun tatsächlich dieses letzte Kapitel in Angriff zu nehmen, war für meine Einbildung keine Arbeit mehr übrig, es stand alles schon fest.

Ich schrieb die letzten drei Sätze des Romans am fünfzehnten April neunzehnhundertfünfundachtzig nieder. Und setzte einen Punkt. Der Satz lief ungefähr in der Mitte des Blattes aus, lange und dumpf starrte ich auf die leer gebliebene Fläche, wo nun mit Sicherheit kein weiterer Buchstabe stehen würde. Nach so vielen Jahren gab es für mich nichts mehr zu tun. Es hatte keinen Sinn, mein Schluchzen an seinen stummen Ort zurückzubeordern.

Auch damit erging es mir wie mit diesem letzten Kapitel. Ich hatte etwas niedergeschrieben, was bereits vorher feststand, und auch mit diesem schluchzenden Menschen hatte ich nichts mehr anzufangen. Sein Schluchzen verursachte mir weder Freude noch Erleichterung, aber auch keinen Kummer, und auch Mitleid empfand ich nicht mit ihm. Und so blieb mir, nachdem die Seele auch diese Arbeit bereits abgeschlossen hatte, auf dieser Welt tatsächlich nichts mehr zu tun, weder mit meinen Papieren noch mit mir selbst. Das Fließen des Flusses hatte nichts aufzuhalten vermocht.

Ich blickte um mich, was sollte ich tun? Sitzen bleiben? Aufstehen? Mich freuen? Mich noch ein wenig selbst bedauern? Ich tat etwas, indem ich das Datum unter die Seite setzte. Am Schlingern der Buchstaben und Zahlen merkte ich, daß ich vielleicht gar nicht hätte aufstehen können. Fünfzehnter April neunzehnhundertachtundfünfzig. Es war, als würden diese Buchstaben und Zahlen staunen. Der Tag, der Monat und die Jahreszahl. Vor dem Wahnsinn fürchtet sich der Mensch wahrscheinlich, solange sein Verstand nicht getrübt ist. Ich hatte nichts zu fürchten, ich hatte sozusagen die magische Grenze überschritten. Die Zahlen waren identisch mit dem Datum des Selbstmords meines Vaters. Der Tag, der Monat und sogar die Zahlen des Jahres. Mein Vater hatte sich am fünfzehnten April neunzehnhundertachtundfünfzig getötet, ich aber hatte meinen Roman am fünfzehnten April neunzehnhundertfünfundachtzig beendet. Sollte ich nichts weiter sein als das Werkzeug einer unbegreiflichen Vorstellung?

Wer hatte die beiden Ziffern der beiden Jahreszahlen vertauscht? Oder etwas dafür eingetauscht? Sein Leben für meinen Roman? Oder hatte ich für den Roman seinen Tod eingetauscht? Wer tauscht was ein? Und sollte mein Leben seither nichts anderes gewesen sein als ein auf diesen Tausch ausgerichtetes Streben? Aber seit wann? Und ich nichts anderes als ein Objekt für die Wiedergeburt meines Vaters? Oder das Werkzeug? In wessen Hand? War ich an jenem zurückliegenden Tag gestorben oder an diesem Tag wiedergeboren? Oder umgekehrt, sollte ich an jenem Tag endgültig zum Leben verurteilt worden sein und hätte an diesem Tage hinscheiden müssen?

Ich neige zu keinerlei Mystik, und die Zahlenmystik interessiert mich schon gar nicht. Aber diese Zahlen gehörten dennoch zu mir. Gut, dann versuchen wir auszurechnen, wieviel Zeit zwischen den beiden Jahreszahlen vergangen ist. Natürlich hätte ich die achtundfünfzig von den fünfundachtzig abziehen müssen, um ein Ergebnis zu erhalten. Aber was für ein Ergebnis? Das Ergebnis einer Subtraktion. Was aber sollte die so gewonnene Zahl besagen? Die tatsächliche Zeitspanne meines vorgestellten Lebens? Oder die vorgestellte Zeitspanne meines tatsächlichen Lebens? Und das wäre dann das Schicksal?

Für alle Fälle habe ich mir ein Blatt Papier genommen und die beiden Zahlen brav untereinandergeschrieben. Ich wußte, daß es eine solche mathematische Operation gibt. Festzustellen war die Differenz zwischen einer größeren und einer kleineren Zahl. Ich wußte auch, ich müßte mich erinnern können, wie diese Operation durchzuführen ist. Doch mir schien, als müßte ich sie gerade umgekehrt durchführen und von der achtundfünfzig die fünfundachtzig abziehen. Was keineswegs unmöglich ist, dann würde eben eine negative Zahl übrigbleiben. Soviel wußte ich. Aber ich konnte die Operation weder so noch so bewältigen. Weder im Kopf noch auf dem Papier.

Und ich habe sie auch seither nicht zu bewältigen vermocht.

*Deutsch von Hildegard Grosche*

# Göttlicher Teil, menschliches Ganzes

Ich will mich nicht mehr damit beschäftigen.

Fünfundzwanzig Jahre lang habe ich mich mit nichts anderem beschäftigt als mit der Kindheit von fiktiven Personen und demzufolge mit meiner eigenen und der anderer. Im Lauf dieser Arbeit habe ich die Erinnerungen an meine früheren Erlebnisse und die anderer als ein handliches Instrument verwendet. An der Skala dieses Instruments las ich ab, was in meiner fiktiven Geschichte geschehen und was nicht geschehen kann. So setzte ich aus meiner eigenen Kindheit fremde Kindheiten zusammen.

Ich habe die einschlägige Literatur gelesen, Belletristik ebenso wie Sachbücher. Ich wertete die Messungen aus, die ich an Vorgestelltem und Erfahrenem vorgenommen hatte, und bestimmte so den Wirkungskreis der Übereinstimmungen und der Unterschiede. Die Analyse der Übereinstimmungen, die sich in den jeweiligen Erfahrungen zeigen, brachte die Grundformen menschlichen Handelns zutage. Die Analyse der Unterschiede, die sich in den jeweiligen Erfahrungen zeigen, brachte die Grundformen des Zustands zutage, in dem sich die menschliche Gemeinschaft befindet. Beides zusammen brachte das Medium zutage, in dem sich das Individuum mit seinen Absichten bewegt.

Gesicht und Körper eines Menschen, seine Mimik und

Gestik verraten unweigerlich seine Erfahrungen und also auch das Medium, in welchem er diese Erfahrungen gemacht hat. Auf den ersten Blick stellen wir fest, was für ein Geschlecht der andere hat, ob er schön oder häßlich ist, wir schätzen sein Alter, was zugleich auf die Quantität seiner Erfahrungen hinweist, mit etwas Übung bestimmen wir seine ethnische, nationale, religiöse Zugehörigkeit sowie seinen Beruf und seine gesellschaftliche Stellung, was wiederum auf die Qualität seiner Erfahrungen verweist; und das alles zusammengenommen beschreibt im großen und ganzen die Umstände seiner Erziehung und Entwicklung: seine Kindheit. Das ist so etwas wie eine Epidermis. Und es bedarf keiner eindringlicheren Analyse, um zu sehen, wieviel Lebensenergie die beobachtete Person hat, denn jeder kann Schnelligkeit von Langsamkeit, Schwäche von Stärke, Sanftheit von Grobheit unterscheiden. Was sich dem beobachtenden Auge zeigt, verweist zugleich auf die unmittelbaren Lebensumstände, auf Quantität und Qualität der Erfahrungen, auf die Umstände der Erziehung und auf die jeweilige Eigenart.

Einmal betrachten wir die Eigenart eines Menschen vom Standpunkt seiner Umwelt aus, einmal seine Umwelt vom Standpunkt seiner Eigenart. Doch läßt sich die Bedingtheit seiner Eigenart nicht aus den Bedingtheiten seiner Umwelt ableiten, so wie man aus den Bedingtheiten der Umwelt keine vollständige Eigenart konstruieren kann. Es gibt keinen Menschen, dessen Eigenart nicht von seiner Umwelt geprägt ist, so wie es auch keine Umwelt gibt, die nicht mit der Eigenart der in ihr lebenden Menschen rechnen müßte.

Wollen wir uns über die Eigenart von jemandem ein Urteil bilden, können wir uns nicht nur auf die Augen verlassen. Wir müssen die Epidermis durchdringen. Es gibt wohl niemanden, der sich nicht zu einer solchen tiefergehenden Untersuchung angespornt fühlte, genausowenig wie er sich selbst einem solchen Zugriff entziehen könnte. Denn wer dem Auge schön erscheint, mag trotzdem böse sein, der Langsame kann feig, mutig oder waghalsig sein, der Häßliche ist nicht unbedingt unfreundlich, und Heftigkeit braucht nicht mit Maßlosigkeit einherzugehen. Um die Eigenart eines Menschen zu erfassen, muß man die Verbindungen untersuchen, die die Grundformen der Eigenschaften bei ihm eingegangen sind.

Die Berührung zwischen zwei individuellen Eigenarten, zwischen zwei Gruppen von Grundeigenschaften, schafft eine bestimmte Konstellation, und die Beziehung wird sich je nach der wechselseitigen Einwirkung dieser Eigenschaften entwickeln.

Denkt man vom Standpunkt der Umwelt über die Eigenart eines Menschen nach, wird man die Eigenart unweigerlich als wechselhaft und die Umwelt als beständig ansehen, und das im Namen der Hoffnung, gegebene Eigenschaften könnten im Interesse des allgemeinen Gleichgewichts verändert werden. Daran ist etwas Wahres, denn keine Eigenart ist so beschaffen, daß sie nicht nach einer spannungsfreien Beziehung zur Umwelt strebte, und in diesem Sinn ist sie auch formbar.

Etwas Ähnliches geschieht im gegenteiligen Fall.

Denkt man vom Standpunkt der individuellen Eigenart über die Umwelt nach, wird man die Eigenart unweigerlich als beständig und die Umwelt als wechselhaft ansehen, denn in diesem Fall hegt man die Hoffnung, die Umwelt könnte den Erfordernissen der gegebenen Eigenart gemäß verändert werden. Und auch daran ist etwas Wahres, denn es gibt ja keine Umwelt, die nicht aus nach Gleichgewicht strebenden Individuen bestünde, und insofern ist die Situation tatsächlich veränderbar.

Fassen wir die einfachste Form der Beziehung ins Auge, die Paarbeziehung. In der Paarbeziehung bin immer ich das beständige Element und der andere das wechselhafte. Während ich mit der Gruppe meiner Eigenschaften der Eigenart des anderen Individuums eine Umwelt schaffe, schafft das andere Individuum mit seinen Eigenschaften eine Umwelt für meine Eigenart. Doch insofern ich in einer Paarbeziehung immer die Beständigkeit darzustellen wünsche, während der andere seinerseits dasselbe will, wird sich in unserer Konstellation nicht ein Gleichgewicht einstellen, sondern der zwischen den Grundeigenschaften bestehende Kampf perpetuiert sich; das ist unsere Gemeinsamkeit.

Wenn aber alle Grundformen der Eigenschaften eines Individuums denen eines anderen Individuums entsprechen, sei es kontrastierend, sei es ergänzend, so daß sich nicht nur die eine oder andere, sondern sämtliche Eigenschaften berühren und damit ein selbständiges Gesamtheitssystem bilden, dann kommt zwischen zwei individuellen Eigenarten Gleichheit und ein einmaliges Gleichgewicht zustande. Diese Konstellation pflegt man Liebe zu nennen. Was das für eine Gleichheit ist, die durch das Gleichgewicht der Eigenschaften geschaffen wird, bleibt noch zu untersuchen.

In der Liebe erlebe ich die Eigenart des anderen als reine Gegebenheit, denn ich kann meine und seine Gegebenheit nicht voneinander trennen; da ja alle meine Grundeigenschaften in ihm eine Entsprechung haben, bedeuten meine Beständigkeit und seine Wechselhaftigkeit nichts mehr: so erlebe ich in seiner Eigenart meine Eigenart als reine Gegebenheit.

Im Zustand der Liebe werden zwei selbständige Eigenarten zu ihrer eigenen und einzigen Umwelt. Im vollkommenen Gleichgewicht zweier individueller Eigenarten erweist sich die Verschiedenheit der Eigenschaften als etwas so Beständiges, Gemeinsames und Gegenseitiges, daß sie zu Gleichheit gelangen. Zwei selbständige Eigenarten vermögen sich also nur im Zustand der Liebe über die Umwelt hinwegzusetzen, aus der sie stammen und von der sie unter anderen Umständen zu etwas je Verschiedenem geformt werden.

Es gibt also einen Zustand, in dem sich die Eigenart der Menschen über die Umwelt hinwegzusetzen vermag, wobei sie dennoch Teil dieser Umwelt bleibt, es gibt aber keinen Zustand, in dem sich die Umwelt über die sie konstituierenden Eigenarten hinwegzusetzen und also nicht mehr ein Ganzes zu sein vermöchte. Die Eigenart ist der uns innewohnende göttliche Teil, die Umwelt ist das uns anvertraute menschliche Ganze.

Hier gelangt das Nachdenken über den Menschen an einen Scheideweg, denn betrifft es die Eigenart, muß es seine eigene Situation vom Standpunkt des Teils aus beurteilen, betrifft es aber die Umwelt, muß es vom Standpunkt der menschlichen Gemeinschaft insgesamt vorgehen. Die wahre Schwierigkeit des Nachdenkens über den Menschen besteht aber darin, daß die menschliche Gemeinschaft ein Teil des Universums ist, ein Teil, der aber nur dank seiner konstituierenden Teile an diesem Ganzen zu partizipieren vermag.

Von den Evangelisten schweigen sich Johannes und Markus über die Kindheit Jesu aus. Matthäus beginnt seinen Bericht mit einem genealogischen, aber unspezifischen Abriß, er erwähnt die Umstände der Empfängnis, der Geburt, der Flucht und der Rückkehr, doch wie bei den vorher erwähnten zwei Evangelisten erscheint Jesus erst als wirkliche Figur, da er, schon im Mannesalter, von Johannes getauft wird. Einzig Lukas schreibt über das zwölfjährige Kind. Doch er teilt nicht mit, was das für ein Kind ist, sondern wer es ist.

Wenn wir von jemandem wissen, wer er ist, brauchen wir nicht zu sagen, wie er ist. Umgekehrt verhält es sich aber nicht so. Wir können jemanden mit noch so vielen Attributen bedenken, die Attribute werden alle darauf verweisen, wie er für uns ist, und wir erfahren noch immer nicht, wer er ist.

Sind wir aber neugierig darauf, wie jemand ist, dann fragen wir auch, warum er so ist. Hinter diesen Fragen steckt das Problem, daß ich ohne Erklärung die Eigenart des anderen nicht als ein selbständiges Ganzes annehmen kann, denn ich habe ja kein genaues Bild von den Eigenschaften, deren spezifischer Zusammenhang ihn von mir unterscheidet.

So etwas fragt der oder die Verliebte nie. Falls unter ihren überschwenglichen Aussagen überhaupt je eine Frage dämmert, dann lautet sie eher so: Warum bin ausgerechnet ich der seltenen Gnade teilhaftig geworden, sie/ihn zu treffen? Hinter dieser Frage steht das Problem, daß die Liebe eine Aufteilung der Eigenarten nicht zuläßt, während unser Gefühlsapparat doch gerade von dem Punkt ausgeht und immer wieder dorthin zurückkehrt, daß der andere so anders ist als wir, obwohl wir gar nicht gleicher sein könnten, als wir sind.

Im Zustand der Liebe erfahren wir, daß die Gleichheit

der Eigenarten nicht durch ihre Ähnlichkeit, sondern durch ihre Verschiedenheit garantiert wird.

Die Eigenart steht in unmittelbarem Zusammenhang mit der Natur des Universums, die Umwelt dagegen nur in mittelbarem Zusammenhang mit ihr. Dementsprechend fragt das analytische Denken, was für ein Mensch einer ist, das organische Denken fragt, wer er ist; das analytische Denken beschäftigt sich mit seiner Geschichte, das organische Denken mit seiner Situation, ersteres fragt nach den Bedingungen, letzteres nach dem Zustand.

Weder die Helden der antiken noch die Helden der mittelalterlichen Literatur haben eine Kindheit; weder Odysseus noch Don Quijote, noch Hamlet. Wir betrachten die Welt vom Standpunkt ihrer Eigenart, ohne von der Umwelt her auf diese Eigenart zu blicken. Die eingehende Beschäftigung mit der Kindheit ist etwas relativ Neues, das in der Kulturgeschichte einmalig dasteht. Zum erstenmal erscheint eine schematische Darstellung der Kindheit in den Viten oder Bekenntnissen der Heiligen. Ihre Geschichte beginnt immer damit, daß der göttliche Teil in ihnen als reine Gegebenheit aufscheint und daß dieser Teil berufen ist, mit Hilfe einer Vermittlung sein Ganzes zu suchen. Es ist auch kein Zufall, daß die Heiligen von ihrer Liebe zu Christus sprechen. Nicht jeder wird dieser Liebe teilhaftig, sondern nur, wer den Bedingungen entspricht, denen wiederum seine Eigenart korrespondiert, und dann muß er auch noch der Gnade teilhaftig sein; wer aber die Gnade hat und den eigens ihm gestellten Bedingungen entspricht, der ist von den Bedingungen der Umwelt unabhängig.

Die neuzeitlichen Denker, die für ihr Nachdenken über die Bedingungen eines individuellen sowie eines allgemeinen Ethos das spannungsfreie Zusammenleben der Menschen als Ausgangspunkt nahmen, sind wohl dieser Spur gefolgt. Denn wenn ich behaupte, der Mensch könne unabhängig von äußeren Bedingungen gut sein, so wäre der am vorbildlichsten, der auf die Bedingungen des gemeinschaftlichen Lebens auf eine Weise einwirkt, daß auch den anderen der Weg zur Güte ermöglicht wird; oder aber: gut ist, wer sich die von der menschlichen Gemeinschaft intendierte Güte ganz zu eigen macht und damit zur Verwirklichung dieser allgemeinen Intention beiträgt; oder aber: gut ist, wer dank den Gegebenheiten seiner Eigenart die Gegebenheiten der Gemeinschaft zu ändern vermag; oder aber: gut ist, wer dank der Änderung des eigenen Lebens an den Veränderungen teilhat, durch welche die Gemeinschaft sich der angestrebten Vorbildlichkeit annähert. Die modernen psychoanalytischen Schulen haben – wie die alte Wissenschaft der Genealogie und die christliche Gnadenlehre – die prinzipielle Beständigkeit des Individuums, also den göttlichen Teil, der es unmittelbar mit dem Universum verbindet, aufgehoben und durch das Prinzip der Wechselhaftigkeit ersetzt, so daß das Individuum nur mehr vermittels der menschlichen Gemeinschaft mit dem Ganzen des Universums in Verbindung treten kann. Die analytische Praxis wendet sich vielleicht deshalb mit solcher Aufmerksamkeit der Kindheit zu, weil diese der einzige Zustand ist, in dem das Prinzip der Wechselhaftigkeit innerhalb der Gesamtheit der Gemeinschaft zu beobachten und relativ klar darzustellen ist. Kein Erwachsener, der nicht ein Kind gewesen wäre, keiner, der nicht begrifflos auf die Welt gekommen ist. Von der Kindheit aus gesehen, läßt sich tatsächlich sagen, daß die Wechselhaftigkeit allen Menschen gemeinsam ist, denn abgesehen von den Gegebenheiten der jeweiligen Eigenart, nehmen alle mehr oder weniger planmäßig an Gewicht, Erfahrung und Wissen zu, und an den verschiedenen Stationen ihres Reifeprozesses geraten sie in seelische Verwicklungen, manifestieren sie seelische Reaktionen, mit denen sie die Lebensbedingungen der gemeinsamen Umgebung als ihre eigene Natur reproduzieren. Wenn das alles für die Entwicklung des menschlichen Individuums zutrifft, warum sollte es dann nicht auch auf die Entwicklung der menschlichen Gemeinschaft zutreffen? Wenn sich die Entwicklung des Kindes als Anpassung und Anverwandlung darstellt, warum sollte die Entwicklung der Gemeinschaft nicht auch eine Anverwandlung sein, nämlich im Hinblick auf die Anpassung an das Universum?

In jedem Fall richtet sich die kindliche Aktivität auf ein stabiles Gleichgewicht zwischen den Gegebenheiten der individuellen Eigenart und den Bedingungen der Umwelt. Die Spuren dieser Aktivität, mit der sich die Beständigkeit durch ihre Verwandlungsbereitschaft legitimiert, sind uns allen ins Gesicht geschrieben; unsere Bewegungen werden zum Instrument der beständigen Suche nach Gleichgewicht, Mimik und Gestik spiegeln getreulich die Eigenschaften, die sich den Umweltbedingungen haben anpassen können, aber auch jene, die dazu nicht fähig gewesen sind.

Die vollkommene Anverwandlung der Umweltbedingungen stößt dort an ihre Grenzen, wo die Eigenart sie unmöglich macht. Die vollständige und vollkommene Manifestation der jeweiligen Eigenart hingegen wird da eingeschränkt, wo die Umweltbedingungen den individuellen Gegebenheiten nicht entsprechen.

Jenseits dieser Grenzen beginnt das Reich der Phantasie, die ihrerseits durch den Willensakt an die Erfahrung zurückgebunden wird.

Die Entwicklung des menschlichen Individuums könnte also nur dann zum Muster der allgemeinen Entwicklung werden, wenn keine individuelle Phantasie oder kein Willensakt die Grenzen der gemeinschaftlichen Lebensbedingungen überschritte, sondern ein jeder innerhalb dessen bliebe, was die Gemeinschaft vom Universum vermittelt. Doch könnte man dann überhaupt noch von Phantasie und Willensakt sprechen? Gäbe es dann noch einen Unterschied zwischen Gesicht und Gesicht, zwischen Bewegung und Bewegung?

Fünfundzwanzig Jahre lang habe ich mich praktisch mit nichts anderem beschäftigt als mit den Zusammenhängen, die zwischen den Grundformen der menschlichen Gemeinschaft und den Grundformen des individuellen Seins bestehen. Dem psychoanalytischen Denken folgend, habe ich mich von der Überzeugung leiten lassen, daß die Standpunkte, von denen aus individuelle Eigenart oder Umwelt betrachtet werden, austauschbar sind; so wie auch die Richtigkeit der Phantasie an den Erfahrungen und die Richtigkeit der Erfahrungen an der Phantasie gemessen werden können. Doch gerade die konsequente Beschäftigung mit der Kindheit hat mich zu der quälenden Erkenntnis gebracht, daß die Beziehung zwischen menschlicher Gemeinschaft und individueller Eigenart weder nach den Regeln der Unterordnung noch nach den Regeln der Zuordnung darstellbar sind.

Von der Gesamtheit der menschlichen Gemeinschaft kann nur das Individuum glaubhaft reden, die Gemeinschaft hingegen kann über die individuelle Eigenart überhaupt nicht reden, sondern nur urteilen. Die konsequente Beschäftigung mit der Kindheit führt nicht zum Erwachsenendasein und die konsequente Beschäftigung mit dem

Erwachsenendasein nicht zum Begriff der freien Gemeinschaft gleichberechtigter Menschen, sondern zur individuellen Eigenart, und diese hat weder Kindheit noch Erwachsenenalter, sondern ist ein Kontinuum zusammenhängender Eigenschaften. Ich gehe vielleicht zu weit, wenn ich sage, daß diese Gesamtheit von Eigenschaften, unabhängig von Geschlecht, Alter und Lebensbedingungen des Individuums, nur in der Beziehung zu einem anderen Individuum in den Zustand der Gleichheit zu gelangen vermag, daß es aber eine Liebesbeziehung zwischen dem Individuum und der Gesamtheit der menschlichen Gemeinschaft nicht geben kann. Eine individuelle Eigenart mag aufgrund ihrer Verschiedenheit als Gegensatz oder Ergänzung einer anderen Eigenart fungieren, doch die menschliche Gemeinschaft hat keine Eigenart, sondern nur ein Sosein, das an den individuellen Eigenarten gemessen wird, und sie vermag nur aufgrund der in den individuellen Eigenarten verborgenen Ähnlichkeit nach Gleichheit zu streben, die aber ihrerseits nur aufgrund von Verschiedenheit zu erreichen ist.

Die menschliche Gemeinschaft mag die Kindheit zum Muster der Anverwandlung von Lebensbedingungen erheben, sie mag die Ähnlichkeit zur Grundlage der gemeinsamen Rede machen und die Wechselhaftigkeit als das Gestaltungsprinzip des Zusammenlebens betrachten, und doch kann sie es nicht vermeiden, daß die Individuen vielmehr die Liebe zum Muster der Anverwandlung der Lebensbedingungen, die Verschiedenheit zur Grundlage der gemeinsamen Rede und die Beständigkeit zum Gestaltungsprinzip des Zusammenlebens erheben.

Deshalb wird die individuelle Eigenart in ihrem Reden und Urteilen über die Gesamtheit und das Sosein der menschlichen Gemeinschaft stets rebellisch sein, denn die Gemeinschaft hat nur ihr Sosein, aber keine Persönlichkeit. Die menschliche Gemeinschaft hingegen wird über die individuelle Eigenart immer irrig urteilen, denn die individuelle Eigenart hat stets ein Sosein und eine Persönlichkeit. Das gemeinsame Urteil über die individuelle Eigenart könnte nur durch ein göttliches Ganzes beglaubigt werden, von dem die individuelle Eigenart kein Teil wäre. Hingegen kann ein Urteil über die menschliche Gemeinschaft von einer jeden individuellen Eigenart beglaubigt werden, da es ja keine Eigenart gibt, die nicht Teil dieses Ganzen wäre.

Wenn jemand im Namen der menschlichen Gemeinschaft über irgend jemanden ein Urteil wagt, dann kann man sicher sein, daß er irrt, da er den Beurteilten ja aus der Gemeinschaft ausgeschlossen hat; er hat von dessen Sosein gesprochen, während doch die Gemeinschaft ohne die beurteilte Person nicht mehr ein Ganzes ist. Anders aber verhält es sich, wenn das menschliche Individuum über die Gesamtheit der menschlichen Gemeinschaft urteilt. Dieses Urteil ist immer beglaubigt und wahr, da die menschliche Gemeinschaft keine Person ist, sondern nur ein Sosein hat. So vermag ausschließlich die Gemeinschaft glaubhaft über sich selber nachzudenken, die ihre den Einzelnen betreffenden irrigen Urteile durch die Rebellion des Einzelnen wenigstens korrigieren läßt.

*Deutsch von Christina Viragh*

# Melancholie

Das Wort «mélabú» – Melancholie – ist eines der lautlich schönsten und elegantesten der ungarischen Sprache.

Die erste Silbe schneidet ohne Willkür und doch mit scharfer Klinge in den Raum ein, was von der zweiten Silbe sogleich abgestumpft wird, worauf die Spannung zwischen Stumpfheit und Schärfe nunmehr als Einheit, wie eine schimmernde Seifenblase, am Konsonanten der dritten Silbe platzt und die so entstandene Leere am Ende des Wortes lange und tief ausklingt.

Das Fehlen ist es, das in diesem offen endenden Wort zum Raum spricht, und das Fehlen beansprucht einen riesigen Raum, den größten aller nicht vorstellbaren Räume.

Wäre der Tod ein vorstellbares Phänomen des Lebens, so ließe sich sagen, daß die Phänomene der Welt erlebbar und verständlich sind. Denn wenn wir etwa «Tisch» sagen, dann wird das Wort so viel Raum beanspruchen, wie unser Tisch groß ist; «Kathedrale» so viel Raum wie die mächtigste Kathedrale unserer Vorstellung oder Erfahrung; und Gott wird keinen größeren Raum beanspruchen, als der Mensch für sich braucht.

Wenn aber die Blase der menschlichen Kräftespannung platzt und wir die Leere, die als Fehlen des eben noch Vorhandenen gegenwärtig ist, mit einem Wort benennen möchten, dann wird das Wort zu einem Raum streben, der mit Vorstellung und Erfahrung nicht mehr auszuloten ist.

Jedes Wort strebt dahin. Dahin, wo noch kein Wort hingelangt ist.

Es gibt ein Bild von Caspar David Friedrich, das uns wortlosen Einblick in den verbotenen Raum gewährt.

Auf den ersten Blick scheint es nicht mehr zu sein als das: eine Meerlandschaft im Mondschein. Der natürliche Raum ist weder schön noch häßlich, sondern anspruchslos. Im Vordergrund, auf dem sacht zum Wasser abfallenden Ufer, liegen mächtige, dunkle Steinbrocken. Ja, so etwas gibt es, denken wir und bestätigen anhand unserer Erfahrung oder unseres Vorstellungsvermögens die Erfahrung des Malers. Kein Glitzern auf den Wellenkämmen, das Wasser ist um diese Stunde völlig dunkel. Über dem Horizont ist der Himmel klar, an seinem Gewölbe aber stehen aufgetürmte Wolken; hinter ihrer dichten, drohendschaumigen Masse leuchtet nur der obere Rand des Vollmonds hervor. Das ist alles, was er an Licht gewähren kann. Oben der Himmel, unten die Erde, dazwischen das Meer. Die Welt liegt in genau der beruhigenden Anordnung da, wie wir es gewohnt sind, wie wir es zu wissen gewohnt sind.

Eine spannungslosere, neutralere Mitteilung gibt es nicht. Die Anspruchslosigkeit des Anblicks wird von der Nacht gerechtfertigt: Man kann nicht viel sehen, weil es dunkel ist.

Und doch ist jemand da, der diese Nacht sieht.

Und aus einem seltsamen, fast schon schauerlichen Gefühl, das dieser anspruchslose Anblick vermittelt, wird der Betrachter der Nacht gewahr, daß er nicht allein ist. Dort, wo das Wasser vermutlich etwas tiefer ist, leuchtet ein kleines Licht, der orangefarbene Punkt eines kleinen Feuers, der einen gelben Streifen matt-wässerigen Widerscheins bis zu den Steinen sendet. Zwei oder drei Menschen sitzen da auf einem einsamen Felsbrocken an einem Feuer. Männer. Der eine hält so etwas wie einen Stock in den sich kräuselnden Rauch, der andere sitzt einfach zusammengekauert da und blickt zum Festland; der dritte, falls es ihn überhaupt gibt, wendet uns den Rücken zu und starrt ins undurchsichtige Dunkel des offenen Meers. Schiffbrüchige. Im Licht des Feuers ist in Umrissen ihre aufgelaufene Barke zu erkennen, eine kleine Fahne hängt vom Mast. Eine rote Fahne wahrscheinlich. Es muß windstill sein, denn die natürlich-schlaffe Art des Hängens wird kaum von einem Lufthauch verändert; höchstens, daß die Fahne ein klein wenig angehoben ist. Diese kleine Bewegung weist darauf hin, daß die Luftströmung vom offenen Meer zum Festland hin verläuft.

Wir aber schauen eine Weile ins Bild, und das Bild haucht uns auf dieselbe Weise an.

Der eine Mann beobachtet das Feuer, und der Rauch macht ihn blind; der andere schaut einfach in Richtung des Festlands, das von dort aus natürlich nicht sichtbar ist; dem dritten, der auf das schimmernde Wasser am Horizont blickt, flimmert die Leere vor den Augen. Es gibt Menschen, die schauen, aber nicht sehen können. Jemand aber sieht. Sie alle schauen auf ähnliche Art, und doch sehen sie anders.

Wir aber, die wir dieses Bild betrachten, blicken aus der Perspektive der drei Schiffbrüchigen aus dem Bild hinaus auf den, der die Nacht sieht, dann wieder blicken wir, eingeschlossen in unsere eigene Nacht, zu ihnen hinein: um die drei wirklich zu sehen, müssen wir uns über ihr Feuer neigen; doch da ist noch jemand, und der neigt sich nicht darüber.

Kleist schreibt über Caspar David Friedrichs Sehweise, sie sei so, «als ob einem die Augenlider weggeschnitten wären». Denn wie immer wir das Bild betrachten, müssen wir doch unweigerlich mit den Augen blinzeln, und damit führen wir den Unterschied ein: Wir müssen entweder ganz nahe herangehen, um uns mit denen zu identifizieren, die der Maler abgebildet hat; oder wir müssen zurücktreten, um uns mit dem zu identifizieren, was er abgebildet hat. Ähnlich wie die unglücklichen Schiffbrüchigen können auch wir nur in Einzelheiten auffassen, was jemand ohne Augenliderzucken als Ganzes sieht. In ihrem Schicksal betrachten wir unser eigenes Los, und doch gibt es da noch jemanden, der es auch sehen kann; wir können nicht gleichzeitig fern und nahe sein. Innen und außen kann nur der sein, der die Welt erschafft. Das unausgesetzte Sehen bedeutet, daß kein Augenblick vom anderen getrennt ist; die zeitlose Nacht bedeutet, daß es nicht Nacht ist.

Und tatsächlich ist es nicht Nacht auf dem Bild. Dafür ist alles viel zu hell und vor allem zu farbig. Eine Schein-Nacht ist es, die wir Nacht genannt haben. Was mein Auge auf den ersten Blick für eine anspruchslose, dunkle, fast schon bis zum Überdruß vertraute Meerlandschaft im Mondschein hielt, entpuppt sich bei genauerem Hinsehen als die Allegorie meiner Gefühle, wie sie die Nacht, die Unendlichkeit, die Leere und das Fehlen betreffen. Das Gefühl entsteht nicht aus dem, was da ist, sondern aus dessen Schein. Nicht die gemalte Landschaft sehe ich, sondern ich versenke mich, wenn ich diese oder eine ähnliche Landschaft sehe, eigentlich in die Betrachtung eines anspruchslos-bekannten und doch nicht zu benennenden Gefühls.

Wer kennt nicht die Märchen, in denen sich der jüngste Sohn, das unerfahrene Mädchen oder der ungerecht aus dem Schloß vertriebene kleine Prinz auf Wanderschaft begibt und in einen dunklen, undurchdringlichen, riesigen Wald gerät. Irgendwo hatte dieser Märchenwald einen Eingang, aber es steht zu befürchten, daß man nie mehr aus ihm herauskommt. Dürre Zweige knacken, der Uhu ruft im Geäst. Irrlichter tanzen aus den Höhlen vermodernder Stämme hervor. Und der kleine Mensch, der durch die stockdunkle Nacht taumelt und auf einmal zwischen den Bäumen ein schwaches Licht erblickt, wird zuerst seinen Augen nicht trauen.

Im drohenden Dunkel zieht das Licht einen jeden an, vor dem drohenden Licht flieht ein jeder ins beruhigende Dunkel.

Vielleicht braut dort im Licht einer flackernden Ampel die böse Hexe einen giftbrodelnden Trank, vielleicht ist es ein Hort übler Geister, vielleicht zählen zwischen rauchenden Kerzen Räuber mit blutigen Händen Goldtaler; und doch muß man näher treten. Denn wir sind Obdachsuchende.

Allein oder auch mit unserem Gefährten stehen wir in der gestaltlosen Nacht, vor unseren Augen zieht ein erleuchteter Zug seine schnelle Bahn, nimmt sein Licht mit, und das Rattern der Räder verliert sich im Raum. Wenn wir doch nicht gebannt und reglos hier stünden, sondern in rascher Fahrt unterwegs wären, um anzukommen. Wenn wir doch im Meer der kleingedruckten Zeitungsannoncen auf ein Wohnungsangebot stießen, das nur Vorteile und keine Nachteile hat. Oder wenn in den unbekannten, verschneiten Straßen einer fremden Stadt ein beleuchtetes Fenster uns auf einmal stehenbleiben ließe; die leichten Vorhänge sind halb gezogen, drinnen, in der Wärme, im abgeblendeten Lampenlicht, sitzt jemand im weichen Dämmer kostbarer, gepflegter Möbel: nirgends sonst könnte ich mir mein Leben vollkommener vorstellen.

Der Wunsch ist stark, die Sehnsucht ist groß, der Hoffnungsschimmer schwach und immer fernher schwankend.

Wer nicht anders kann, als sich diesem Gefühl des Taumelns im Dunkeln, dieser Sehnsucht nach Licht vorbehaltlos auszuliefern, den nennt man Melancholiker; seinen Zustand nennt man Melancholie.

Die Seele des Melancholikers ist auf Schwarz gestimmt, seine Jahreszeit ist der Herbst, seine Tageszeit die Nacht, seine Himmelsrichtung der Norden. Für die Melancholie gibt es viele Wörter: Weltschmerz, Schwermut, Trübsinn. Und viele Definitionen: grundlose Niedergeschlagenheit, krankhaft verzagte, permanent gedrückte Stimmung, Stagnation der Lebenskraft, Versiegen der Fröhlichkeit, Mangel, Leere, Apathie. Mit einem modernen Wort nennen wir es Depression; in der Geographie bedeutet das: Festland, das unter Meereshöhe liegt; in der Astronomie ist es die negative Höhe, das heißt die Höhe von Sternen unterhalb des Horizonts; in der Meteorologie ist es ein durch aufsteigende Luftströmung bedingtes Tiefdruckgebiet.

Es ist kein Zweifel möglich: in Caspar David Friedrichs Bild sind wir an der Nordsee, die Luftmassen kommen vom Nordpol, und wir sehen ein Tiefdruckgebiet mit seiner aufsteigenden Luftströmung. Nach einem Sturm wahrscheinlich. Der Wind tobt nicht mehr; die Elemente haben miteinander gerungen, doch das Festland ist Festland, das Wasser Wasser und der Himmel Himmel geblieben. Jedes Element mag sich beruhigen, denn es gibt eine Mitte, dank der es seine Eigenständigkeit wahren kann. Es gibt das Feuer.

Und wenn doch kein Sturm war, so ist jetzt Ebbe. Das Schiff der drei Männer ist auf ein Riff aufgelaufen, und dann hat die Ebbe das Wasser unter ihm abgesaugt; die Barke weist nämlich keinerlei Beschädigung auf. Und daher ist es auch möglich, daß der zum Horizont blickende Mann nicht den Zug der Wolken beobachtet, sondern auf die Flut wartet.

Melancholie ist Erinnern. Wenn es Sturm gegeben hat, wird es wieder Sturm geben. Wenn es Ebbe gibt, gibt es auch Flut. Der Melancholiker achtet nicht auf das, was gerade ist, sondern wartet auf das, was gerade nicht ist. Mit dem Verstand klammert er sich an das Berechenbare, doch die Erinnerung an das Unberechenbare hat sein Vertrauen in den gesunden Menschenverstand erschüttert; er hat Angst vor dem, was nicht ist, und so fürchtet er auch das Eintreffen der Dinge, deren er harrt. Er weiß, daß das, was jetzt nicht ist, doch irgendwie sein und das, was ist, verdrängen wird. Das jetzt Seiende ist zwar ungewiß, denn es kann ja alles daraus werden, aber im Vergleich mit dem vielleicht Eintreffenden ist es als realisierte Möglichkeit noch immer sicherer als zahllose unrealisierte. Das jetzt Seiende ist jedenfalls Leben, denn erst das später Eintreffende birgt den Tod des Jetzt in sich. Was für meine Gefühle nicht schlimm wäre, weil es die Auflösung meiner Qualen bedeutete, das wäre für meinen Verstand nur dann nicht schlimm, wenn er wissen könnte, was auf die quälend unbeständigen Gewißheiten meiner beständigen Ungewißheit folgt; was das für eine Möglichkeit ist, welche die verstandesmäßige Ungewißheit und die gefühlsmäßige Gewißheit zugleich auslöschen wird. Wenn ich das nicht weiß, verliert alles, was ich an Gewißheiten und Ungewißheiten erwarten kann, seinen Wert. Etwas zu erwarten hat keinen Sinn, nichts zu erwarten auch nicht. So gelangt der Melancholiker aus dem hinaus, worin er ist. So wird für ihn sinnlos, was noch einen Wert haben könnte.

Was für den Betrachter das in der Ferne flackernde kleine Feuer der Hoffnung ist, das ist für die Protagonisten des Bildes die praktische Bedingung, um am Leben zu bleiben. Und weil niemand der Betrachter des Bildes sein kann, dessen Protagonist er ist, bedeutet das Feuer in dem einen Fall Licht, im anderen Wärme. Wer ins warme Zimmer seiner Sehnsüchte tritt, wird hinausblicken und Dunkelheit sehen, wo zuvor noch Kälte war; die Befriedigung der Sehnsucht ist lustvoll und treibt zu neuer Lust an, denn wir erreichen ja nie, wonach wir streben; und auch das könnte uns in Hoffnungslosigkeit versinken lassen. Für uns selbst können wir das Feuer der Hoffnung nie anzünden; Feuer können wir nur machen, um uns die starren Glieder zu wärmen. So wird unser Mittel für andere zum Zweck, und das kümmerliche Mittel anderer wird für uns zum Zweck. Hoffnung oder Nicht-Hoffnung. Wo der Tod ist, weiß man nicht, und sein Raum ist nicht vorstellbar. Das menschliche Denken hört im Bereich solcher sich als extrem erweisenden Möglichkeiten auf.

Wir betrachten das Bild, und wir wissen nicht einmal, womit sie dort auf dem Felsen im Wasser das wärmende Feuer entfacht haben. Auf einer kleinen Barke hat nicht so viel Brennmaterial Platz, wie dieses ruhig brennende Feuer nährt. Es ist auch nicht anzunehmen, daß sie das Holz vom Festland haben, denn wenn sie sich schon entschlossen hätten, das seichte Wasser zu durchwaten, warum haben sie dann das Feuer nicht am sichereren Ufer angezündet? Die Sache stimmt so oder so nicht. Wenn sie das Feuer nicht am Ufer gemacht haben, weil sie auf die Flut warten, wer hat ihnen dann das Feuerholz gebracht? So wie sie da sitzen, scheinen sie nicht die Absicht zu haben, sich je vom Fleck zu rühren. Der eine tut immerhin etwas, er steckt den Stock in den Rauch, aber das macht er wohl aus Geistesabwesenheit. Mit einem Stock kann man in der Glut stochern, dient er aber als Spieß, dann hält ein Mensch, der bei Sinnen ist, den zu bratenden Fisch oder das Brot nicht in den Rauch. Das sind ganz einfache Erwägungen. Vielleicht hat der Sturm sie doch gegen den Felsen geworfen, und nur wir sehen die beschädigte Stelle nicht, und jetzt verbrennen sie die zersplitterten Planken und Rippen der Barke. In diesem Fall aber wäre es vernünftiger, das zerstörte Schiff seinem Schicksal zu überlassen und sich auf das Festland zu retten, als im Wasser zu sitzen und ein Feuer zu nähren, das bestimmt von der ersten Welle gelöscht wird. Vergeblich betrachten wir sie, vergeblich blikken wir in die Nacht, wir wissen über ihr Schicksal so wenig wie sie selbst.

Wenn unausgesetztes Sehen bedeutet, daß kein Augenblick vom anderen getrennt ist, dann vermag der Anhauch des Schicksals den unausgesetzt Sehenden weder zu begeistern noch zu erschüttern: das ist sein Vermögen.

Dagegen mag der Melancholiker von einem beliebigen Punkt ausgehen, und er kommt doch immer wieder an diesen Punkt zurück: in das quälende Dunkel seines Schicksals. Er blickt ins Dunkel und staunt nicht darüber, daß er nichts sieht. Weder vermag er aus seinem eigenen Schicksal das Schicksal anderer noch aus dem Schicksal anderer sein eigenes zu erklären, denn dazu fehlt ihm das Vermögen des unausgesetzten Sehens. Das Bewußtsein dieses Fehlens wird zum Vorgefühl des Todes. Doch gerade wenn man ein Gefühl für etwas hat, kann die Sache, aus der das

Gefühl stammt oder auf die es sich bezieht, nicht mit ihm identisch sein. Wenn ich von etwas sage, es sei hart, kalt und scharf, kann es ein Stein sein, aber auch Eisen kann ich so empfinden.

Das Gefühl ist die einzige Gewißheit, an der sich das Nachdenken über die Dinge und die Zusammenhänge der Dinge festhalten kann; in bezug auf jenes Ganze aber, über das es eigentlich nachdenken will, ist es unsicher. Und noch unsicherer ist das Vorgefühl. Das Vorgefühl ist Erinnerung an alte Gefühle, obwohl es sich auf etwas Zukünftiges bezieht, das als Gefühl erst realisiert wird, wenn das Eintretende zufällig dem Vergangenen gleicht und die Gefühle sich in der Beurteilung des Vergangenen nicht getäuscht haben. So bringen einen das Vorgefühl des Todes, die Angst vor dem Tod oder die Todessehnsucht nicht etwa dem Todesgefühl näher, sondern sind im Gegenteil die stärkste Manifestation des Lebensgefühls.

Wenn man zuschaut, wie eine Ameise einen Grashalm schleppt, so fühlt man bei diesem Anblick weniger, als wenn man selber einen Balken schleppt und kein Bild davon hat, denn das Bild von der Welt verschwimmt vollkommen unter dem Gefühl der Last. Das Nachdenken über den Tod ist vielleicht der Versuch, die Schwere einer Sache zu ermessen, deren Maß sich weder in Gewicht noch Raum oder Zeit ausdrücken läßt. Und wie sollten wir uns ein Bild von etwas machen, das keinerlei Maß hat? Und wie sollten wir uns etwas vorstellen, von dem wir uns kein Bild machen können?

Und doch haben wir noch Worte angesichts einer solchen Möglichkeit: wir sprechen dann von unvorstellbaren Dingen. Oder wenn das Ausmaß des Unvorstellbaren unsere Vorstellungskraft übersteigt, dann sprechen wir vom Nichts, das durch unser Sprechen allerdings wieder zu etwas wird. Und gerade dieses Nachdenken über etwas müßte ich in mir aufheben, um zu dem schicksalslosen, von Vergangenheit und Zukunft nicht wissenden, mit Himmelsrichtungen nicht zu ortenden, unausgesetzt sehenden Nichts zu werden, zu dem ich, der von lückenhaftem Wissen und unzuverlässigen Gefühlen Gequälte, nicht werden möchte: zu einem gefühllos Wissenden.

So entstehen im Melancholiker die von Selbstmord erfüllten Gedanken.

Bevor ich sage, wie ich über die Melancholie denke, der wir uns bisher nur ansatzweise genähert haben, möchte ich auf zwei Werke hinweisen, aus denen ich viel Wissen und noch viel mehr Kenntnisse geschöpft habe. Das eine ist ein Buch, das andere ein Bild.

Das Buch ist von László F. Földényi [1]; er betrachtet das Melancholie-Problem darin unter kulturhistorischem Gesichtspunkt und gelangt zu der Feststellung, daß die Melancholie je nach Menschenbild und Weltanschauung der verschiedenen Epochen entweder als Zeichen der Auserwähltheit oder als Besessenheit, entweder als Wahn oder als allgemeingültiger Modus des Seinsgefühls, einmal als unheilbare, dann wieder als heilbare oder zumindest als zu behandelnde Krankheit gewertet wurde. Wie sind diese so verschiedenen Vorstellungen unter einen Hut zu bringen? Földényi, vermutlich selbst ein praktizierender Melancholiker, vermeidet es unter Aufbietung aller geistigen Kräfte, die Erkenntnisse einer Kulturepoche mit Hilfe der Erkenntnisse einer anderen zu annullieren, vielmehr grenzt er mit den widersprüchlichen und den zusammenhängenden Erkenntnissen gewissermaßen den toten Raum ein,

1 «Melankólia», Budapest 1984; dt. «Melancholie», München 1988

von dem wir vernünftigerweise keine Antwort mehr erwarten können, obwohl wir ohne Hoffnung auf Antwort die Frage nicht hätten stellen können. Der von unserer Neugier bestürmte tote Raum vermag sich in Földényis Buch abzuzeichnen, weil der Autor die kulturbedingten Wege und Mittel der Annäherung an das Problem nicht vorschnell beurteilt; er achtet die Alchemie nicht geringer als die religiöse Ekstase, die phrenologische Erklärung ist ihm nicht mehr wert als die astrologische, die Heilverfahren der Medizin bedeuten ihm nicht mehr als die Hilferufe der Dichtung oder die subtilen Erwägungen der Philosophie. Will man einen Vergleich bemühen, so gewährt sein Buch eine Einsicht, wie sie die moderne Astronomie bei der Entdeckung der schwarzen Löcher erlangt hat.

Wer es liest, wird noch genauer empfinden, aber noch weniger wissen, was Melancholie ist. Das ist selbstverständlich. Denn die bezeichnendste Eigenschaft der Melancholie ist ja das Fühlen des Leerraums, den das Wissen umgibt, oder das Erkennen des Leerraums, den das Fühlen einschließt. Es gibt ein gefühlsmäßiges Wissen, und ebenso gibt es ein wissensmäßiges Fühlen. Aber gerade weil Wissen und Fühlen zweierlei sind, müssen wir erkennen, daß es Gefühle gibt, denen kein Wissen entspricht, und ein Wissen, zu dem kein Gefühl gehört. Man kann also dem Fühlen gemäß denken und dem Wissen gemäß fühlen, doch Wissen und Fühlen können einander nicht Leitsterne sein. Das eine kann sich vom anderen ein Bild machen, aber nicht gleichzeitig auch Worte dafür haben. Hat es aber Worte, kann es sich kein Bild machen.

Das Bild, auf das ich hinweisen möchte, hat der große Romantiker Georg Friedrich Kersting von dem großen Melancholiker Caspar David Friedrich gemalt; es zeigt den

Maler bei der Arbeit in seiner Werkstatt. Eine kleine Werkstatt. Und so sauber und kahl wie eine Mönchszelle. Was keineswegs heißt, daß der Anblick unfreundlich ist. Drei Gegenstände befinden sich im Zimmer: ein Tisch, ein Stuhl und eine Staffelei. Es ist kein Zufall, daß wir die Dreiheit als heilig zu betrachten pflegen. Die drei Gegenstände stehen in freundlicher Nähe zueinander, so wie es die Arbeit des Malers erfordert. Der übrige Raum ist leer. In der Wand linker Hand befindet sich eine Tür mit einem glänzenden Knauf. Der leere Fußboden wird durch die Ritzen zwischen den Brettern längs gestreift, an die leere Zimmerdecke zeichnet der Widerschein des Fensters seine Form.

Dieser Widerschein ließe sich nicht erklären, wenn man nicht die mit Sepia gemalten Bilder kennte, auf denen Friedrich die Fenster der bei Dresden befindlichen Werkstatt kurz nach seinem Einzug verewigt hat. Auf dem einen Bild das rechte Fenster, auf dem anderen das linke. Auf beiden Bildern stehen die Fenster offen, man sieht auf den träge fließenden Fluß und auf das mit Pappeln gesäumte jenseitige Ufer. Durch das rechte Fenster erblickt man eine Barke mit einem Mast, die ihre Fahrt unterbrochen hat, durch das linke Fenster sieht man auf kleine Kähne und Boote, die unter dem locker wolkigen Sommerhimmel auf dem weichen Wasser schwimmen.

So vermögen wir zu verstehen, was uns Kerstings Bild zeigt, daß Caspar David Friedrichs Werkstatt nicht von direktem Licht, sondern vom Widerschein der Elbe beleuchtet wird. Das ist so, weil Caspar David Friedrich, unzufrieden mit direkter Beleuchtung, die Lichtverhältnisse des Raums in den sechs Jahren seit seinem Einzug gründlich verändert hat. Das rechte Fenster hat er zumauern, zu einem blinden Fenster werden lassen. Und auch vom linken Fenster ist nur ein unterteiltes Viereck geblieben, nachdem er das untere Drittel mit Brettern hat vernageln lassen. Auf diese Weise hat er sich den Widerschein aus dem Licht herausgefiltert, auf diese Weise hat er aus dem gleichmäßig und freundlich hellen Zimmer eine dunkle Kiste gemacht, die von oben beleuchtet wird, durch ein Licht, das von unten kommt.

Wenn er sitzt, kann er nicht zum Fenster hinausblicken. Wenn er aufsteht, sieht er höchstens das jenseitige Flußufer. Auch wir sehen durch das Fadenkreuz des unverstellten Fensterteils nichts anderes als eine in der Ferne mit dem Himmel verschwimmende Wolkenspitze.

Auf Kerstings Bild sitzt der Maler vornübergebeugt auf dem Stuhl und macht gerade mit dem Pinsel einen Strich. Der Fluß wirft seinen Widerschein an die Zimmerdecke, von der Zimmerdecke fällt er auf die Leinwand. Der Maler sitzt eigentlich nicht in einem Zimmer, sondern in einer Camera obscura. Auf der vom Widerschein überbelichteten Leinwand läßt sich das entstehende Werk knapp ausmachen; es ist eine von Friedrichs jäh-wahnwitzigen Landschaften. Auf dem Tisch eine offene Farbschachtel, drei verschieden große Flaschen mit Lösungsmittel und zwei ziegelförmige Gegenstände, vielleicht zwei kleine Farbschachteln. Offensichtlich ist es kalt oder zumindest recht kühl, denn Caspar David Friedrich ist warm angezogen, die Kleider stopfen gewissermaßen seinen Mantel aus, der in weichen Wülsten über den Armen und einer Hüfte des Malers liegt. Bequem ausgetretene Filzpantoffeln an seinen Füßen.

Ich kann nicht genug betonen, wie wichtig der Umstand ist, daß sich das natürliche Licht dreimal brechen, dreimal verwandeln muß, bevor es sein Auge erreicht. Zuerst auf der Wasseroberfläche, dann an der Zimmerdecke, dann auf der frischen Farbe der Leinwand. Caspar David Friedrich muß durch diese Verwandlungen hindurchblicken, um das Licht, das er eben malt, als ein natürliches zu empfinden. Er blickt durch seine eigene Blindheit hindurch und sieht ein imaginäres Bild. Sein Gesicht ist aufgequollen, sein Blick besessen, Bart und Haar sind ungepflegt.

Drei Öffnungen in den Wänden. Drei Möbelstücke. Drei Farbschachteln. Drei Flaschen mit Lösungsmittel. In der Vertiefung des blinden Fensters hängt eine farbverschmierte Palette, an der Wand zwischen den Fenstern eine zweite Palette; die dritte Palette befindet sich in der Hand des Malers. In derselben Hand vier Pinsel, während der Maler mit dem fünften Pinsel eben die Leinwand berührt. Und an der Wand zwischen den Fenstern hängen drei Lineale, ein gerades, eines mit Querleiste, ein dreieckiges.

Aber es ist nur ein Mensch anwesend.

Und es ist noch irgend jemand da, der ihn sieht.

Sie schauen auf ähnliche Weise und sehen doch anders. Kersting durchschaut zwar die Manipulationen, denen sein Freund das Licht unterwirft, aber gerade wegen der Lichtverhältnisse kann er das Ergebnis dieser Manipulationen, das Bild, kaum sehen. Und wir verdanken es ausschließlich unseren eigenen gedanklichen Manipulationen, wenn wir wissen, woher das Licht kommt, in dem die beiden Freunde auf so ähnliche Weise tätig sind. Der unsichtbare Kersting sitzt in ähnlicher Position auf seinem Stuhl wie der durch ihn sichtbar gemachte Friedrich auf dem seinen. Caspar David Friedrich sieht durch selbstgeschaffene Lichtverhältnisse, Georg Friedrich Kersting aber sieht durch diese. Was heißt, daß Caspar David Friedrich ein eigenes Licht-

Spiel hat, wohingegen Georg Friedrich Kersting sich dem des anderen anpaßt. So ist ihre Sehweise jeweils eine andere.

Kersting sieht, was er sieht, und auch wenn er es durchschaut, kehrt er doch dorthin zurück, von wo er ausgegangen ist. Caspar David Friedrich hingegen sieht durch sein eigenes Licht-Spiel und kehrt nicht an den Ausgangspunkt zurück, denn sonst müßte er ja über die dreistufige Lichtvermittlung zur Oberfläche der Elbe zurückgelangen. Er aber sieht dank dieser Vermittlung ein Bild, das kein anderer sehen kann, auch wenn die Umstände und das Licht dieselben sind. Kersting kopiert ein Bild, Friedrich erschafft eins; er erblickt das im dreifachen Licht-Spiel geschaffene Bild in seiner Phantasie, sein Freund kann es mehr oder weniger auf der Leinwand sehen, und wir sehen es kaum noch. Wir mögen zwar für die in den Dingen verborgene Dreiheit ein Gefühl haben, unser Verstand jedoch kann nur die beiden gegensätzlichen Pole dieser Dreifaltigkeit fassen, denn das Dritte ist immer der Standpunkt des Betrachters, und von diesem Dritten wissen wir nicht, ob es ein Pol ist oder Blendwerk oder die dritte Dimension einer zweidimensionalen Fläche.

Auf dem Bild sehen wir Caspar David Friedrich, nicht aber Kersting, obwohl es gerade deswegen zu einem Bild wird, weil wir die freundschaftlichen Gefühle wahrnehmen können, welche die beiden verbinden. Deshalb habe ich vorhin so bestimmt gesagt, man sehe beim Betrachten eines solchen oder eines ähnlichen Bildes nicht das gemalte Bild, sondern versinke in die Betrachtung eines durchaus bekannten, aber nicht in Worte zu fassenden Gefühls. In diesem Fall in die Betrachtung der Freundschaft, auch wenn man nur ihren Schein wahrnimmt.

Und den beiden geht es mit mir ebenso. Sie können mich nicht sehen, ja, nicht einmal sich vorstellen, da sie von meiner Anwesenheit in ihren Angelegenheiten nicht wissen können, obwohl ich gerade wegen ihrer Gefühle, die das Bild gestaltet haben, von ihnen weiß und man also keineswegs behaupten könnte, wir gingen einander nichts an. Deshalb habe ich vorhin so bestimmt gesagt, es gebe Gefühle, von denen es kein Wissen gibt, und ein Wissen, dem kein Gefühl entspricht.

Einmal ist es der Tod des menschlichen Denkens, einmal der Tod der menschlichen Gefühlsfähigkeit, der sich zwischen diese beiden Möglichkeiten stellt. Wahrscheinlich sterben sie ineinander, und nur mit der Geste eines Schöpfers kann man durch das Blendwerk des Gefühls oder des Denkens hindurchblicken; durch beide zugleich kann man nicht blicken. Ebensowenig wie man durch den Tod, der diese Begriffe trennt, hindurchblicken kann.

Seit ich auf Kerstings Bild die drei an der Wand hängenden Lineale bemerkt habe, komme ich von dem Gedanken nicht los, daß Caspar David Friedrich das Bild, das ich auf den ersten Blick als Meerlandschaft im Mondschein identifiziert habe, nach einem gleichen Gefühl für die Proportionen geschaffen hat wie Kersting sein eigenes. Wenn Kersting nämlich das Tun seines Freundes, das auf dem Blick durch das dreifache Licht-Spiel beruht, richtig gesehen hat und sein eigenes Sehen an der Sehweise des Freundes mißt, so muß auch das auf der Leinwand entstehende und für uns kaum sichtbare Bild auf einem zumindest ähnlichen inneren Maßstab beruhen. Hätten die beiden nicht ein diesem gemeinsamen Wissen entspringendes Gefühl, so könnten auch wir uns nicht dessen bewußt werden, daß dem Bild das Gefühl der Freundschaft entströmt.

Caspar David Friedrichs Bild wird von einem einzigen, mit dem Lineal gezogenen Strich zweigeteilt. Oben der Himmel, unten die Erde. Auf den ersten Blick möchte man meinen, die Erde nehme mehr Raum ein als der Himmel. Mißt man aber das Bild aus, stellt man fest, daß es sich gerade umgekehrt verhält. Der Raum, den die Erde einnimmt, scheint zwar größer, nach den Maßen aber nimmt der Himmel den größeren Raum ein, wobei das Verhältnis der beiden drei zu fünf ist. Der Schein will aber gar nicht trügen, sondern stellt die Verschiebung dar, die sich aus dem je verschiedenen Maßstab unseres Wissens von der Welt und unseres Gefühls für die Welt ergibt. Wir denken aus der Perspektive des Teils über das Ganze nach, wobei wir aber, gemessen an anderen Teilen, wiederum das Ganze sind. Besser gesagt, einmal spricht man aus dem Wissen, einmal aus dem Fühlen, einmal als Teil des Ganzen, einmal als Ganzes eines Teils, einem Schwätzer vergleichbar, der gar nicht weiß, was er redet. Nicht so Caspar David Friedrich, der mit seinem verkehrten Maßstab gleichzeitig aus dem Wissen und dem Fühlen redet, so daß die Wirklichkeit des Anblicks auf eine jenseits des Scheins befindliche Wirklichkeit verweist, wo weder der Teil dem Ganzen noch das Ganze dem Teil das Maß gibt; und sofern diese Wirklichkeit beides ist, ist sie zugleich keines von beiden.

Wenn ich, um diese Erkenntnis reicher, zurücktrete, um das Bild von neuem zu betrachten, werde ich um weitere Erkenntnisse reicher. Ich sehe es nicht anders als auf den ersten Blick. Der Horizont, der das Bild teilt, scheint mir immer noch der Erde mehr, dem Himmel weniger Platz einzuräumen, auch wenn ich jetzt weiß, daß es umgekehrt ist. In solchen Fällen pflegt man im Brustton der Überzeugung zu sagen, die Gefühle lassen sich eben nicht täuschen. Oder zu sagen, es nütze nichts, etwas zu wissen, wenn man es nicht fühle.

Das einheitliche Dunkel des Wassers trifft am Horizont auf die helle Leere des Himmels. Der Horizont ist ein Zusammentreffen, das das Zusammentreffende trennt. Der Horizont ist das scheinbare Aufeinandertreffen zweier als verschieden bekannter Elemente. Wir vervollständigen dieses Scheinbare durch das Wissen, daß die Erde rund ist und das scheinbar Gerade in Wirklichkeit gekrümmt, der scheinbare Strich in Wirklichkeit eine Ebene ist. Caspar David Friedrich läßt das Wissen von der Krümmung dahingestellt, er bleibt bei der scheinbar geraden Linie, und daraus folgt notwendig, daß auch wir die Perspektive des Bildes nicht nach dem Wissen, sondern nach dem Schein erfassen. Im geometrischen Mittelpunkt des Bildes ist sowieso nichts zu sehen. Vielmehr verliere ich mich in die Betrachtung der Steine am Ufer, der dunkel dräuenden Wolken am Himmel, denn so erhoffe ich mir eine Antwort auf meine Frage nach dem Schicksal der Schiffbrüchigen. Und wenn ich diese Frage stelle, muß ich auch fragen, was vorher gewesen ist. Auf diese Art aber erhält das im geometrischen Mittelpunkt des Bildes erscheinende Nichts die größte Tiefe. Ich betrachte verschiedene Dinge, in Wirklichkeit aber starrt mein Auge auf das Zusammentreffen der beiden Diagonalen, dort, wo das Fehlen als Tiefe aufscheint. Es ist das Fehlen einer Antwort. Oder die Hoffnung auf Antwort. Das eine führt zum Tod des Denkens, das andere zum Nachdenken über den Tod.

Auf Caspar David Friedrichs Bild spiegeln sich der Himmel und die Erde. Unten, auf der Erde, gruppieren sich die Steine auf der rechten Seite des Bildes zu einer gleichen

Masse wie die aufgetürmten Wolken oben am Himmel auf der linken Bildseite. Ich weiß, daß Dinge verschiedener Qualität einander nicht spiegeln können; der blauschwarze Himmel ruft dennoch ein Grün aus der braunen Erde hervor, und ebenso färbt das Braunschwarz der Erde die Schwärze des Himmels braun. Unter dem oberen Rand des Himmels das kalte Licht des Mondes, unter dem oberen Rand der Erde das warme Licht des Feuers; und so wie der Mond dem ganzen Bild, nicht aber sich selbst das Licht gibt, so gibt das Feuer nur sich selbst, nicht aber dem Ganzen sein Licht. Das warme Licht des Feuers verliert sich in der Kälte des Ganzen, unser Blick hingegen verliert sich im Licht des Ganzen; wir können in das kalte Weiß nicht hineinblicken, ebensowenig wie in das als wärmer empfundene Schwarz. Wir können nur wissen, daß der Mond, der das Ganze beleuchtet, sein kaltes Licht vom warmen Licht der Sonne erhält. Die größte Tiefe des Bildes ist also nicht im Dunkeln und nicht in der Helle, nicht im Tag und nicht in der Nacht, nicht in der Kälte und nicht in der Wärme, nicht im Wissen und nicht im Fühlen, nicht auf der Erde und nicht am Himmel, sondern nach wie vor an dem Punkt, wo Caspar David Friedrich mit dem Lineal das zwischen diese extremen Möglichkeiten fallende Nichts herausgearbeitet hat.

Nirgends sonst hat er den Himmel so einheitlich blau gemalt wie hier, im geometrischen Mittelpunkt des Bildes. Scheinbar sitzen wir am Feuer und wärmen uns die in der kalten Nacht erstarrten Glieder, in Wirklichkeit aber kommen wir einmal mit dem Fehlen, einmal mit der Hoffnung in Berührung. So wie die Krankheit das Fehlen der Gesundheit ist, so ist die Nacht das Fehlen des Tages. Der Zeitbegriff beinhaltet Tag und Nacht, der Tod aber faßt weder Gesundheit noch Krankheit. Dank unserem Wissen haben wir ein Vorgefühl vom Tod des Denkens, so wie die Schiffbrüchigen fühlen, welches Schicksal ihnen droht, auch wenn sie sich davon kein Bild machen können. Ihr Gefühl veranlaßt sie, sich zu wärmen, und das Bild, das sie sich machen, ist jenes der kalt-gleichgültigen Nacht. Ihre aufgelaufene, seitwärts gekippte Barke deutet mit dem Mast an der Bilddiagonale entlang in den Raum, wo ihr Wissen und ihr Fühlen sich nicht mehr befragen, sich nicht mehr antworten können. Die blaßrote Fahne der Fahrt hängt schlaff in die blaue Leere hinein.

Caspar David Friedrichs Bild hat zwei Mittelpunkte. Der eine vermittelt den Schein der Mitte gemäß der Psychologie des Fühlens, der andere gibt die Wirklichkeit der Mitte nach dem Maß des Wissens an. Die beiden Mitten sind voneinander entfernt und stehen nur dadurch in Verbindung, daß es außerhalb des Bildes einen dritten Punkt gibt, von dem aus man beide in ihrer Verschiedenheit betrachten kann. Da wir aber nicht über die Fähigkeit unausgesetzten Sehens verfügen, wird unser Blick unweigerlich zwischen den beiden Punkten hin und her gleiten.

So nimmt uns der unaufhörlich Sehende in sein Sehen auf, ohne uns mit dieser seiner Fähigkeit zu beschenken. Allenfalls wissen wir jetzt, daß man auch auf eine Art sehen kann, wie wir es nicht vermögen, oder wir fühlen, wie man reden könnte, wenn man die Worte dafür hätte; das aber ist die eigentliche Melancholie.

Melancholie wird meistens als ein Seelenzustand betrachtet; ich aber behaupte, daß die Melancholie kein Zustand, sondern Tätigsein ist: die Arbeit des Geistes in der Seele oder die Arbeit der Seele im Geist.

Zugegeben, diese Feststellung klingt ziemlich unbegreiflich. Schon deshalb, weil ich bisher vom wissensbedingten Fühlen und vom gefühlsbedingten Wissen gesprochen habe, und beides habe ich von dem Fühlen und dem Wissen unterschieden, das des jeweils anderen nicht bedarf; von Geist und Seele hatte ich noch nicht gesprochen, und so ist gar nicht recht verständlich, was ich mit diesen Begriffen meine.

Das Gefühl bringt Bilder hervor, das Wissen Begriffe.

Das Tätigsein des Melancholikers richtet sich darauf, seine Gefühlsbilder und seine Wissensbegriffe aufeinander zu beziehen, eines mit dem anderen oder eines aus dem anderen zu erklären. Mit diesem Tätigsein erschafft er einen toten Raum: das Gefühl von der Wissensleere, das Wissen von der Gefühlsleere, einen Raum also, der so betrachtet äußerst bewegt ist.

In diesem Raum wird das Subjekt des gefühlsleeren Wissens als Geist, das Subjekt des wissensleeren Fühlens als Seele bezeichnet.

Mit beiden Subjekten kann ich mich identifizieren, aber nicht gleichzeitig, und so bin ich scheinbar wieder an meinem Ausgangspunkt angelangt. Mit dem Begriff des Geistes habe ich das Ganze des Raums vom Standpunkt des Teils benannt, mit dem Begriff der Seele den Teil vom Standpunkt des Ganzen. Und doch bin ich nicht mehr am Ausgangspunkt, denn gleichviel, ob ich mich mit dem Subjekt des gefühlsleeren Wissens oder mit dem Subjekt des wissensleeren Fühlens identifiziere, in beiden Fällen gelange ich zu einem Raum unbekannter Eigenschaften, der beide Subjekte enthalten kann, ohne mit ihnen identisch, ohne von ihnen verschieden zu sein.

Wenn es in der Welt nicht bloß zwei aufeinander nicht beziehbare Prinzipien gibt, so wie ja die Zahl der sich voneinander unterscheidenden Elemente nicht zwei, sondern vier ist, dann können zum Beispiel Geburt und Tod auch nicht zwei verschiedene Dinge sein, sondern höchstens zwei Seiten ein und derselben Sache. Natürlich stellt sich die Frage, zwei Seiten wovon. Wahrscheinlich die einer zweidimensionalen Fläche, denn einzig eine solche Fläche hat die Eigenschaft, mit keiner ihrer beiden Seiten identisch und so auch nicht von ihnen verschieden zu sein.

Die Frage ist nun, welche Dimension des unbekannten Raums diese zweidimensionale Fläche darstellt, die man mit leichtem Achselzucken oder mit einem schweren Seufzer gewöhnlich das Leben, weniger alltäglich das Sein zu nennen pflegt.

Wer nach so vielem Herumtasten, so vielen fragwürdigen Überlegungen zu Caspar David Friedrichs Bild zurückkehrt, kann sich nunmehr mit Leichtigkeit davon überzeugen, daß diese gemalte Fläche nicht zwei, sondern drei Mittelpunkte hat. Die Masse der über den Himmel ziehenden Wolken gleicht der Masse der Steine, die auf der Erde liegen, oben und unten, einander diagonal gegenübergestellt, und in diesem Sinn einander ebenso spiegelnd, wie die Farben des Himmels und der Erde einander im gemeinsamen Licht reflektieren, obwohl sie je von anderer Qualität und also nicht identisch sind. In dem Maße, wie ich aufgrund meiner Gefühle für die Schiffbrüchigen die Erdoberfläche als größer ansehe, obwohl sie kleiner ist, in dem Maße muß auch der kleiner scheinende, aber als größer erkannte Himmel einen eigenen, wissensbedingten Schein haben. Das Gleichgewicht, das für die Spiegelung des zweifachen Scheins erforderlich ist, ergibt sich aus den zusammengeballten Wolken, die den Mond beinahe verdecken: Ein sehr vertrautes bärtiges Gesicht schaut da aus dem aufwärtsstrebenden Gewölk. Es schwebt gewissermaßen in gleicher Richtung daraus hervor, ohne mit den Wolken wegziehen zu wollen.

Der auf Wissen beruhende Schein ist gerade das Gegenteil des auf Gefühl beruhenden Scheins.

Das Gesicht habe ich auf den ersten Blick nicht bemerkt, jetzt aber, da ich es gesehen habe, kann ich es nicht mehr als Wolke ansehen.

Ein rundes, uraltes Gesicht mit stumpfer Nase, mit aufgeblasenen, in Fetzen ausfransenden Wangen, der aufgerissene Mund eine dunkle Höhle, auch die Augen dunkle Höhlen, der Blick wahrscheinlich blind, vielleicht fehlen sogar die Augenbälle. Nicht uns blickt es an, sondern die Luft sieht es, und wenn es ruft, dann wiederum nicht uns, sondern ins Leere. Die dunkle Mundhöhle könnte das Gesicht als ein leidendes, die weiche Tiefe der Augenhöhlen es als ein heiteres erscheinen lassen; ein gütiges oder ein grausames. Es kommt uns so vertraut vor, weil es uns an alle Porträts erinnert, die wir je gesehen oder uns vorgestellt haben.

Als erstes fällt einem die schreckliche Gorgo ein und erst als letztes der barmherzige Gott der Christen. Dann beschwört das Wolkengesicht mit seiner Güte und seiner Grausamkeit, mit seiner Heiterkeit und seinem Leiden menschliche Gesichter herauf, zum Beispiel den stumpfnasigen, bärtigen Sokrateskopf von Silanion wie auch das Porträt, mit dem Caspar David Friedrich sein eigenes, irre blickendes Gesicht in Kreide verewigt hat; aber auch Homers allsehendes blindes Gesicht dämmert in unserer Erinnerung herauf.

Die auf dem Gewässer der Vergleiche und Unterscheidungen navigierende, kulturbedingte Erinnerung läuft schließlich auf dem Riff des wissensbedingten Scheins auf;

in dem uralten Gesicht glaubt man Proteus zu erkennen. Der Gott der Meerestiefe am Himmel, der Gott der Erde im Nichts. Die Luft erhält ihr Gesicht von einer Wolke, die Erde erhält ihre Wärme von einem Feuer, das mit Wasser jederzeit gelöscht werden kann. Das Gefühl beim Feuer, das Wissen im Nichts; beides zusammen einerseits Geburt, andererseits Tod, einerseits Wärme, andererseits Kälte, einerseits Nacht, andererseits Tag, einerseits Fühlen, andererseits Wissen, einerseits Feuer, andererseits Wasser, einerseits Luft und andererseits Erde.

Und das bedeutet, daß man in diesem Raum unbekannter Eigenschaften unterscheiden muß, was hierhergehört und was nicht. Denn man kann auf diese Art von der Dimension des Seins sprechen, aber nicht von der Dimension des Nichtseins. Zum Beispiel ist die allgemeine Auffassung zu revidieren, wonach Tod und Nichtsein ebenso identisch sind wie Geburt und Sein. Eher ist es so, daß Geburt und Tod zur Dimension des Seins, Geist und Seele zur Dimension des Nichtseins gehören. Diese zwei ineinandergefügten Ebenen bilden einen dreidimensionalen Raum, der weder mit der einen noch mit der anderen Dimension identisch ist und daher von ihnen auch nicht verschieden sein kann.

Der über die Ebenen von Geburt und Tod, also über das Sein nachdenkende Melancholiker gelangt notwendig in diesen dreidimensionalen Raum unbekannter Eigenschaften, denn er kann ja nur von der Ebene des Geistes und der Seele ausgehend, also vom Nichtsein ausgehend, die Ebene erreichen, über die er nachdenken will: die Ebene des Seins, die Geburt und Tod einschließt. Einmal denkt er vom Gesichtspunkt des Nichtseins über das Sein nach, einmal vom Gesichtspunkt des Seins über das Nichtsein, doch über beides gleichzeitig kann er nicht nachdenken.

Soviel zumindest wäre also über die Natur dieses Raums gesagt: daß er zwei Ebenen und folglich drei Dimensionen hat. Und genau in diesem Sinn muß auch das, was wir über das Tätigsein des Melancholikers gesagt haben, modifiziert werden. Es stimmt zwar, daß dieses Tätigsein die Arbeit des Geistes an der Seele ist und umgekehrt, wobei sie sich in jedem Fall, vom Gesichtspunkt des Nichtseins ausgehend, auf das Sein richtet, aber dann muß auch stimmen, daß dieses Tätigsein die Arbeit der Geburt mit dem Tode und die Arbeit des Todes mit der Geburt ist, und in diesem Fall ist sie nicht auf das Sein gerichtet, da sie sich ja vom Gesichtspunkt des Seins mit dem Nichtsein befaßt. Aus eigener Erfahrung aber weiß jeder sehr wohl, daß Tätigsein nur zwei Möglichkeiten hat: schaffen oder zerstören. So wird der, der sich mit dem Sein beschäftigt, zerstören, und der, der sich mit dem Nichtsein beschäftigt, erschaffen, weil Tätigsein niemals auf sich selber gerichtet sein kann.

Wo aber hat Proteus seinen Platz in dieser scheinbaren Ordnung? In der Dimension des Seins oder in jener des Nichtseins? Und wo haben die vier Elemente ihren Platz, wenn in gewissen Fällen das Sein des einen das Sein des anderen bedingt, in anderen Fällen das Nichtsein des einen das Sein des anderen? Oder wo kann ich den Begriff des Nichts einordnen, wenn es sinngemäß zum Nichtseienden, naturgemäß zum Seienden gehört?

Bevor wir überhaupt eine Antwort auf diese gewichtigen Fragen versuchen, gehen wir, anhand der Darstellung Karl Kerényis, der Spur nach, wie Homer von Proteus erzählt.

Proteus ist eine Meergottheit, sagt Kerényi, die Homer als *halios geron*, als Meergreis, erwähnt, und wenn auch über die Umstände seiner Geburt nichts bekannt ist, weist sein Name doch darauf hin, daß er zu den Nachkommen der erstgeborenen Wesen, Chronos und Rhea, gehört. In der Proteus-Episode weilt der braungelockte Atride Menelaos, dessen Schiffe weder vom Wind noch von der Meeresströmung weiter vorangebracht werden, schon zwanzig Tage untätig auf der Insel Pharos. Er ist von Ägypten gekommen, das «wohlgerüstete Schiff» ist einen Tag lang dahingeflogen, da «rauschend der Wind die Segel erfüllet»; doch dann ist es am sandigen Ufer der Insel aufgelaufen. Als aber Menelaos in großer Not allein umherirrt, denn die Gefährten «streiften beständig, vom nagenden Hunger gefoltert, durch die Insel, um Fische mit krummer Angel zu fangen», kommt ihm Eidothea zu Hilfe und verrät ihm, was er in dieser mißlichen Lage tun muß:

«Hier am Gestade schaltet ein grauer Bewohner des Meeres,
Proteus, der wahrhafte Gott aus Aigyptos, welcher des Meeres
Dunkle Tiefen kennt, ein treuer Diener Poseidons.
Dieser ist, wie man sagt, mein Vater, der mich gezeuget.
Wüßtest du diesen nur durch heimliche List zu erhaschen,
Er weissagte dir wohl den Weg und die Mittel der Reise,
Und wie du heimgelangst auf dem fischdurchwimmelten Meere.
Auch verkündigt er dir, Zeus' Liebling, wenn du es wolltest,
Was dir Böses und Gutes in deinem Hause geschehn sei,
Weil du ferne warst auf der weiten gefährlichen Reise.»

So plaudert die listige göttliche Dame das Geheimnis ihres Vaters aus, denn der sterbliche Mann gefällt ihr.

Der heldenhafte Menelaos aber weiß, daß es für einen Sterblichen schwer ist, einen Gott mit bloßen Händen niederzuringen, und als er auch noch wissen will, wie er es bewerkstelligen soll, antwortet die pfiffige Eidothea bereitwillig:

«Gerne will ich, o Fremdling, dir lautere Wahrheit verkünden.
Wann die Mittagssonne den hohen Himmel besteiget,
Siehe, dann kommt aus der Flut der graue untrügliche Meergott,
Unter dem Wehn des Westens, umhüllt vom schwarzen Gekräusel,
Legt sich hin zum Schlummer in überhangende Grotten,
Und flossfüßige Robben der lieblichen Halosydne
Ruhn in Scharen um ihn, dem grauen Gewässer entstiegen,
Und verbreiten umher des Meeres herbe Gerüche.
Dorthin will ich dich führen, sobald der Morgen sich rötet,
Und in die Reihe dich legen. Du aber wähle mit Vorsicht
Drei von den kühnsten Genossen der schöngebordeten Schiffe.
Alle furchtbaren Künste des Greises will ich dir nennen.
Erstlich geht er umher und zählt die liegenden Robben;
Und nachdem er sie alle bei fünfen gezählt und betrachtet,
Legt er sich mitten hinein, wie ein Schäfer zwischen die Herde.
Aber sobald ihr seht, daß er zum Schlummer sich hinlegt,
Dann erhebet euch mutig und übet Gewalt und Stärke,
Haltet den Sträubenden fest, wie sehr er auch ringt zu entfliehen!
Denn der Zauberer wird sich in alle Dinge verwandeln,
Was auf der Erde lebt, in Wasser und loderndes Feuer.
Aber greift unerschrocken ihn an und haltet noch fester!
Wenn er nun endlich selbst euch anzureden beginnet,

In der Gestalt, worin ihr ihn saht zum Schlummer sich legen.
Dann laß ab von deiner Gewalt und löse den Meergreis,
Edler Held, und frag ihn …»

Und so geschieht es denn auch, erzählt Kerényi die Geschichte weiter: Proteus nimmt die Gestalt eines Löwen, einer Schlange, eines Leoparden, eines Ebers und dann noch die Gestalt des Wassers und die eines Baumes an, und am Ende sagt er ihnen alles, was sie von ihm wissen wollen.

Wer auf sein Schicksal neugierig ist, muß nicht nur den Eber, den Leoparden, die Schlange und den Löwen niederringen, sondern auch Feuer und Wasser. Die Gewalt, entsprungen der Neugier auf das Schicksal, darf sich nicht durch die vielen Metamorphosen beirren lassen, denn letztlich ringt man doch nur mit einem einzigen Gott, wenn man die vielfache Gestalt festhält. Das Vielgestaltige wird in den starken Händen des aktiven Menschen zu einer einzigen Gestalt. Doch bei einer Tücke solchen Ausmaßes muß dem Sterblichen eine Gottheit helfen. Allein schon darum, weil ohne sie weder das Feuer noch der Löwe mit bloßen Händen zu greifen wären. Der Gott, von einem anderen Gott in die Falle gelockt, zieht sich aus der Schlinge, indem er den als Sieger zu betrachtenden Sterblichen auf den Wirkungsbereich eines dritten Gottes verweist. Die versprochene Wahrheit ist immer mehr als alles, was wir erzwingen können, denn mit Hilfe der Götter können wir zwar einem einzigen Gott Gewalt antun, aber ihrer sind viele. So berichtet Homer vom Dialog zwischen Proteus und dem Altriden Menelaos:

«Aber du solltest auch Zeus und den andern unsterblichen Göttern

Opfern, als du die Schiffe bestiegst, damit du geschwinder
deine Heimat erreichtest, die dunkle Woge durchsteuernd!
Denn dir verbeut das Schicksal, die Deinigen wieder zu sehen
Und dein prächtiges Haus und deiner Väter Gefilde,
Bis du wieder zurück zu des himmelernährten Aigyptos
Wassern segelst, und dort mit heiligen Hekatomben
Sühnst der Unsterblichen Zorn, die den weiten Himmel bewohnen:
Dann verleihn dir die Götter die Heimfahrt, welche du wünschest.
Also sagte der Greis. Mir brach das Herz vor Betrübnis,
weil er mir wieder befahl, auf dem dunkelwogenden Meere
Nach dem Aigyptos zu schiffen, die weite gefährliche Reise.
Aber ich faßte mich doch und gab ihm dieses zur Antwort:
Göttlicher Greis, ich will ausrichten, was du befiehlest.
Aber verkündige mir und sage die lautere Wahrheit:
Sind die Danaer all unbeschädigt wiedergekehret,
Welche Nestor und ich beim Scheiden in Troja verließen?
Oder ward einer im Schiffe vom bittern Verderben ereilet,
Oder den Freunden im Arme, nachdem er den Krieg vollendet?
Also sprach ich; und darauf antwortete jener und sagte:
Warum fragst du mich das, Sohn Atreus'? Du mußt nicht alles
Wissen, noch meine Gedanken erforschen! Du möchtest nicht lange
Dich der Tränen enthalten, wenn du das alles erführest!»[2]

2 In der Übersetzung von Johann Heinrich Voß

Menelaos mag zwar von Proteus das Los seiner Gefährten erfahren, doch ob er sich nun der Tränen enthalten kann oder nicht, aus dieser Vergangenheit kann er für seine eigene Zukunft keinerlei Schlüsse ziehen.

Wir sind Obdachsuchende. Von hier nach dort, von dort nach hier. Aus dem Dunkel ins Licht, aus dem Licht ins Dunkel. Entweder gibt es Hoffnung, oder es gibt keine.

Tätigsein, das die Wahl einer einzigen Möglichkeit aus vielen Möglichkeiten bedeutet, setzt notwendig ein Gleichheitszeichen zwischen das Viele und das Einzelne, obwohl diese nie gleich sein können. Jede Tätigkeit bedeutet das Versäumen sämtlicher Möglichkeiten außer der einzigen ausgewählten. Das kann nicht anders sein. Denn das Versäumen einer einzigen Möglichkeit im Namen unendlich vieler Möglichkeiten ist keine Tätigkeit. Andererseits hat Tätigsein, das sich in der Auswahl einer einzigen Möglichkeit manifestiert, zwei Modi: es kann zerstörerisch oder schöpferisch sein, je nachdem, ob es sich auf das Sein oder das Nichtsein richtet; beides gleichzeitig kann es aber nicht sein, und so wird man im Interesse des einen das andere notwendig versäumen. Das Versäumen aber fordert ein Opfer, denn es schränkt jenes Ganze ein, das meinem Wissen gemäß in meinem Fühlen, meinem Fühlen gemäß in meinem Wissen intakt vorhanden ist, als Ganzheit des dreidimensionalen Raums von Geist und Seele, von Wissen und Fühlen.

Der Obdachsuchende muß immer wieder dorthin zurückkehren, von wo er ausgegangen ist. Vom Zustand des Tätigseins wird er in den Zustand zurückfallen, in dem eine Tätigkeit unmöglich ist, und so wird er die Wahrheit des Raums erfahren, wo das Viele und das Eine, Betrachten und Tun, Chaos und Kosmos nicht identisch sein können, sondern nur die beiden Seiten ein und derselben Ebene bilden. So aber sieht er die Ordnung vom Gesichtspunkt des Chaos und das Chaos vom Gesichtspunkt der Ordnung, und wiederum wird er doch nur das Eine aus dem Vielen oder das Viele statt des Einen wählen. Er ist entweder tätig oder nicht tätig.

Der springende Punkt bei der Melancholie ist diese auf Befehl des Proteus vollzogene Rückkehr.

So wie Tätigsein das Vergessen des Vielen im Interesse des Einen ist, so geschieht die im Interesse des Vielen vollzogene Ausrichtung ihrerseits im Modus des Erinnerns. So wie Tätigsein zum Erfahren einer einzigen Möglichkeit führt, so kann die Ausrichtung auf das Viele nichts anderes sein als das jenseits der Erfahrung vollzogene Vorstellen der vielen Möglichkeiten.

Die Ebene jedoch, die einerseits Vergessen, andererseits Erinnern, einerseits Erfahren, andererseits Vorstellen, einerseits Versäumen, andererseits Opfer ist, die sich aber weder mit der Ebene der Geburt noch mit jener des Todes, weder mit der Ebene der Seele noch mit jener des Geistes identifizieren läßt, die also weder zur Dimension des Seins noch zu jener des Nichtseins gehört und doch mit beiden eng verbunden ist, diese Ebene wird vom antiken Denken Mythos, vom neuzeitlichen Denken Kultur genannt.

Menelaos kann sein Schicksal nur dadurch auf die einzig mögliche Zukunft hin vollziehen, daß er von der Gegenwart des Versäumten zu seinem Ausgangspunkt zurückkehrt: in die einzige Gegenwart des Vergangenen, in der die vielen Möglichkeiten noch vorhanden sind.

Wenn also vom Gesichtspunkt der Götter das Opfer

dem Versäumen zuvorkommen kann, so ist auch ein menschliches Tätigsein vorstellbar, in dem der Weg vom Vielen zum Einen führt und gleichzeitig der Rückweg vom Einen zum Vielen möglich ist; folglich ein Tätigsein, das zugleich Nicht-Tätigsein und kein Nicht-Tätigsein ist.

Diese zweifache Bewegung muß jeder Mensch, ob er tätig ist oder nicht, vollziehen; und jeder vollzieht sie denn auch. Wenn er tätig ist, bewegt er sich auf der Ebene des Erfahrens und Vergessens, wenn er nicht tätig ist, auf der Ebene des Erinnerns und Vorstellens. Allerdings kann er sich nicht gleichzeitig in beide Richtungen bewegen, denn das Erinnern braucht zwar das Vergessen, und ebenso braucht das Vorstellen die Erfahrung, aber bewegen kann sich der Mensch nur in die eine oder in die andere Richtung.

Kein Tätigsein, aus dem nicht Versäumen folgt. Und kein Versäumen, das nicht ein Opfer erheischt. Die Melancholie ist das jedem Tätigsein entsprechende Opfer. Vom Gesichtspunkt des Tätigseins ist das Nicht-Tätigsein das stärkste Versäumen. Die Melancholie aber ist ein Nicht-Tätigsein, das sich ausschließlich auf das Tätigsein richtet, und in dieser Ausrichtung erweist es sich dann doch als Tätigsein. Es ist das einzige den Göttern gefällige Opfer, das dem Versäumen zuvorkommen kann, obwohl es dessen Konsequenz ist.

Mit einem Vergleich ließe sich sagen, das Erinnern sei wie Feuer, das Vergessen wie Wasser, die Erfahrung wie Erde, die Phantasie wie Luft; wie die Natur hat auch die Kultur vier Grundelemente. Und ähnlich wie die Elemente der Natur bilden diese, gemäß ihrem Bezogensein aufeinander, nicht zwei, sondern nur eine einzige Ebene, die einmal die Ebene des Erinnerns und Vorstellens, einmal die Ebene des Vergessens und Erfahrens ist.

Auf dieser Ebene bewegt sich der Melancholiker im Raum unbekannter Eigenschaften.

Diese zwei aufeinander bezogenen Ebenen, die man die selbständige Dimension der Kultur nennen kann, wirken ähnlich wie die Ebenenpaare von Geburt und Tod, von Geist und Seele, die wir ebenfalls als selbständige Dimensionen bezeichnet haben. Trotz aller Ähnlichkeit kann man jedoch nicht sagen, daß die Dimension der Kultur mit der des Seins oder des Nichtseins identisch wäre. Man könnte höchstens behaupten, im Raum des Seins und Nichtseins ergebe die Kultur die dritte Dimension, die wir bisher nicht benannt, doch bereits als dritte bezeichnet haben. Wenn sich das Tätigsein auf der Ebene des Vergessens und Erfahrens bewegt, so richtet es sich auf das Nichtsein, ist also zerstörerisch und führt in diesem Sinn zum Versäumen; wenn es sich hingegen auf der Ebene des Erinnerns und Vorstellens bewegt, richtet es sich auf das Sein, ist also schöpferisch und führt auch zum Versäumen: beidemal wird ein Opfer verlangt, das ist der gemeinsame Nenner. Und es ist der Gesichtspunkt der Kultur: sie ist es, die auf diese Weise vom Geschehen in den beiden anderen Dimensionen spricht.

Und wenn dem so ist, wie und woran ist Kultur dann zu messen? So fragt der Melancholiker. Denn wenn er die Kultur von der Welt des Seins aus betrachtet, wird sie ihm als ein Nichts, wenn er sie von der Welt des Nichts aus betrachtet, als ein Sein erscheinen, und mit solchen Feststellungen kommt er nicht weiter. So wie die Winkel eines Dreiecks ihre eigene Summe nicht selber berechnen können, so muß auch er den vierten Gesichtspunkt suchen, von dem aus er beurteilen kann, ob die von einem Teil gemachte Aussage über die Gesamtheit des unbekannten Raums richtig sein kann.

Uns bleibt nichts anderes übrig, als zu unserem Ausgangspunkt zurückzukehren.

Nach so vielem Herumtasten, nach so vielen fragwürdigen Überlegungen wird offensichtlich, daß es auf Caspar David Friedrichs Bild, im Gegensatz zu unseren bisherigen Behauptungen, nicht einen, nicht zwei, nicht drei, sondern vier Mittelpunkte gibt.

Der erste ist ein psychologisch faßbarer, gefühlsmäßiger Schein von Mittelpunkt, der zweite ist der wirkliche Mittelpunkt, wie er mit dem Verstand ermittelt wurde. Der erste führt in die Welt des Seins, der zweite in die Welt des Nichts. Die Welt des Seins ist durch das Tätigsein von Geburt und Tod, die Welt des Nichts durch das von Geist und Seele gekennzeichnet, wobei das alles nur von einem dritten Gesichtspunkt aus gesagt werden kann. Diesen dritten Gesichtspunkt haben wir Kultur genannt, und wir haben ihn weder mit dem Sein noch mit dem Nichts identifizieren können, obwohl er vom ersteren aus gesehen als das Nichts, vom letzteren aus gesehen als Sein auftritt; deshalb haben wir ihn die dritte Dimension genannt, die der Beziehung der beiden ersten entstammt. Wenn aber diese dritte Dimension als eigenständige Ebene auftritt, dann müssen die drei aufeinander bezogenen Ebenen einen vierdimensionalen Raum bilden, der mit keiner der drei Dimensionen identisch ist und also von ihnen auch nicht verschieden sein kann.

Wenn Kultur die dritte Dimension ist, die den Zusammenhang des Einen und des Vielen, des Scheins und der Wirklichkeit, des Seins und des Nichtseins enthält, so muß die Melancholie zu einer Dimension gehören, die an allen drei Dimensionen teilhat, ohne mit ihnen identisch zu sein.

Die Kultur verhält sich gegenüber dem Vielen und dem Einen, dem Schein und der Wirklichkeit, dem Nichts und dem Etwas, dem Sein und dem Nichtsein als ein selbständiges Ganzes, was aber nur möglich ist, wenn sie das jeweilige Tätigsein immer nur vom Gesichtspunkt der Ebene aus beurteilt, auf die es sich bezieht.

Wenn sich das Tätigsein auf der Ebene des Erfahrens und Vergessens bewegt und sich folglich auf die Wirklichkeit, das Nichts, das Viele und das Nichtsein bezieht, dann wird es zerstören, und in diesem Fall besteht das Tätigsein der Kultur darin, sich auf den Schein, das Etwas, das Eine, das Sein und die Schöpfung zu beziehen, die Natur des Versäumens zu benennen und dann dem Maß der Zerstörung entsprechend das Opfer festzulegen.

Doch während die Kultur über den beiden anderen Dimensionen als ein unabhängiger und unparteiischer Wächter fungiert, ist sie selbst tätig, einmal zerstörerisch, einmal schöpferisch, in jedem Fall aber dabei, etwas zu versäumen.

Auf Caspar David Friedrichs Bild schaut uns Proteus mit blindem Blick an.

Auf Caspar David Friedrichs Bild beobachtet der eine Schiffbrüchige das Feuer, und der Rauch macht ihn blind; der andere schaut einfach in Richtung des Festlands, das von dort natürlich nicht sichtbar ist; dem dritten, der auf das schimmernde Wasser am Horizont blickt, flimmert die Leere vor den Augen.

Proteus blickt aus einer dreidimensionalen Ebene hervor.

Der vierte Mittelpunkt des Bildes von Caspar David Friedrich befindet sich außerhalb des Bildes.

Proteus blickt auf eine Ebene, von der er Kenntnis hat; darin aber sind wir, denn unser Ort fällt mit dem vierten, außerhalb des Bildes befindlichen Mittelpunkt von Caspar David Friedrichs Bild zusammen.

Während wir vom vierten Mittelpunkt des Bildes, im sicheren Gefühl der dreidimensionalen Welt, auf die zweidimensionale Fläche des Bildes schauen, blickt aus der zweidimensionalen Fläche das Bild einer dreidimensionalen Welt hervor, deren dritte Dimension nur wir sein können.

Der zweidimensionale Schein des Bildraums verhält sich zur dreidimensionalen Wirklichkeit unseres Raums so, wie sich die Wirklichkeit des vierdimensionalen Raums zu dem Schein von Proteus' dreidimensionalem Raum verhält.

Wäre dem nicht so, hätte Caspar David Friedrich sein melancholisches Bild nicht malen können, denn man kann die dreidimensionale Welt nur dann ihrer dritten Dimension berauben, wenn man den Schein der drei Dimensionen von der Wirklichkeit einer vierten Dimension her ins Auge faßt.

Auch Proteus kann von einer Welt, von der er kein Bild hat, nichts anderes wissen, als was Caspar David Friedrich von einer Welt fühlt, von der er ein Bild hat.

Wenn es stimmt, daß die Welt, wie die Kosmologen sagen, die dreidimensionale Ebene eines vierdimensionalen Gebildes ist, und wenn Poincaré nicht irrt, der sagt, daß ein vieldimensionales Gebilde in seinen Eigenschaften von den Eigenschaften eines Raums, der uns als dreidimensional bekannt ist, nicht verschieden sein kann; dann folgt daraus unmittelbar: wir müssen nicht den Menschen hegen und pflegen, der diesen wesentlichen Unterschied als Identität empfindet, sondern den Menschen, der dieses Gefühls entbehrt. Ein solcher Mensch ist der Politiker, und ein solcher Mensch ist der Verliebte.

Sprechen wir von Politik, sprechen wir von Liebe.

*Deutsch von Christina Viragh*

# Hamlets Freiheit

Die Bühne dämmert in schmutzigem, grauem Licht. Als hätte man nur versehentlich irgendeine triste Beleuchtung brennen lassen, einzig zu dem Zweck, daß es nicht völlig dunkel ist. Arbeitslicht. Kein Theaterlicht, das hervorhebt und verhüllt, konturiert, versteckt oder charakterisiert, doch auch keine Imitation natürlichen Lichts, denn natürliches Licht dringt nicht bis hierher, weder Sonne noch Mond; hier ist nichts natürlich, es ist Bühne. Und der riesige offene Bühnenraum leer. Leer nicht dadurch, daß alle Gegenstände entfernt worden wären, sondern dadurch, daß durch die Struktur des Raumes das Fehlen von Gegenständen demonstriert wird. Die Bühne ist in ihrer ganzen Tiefe freigelegt, die hintere Brandmauer bildet eine rohe weiße Fläche, unterteilt durch an ein Kreuz erinnernde, dunkelgebeizte Holzstreifen. Die Seitenabdeckungen sind bis vor das Bühnenportal gezogen, so daß sie über dem Orchestergraben ein Proszenium bilden. Aber nicht nur in der Tiefe ist der Bühnenraum gestuft, auch in der Vertikalen. Die Vorbühne über dem Orchestergraben liegt eine hohe Stufe unterhalb der eigentlichen Bühne, und die Vorderseite des Holzgerüstes, das diesen Höhenunterschied bewirkt, ist unverdeckt. Das Spiel wird sich also auf einer Pseudobühne vollziehen: Es ist nur Theater, nichts ist wirklich. Und in der Mitte des Proszeniums tut sich nach unten eine weitere Stufe auf. Ein Grabloch. Ein Loch in Form eines Rechtecks, in den Bretterboden geschnitten. Ein Grabloch, schwarze Haufen wirklicher Erde am Rand; bereit für ein Begräbnis. Allein die schwarze Erde ist wirklich.

Dieser Raum erhält seine Leere durch die starre Gliederung in der Tiefe und in der Vertikalen. Er besteht nur aus Flächen und Kanten. Erinnert an nichts. Nicht ans Leben und nicht ans Theater. Wiewohl er sowohl dem Leben als dem Theater und dem Tod Raum geben kann. Die Flächen und Kanten aber sind geschichtslos, zeitlos. Dieser Raum knipst keinerlei Geschichtsbewußtsein an, und so wird seine Starrheit und Härte durch nichts gemildert. Auch nicht durch das leblose graue Licht. Es macht ihn nur noch ungreifbarer.

Vor der rechten Seitenabdeckung liegt ein grob zugehauener Holzklotz auf dem Boden. Gerade so groß, daß er in das Grab paßt. Es kann ein Sarg sein, eine Bank, aber auch ein Bett. In dem halb zugeschütteten Grab, in die schwarze Erde gestoßen, ein Ritterschwert mit breitem Heft. Sonst nichts. An der hinteren Wand der oberen Bühne sitzt jemand. Mit gespreizten Beinen, die Gitarre in der Hand, den Kopf gesenkt, reglos: Hamlet, der dänische Königssohn.

Entscheidend ist, daß dieser teilnahmslos kalte und hierarchisch starre Bühnenraum, den das graue Licht bestreicht und beschmutzt, aber nicht in Wärme auflösen kann, sich lange, ausdauernd und fast unmerklich im Auge des Zuschauers festsetzt. Die offene Bühne hat nur Sinn, wenn sie Sinn macht. Entscheidend ist, daß in dieser anfänglichen Vorbereitungszeit eine vage Empfindung um sich greift, die sich aus Verunsicherung, Spannung, Beklemmung und einer leisen, auf der Neugier der Masse beruhenden Hysterie zusammensetzt und durch das Fehlen von etwas zu charakterisieren wäre. Entscheidend ist, daß wir wahrnehmen: alles in dieser aus stabilem Schein errichteten Welt ist hierarchisch geordnet, die Leere offenbart sich im System der Flächen und Kanten, und sobald sie offenbar geworden ist, hat sie in diesem Rahmen ihre Schattierungen und Abstufungen, gibt Licht und wirft es zurück, schafft Atmosphäre, die Atmosphäre löst Empfindungen aus, und obwohl alles sehr unsicher ist, da ja auch der Rahmen selbst nur Schein ist, existiert dennoch eine einzige Gewißheit: das Ende, die Erde, das Loch, das Grab. Und ganz entscheidend ist, daß wir die in der Leere errichtete Hierarchie annehmen können. Damit wir warten und abwarten, bis in der Leere irgend etwas geschieht und uns, was immer es sein möge, das Gefühl nimmt, es fehle etwas.

Hamlet erhebt sich, kommt nach vorn, singt rauh zur Gitarre, und dann kommen andere herein, Bernardo und Francisco, Marcellus und Horatio, reden auch, aber wir schwimmen noch immer in dem vagen Licht, das uns hindert zu sehen, was zu sehen ist, nicht zuläßt zu hören, was zu hören ist, uns nicht gestattet zu empfinden, was zu empfinden ist, denn der unaufhaltsame Gang der Ereignisse setzt erst ein, wenn hoch oben, irgendwo zwischen dem Schnürboden und dem oberen Bühnenrahmen, etwas zu knarren beginnt, ein ganz gewöhnlicher Flaschenzug, und der die Bühne überspannende Träger mit der täppischen Leichtigkeit von Riesen einen den ganzen leeren Raum füllenden, locker geknüpften, derben und schweren Vorhang aus Schnüren auf die Szene herabschwingt. Der nun eine Mauer der Macht ist. Der versucherische König. Der Kehrbesen des Daseins. Der jeden niederwirft und hinwegfegt. In dem Augenblick der mit triumphaler Einfachheit vollzogenen Aktion, da er, den kleinen Menschenfiguren die Beine wegreißend, in parallelem Abstand zur Bühnenrampe stehenbleibt und, einem unverhofften Wiedererkennen unseres Bewußtseins gleich, die ganze Bühnenöffnung von der Decke bis zum Boden, von der einen zur anderen Seite mit seiner häßlichen und wilden, dunklen und grobkörnigen Schönheit füllt, so als gieße man in ein Gefäß doppelt soviel Flüssigkeit als hineinpaßt, gleicht sich im Überlaufen das Gefühl des Fehlens aus und kommt der ästhetische Raum des Spiels zum Abschluß.

Im Theater Juri Ljubimows ist dieser Vorhang das spektakulärste Element. Ein lebloses Ding, doch in der von Flächen und Kanten umschlossenen Leere stellt er sich als lebendig dar. Denn er ist fähig, sich mit tänzerischer Leichtigkeit zu bewegen, er läuft, macht eine ganze Umdrehung, rollt heran, weicht zurück, schlägt Wellen, erzittert und erstarrt; er hat Gefühl, bleibt bescheiden im Hintergrund, drängt sich dann aufgeblasen nach vorn, bietet Schlupflöcher, verbirgt, versperrt dann den Weg und legt frei; mit der Unzuverlässigkeit eines lebenden Wesens wechselt er die Rollen, zeigt sich zart und schön, aber auch hart und häßlich, weich und nachgiebig, aber auch unerbittlich und gewaltsam, gibt sich von undurchdringlicher Schwere, aber ist bereit, Geräusche durchzulassen, ist von fahlem Weiß und verfärbt sich schwarz oder in kaltes Grau, in warmes Braun, läßt im flüchtigen Spiel seiner Struktur durchsehen, aber ist auch glatt wie eine Wand, unergründlich. Gleichzeitig will er sich nicht lebendiger darstellen, als er ist, er bleibt stets Gegenstand, Theaterelement, jede seiner Bewegungen ist vom Brummen und Knarren der Träger und Züge begleitet, obwohl er auch eigenständige

Geräusche abgibt: Knallen, Scharren, Prasseln und Klatschen. Seine Eigenständigkeit ist allerdings stark eingeschränkt: Dieser Vorhang ist nur Einzelelement in der Hierarchie des stabilen Scheins, kein Hauptdarsteller. Lebendig erscheint er nur, weil er die Umgebung hört. Er bewegt sich, weil er die einprogrammierten Befehle einer im Hintergrund installierten Maschinerie abarbeitet. Empfindungen hat er nur, weil die empfindenden Menschen um ihn herum nach den jämmerlich beschränkten Gesetzen des Denkens in ihm die eigene Bewegung wiederzuerkennen glauben. Dieser Vorhang ist ein Fetisch.

Juri Ljubimow gehört nicht zu den großen Erneuerern des Theaters, wohl aber zu denen, die große Visionen von der Welt haben. Er hält die Welt für geordnet und weiß daher genau, wo alles hingehört, selbst wenn er unter dieser endgültigen und extremen Geordnetheit leidet. Sein Theater ist nicht im geringsten theoretischer Natur, was natürlich nicht heißt, daß es theoretisch nicht genau begründet wäre, sondern daß es, wie jede bedeutende Vision, eher sinnlich geprägt ist. Ljubimows Wahrnehmung ist hierarchisch angelegt. Auf der untersten Stufe dieser Hierarchie sieht er einen materiallosen leeren Raum, der unberührt von der menschlichen Geschichte ist; auf der nächsten Stufe erscheint der rustikale Vorhang, der sich, obwohl lebloses Material, dennoch lebendig zeigt und auch, allerdings ganz allgemein, eine Art Hinweis in bezug auf die menschliche Geschichte enthält: der Vorhang, das *Makramee*, ist schon auf einem vor unserer Zeitrechnung, etwa 850 entstandenen assyrischen Relief zu sehen, war aber auch eine beliebte Technik am englischen Hof zur Zeit Wilhelms von Oranien und ist auch noch heute modern; auf der dritten Stufe der Hierarchie erscheinen

Schauspieler und Text, der Text zwängt die Geschichte in einen konkreten Zeitrahmen, die Schauspieler dagegen erweitern nicht nur durch die Regieanweisungen des Stücks, sondern auch schon durch ihre Kleidung den geschichtlichen Rahmen des Textes, sie spielen in großmaschigen Pullovern und geknüpften Kleidern, die auf das Material des Vorhangs zurückverweisen und auch heute tragbar sind: die Stufe der Hierarchie, auf der sich der lebendige Mensch und das leblose Material im leeren Raum in das Beziehungsgeflecht der Geschichte stellen; und schließlich auf der obersten Stufe der Hierarchie: das Licht.

Wenn wir über den leeren Raum sagen, daß er der materialfreie Grund ist, auf dem sich die Vorstellung aufbaut, wenn wir über den Vorhang sagen, daß er das spektakulärste Element ist, wenn wir über Text und Schauspieler sagen, daß sie das Zentrum sind, in dem sich Leben und Leblosigkeit zu Geschichte organisieren, dann können wir sagen, daß in Ljubimows Theater das Licht die Vervollkommnung und Vollendung darstellt, ein Mittel zur Überschreitung des geschichtlichen Rahmens, das Grenzenlose selbst, ja Gott. Doch bei Ljubimow ist, trotz der Tatsache, daß das Licht naturgegebenermaßen mystische Elemente enthält, von Mystik im gewöhnlichen Sinn keine Rede: bei ihm ist auch das Licht von sinnlicher Natur. Mit der Beleuchtung lädt er den Raum auf und leert ihn. Mit der Beleuchtung gibt er dem Raum konkrete Funktion, mit der Beleuchtung erweckt er das Material des mechanisch sich bewegenden Vorhangs zum Leben, mit den Lichtern charakterisiert er die menschlichen Gesichter und Körper, und in gewissem Sinn tragen die Lichter die Gefühle, weil er dem Licht Menge, Rhythmus, Musik beigeben kann, und das wirkt auf das ganze Spiel zurück: *Durch die Masse der Lichter wird jedes individuelle Gefühl wesensmäßig zum Massengefühl.* Die Beleuchtungstechnik betreffend, kennt Ljubimow keinerlei Hemmungen oder Skrupel. Er bedient sich der blendend scharfen Weiß- und schmutzigen, traurigen Grautöne des Brecht-Theaters ebenso wie der bombastischen Lichtorgien des amerikanisierten Varietés oder der aus den Filmen Eisensteins bekannten Unterlichter, die dämonisch lange Schatten auf den Hintergrund zeichnen und auch das unschuldigste Gesicht ins Teuflische verzerren. Das Licht ist für Ljubimow, was für den Maler die Farbe, für den Musiker der Ton ist. Ljubimow ist durch das Licht frei.

Frei, das heißt auch nicht süchtig nach Licht. Auch die Lichtquellen sind sichtbar. Das Licht ist nur Grundelement, so wie die Leere, der Gegenstand, der Boden, der Mensch, ein Mittel, mit dem er die Hierarchie krönen kann. Die sorgsam aufgebauten Hierarchien aber sind nur dazu gut, ihre eigene Unmöglichkeit zu beweisen. Ljubimow rekonstruiert eine hierarchisch aufgebaute Welt, er benutzt sie, spielt mit ihr, was auch eine natürliche Form der Identifikation ist, doch paradoxerweise hat das keine Auswirkung auf sein Denken. Er ist frei, das bedeutet, er sieht das, was er aufbaut, auch von außen und kann dadurch die über alle Maßen nüchterne Reinheit seiner Intuition bewahren. So formt er für sein Theater die komplizierte dramatische Struktur aus, in der die aus *stabilem Schein* errichtete, objektive, geschichtliche, gesellschaftliche und philosophische Züge tragende Hierarchie dem Trieb- und Gefühlschaos der *labilen Wirklichkeit* gegenübersteht, den individuellen, seelischen und emotionalen Beziehungen des Menschen, und in jedem Fall hat der letztere das Primat.

In diesem Theater gibt es natürlich keine so spektakulären Formen von Sinnlichkeit, wie wir sie vom die befreiende Wirkung der Pornographie ausbeutenden westeuropäischen Theater gewöhnt sind. Hier zieht sich niemand nackt aus, niemand zeigt sein Geschlechtsorgan, onaniert oder macht Liebe. Die Sinnlichkeit von Ljubimows Theater ist weder narzißtisch noch exhibitionistisch geprägt, sondern verdeckt und verhüllt. Und wie seltsam die Feststellung auch erscheint: sie hat Nationalcharakter.

Der sich in Ljubimows Theater offenbarende Nationalcharakter, die speziell russische Ausprägung von Sinnlichkeit läßt sich mit einem scheinbar weit hergeholten Beispiel aus dem Tanztheater anschaulicher machen: wenn man Maurice Béjarts auch in Budapest zu sehende Choreographie zu Strawinskys «Le sacre du printemps» mit der Produktion vergleicht, die Natalja Kassatkina und Wladimir Wassiljew zu derselben Musik choreographierten und die im Leningrader «Kleinen Theater» zu sehen ist. Der dreifache Vergleich ist um so mehr berechtigt, da das Ballett gerade dadurch, daß es auf dem schmalen Grat zwischen absoluter Abstraktion und absoluter Konkretheit hervortritt, der Sinnlichkeit gesellschaftlichen Charakter verleiht. Béjart, der die traditionellen Ausdrucksformen des klassischen Balletts in vielerlei Hinsicht nicht als richtungsweisend ansieht, macht trotz all seiner sogenannten modernen Ambitionen durchaus klassisches Ballett, indem er nämlich die emotionalen und sinnlichen Offenbarungen in den Tanz isolierter Solisten und isolierter Paare legt, so daß zwischen Solotänzern und Ensemble ein Verhältnis von Unter- und Überordnung wie im klassischen Ballett entsteht. Das ist jedoch nur das stilistische Herangehen, in bestimmter Hinsicht daher unwesentlich. Was wesentlich ist: zwischen den Geschlechtern spielt sich ein unhörbarer dynamischer, doch unbegreiflich tödlicher Kampf ab, und auf seinem Höhepunkt, wenn das Spiel von Anziehung und Abstoßung nicht mehr weiterzutreiben ist, fallen auch die Paare auseinander. Und auf diesem Gipfel erotischer Einsamkeit konstruiert Béjart eine eigenartige Figur: Der geöffnete Schoß senkt und hebt sich mit schroffer Rhythmik auf den im großen Spagat gespreizten Beinen, während Kopf, Rumpf und Arme völlig starr und unbeteiligt bleiben. Die Bewegung trifft mit luzider Genauigkeit die Schizophrenie der Sinne. Béjarts Interpretation verweist beklemmend und tragisch schamlos auf sich selbst. Natalja Kassatkina und Wladimir Wassiljew zeichnen mit ihrer Choreographie ein grundlegend anderes Beziehungssystem. Wenn auch in analytischer Weise, so benutzen sie doch die herkömmlichen Bewegungen des klassischen Balletts, was hier heißt, daß die klassischen Bewegungen nicht in großen Bögen, nicht in Allgemeinheiten hervortreten, sondern daß die Bewegungen auch zu den winzigsten dynamischen Details der Musik synchron bleiben, wodurch sich eine spannungsreiche Einheit der Details ergibt und keine leere Allgemeinheit; doch die herkömmlichen Proportionen sind auch in dem Sinn verändert, daß von der ersten Szene bis zur letzten eine mächtige Masse auf der Bühne anwesend ist und Solo oder Pas de deux sich kaum herausheben aus der massiven, einheitlichen emotionalen und sinnlichen Wellenbewegung, welche die Masse des Ballettcorps präsentiert; der theatralische Gedanke ist also nicht vom Solotanz und vom Paartanz geleitet, nicht vom Individuum oder Individuen, sondern *von der dramatischen Beziehung zwischen Masse und Individuum*; die klassische Trennung zwischen Vorder- und Hintergrund ist aufgehoben, die Masse illustriert nicht die Gefühle von auserwählten

Einzelnen, vielmehr hat die Masse Gefühle, die sich auch im Individuum äußern müssen. So hat dann die Sinnlichkeit zwar auch ein individuelles Antlitz, dennoch ist sie ein Massenphänomen, die Massenhaftigkeit aber scheint die Bühne zu sprengen, und so müssen wir die Kraft, von der die Masse bewegt wird, nicht auf der Bühne, sondern außerhalb ihres Rahmens suchen: im Ritus, im Mythos. In der Sinnlichkeit der Interpretation von Natalja Kassatkina und Wladimir Wassiljew ist etwas angespannt Großzügiges und nachsichtig Urteilendes.

Und all das ist auch für die Sinnlichkeit von Juri Ljubimows Theater charakteristisch: Es bewegt nicht Individuen; das individuelle Antlitz schält sich aus Massengefühlen heraus; alles kommt aus der Masse und zielt auf die Masse; das Drama spielt sich nicht zwischen Individuum und Individuen ab, sondern zwischen den sich in Hierarchien abzeichnenden historischen und gesellschaftlichen Gesetzen der Masse und dem individuellen, sich aus der Gefangenschaft der Gesetze und Hierarchien heraussehnenden Freiheitsdrang.

In der ersten Szene des III. Aufzugs steht der Vorhang parallel zur Rampe: Er füllt das Bühnenportal von der rechten bis zur linken Seitenverkleidung, vom Schnürboden bis zum Fußboden aus, deckt die leere Tiefe des Raums zu. Starr und unbeweglich. Und es herrscht das undeutliche graue Arbeitslicht, das wir schon von der ersten Szene kennen. Hinter dem Vorhang lauscht das königliche Paar. Hamlet aber steht, als suche er Schutz, an ebendiesen Vorhang gepreßt auf der rechten Seite der Bühne. Die in die kurzen Stiefel gezwängte schwarze Hose, das enganliegende schwarze Trikot, aus dessen tiefem Ausschnitt der muskulöse Nacken kräftig emporragt, geben dem starken

Körper eine geschlechtslos neutrale und rein sinnliche Wirkung. Seinen sogenannten großen Monolog hat er bereits gesprochen, was auf Ljubimows Bühne nicht eine philosophische Einlage über die Frage des Seins und die freiwillige Beendigung des Seins darstellt, sondern das sachgemäße Sicheinstellen der üblichen Fragen, denen an bestimmten Knotenpunkten des Lebens notwendigerweise jeder gegenübersteht: «Denn wer ertrüg' der Zeiten Spott und Geißel, / Des Mächt'gen Druck, des Stolzen Mißhandlungen, / Verschmähter Liebe Pein, des Rechtes Aufschub, / Den Übermut der Ämter, und die Schmach, / Die Unwert schweigendem Verdienst erweist, / Wenn er sich selbst in Ruh'stand setzen könnte / Mit einer Nadel bloß!» Wladimir Wyssozki stellt sich diese typisch hamletisch zu nennenden Fragen selbst, aber es ist offenkundig, daß er sich nicht mit dem Problem des Selbstmords und nicht mit Philosophemen herumschlägt, da er konstitutionell weder zur Melancholie noch zur Philosophie neigt und die Umstände ihm auch gar nicht erlauben, melancholisch oder philosophisch zu werden, und da andererseits sein persönliches Leben im Moment der Erscheinung des Geistes aufgehört hat und von da an jeder Schritt und jedes Wort ohnedies eine Annährung an den Tod ist, der Tod für ihn schon so selbstverständlich ist wie die schwarze Erde des offenen Grabes auf dem Proszenium, es ist schon vollbracht, «mit einer Nadel bloß» hat er also keine Eile. Und da stößt der auf der linken Seite der Bühne verborgene Polonius seine Tochter vor den Vorhang, Ophelia. Auch Natalja Saiko preßt sich an den Vorhang. Sie starren einander an. Und die Blicke, die sie sich, am derben Stoff des Vorhangs reibend, zuwerfen, überbrücken nicht nur den ganzen öden Raum, sondern erzeugen aus den gesamten personellen, materiellen und geistigen Aufführungselementen eine straffe Struktur. Eigentlich sind sie überrascht, doch die Überraschung bezieht sich nicht auf die Situation, sondern auf sie selbst. Hamlets Begehren blickt hinter seinem Mißtrauen, Ophelias Begehren hinter ihrer Angst hervor. Und Hamlet, der sich im Monolog schon auf dem Thron vollbrachter Taten wußte – daher der ironische Tonfall des Monologs –, hockt nun plötzlich auf dem Schemel ungeklärter Triebe; er, der eben noch glaubte, daß er an sich selbst nicht einen einzigen Punkt finden könnte, der ihn verletzbar macht, ist durch den bloßen Anblick Ophelias völlig ausgeliefert; Ophelias Dasein bindet ihn mit tausend Stricken an diese Welt, die er unter dem Eindruck des väterlichen Geistes verleugnet zu haben glaubte, die sich jedoch nicht verleugnen läßt. Am liebsten würden sie aufeinander zustürzen. Doch nur langsam, an den Vorhang gepreßt, mit den Händen tastend, mit den Füßen sich voranschiebend, können sie sich näherkommen. Vom Gewicht ihrer Körper wird der mächtige Vorhang eingedrückt, fortlaufende Wellen kommen in dem Stoff in Gang und behindern das Vorankommen immer mehr. Inzwischen sprechen sie dafür miteinander. Als müßten sie sich in irgendeiner zähen grauen Masse vorankämpfen, in einer Masse, wo das Begehren um so stärker fortschreitet, desto schwerer erreichbar das Ziel erscheint. Die Symbolik ist völlig eindeutig: Wir sind in der Tiefe der Seele, in der zähen weichen Masse des Begehrens, in jenem undurchdringlichen Sinnenraum, der ihnen gemeinsam ist, und diese Symbolik ist nur darum nicht banal, weil in den Worten die gesellschaftlichen Innervationen wachen, die die Hitze der Blicke abkühlen und die Erfüllung des Begehrens von vornherein unmöglich machen können. «Mein Prinz, wie geht es Euch seit so viel Tagen?» fragt Ophelia mit der bezaubernden Kindlichkeit des zur Denunziantin erzogenen Fräuleins, und Hamlet antwortet mit dem Hochmut des alles Durchschauenden, doch höflich: «Ich dank' Euch untertänig: wohl.» Und an die gewellte Masse des Vorhangs geschmiegt, tasten sie sich zueinander hin.

Unter Shakespeares Thronfolgern ist Hamlet der einzige, der nicht den Thron will. Nicht die Macht interessiert ihn, sondern die Natur der Macht. «Laß mich in Blindheit nicht vergehn!» ruft er aus, als er den Geist des Vaters erblickt. Er begehrt nicht, die Welt zu erobern, sondern zu verstehen. In Ljubimows Auffassung ist Hamlet nicht der Königssohn, sondern ein gnostisch veranlagter Intellektueller, der nur darum nicht handelt, weil er ständig denkt und Worte von sich gibt, dessen Haltung jedoch, die sich mit seinem Denken und seinen Worten herausformt, den Wert von Taten hat, sie katalysiert. «So 'n Wurm ist Euch der einzige Kaiser, was die Tafel betrifft. Wir mästen alle andere Kreaturen, um uns zu mästen; und uns selbst mästen wir für Maden. Der fette König und der magere Bettler sind nur verschiedne Gerichte; zwei Schüsseln, aber für eine Tafel: das ist das Ende vom Liede.» Hamlet sinniert unter dem Blickwinkel des Todes über das Leben, und deshalb sind seine Ideen im Grunde ebenso unanfechtbar und antisozial wie die Morde der Könige. Doch Hamlet sinniert nicht nur. Er ist auch selbst mehrfacher Mörder, und diese Tatsache verdunkelt Ljubimow keineswegs. Dieser Hamlet sticht brutal Polonius nieder, spielt mit kaltem Verstand seine Rolle bei Ophelias Untergang, schickt hinterhältig Rosenkranz und Güldenstern an seiner Stelle in den Tod und tötet mit offensichtlicher Genugtuung den König. In der üblichen Bedeutung des Wortes nicht wenig

Taten. Er will zwar nicht die Macht: das Töten ist nicht Mittel oder Ziel, aber in dem Interesse, die grundsätzlich unmoralische Natur der Welt bis ans Ende abzuschreiten, muß er jede gesellschaftliche Konvention und Sitte aufkündigen, jede Art Mitwirkung in jeder Hinsicht verweigern, muß er sich seiner eigenen Gefühle entledigen, sie überspielen und unterdrücken, und vielleicht wird gerade dadurch sein Handeln zu den antisozialen Formen gezwungen, an deren Sinn und Berechtigung er selbst zweifelt. Dennoch ist Hamlet frei, weil er sich nie selbst mit seinen Taten identifiziert. Mit seinen Handlungen reproduziert er zwar die Gesetze der Hierarchie, doch mit seiner Haltung wehrt er sich dagegen, mit dem Verstand aber schiebt er die eigenen exzentrischen Verhaltensmuster ebenso von sich wie seine reproduktiven Handlungen. Er öffnet einen Spalt in der Hierarchie. Schafft die Ausnahme. Füllt mit seiner Existenz die Lücke aus, die Handeln und Denken trennt. Demonstriert den Riß.

Ljubimows Hamlet gehört zur Anschauungsart des klarsichtigen Plebejers. Dieser Moskauer Hamlet ist in gewissem Sinn ein Zwillingsbruder des Berliner Richard III. Es scheint, als wende Ljubimow auf Hamlet die theoretischen Feststellungen an, die der Deutsche Robert Weimann über die plebejische Anschauung Richards machte, und es scheint, als verwirkliche er auch, was der Pole Jan Kott, den Dialog der beiden Mörder mit Prinz Clarence analysierend, so anmerkt: «Dieser Dialogfetzen kündet bereits Hamlet an. Was sind denn die gedungenen Mörder anderes, wenn nicht die Totengräber der Geschichte. Auch auf dem Friedhof in Elsinor reden zwei Totengräber mit einem Königssohn. Und sie blicken auf die große Geschichte und die menschlichen Dramen aus derselben Perspektive: aus der Perspektive jener, die Gräber ausheben und Galgen errichten. Aus dieser Perspektive gibt es keinen Unterschied zwischen einem Königssohn und dem letzten Bettler. (...) König und Meuchelmöder repräsentieren die Ordnung dieser Welt im Reinzustand.» Denn so illusionslos sich am Berliner Deutschen Theater der Vorstadtplebejer Richard, Hilmar Thate, selbst kennt und mit wie überlegenem Humor er diese «schlaffe Friedenszeit» durchleuchtet, in der zu leben er gezwungen ist, so illusionslos kennt auch Wladimir Wyssozki, der Hamlet am Moskauer Taganka-Theater, sich selbst und seine Möglichkeiten, wenn er in der ersten Szene mit der gesunden Leidenschaft eines intellektuellen Narodniks den leeren Raum betritt, um, von sanften Gitarrenläufen begleitet, mit rauher Stimme Verse von Boris Pasternak zu singen, den Prolog der Vorstellung: «Versuche ich dem fernen Echo zu entlocken / Was meiner Zeit geschehen wird.»

Alle beide leben in der Perspektive des Todes. Richard und Hamlet unterscheiden sich nur in ihrer moralischen Einstellung. Doch scheinen Hamlets moralische Qualitäten ihn vergeblich über Richard zu erheben. Die Gesetze der Hierarchie sind identisch. Hamlet kann hinsichtlich Ophelias ebensowenig im Zweifel sein wie Richard in Verbindung mit Lady Anna. Sie kennen die Natur der Welt. Sie wissen alles über die Menschen. Jeder ist zu allem fähig. Und auch zum Gegenteil.

Für Hamlet ist die Begegnung mit dem Geist seines Vaters ebenso entscheidend wie für Richard das Gespräch mit Lady Anna. Wenn das geschehen ist, kann alles geschehen. Wenn sich eine Frau über dem Leichnam des gemeuchelten Gatten hinzugeben vermag, dann ist alles erlaubt, dann existieren weder Moral noch Liebe. Und gleicherweise im

Fall Hamlets! Von dem Augenblick an, da der Geist des Vaters die Geschichte seiner Ermordung erzählt, gewinnen in Hamlet absolutes Mißtrauen und ein universales Gefühl der Unsicherheit die Oberhand. Sie kriegen das Objekt. «Ja, von der Tafel der Erinn'rung will ich / Weglöschen alle törichten Geschichten, / Aus Büchern alle Sprüche, alle Bilder, / Die Spuren des Vergangnen, welche da / Die Jugend einschrieb und Beobachtung; / Und dein Gebot soll leben ganz allein / Im Buche meines Hirnes, unvermischt / Mit minder würd'gen Dingen. – Ja, beim Himmel! / O höchst verderblich Weib!» Und obwohl sich der letzte Ausruf auf seine Mutter bezieht, trifft er auch das Mädchen. Für Hamlet ist Ophelia die letzte und gefährlichste Falle. Aus ihr muß er sich befreien. Denn Ophelia ist nicht nur Ophelia, sondern der seine Sinne betörende leibhaftige Trug selbst. Er liebte Ophelia. Und weiß, daß er ihr dies vergebens sagt. Er tastet nur nach ihr. Und zwischendurch, als würde er mit sich selbst sprechen, wiederholt er die bekannten Allgemeinheiten, die das Bewußtsein auch von den eigenen Gefühlen loslösen können. «Ich bin selbst leidlich tugendhaft; dennoch könnt' ich mich solcher Dinge anklagen, daß es besser wäre, meine Mutter hätte mich nicht geboren. Ich bin sehr stolz, rachsüchtig, ehrgeizig; mir stehn mehr Vergehungen zu Dienst, als ich Gedanken habe sie zu hegen, Einbildungskraft ihnen Gestalt zu geben, oder Zeit sie auszuführen. Wozu sollen solche Gesellen wie ich zwischen Himmel und Erde herumkriechen? Wir sind ausgemachte Schurken, alle; trau' keinem von uns! Geh deines Wegs zum Kloster! Wo ist Euer Vater?» Ihre Körper versinken in dem schmutziggrauen Vorhang. Er saugt sie auf. Schlägt Wellen, und sie können nur noch die Hände nacheinander ausstrecken.

Diese Szene ist der Tiefpunkt der Vorstellung. In ihr versuchen sie in einer letzten Kraftanstrengung, noch in Einklang zu bringen, was nicht mehr in Einklang zu bringen ist: ihre Gefühle am Bewußtsein auszurichten. Weil sie glauben, die tragische gesellschaftliche Schizophrenie, die sie trennt, hätte ihre Gefühle noch nicht berührt. Denn das Begehren, das sie zueinander treibt – den anderen zu berühren, zu fassen, an sich zu pressen –, scheint stärker zu wirken als das Bewußtsein. Sie wollen einander, auch wenn das Bewußtsein Hamlets Ophelia nicht will und auch Ophelia weiß, daß sie Hamlet nicht wollen kann. Im Gefängnis Dänemark ist vielleicht einzig das gesund geblieben: das sinnliche Begehren. Und vielleicht hilft das. Doch sie sind Gefangene ebenjener sozialpsychologischen Falle. Es gibt keinen Ausweg. Auch ihr Begehren ist krank. Ophelia kann sich ebensowenig aus der Fessel befreien, die ihr Vater bedeutet, wie Hamlet aus der, die seine Mutter bedeutet. Polonius und das Königspaar lauern hinter dem Vorhang, lauschen. Und so wie in der Interpretation Ljubimows Hamlet kein gemütskranker Philosoph ist, ist auch Ophelia keine naive Jungfer. Auch sie ist fest in die höfischen Praktiken eingebunden. An diesem Hof ist jeder ein Denunziant und Spitzel. Ophelia ist keine Ausnahme. Kaum ein paar Minuten sind vergangen, seit Polonius dem Königspaar Hamlets Liebesbrief gezeigt hat, wobei er sich brüstet: «Dies hat mir meine Tochter schuld'germaßen / Gezeigt, und überdies sein dringend Werben / (…) mir vor das Ohr gebracht.» Und Ophelia arbeitet genau. Sie zeigt nicht nur den Brief, sondern spielt mit der dilettantischen Begeisterung einer Musterschülerin ihrem Vater jede Bewegung Hamlets vor; wie er nach ihrer Hand griff, wie er sich zurücklehnte und anfing, ihr Gesicht zu mustern, ob sich dahinter etwas verberge; jedes kleine Detail genau. Ljubimow motiviert Ophelias Unaufrichtigkeiten ausführlich. Sein Ausgangspunkt ist wohl, nicht anders als bei allen bisherigen, romantisch tränenreichen Ophelien, jener Satz Laertes' über seine Schwester: «Schwermut und Trauer, Leid, die Hölle selbst / Macht sie zur Anmut und zur Artigkeit» – nur daß Ljubimow die Wurzeln und nicht nur die Oberfläche dieser Artigkeit zeigt.

Die Ophelia der Natalja Saiko hat drei Gesichter. Die volle und in sich ruhende Frau, heiter und von aufgeklärter Direktheit, wenn sie ihrem Bruder zum Abschied sagt: «Doch, lieber Bruder, / Zeigt nicht, wie heilvergeßne Pred'ger tun, / Den steilen Dornenweg zum Himmel andern, / Derweil als frecher, lockrer Wollüstling / Er selbst den Blumenpfad der Lust betritt / Und spottet seines Rats», und wahrscheinlich ist das die wahre Ophelia, die aber zum verschüchterten kleinen Mädchen wird, wenn sie mit ihrem Vater spricht, und sich in der Verlegenheit des Kampfes beider Haltungen windet, wenn Hamlet vor ihr steht. Ophelia liebt Hamlet, aber sie ist gerade aus dem entgegengesetzten Stoff als der, den sie liebt. Auch Ophelia ist eine Intellektuelle, aber eine von der realistischen Art. Sie weiß genau, was möglich und was nicht möglich ist, und sie weiß deshalb sehr gut, daß sie unter regulären Umständen Hamlet nicht gehören kann, und rechnet damit. Denn der Vater hat zu ihr gesagt: «Ihr sollt mir … von heute an / Die Muße keines Augenblicks so schmähn, / Daß Ihr Gespräche mit Prinz Hamlet pflöget.» Doch ist sie ein kluges Mädchen, sie meint, ein Schlupfloch zwischen den Sätzen zu finden, sie hat bemerkt, daß ihr Vater seinen eigenen Handel verfolgt: «… betragt euch klüger, / Sonst (um das arme Wort nicht tot zu hetzen) / Trägt Eure Narrheit noch

Euch Schaden ein.» Und ein andermal: «schätzt Eure Unterhaltung / Zu hoch, um auf Befehl ...», sie hofft also mit Recht, daß die Sache, wenn sie dem raffiniert widersprüchlichen Befehl gehorcht und sich als Werkzeug in die Hände des Vaters gibt, sich irgendwie regeln wird und sie Hamlet doch noch gehören kann. Um Hamlets willen verrät sie Hamlet. Und sich selbst. Doch gerade in dieser neuen Situation kann sie Hamlet schon nicht mehr als Verliebte in die Augen sehen, denn sie fühlt, daß er ihr das politische Manöver von den Augen abliest. Auch in ihr zucken Gefühl und Bewußtsein, Instinkt und Gedanke, Wort und Bewegung in einem unabhängigen Rhythmus. Und als sie wie ein Köder an der Angel vor den Vorhang geschoben wird und dort in ihren Ohren noch die letzten Worte ihres Vaters klingen, mit denen er die Lauschposten arrangiert, überläßt auch sie sich den bloßen Sinnen. Doch die Sinnlichkeit, die sich in der Abschiedsszene vom Bruder noch frisch und gesund zeigte, zersetzt sich mit der Zeit unter dem Gewicht der ohne Distanz übernommenen Realitäten.

Und der Wellenschlag des Vorhangs nimmt ihre Körper nicht nur auf, er treibt sie auch. Grob und heftig treibt er sie aufeinander zu. Wenn die zwei Körper in der Bühnenmitte schließlich in einem Tal zwischen zwei Wellen versinken und das Tal sich von der Schwere der beiden Körper so weit vertieft, daß es sie fast ganz verbirgt, indessen Hamlet immer nur redet – «Gott hat euch ein Gesicht gegeben, und ihr macht euch ein andres; ihr schlendert, ihr trippelt und ihr lispelt, und gebt Gottes Kreaturen verhunzte Namen, und stellt euch aus Leichtfertigkeit unwissend. Geht mir! nichts weiter davon! es hat mich toll gemacht. Ich sage, wir wollen nichts mehr von Heiraten wissen: wer schon verheiratet ist, alle außer einem, soll das Leben behalten; die übrigen sollen bleiben, wie sie sind» –, kommen sie sich so nahe, daß ein Körper den anderen berühren kann, der schwingende Vorhang erstarrt, und sie prallen in bewußtloser Hysterie derb aufeinander, doch in diesem Moment, vor der bloßen Möglichkeit der Berührung scheuend, wird Hamlet auf die Mitte der Bühne geschleudert, als würde eine fremde Kraft ihn dorthin zurückreißen, dahin, gerade dahin, wo sich zuvor seine Mutter und sein Oheim über dem offenen Grab mit Polonius berieten, und wie ein Urteil peitscht sein letztes Wort: «In ein Kloster! geh!»

Ophelia bleibt im tiefen Schoß des Vorhanges zurück. Hamlet ist endgültig frei. Beide haben ihren letzten Halt verloren. Der Weg zur Tragödie ist offen.

Das Beziehungsgeflecht, das sich in Ljubimows Inszenierung zwischen dem toten König, Hamlet, dem neuen König, der Königin, Polonius, Ophelia und Laertes herausbildet, ist nicht frei von Einflüssen und Schemen der vulgärfreudianischen Individualpsychologie. Hamlets Gefühlswelt ist, vor dem Hintergrund der mörderischen Verbindung, die seine alternde Mutter an den jungen Onkel bindet, gestört, und Ophelias sexuelle Befangenheit wird durch die übersteigerte Vaterbindung verursacht, die auf Angst vor dem Vater beruht und deretwegen sie sich sinnlich ihrem Bruder gegenüber natürlicher geben kann als gegenüber dem, den sie in Wirklichkeit begehrt und liebt. Dieses schematisierte Beziehungssystem an sich wäre schon ausreichend, um das Drama der Zuständigkeit gelangweilter Philosophen und affektierter Schöngeister zu entreißen, würde aber an Stelle von deren oberflächlichen Interpretationen nur neue Oberflächlichkeit bieten; Ljubimow jedoch hat ein vertrautes Verhältnis zur Geschichtsauffassung des elisabethanischen Theaters, und so verfährt er nicht nach den dramaturgischen Prinzipien des später entstandenen bürgerlichen Theaters, läßt nicht aus dem Zusammenspiel von individuellen psychischen Mechanismen ein Bild gesellschaftlicher Hierarchie entstehen, sondern setzt Hierarchie gerade im Gegenteil als von vornherein gegeben voraus, führt sie genau und sachlich vor – oben das Licht, in der Mitte der Mensch, unten das Grab – und deckt innerhalb dieses wohlgeordnet erscheinenden Raumes die Prinzipien von Druck und Zwängen auf, die sich durch die gegebene gesellschaftliche Struktur beim Individuum geltend machen. Bis zur ersten Szene des dritten Akts verhalten sich eigentlich alle schematisch, da der Druck der Hierarchie aus allen nicht mehr herauspressen kann als ein archaisches psychologisches Schema. An der Stelle jedoch ändert sich alles.

An diesem Hof beschäftigt man sich nur nebensächlich mit Gefühlen und Staatsangelegenheiten, weil alle Energien gebunden sind, um die Spuren des letzten Mordes zu verwischen. Für das hinter dem Vorhang lauernde und lauschende Königspaar ist die Frage völlig unerheblich, ob Hamlet Ophelia liebt. Wenn er sie liebt, dann werden sie sich diese Tatsache ebenso zum Vorteil machen wie im entgegengesetzten Fall die, daß er sie nicht liebt. In beiden Fällen sind die gleichen politischen Schachzüge möglich. Wenn er sie liebt, etwa die Hochzeit, wenn er sie nicht liebt, dann vielleicht eine Reise. Und auch Polonius ist für beide Möglichkeiten gut abgesichert. Wenn Hamlet sie liebt, dann bekommt er einen Schwiegersohn aus königlichem Geblüt, wenn er sie nicht liebt, dann hat er seines denunziatorischen Eifers wegen die Gunst des Königspaars. Hamlets Haltung aber erlaubt ihnen nicht, diese Frage zu entscheiden, die sie ursprünglich für nicht so wesentlich hielten. Hamlet antwortet nicht auf ihre Fragen, sondern auf seine eigenen, in denen natürlich ihre Taten eingeschlossen sind. Und an diesem Punkt weitet sich das archaische psychologische Schema in die konkrete soziale Struktur. Die mit ihren Taten Hamlets Geist herausfordern, begreifen Hamlet nicht, weil sie auch nicht begreifen, was ihre eigene Tat bedeutet. Und dadurch hört Hamlet auf, ein Werkzeug in ihren Händen zu sein. Er ist ihnen entglitten.

Jetzt folgt nur noch das Beweisverfahren.

Hamlet hat für dieses Beweisverfahren ein einziges Mittel, und das ist das Theater selbst. Mit der spielerischen Konfrontation beweist er, daß der König ein Brudermörder, die Mutter eine Dirne ist. Und wie Ljubimow die Schauspieler auf der Bühne auf die Bühne treten läßt, ist eine der großartigsten und sehenswertesten Szenen, die jemals auf der Bühne gespielt worden sind. Der Vorhang steht parallel zur Rampe in der Mitte der oberen Bühne. Starr und undurchlässig. Das Licht wandelt sich in grelles Weiß, der Vorhang löst sich leichthin vom Boden und hebt sich, in weichen Bögen Falten bildend, in die Luft. Von der unteren Linie der plötzlich sichtbar werdenden Brandmauer brennt eine Reihe Reflektoren in die Augen. Rampenlicht. Das unsere Augen blendende Rampenlicht läßt die Brandmauer verschwinden: als würde unser Blick vor zuviel Licht ins weiche Dunkel eines Zuschauerraums eintreten. In das Dunkel, in dem wir sitzen. Als wären wir selbst zu Schauspielern auf einer Bühne geworden. Der Vorhang hat sich gehoben, wir stehen im Licht, sind auf der Bühne, die Vorstellung hat begonnen. Der Wechsel ist abrupt und entlarvend, erdrückend und großartig. Und wenn im Gänsemarsch die Schauspieler hereinkommen, sich halb dem wirklichen, halb dem noch wirklicheren Zuschauerraum zuwenden, befinden auch wir uns längst auf einer Bühne, uns selbst ins Auge sehend, uns selbst erblikkend, wie wir in dem entfernten Zuschauerraum sitzen. So stark der Effekt jedoch ist, wenn die im Dunkel des Zuschauerraums verborgene Masse sich unerwartet einer im Dunkel eines anderen Zuschauerraums verborgenen Masse gegenübersieht und sich unwillkürlich mit dem identifiziert, was ins Licht zwischen die beiden Zuschauerräume geklemmt ist, mit allem, was Theater, Schauspieler, Spiel und Lampenfieber bedeutet, so roh und hart ist der nächste Effekt: Die auf die Bühne marschierten Schauspieler, in gelben, pflaumenblauen, gestreiften, roten und anderen, mit Fransen, langen Schals und Zylindern versehenen, zusammengeklaubten Kostümen, sind doch nicht das, was wir an ihrer Stelle zu sein glauben wollten, sie haben sich selbst nie ins Gesicht gesehen, sie werden niemals echtes Theater zu spielen fähig sein, eine alberne, kuriose, zusammengewürfelte Gesellschaft, sie suchen ihr Brot, sind irgendwo weggejagt worden, und auch von hier wird irgendwer sie fortstoßen, wenn sie nicht mehr gebraucht werden, sie sind schrill, lustig und ordinär, Komödianten also, der Bodensatz der Gesellschaft, Parias der Kunst. Und Prinz Hamlet – mit Polonius an seiner Seite –, dem Zuschauerraum den Rücken gekehrt, agiert mit ihnen als aufgeklärter und kluger Regisseur, spannt sie für seine prinzlichen Ziele ein, gibt ihnen als ein großer Kenner und kulinarischer Genießer des Theaters Anweisungen und Ratschläge, sie aber nicken zu jedem Wort, obgleich man sieht, daß sie jedes Wort für überflüssigen Unsinn halten, aber sie wollen das Brot, für kurze Zeit ein Dach über dem Kopf und vielleicht ein wenig spielen. In den Augen der Schauspieler gibt es keinerlei Unterschied zwischen dem empfindsame Klugheiten vortragenden Hamlet und dem Dummheiten quakenden Polonius. Der Prinz in der Pose des Narodniks ist trotzdem *nur* Herr und gehört ebenso zu den Mächtigen wie Polonius.

Von dieser Szene an verändert sich die ganze Dimensionsordnung des Dramas. Wir könnten auch sagen, daß Hamlets Welt in dieser Szene ihre wahren Dimensionen erhält. Alles, was er weiß, fühlt und will, wird relativiert. Hamlet ist nicht der Nabel der Welt, auch wenn die Welt all sein Wissen, Fühlen und Wollen nötig hat. Ljubimow, der Hamlet bis hierher aus der Nähe begleitet und mit seiner ernsten Aufmerksamkeit auch unterstützt hat, entfernt sich nun von ihm, auch er läßt ihn allein. Jetzt muß er nicht mehr bei ihm sein, Hamlet ist ohnehin nicht mehr aufzuhalten. «Geschieht es jetzt, so geschieht es nicht in Zukunft; geschieht es nicht in Zukunft, so geschieht es jetzt; geschieht es jetzt nicht, so geschieht es doch einmal in Zukunft. In Bereitschaft sein ist alles.» Und von da an sind wir gleichzeitig draußen und drinnen. Schon im Tode, aber noch im Leben. Unsere Identifikation mit Hamlet können wir auch weiter nicht verleugnen, doch wir sehen die Welt nicht länger mit Hamlets Augen, sondern mit dem Blick derer, die vom Kampf der Mächtigen ausgeschlossen sind. Die Bühne ist leer. Die beiden Totengräber sitzen, die Beine in das Loch gehängt, auf dem aufgeworfenen Hügel. Sie essen Zwiebeln mit Brot. Sie schwatzen. Lustig und gemütlich. In der Hierarchie hat jeder seinen gekennzeichneten Platz. Der König mordet, der Höfling denunziert. Hamlet schafft eine Ausnahme, die Schauspieler spielen, die Totengräber heben Gräber aus. Wir sind gleichzeitig draußen und drinnen, und eine größere menschliche Freiheit ist vielleicht auch nicht vorstellbar. Wir sind gleichzeitig Schauspieler, Totengräber, Könige und Prinzen. Wir spüren die Hierarchie auf der Haut, haben aber Überblick über die Hierarchie. Und wir haben keine Zweifel mehr: Niemand kann die aus den Fugen geratene Zeit einrichten. Auch Fortinbras wird nicht mehr mit seinen Kriegern kommen. Nicht sagen: «Laßt vier Hauptleute Hamlet auf die Bühne / Gleich einem Krieger tragen: denn er hätte, / Wär' er hinaufgelangt, unfehlbar sich / Höchst königlich bewährt.» Hamlet hat nicht König werden wollen und sich auch nicht höchstköniglich bewährt. Fortinbras wurde aus dem Spiel gezogen.

Der Vorhang dreht sich knarrend weg und gibt den Blick frei auf die Toten des letzten Aktes.

*Deutsch von Wolfgang Stettin*

# Pina Bausch, Philosophin der Körper

Zwanzig Jahre liegen zwischen der Uraufführung von «Fritz», dem ersten Tanzstück Pina Bauschs, im Januar 1974 und der Premiere von «Ein Trauerspiel» im Februar 1994. In diesen zwanzig Jahren hat Pina Bausch mit ihrem Wuppertaler Tanztheater fast dreißig Stücke zur Aufführung gebracht und der Welt in Gastspielen gezeigt. Aus ihrem reichen Lebenswerk habe ich insgesamt sechs Stücke gesehen, einige glücklicherweise mehrmals. Zuerst, im Mai 1981 in Berlin, «Bandoneon», dann, im Juni 1994, «Blaubart», «Nelken», «Two cigarettes in the dark» und «Palermo, Palermo» in Wuppertal und im Oktober desselben Jahres «Café Müller» in Budapest, wo Pina Bausch selbst tanzte.

Über das, was einen am tiefsten berührt, sollte man besser schweigen. Trotzdem konnte ich nach diesen Aufführungen dem Drang nicht widerstehen, wenigstens ein paar Notizen dazu zu machen.

1

In ihrer «Blaubart»-Inszenierung erzählt Pina Bausch nicht die Geschichte von Béla Balázs oder Béla Bartók, sondern das, was in der sittsamen Geschichte der beiden ungarischen Schöpfer wirklich passiert sein könnte. All das, was sie mit ihrer Geschichte gerade verschleiern. Pina

Bausch hat das Werk jener sich unsinnlich gerierenden, rituellen, defensiven und starren Manier entrissen, die uns beide über mehr als sechs Jahrzehnte in so peinlicher Weise oktroyiert haben. Ich habe nie verstanden, was mich am «Blaubart» stets so gereizt machte.

Aus einer unvermeidlichen Befangenheit gegenüber der eigenen Kultur möchte man bestimmte Dinge einfach nicht zur Kenntnis nehmen, nicht verstehen. Die Erotik ist eine furchtbare Macht, sie muß deshalb aber nicht notwendig von Muff umgeben sein. In Wuppertal sehe ich endlich, was für einen gewaltigen Stock Balázs' Geschichte verschluckt hat und daß ihn ebendas hindert, jene Register zu ziehen, die bei diesem Thema zum Klingen zu bringen wären. Statt dessen deklamiert er lieber, ziert sich. Soweit wir sein Leben aus seinen Tagebüchern kennen, ist diese Steifheit beileibe keine charaktereigene, sowenig wie sie sich vom Thema herleiten läßt. Letzten Endes macht Balázs ein Zugeständnis an den Geist der Zeit; spricht zur Gesellschaft der Salons symbolhaft über ein Thema, über das er schon damals besser in allen Einzelheiten und Feinheiten hätte sprechen müssen. Durch die Musik Béla Bartóks wird Balázs' Geschichte zwar reicher, aber wie bei anderen Musikdramen erweist sich das Libretto auch hier als eine so hohe Schwelle, daß der Komponist leider tatsächlich darüber fällt. Natürlich nicht zufällig, hat er sich das Stück doch selber ausgesucht.

Pina Bausch hat in ihrer segensreichen Naivität wahrscheinlich gar nichts von dieser ungarischen Misere bemerkt. Sie arbeitet mit der Geschichte, deutet sie, gibt ihr Bedeutung und bereichert ihr tatsächliches dramatisches Potential durch Nuancierungen, nach denen Bartók sich bei seiner Scheu, der tatsächlichen Steifheit seines Charakters, seiner Disziplin und Verschlossenheit nur sehnen konnte. Freie, über ihre Persönlichkeit frei verfügende, leidenschaftliche und leidende Menschen bewegen sich auf ihrer Bühne und nicht in erhabenen Posen erstarrte Krüppel. Pina Bausch spricht von dem, was für Bartók wohl wirklich quälend war, wovon er zwanghaft und gepeinigt schwieg. Sie erbricht die Schlösser zu dieser Musik, öffnet Türen zum luftleeren Raum des Librettos. Und man muß hinzufügen, daß sie auch solche Schlösser erbricht, die wir nach den Gesetzen unserer eigenen Nationalikonographie als heilig und unantastbar ansehen.

Wahrscheinlich hat jede Nationalkunst solche bedeutenden Werke, die es vermögen, über Jahrhunderte mit der Kraft von Gesetzen zu wirken. Ich selbst zum Beispiel habe bis zu meinem dreißigsten Lebensjahr nicht zum Sternenhimmel aufblicken können, ohne zu assoziieren: Kerker. Aber dann hat mich, in einer schönen Sommernacht, die Macht der Umstände gegen den Dichter aufgebracht. Warum schrieb er nur solche Albernheiten? Und warum vermeinte ich, daß es nicht bloß in der Poesie so sei? Denn wenn es irgend etwas gibt, das nichts mit Kerker zu tun hat, auch nicht mit dem irdischer Existenz, dann sind es ganz sicher die Sterne. Die Erde ist für mich gerade darum kein Kerker, weil es die Sterne am Himmel gibt.

Bei «König Blaubarts Burg» ist die Sache noch viel verheerender. All das, was die Konstruktion des Librettos über das Verhältnis von zwei Menschen, das Verhältnis von Mann und Frau feststellt, ist selbstgewiß, überzogen, falsch und verlogen. Daran gab es für mich auch zuvor keinen Zweifel; dennoch hatten das Statuarische, die Würde, Düsterheit und Strenge Bartóks für mich etwas Gesetzmäßiges, waren wie ein unabänderliches Naturgesetz. Und das ziehe ich auch jetzt nicht in Zweifel, denn die Musik ist kraftvoll und originell, nur daß ich nun auch ihre andere Seite sehe. Die klug ausgebauten persönlichen Schutzvorrichtungen und die ungeschickten Masken eines empfindlichen Menschen. Auch das Gesetzmäßige hat eine nie zu vernachlässigende persönliche Seite.

Bartóks Erhabenheit ist Kulisse, sie gibt nicht Einblick, sondern verhüllt. Pina Bausch öffnet Türen zu dieser Musik und aus ihr heraus, durch die der Charakter des Stücks sich wandelt, seine Gesetze andere werden. Das Persönliche, das die ungarische Kunst von Zeit zu Zeit so gern verleugnet, wird wieder in sein Recht gesetzt. In dieser Bartók-Aufführung geht die ganze ehrwürdige Nationalikonographie flöten, aber ich erfahre eine ganze Menge, wovon ich bisher nichts wußte, u. a. auch über meinen eigenen Nationalcharakter. Dessen Macht sich auch auf die Erotik erstreckt. Zum Beispiel war mir nicht aufgefallen, daß jene peinliche und nachhaltige Defensivität nicht nur für das Libretto von Béla Balázs charakteristisch ist, sondern auch die Musik Bartóks durchdringt, eine ihrer Grundtöne ist. Und all das fällt mir deswegen auf, weil ich dauernd etwas ganz anderes erwarte, als dann auf der Bühne Pina Bauschs wirklich passiert.

Gewiß ist Pina Bausch ganz arglos gegenüber der defensiven ungarischen Eigenart. Oder falls sie sie doch bemerkt, so benutzt sie sie höchstens als nuancierendes Moment. Sie kehrt die Reihenfolge einfach um. Sie faßt die Geschichte von Béla Balázs von vornherein als ein an sich leeres Emblem auf, weil es für sie Dinge und Erscheinungen auf einer derart symbolhaften, entpersönlichten Ebene des Allgemeinen nicht gibt. Solche Judiths und

Blaubarts gibt es nicht. Eine derartige Kluft zwischen zwei Menschen gibt es nicht, und es gibt zwischen zwei Menschen nicht ein so hehres Verhältnis. Es gibt zwar auch ewige und unveränderliche Dinge auf der Welt, doch das sind keine Symbole, Embleme und Zeichen, auch nicht die Geschlechtsmerkmale oder Geschlechtscharakteristika, sondern Archetypen. Dort ist der Tanz ohnehin beheimatet. Archetypen, diese Urzeit-Abdrücke, sind nicht mehr als ein inneres Pulsieren; entpersonalisierte Anteile im Menschen, die der Außenwelt gegenüber sozusagen resistent sind. Seine urältesten und animalischsten Eigenschaften. Auf der Bühne Pina Bauschs geht aus diesen Eigenschaften das Leid des Menschen hervor, aber auch seine Würde.

Dafür aber, wovon Balázs und Bartók völlig fasziniert sind, nämlich daß es Mann und Frau auf der Welt gibt und daß der Mann nicht Frau und die Frau nicht Mann ist, hat Pina Bausch nicht einmal ein Achselzucken übrig. Sie nimmt ihre Gegebenheiten zur Kenntnis und setzt sich mit dem Wesen des Menschen auseinander. Die Männer müssen sich auf ihrer Bühne mal zu Frauen und die Frauen mal zu Männern wandeln. Könnten sie das nicht, so könnten sie im anderen nicht den Menschen erreichen. So einfach sieht sie das Ganze. Sie macht ihre Gegebenheiten nicht zum Gegenstand des Dramas oder der Tragödie, weil sie in dem Umstand, daß die menschliche Welt zweigeschlechtlich ist, weder etwas Tragisches noch etwas Dramatisches sieht. Diesem Tatbestand kommt auf ihrer Bühne kein ästhetischer Wert zu. Und in diesem Punkt unterscheidet sich ihre Sicht scharf von derjenigen der beiden Ungarn, die ihm ästhetischen Wert beimessen.

Pina Bausch sieht das Dramatische darin, daß das Gefühlsleben der Menschen von tektonischen Kräften aufgewühlt wird, die sie aneinander binden und voneinander losreißen; und diese Kräfte gestalten die Situation der Judiths und Blaubarts dann einmal tragisch und einmal komisch. Sie bedauert sie nicht und erhebt sich nicht über sie wie Balázs, sie verleiht ihrem Schicksal auch keine Erhabenheit wie Bartók, sie nimmt ihnen aber auch nicht das Persönliche. Auch in ihren Judiths und Blaubarts ist natürlich etwas, das nicht persönlich ist. Ihre archetypischen, animalischen Eigenschaften aber werden nicht ihrer Männlichkeit oder ihrer Weiblichkeit zugeordnet, sondern dem Umstand, daß sie Menschen sind. Die weiblich und männlich Animalisches in sich bewahrt haben. Doch eben weil sie Menschen sind, sind sie auch fähig, diese zwei Erscheinungsformen, zum Zwecke von Angriff oder Verteidigung, untereinander zu tauschen.

2

All das kann Pina Bausch nur leisten, weil sie mit elementarer Lust gegen das klassische Ballett arbeitet. Wiewohl sie es nicht mit Füßen tritt, zertrümmert und zerschlägt. Sie zitiert es mal, mal spielt sie mit ihm, häufig baut sie darauf auf, sie zerlegt es oder nimmt es gar wie ein ungezogenes Kind so auseinander, daß es nie wieder zusammenzufügen sei. Sie gehört also nicht zu den großen zornigen Zerstörern, sondern zu den Baumeistern, sie errichtet etwas ganz anderes, doch sie stülpt es nicht über etwas, sondern setzt es daneben. Ein anderes Bauwerk. Mit einem eigenen Angebot. Dieses Angebot bezieht sich freilich bis ins letzte auf etwas anderes, als dem klassischen Ballett je möglich gewesen wäre. Das klassische Ballett setzt zäh und unbelehrbar auf die Dualität der Geschlechter und, nennen wir es beim Namen, die feudale, höfische Hierarchie der Figuren.

Im klassischen Ballett dient der Körper des Mannes dem der Frau, er bedient ihn, läßt ihn fliegen, während er selbst, nahezu festgenagelt am Boden, dazu verurteilt ist, machtloser Heber und Stütze dieser bleichen, subtilen, jenseitigen Gebrechlichkeit und Empfindsamkeit zu sein, die mittels seiner Hilfe, doch zugleich in seinem Dienst, die schreckliche Last der Erdenschwere, die Gravitation bezwingt. Denn seltsamerweise findet auf der Bühne des klassischen Balletts keine Handlung statt, die nicht auf den Mann bezogen, nicht für ihn da wäre. Er ist zwar zum Diener degradiert, in Wirklichkeit aber dienen die enormen Kraftanstrengungen, die von den Solotänzerinnen oder den Mitgliedern des sie begleitenden weiblichen Chors ausgehen, den Männern. Doch dieses zweifache Dienen ist keinesfalls ein wechselseitiges. Das Dienen der Männer ist eigentlich Dienst an der herrschenden Hierarchie. Autoerotischer Dienst einer Männerwelt, narzißtischer Dienst und narzistischer Selbstgenuß.

Es ist ein Verdienst von säkularer Bedeutung, daß Pina Bausch den menschlichen Körper aus diesem feudalistischen Dienstverhältnis, aus der Verankerung in dieser starren Hierarchie, aus der toten und unverrückbaren geschlechtlichen Verallgemeinerung herausgerissen hat, um jedem einzelnen und allen gemeinsam persönliche Freiheit zurückzugeben. Wir sehen bei ihr nicht Frauen oder Männer, sondern menschliche Persönlichkeiten, die im übrigen Männer oder Frauen sind. Sie geht nicht von der Dualität der Geschlechter aus, sondern von der Pluralität der Personen.

3

Das ist weniger Programm ihrer Tanzkunst als ihrer persönlichen Wesensmerkmale. Pina Bausch hat kein Programm. Sie ist sanftmütig, weder will sie jemanden beglücken, noch will sie jemanden erlösen. Am Ende der Vorstellung sind wir mit ihren Tänzern aufs persönlichste bekannt. Während es ununterbrochen um nichts anderes geht als um das Verhältnis zwischen Mann und Frau, enthüllen sich die Positionen wirklich durch die persönlichen Eigenschaften der Tänzer. Als Offenbarung ihres Wesens, ihres Charakters erkennen wir, ob sie Mann oder Frau sind. So verstanden käme Pina Bausch der Charakterisierung des realistischen Theaters sehr nahe, würde sie nicht einen Spiegelkorridor vor uns öffnen, der all das nach den Spielregeln der Pluralität vervielfacht. Es gibt natürlich Judith, und es gibt Blaubart, doch darüber hinaus gibt es auf ihrer Bühne noch andere Judiths und Blaubarts, die sich in den gleichen Situationen dann wieder nur durch ihre persönlichen Eigenschaften voneinander unterscheiden. Pina Bausch läßt jede Situation von jedem durchatmen, durchhecheln, durch sich hindurchpulsieren. An den Differenzen können wir erkennen, was sie in ihrer Persönlichkeit unterscheidet, im Identischen hingegen das für Geschlecht, Rasse, Zeit und Kultur Charakteristische bilanzieren. Wir sehen das im Menschen bewahrte Animalische, die kollektiven archaischen Eigenschaften aufscheinen und nicht allein das Soziale und Individuelle, beziehungsweise wir sehen beides stets zugleich.

Die Tänzer tanzen keine Rollen; in Positionen, die bis ins letzte Detail mit den Positionen Pina Bauschs identisch sind, enthüllen sie sich vielmehr selbst; es sind nahezu Selbstbekenntnisse. Bekenntnisse aber nicht innerhalb von psychologischen, sondern von anthropologischen Zusammenhängen, nicht so sehr von der Psyche als von der konstitutionellen Struktur des Menschen her, mit der die Tänzer je nach der eigenen Sozialisation entweder etwas anzufangen wissen und so ein freundliches, einladendes und anmutiges Bild darbieten, oder mit der sie eben nichts anzufangen wissen und daher tragische, unnahbare, verschlossene, einsame, abweisende Züge zeigen. Das Psychische und Geschlechtliche sind lediglich Teilbereiche der Gesamtkonstitution, aus der die persönlichen Eigenschaften hervorgehen.

4

Ein solches Menschenbild ist verstörend oder mitreißend, die Wirkung in jedem Fall stark.

Vor fünfzehn Jahren erlebte ich bei einer Aufführung von «Bandoneon» in Berlin, wie sich das Publikum am Ende der Vorstellung in zwei große Lager teilte, in Buh- und Bravorufer. Die Zahl der Bravorufer war vielleicht ein wenig größer, auf jeden Fall setzte ein echter Kampf zwischen den beiden Parteien im Zuschauerraum ein. Den Gesichtern der Tänzer, die auf der Bühne abwechselnd hervor- und wieder zurücktraten, war anzumerken, daß ihnen der Ausgang des Kampfes nicht gleichgültig war. Sie waren erregt von dem großen Durcheinander, sie freuten sich, grinsten verwirrt, waren angestachelt und ein wenig verschreckt, jedem war das Persönliche anzumerken, wodurch sich die Aufführung auch im nachhinein bestätigte. Ja, das hatten sie auf hohem Niveau auch bei dieser Aufführung erfüllt, sie hatten gespielt und doch nichts vorgetäuscht; jeder von ihnen war mit sich selbst identisch gewesen und identisch geblieben. Wenigstens zehn Minuten hielten Protest und Gegenprotest an. Das Publikum konnte sich den Tänzern nur als Masse gegenüberstellen, vielleicht zog sich der Kampf deshalb so lange hin. Doch es geschah auch im Zeichen der Wechselseitigkeit, war eine Erwiderung.

Viele Jahre später erlebte ich bei einer «Blaubart»-Aufführung in Wuppertal, wie in den ziemlich einhelligen allgemeinen Jubel am Ende die schrille Stimme eines Mannes hineingellte, die dem Beifallsgetöse zwar nur schwer zu trotzen vermochte, dies jedoch mit so viel Überzeugung und Hysterie tat, daß sich auch der Zuschauerraum in eine Bühne verwandelte. Eigentlich setzte der Mann die Vorstellung nur fort. Zuerst schrie er nur eintönig wie ein Tier, das gequält wird. Dann nahm er auch Worte zu Hilfe, begründete das Gebrüll. Soweit man Wortfetzen entnehmen konnte, schrie er so etwas wie: Nein! Nein!, er protestiere. Er sei empört; was sich da abgespielt habe, sei eine fürchterliche Schweinerei. Nein, so seien die Frauen nicht, und auch die Männer seien nicht so, das Publikum solle sich schämen, sich an einer derartigen Schweinerei zu delektieren. Der Auftritt war, als sei er eingeplant. Kathartischer Ausfluß der Vorstellung, in dem jemand sich selbst vorführte. Möglicherweise war der Mann Mitglied einer strengen Sekte und in deren Auftrag tätig. Sein Gesicht war totenblaß, der ganze Körper war gespannt und bebte, eigentlich aber beherrschte er bis zum Äußersten Stimme und Glieder, nur war die Aufgabe, die er übernommen hatte, ungeheuer. Aus der zwanzigsten Reihe des Parketts mußte er einem ganzen applaudierenden Theater seine Stimme entgegensetzen.

Es war zu fürchten, daß die Anstrengung seine Kräfte übersteigen und das Herz im nächsten Augenblick den

Dienst versagen könnte. Und man konnte sehen, daß auch andere so etwas befürchteten oder Angst empfanden wegen dieses mutigen jungen Mannes. Und seiner sich selbst überlassen gebliebenen Meinung. Ein Mensch, der nicht mit der Realität zurechtkam, war sicher auch in anderer Hinsicht unberechenbar. Vielleicht würde er schießen oder eine Bombe werfen, war vielleicht zu allem fähig. Doch zugleich breitete sich nicht nur Angststimmung, sondern sichtlich auch Freude im Theater aus. Augenscheinlich fanden die Leute Gefallen daran, daß jemand unter sie geraten war, der mit so theatralischer Hingabe seine irrationale Meinung zum Ausdruck brachte und verteidigte. Solange es einen solchen Menschen gibt und wir nicht zulassen, daß seine Hysterie zur allgemeinen oder nachgerade maßgeblichen wird, solange sind wir alle frei. Die Leute klatschten wild gegen seine Worte an, obwohl sie, ebenso wie die Tänzer, doch hören wollten, was er schrie.

An den Proportionen und dem Hitzegrad dieser Szene ließen sich Herausforderung, Sinn, Bedeutung und Charakter der Aufführung Pina Bauschs ermessen.

5

Das wahrscheinlich wichtigste emotionale Wirkungselement ist das strukturelle Beziehungsgeflecht, in dem Pina Bausch Individualität vergegenwärtigt. Der Grundzustand ist Einsamkeit, Verlassenheit, Eingeschlossensein, Alleinsein. Mit verschiedenen Mitteln versuchen die Tänzer diesem quälenden Zustand zu entkommen. Da die Mittel zum größten Teil unzureichend sind, kommen sie notgedrungen in falsche Situationen. Es stellt sich heraus, daß Aggression zu nichts führt. Oder sie fallen, orgiastischer Freuden überdrüssig, in den Grundzustand zurück. So finden sich dann auch kurze glückliche, selige Momente der Ermattung. Zwei Enttäuschte gehen aufeinander zu, berühren sich; zweierlei Erschöpfung, zweierlei Weltschmerz fällt zusammen. Das ist das ganze Glück. Richtiger, wir blicken aus dem Zustand der Wüste auf die Oase, nach der wir als dem Glück suchen, jagen, uns sehnen. Sich an Blaubart reibend, rufen, flüstern, winseln und hecheln die Frauen ihm zu: Mich, mich, mich. In der zischelnden Entladung ihres Egoismus gleichen sie Hexen, Vampiren, Dämonen, Harpyien. Die Männer dagegen springen, gehörigen Abstand voneinander haltend, wie Gummibälle um Judith herum. Jeder strebt nach mehr, jeder will höher. Ich, ich, ich, ich ruft ein jeder. In ihrem wahnhaft polternden Egoismus sind sie wie Athleten, die sich Platz verschaffen, wie Helden, Champions, alles und jeden bezwingende Kämpfer, starrsinnige kleine Jungs. Unterhaltsam zu sehen, wie sowohl diese wie jene, Frauen wie Männer, den anderen gerade durch ihre mythisch verstandene Rolle verfehlen.

Unter der mythischen lauert in dieser Szene die animalische Rolle.

6

Die Burg Blaubarts ist eine leere, anscheinend seit langem verlassene Wohnung mit nirgendwohin blickenden trüben, verrammelten oder zerbrochenen Fenstern, durch die der Wind herabfallendes Laub hereingetragen hat. Wer einmal hier ist, ist ganz hier. Auch die Türen gehen nicht auf. An den Wänden die Abdrücke nicht mehr vorhandener Gegenstände. Ein verwunschener Ort, doch keineswegs symbolisch oder romantisch. Er ahmt Wirklichkeit nicht nur nach, er ist wirklich. Wirklich die Türen, die Fenster, die Klinken, die Kacheln des abmontierten Waschbeckens, das Herbstlaub, das den Boden dicht bedeckt. Und wenn eine verlassene Judith oder ein verlassener Blaubart den Kopf gegen die verschlossene Tür schlägt, weil das Alleinsein so schmerzhaft ist, daß sie oder er einen stärkeren physischen Schmerz sucht, ist auch das Aufprallen des Kopfes wirklich. Das Licht dagegen ist nicht wirklich. Es streut entweder grau und taucht alles ins Düstere, oder es ist blendend weiß und läßt alles erstarren.

Manchmal fällt durch ein trübes, zerbrochenes Fenster oben ein weicher gelber Lichtstrahl. Vielleicht ist draußen doch eine verlassene bessere Welt. Obwohl wir hier drinnen bis zu den Knien in einer herbeigesehnten Welt waten.

7

Pina Bausch fragmentiert die Musik Bartóks. Sie läßt sie vorauslaufen, stocken, stellt sie zurück. Selbst die Phrasen hören wir nicht vollständig. Gleichzeitig nutzt sie alles, was auf der Bühne Klang erzeugt und Klang spendet. Fußsohlen, Keuchen, Röcheln, Aufknallen, Beifall, die rationale menschliche Rede, hingeworfene Wörter, das Über- und Nebeneinander verschiedener Wörter und Geräusche. Sie genießt die nackten Füße im trockenen Laub, das die Bühne bedeckt. Aber in alldem ist nichts Überzogenes oder Überinszeniertes. Pina Bausch hält fest, was sich als Möglichkeit bietet. Nicht jeder keucht zum Beispiel beim Tanzen. Also sehen wir Tänzer, die überhaupt nicht keuchen, weil sie von sich aus nicht keuchen müssen. Derjenige aber, der keucht, muß sein Keuchen weder verstecken noch demonstrieren. Er zeigt, daß er in solcher Situation auf diese Weise Luft holt; das Persönliche ist von einer ungemeinen Schönheit. Die Unverhülltheit des Menschen ist schön.

Pina Bausch schafft Situationen nach ihrer eigenen Imagination, dem System ihrer eigenen Assoziationsketten, und obwohl diese Situationen extrem individuell sind, ereignen sie sich doch bei jedermann; es sind Grundsituationen, Archetypen, und sobald sie sie ihren Tänzern nahebringt, setzt ihre Funktion als kollektiver Bewußtseinsinhalt ein. Die Tänzer vermögen sie kraft ihrer eigenen Persönlichkeit anzunehmen. Sie geraten nicht in Zwang, sondern durchleben eine archaische Schicht ihrer eigenen Person.

8

Nach dreimonatigen Proben zu «Two cigarettes in the dark» notiert Raimund Hoghe in seinem Tagebuch, daß Pina Bausch immer noch ein wenig weitersuchen wolle. Eineinhalb Wochen vor der Premiere gibt es noch kein fertiges Stück, nur Fragmente, Bruchstücke, erste kleine Szenenansammlungen und eine lange Reihe von Teilüberschriften, die jedoch noch in keinerlei Zusammenhang geflochten sind. Um die einzelnen Teile miteinander zu verknüpfen, probiert Pina Bausch verschiedene Möglichkeiten durch, schafft Übergänge, die zu einer Form führen könnten. Oft ist auch noch unentschieden, welche Musik eingesetzt werden soll. Also laufen bestimmte Szenen mal zu klassischer Musik, mal zu «Sweetheart»-Klängen. «Nur mal gucken, wie es sich dadurch verändert», sagt Pina Bausch, während sie weiter experimentiert, die verschiedenen Elemente irgendwie zusammenzufügen. Sie geht die unterschiedlichsten Variationen durch, um anschließend alles, was sie zuvor herausgefunden hat, zu verwerfen. «Das stimmt hier nicht», stellt sie bei einem erfolglosen Versuch fest, den Blick auf die drei Tische gerichtet, auf denen sie ihre Notizen ausgebreitet hat, und sucht weiter:

«Ich bin noch unterwegs.» Und das Stück ist auch nichts anderes als die Zusammenkopplung von Szenen, die nichts, oder wenn doch, dann nur durch Zufall miteinander zu tun haben.

Und mit diesem Stück stellt sie unbeteiligt und mit tiefster Anteilnahme, mit unglaublicher Traurigkeit und ständig aufblitzendem Humor die bekannten und am meisten quälenden Nöte der großen liberalen Gesellschaften vor uns auf die Bühne. Die schicksalhafte Isolation der Menschen jenseits hierarchischer Gliederung und rationaler Ordnung der Beziehungen, die Unerklärlichkeit der Welt, die entsetzliche Schwere und Unvermeidbarkeit selbstischer Dinge und Erscheinungen, die Schönheit, die Verantwortung, die Wirkungslosigkeit und Sinnlosigkeit der Manifestation. In diesem Stück tut jeder dauernd etwas, was niemand sonst tut, was auch er selbst noch nie getan hat und nie tun würde. In diesem Stück herrscht der erste Augenblick. Wir befinden uns auf der Strecke eines Weges, der nirgendwo herkommt und nirgendwo hinführt. Nur das, was ist, ist. In diesem Stück antworten die Gebärden der Tänzer nicht aufeinander und auch nicht auf sich selbst, nichts kehrt wieder, nichts wiederholt sich.

Wir sind in einer Welt, in der lediglich das Gesetz gilt, keinerlei Regelmäßigkeit entdecken zu lassen. Warum sollte also die Vergangenheit von Interesse sein? Man muß fürchten, daß nicht allein der nächste Tag nicht mehr absehbar, sondern die Zukunft überhaupt irgendwie aufgehoben ist. Es existiert keine Zukunft. Uralte Ängste ergreifen einen in einer solchen Gegenwart, auch wenn alles sehr geschmackvoll und unterhaltsam, alles überaus amüsant und ausgefeilt, alles authentisch, von Leben durchdrungen und interessant dargestellt ist. In dieser Welt existiert selbstverständlich keine Geschichte. Es gibt keine Fügung, und niemand hat ein Schicksal, und also gibt es auch kein Ende.

Wenn wir jedoch nicht wissen, was womit endet, sind wir auch nicht imstande zu wissen, wohin das gehört, was doch da ist. Daß es noch sichtbar ist, ist die letzte Klammer.

9

Dennoch hat das Stück einen unbeabsichtigten Hauptstrang; ein Augenblick legt sich über den anderen. Der nach Wiederkehr, Wiederholung, Regelmäßigkeit hungernde Blick hängt an zwei Menschenwesen. Das eine ist Jan Minarik, das andere Julie Shanahan. Minarik läßt an diesem Abend tückischer Gewalt, Shanahan dem Wahn freien Lauf. Keiner von ihnen entspricht einer Rolle, weil es auf dem Theater von Pina Bausch keine Rollen gibt, in die man hineinschlüpfen oder die man ablegen könnte. Die Tänzer lassen ihren eigenen Wahn, ihre eigene Gewalttätigkeit sichtbar und greifbar werden. Bei Minarik gibt es keinen Ausdruck, der nicht an Gewalt grenzen würde, und die ist entweder gegen andere oder gegen sich selbst oder gegen Gegenstände gerichtet. Als lenkte er diese gewalttätige Welt. Als wäre er der Organisator, der Meister dieses ganzen gewaltsamen Spiels. Als lenkte er ein Spiel, das alles noch unberechenbarer werden läßt. Julie Shanahan aber ist ganz und gar unberechenbar.

In diesem Stück macht jeder dauernd etwas, dessen Sinn nicht zu erschließen ist. In dieser Welt verfügt niemand über eine vollkommene, voll entwickelte Personalität und daher auch nicht über ein eigenes kommensurables, an einem selbst und anderen nachvollziehbares Schicksal, sondern nur über individuelle Bedingungen. Diese Welt ist das Chaos der kleinen Individualismen. In dieser Welt waltet die Logik des Wahnsinns und der Gewalt, aber der eine individuelle Bewußtseinsinhalt verbindet sich nicht mit dem anderen, so daß der einzige kollektive Gehalt darin besteht, daß sie inkommensurabel sind.

Die kleinen Individualitäten sind nicht in Beziehung zueinander zu deuten. Sie sind höchstens an sich und für sich schön. Die kleinen Individualitäten haben nichts miteinander zu tun. Sie haben keine gemeinsame Geschichte. Wie kleine Sterne am Himmel leuchten sie auf und erlöschen wieder. Eine andere Regelmäßigkeit oder Systematik läßt sich in dieser Welt nicht beobachten.

10

Das einzig deutbare Element dieser chaotischen Welt ist das Bühnenbild von Peter Pabst. Er umrahmt den Spielraum mit drei riesigen gläsernen Schaukästen. Als wären wir in der Museumsabteilung für Insektenforschung. In einem Schaukasten bildet Wasser, im anderen Wüste, im dritten Urwald die Kulisse. Die lebende Welt als tote Imitation. Im Bühnenbild sehen wir drei Kulissen, und vor beziehungsweise zwischen diesen Kulissen ereignet sich in jedem Augenblick etwas mit den Tänzern, das innere Glaubwürdigkeit, Kraft, Schönheit, Macht besitzt, sich aber weder in Beziehung zu einem selbst noch zum anderen deuten läßt. Nach Zeugnis des Probenbuchs hat Pina Bausch Stichworte ausgearbeitet.

«Wann sagt man, das ist Scheiße? – Sätze, in denen Gott vorkommt. – Das Wort Mutter benutzen. – Etwas mit dem Bauch machen. – Kleines Glück. – Teaching somebody. – Irgend jemand wird vermißt. – Kinderspiele. – Krallen zeigen. – Wirf den Kopf weg. – Drück mir die Daumen. – Eine Clownsgeste. – Irgend etwas mit Walzer. – Schaukeln lassen. – Eine Bewegung annehmen. – Der Optimist. – Ursache und Wirkung. – Messungen an deinem eigenen Körper. – Mit einer Hand streicheln. – Mit den Gliedern Schläge versetzen. – Sich selbst vorwärts stoßen. – Etwas ist kaputt gegangen.»

Gesten, Gefühle, Erscheinungen, die bis ins Grenzenlose auslegbar sind. An diesem Abend tanzt Pina Bausch eine bis ins letzte zerfallene Welt vor. Eine Welt, die weder Zeit noch Raum, noch menschlicher Wille, noch Gesetz, noch Regeln, noch Wünsche mehr zusammenfügen können. Allenfalls Wahnsinn und Gewalt kehren jederzeit wieder, so wie der Wind. Und dann geschieht noch etwas ganz und gar Rätselhaftes in diesem an die Natur nur gemahnenden, von Museumskulissen umstellten leeren Raum. Den Tänzern werden die Beine genommen.

Irgendwo hinter den Kulissen sind sie ihnen genommen worden. Sich selbst vorwärts stoßen. So müssen sie auf den Schaupatz hinaustanzen. Im Lotossitz auf dem Boden sitzend, ordentlich, paarweise, halten sie sich bei den Händen und rutschen und robben zwischen zwei Schaukästen, dem Urwald und der Wüste, hindurch. Überqueren die Bühne, streben anscheinend ans Wasser. Um an das Wasser heranzukommen, müßten sie zwei Stufen hinauf und die Tür des Beckens öffnen. Das erste Paar schwingt sich aus dem Sitz hoch, springt; dann das zweite, das dritte, eines folgt auf das andere. Und da es ihnen nicht gelingt, die Tür zu öffnen, weil sie sich vergeblich bemühen, die Klinke zu erreichen, klatschen sie unter dem Ansturm der Folgenden entweder gegen die Außenwand oder tropfen an ihr herunter, und immer so fort, die nächsten. Kein Innehalten. Ohne die Beine müssen sie weitertanzen. In Paaren tropfen sie von der Beckenwand, die Prozession geht weiter. Nun überqueren sie die Bühne an der Rampe entlang. Rutschen. Robben. Wir sehen einen Totentanz, soviel ist klar, eines Todes, der nicht erschreckt, der auch kein Mitleid erregt mit denen, die sterben müssen, denn sie haben ja miteinander, haben mit nichts, mit niemanden etwas zu tun. Bevor das erste Paar die Rampe passiert hat und die weiße Bühnenwand erreicht, ist der Tanz der Beinlosen so unaufhaltsam, rhythmisch und orgiastisch geworden, daß sein möge, was sein mag, wiewohl zu sehen ist, daß diese Prozession bereits an der Wand zu Ende sein wird. Eines schönen Tages wurde ich wach und hatte mich in ein ungeheures Ungeziefer verwandelt. Und nun geschieht das Wunder, aus den Tänzern werden tatsächlich Käfer. Der Gravitation zum Trotz kriechen sie die Wand hoch, fallen einzeln zurück. Ein Haufen sterbender Käfer. Auch im Fallen können sie nicht anders, als sich am anderen festzuklammern. Von orgiastischer Kraft getrieben, die Glieder ineinandergeflochten, stockend, rutschen und robben sie auf dem Boden weiter. Auch wenn sie sich gegenseitig behindern, sind sie nicht aufzuhalten.

Inzwischen ist uninteressant, vollkommen unwesentlich, wohin sie sich bewegen. Sie bewegen sich fort. Als wäre ganz allein von Interesse, daß sie sich fortbewegen. Zwei ineinandergefädelte Beine, zwei ineinandergeflochtene, einander fremde Arme heben, stoßen, wiegen, robben aneinandergeschmiegte, eins gewordene, einander fremde Rümpfe voran. Sie suchen einen Ausgang, aber sie finden keinen.

*Deutsch von Laszlo Kornitzer*

# Die Tagebücher Thomas Manns

Das beispiellose Interesse, das Thomas Mann, sein Werk und seine Person, seit Anfang der zwanziger Jahre bei der ungarischen Leserschaft ausgelöst hat, gilt nicht nur, oder jedenfalls nicht in erster Linie, dem literarischen Rang dieses Schriftstellers von bemerkenswertem menschlichen Format, sondern in mindestens ebensolchem Maße der repräsentativen Rolle, die er dem tiefsten Kern seiner menschlichen wie schriftstellerischen Eigenart verdankt. Seht an, so sieht ein in allem gefestigter, auf seine Persönlichkeit gemessen stolzer, von seinen Dämonen in Maßen in Versuchung geführter, immer zu Nachsicht und Verständnis bereiter, im Guten wie im Bösen äußerst bewanderter, gebildeter und wohlhabender Bürger aus, der Tag für Tag pedantisch und vorbildlich seiner Arbeit nachgeht und sich nach ihrer Verrichtung leicht und launig in glanzvoller Gesellschaft bewegt. Und geben wir zu, seine so geartete Persönlichkeit wäre in der Tat beneidenswert, gaukelte er uns diese Rolle nicht nur vor. Indem er diese Rolle im Laufe eines langen und mühevollen Lebens relativ konsequent, relativ geschmackvoll, relativ fehlerlos und damit relativ glaubwürdig darstellt, hat er sich nicht nur als ein hervorragender Spieler erwiesen, sondern ist der sich auf den Leib geschnittenen Rolle geradezu zum Verwechseln ähnlich geworden.

Und vielleicht irre ich nicht, wenn ich behaupte, daß die Außenseite dieses keineswegs beneidenswerten, jedoch durchaus überzeugend ausgearbeiteten Rollenspiels ihm beim ungarischen Publikum zu einer verhältnismäßig problemlosen Rezeption verholfen hat. In anderen, weniger privilegierten Fällen würde man das Werk zuerst verkosten, durchkauen und mehrmals verdauen, und erst danach würde sich erweisen, welche Rolle denjenigen Werken zu kommt, die uns davor überhaupt nicht fehlten. Und selbst dann würden wir uns immer noch nicht für die Persönlichkeit interessieren, die sich hinter diesem Werk verbirgt.

Thomas Manns Werke brauchten diesen beschwerlichen Weg nicht zu gehen, seine Person nicht derart um die Aufnahmebereitschaft des ungarischen Lesepublikums zukämpfen wie manche seiner im Verhältnis zu ihm nicht nur unter cinem Aspekt bedeutenderen Zeitgenossen, so wie Gide, Hesse, Kafka, Joyce oder Musil, die bis zum heutigen Tag weniger bekannt und daher auch weniger akzeptiert sind. Wenn die ungarische Ausgabe seiner Werke nicht schon nach den ersten Bänden eingestellt worden wäre oder die ungarische Übersetzung sich nicht schon in diesen ersten Bänden als eine verharmlosende erwiesen hätte, dann könnte auch Proust eine ähnlich bedeutende und eindrucksvolle Rolle in unserem literarischen Bewußtsein spielen. Nur ist der Vorgang in diesem Fall vermutlich deshalb im Konjunktiv steckengeblieben, weil es dem literarischen Tun dieses anderen großen Stilisten wie auch allen davor erwähnten Schriftstellern eben an der Bereitschaft zur Verkörperung einer repräsentativen Rolle gebrach. Ein literarischer Konsens, der sich nicht der persönlichen Freiheit, sondern dem Ideal nationaler Unabhängigkeit verpflichtet weiß und deshalb selbst durch das erstere das letztere zu repräsentieren bemüht ist, wird zwangsläufig empfindsamer auf die literarischen Leistungen reagieren, in denen sich das Persönliche mit einer Rolle soziologischen oder historischen Charakters in Übereinstimmung befindet.

Thomas Mann hat in seinem ganzen Leben all das, was er in seinem literarischen Werk präsentiert, persönlich repräsentiert. Im Gegensatz zu denjenigen, die, der Tradition des bürgerlichen Romans weitaus getreuer, in ihren Werken ausschließlich und unerbittlich ein Ich zur Darstellung zu bringen suchten, das weder den Anspruch noch das Recht hatte, repräsentativ zu sein. Proust zum Beispiel hat eine genau entgegengesetzte Methode für sich gewählt, als er die Tradition einer hierarchisch geordneten, aristokratischen und repräsentativen Lebenskultur ausschließlich auf sein eigenes Ich bezog, ohne es als repräsentativ darzustellen. Für ihn waren ausschließlich die Verhaltensweisen einer einzigen Person von authentischer Realität, und das machte ihn zum letzten großen Romancier der Aufklärung.

In einer Welt, in der kein Ding nur eine einzige Erklärung hat, in der schon jedes Detail einer beliebig gewählten Einzelheit über eine Kette zahlloser Erklärungen auf immer neue Erklärungen angewiesen ist, in der Lebenswelt eines Dichters, in der die Details sich nicht einmal gegenseitig erklären, sondern allenfalls in dem Maß aufeinander hinweisen, wie sie aus der Deckung, die sie einander bieten, herauszulösen sind, in dieser Welt haben Hierarchien nicht viel zu suchen, da eins sowenig das andere repräsentieren kann wie die Teile das Ganze, aus dem sie unter Umständen herauszulösen sind. Proust stilisiert sich zum Aristokraten, um, von seinen bürgerlichen Bindungen befreit, ein analytisches Ideal seiner Persönlichkeit zu realisieren. Im Gegensatz dazu und auf eine hierarchisch geordnete Welt setzend, stilisiert Thomas Mann seine Denk- und Lebensweise ins Repräsentative. Thomas Mann erweckt so jene an utilitaristische Ideen gebundenen historischen Nostalgien wieder zum Leben, von denen Proust ohne jedes Bedauern Abschied nimmt.

Man kann den auf jede Überlegung und Ausgewogenheit verzichtenden Ehrgeiz nicht als zufällig betrachten, mit dem sich die ungarischen Verlage verpflichtet fühlen, ihr Publikum mit dem kompletten Lebenswerk Thomas Manns bekannt zu machen, während sie glauben, von einer detaillierten Vorstellung der Lebenswerke von Gide, Hesse, Kafka, Joyce, Musil und eben auch Proust weitgehend Abstand nehmen zu können. Womit ich natürlich keineswegs sagen will, daß ich der Thomas-Mann-Editionen überdrüssig wäre. Das könnte ich schon deshalb nicht sagen, weil dank des Budapester Europa-Verlages gerade die auf barbarische Weise verstümmelte Ausgabe der Tagebücher Thomas Manns vor mir liegt.

Diese nachgelassenen Tagebücher, deren erste Bände Peter de Mendelssohn gerade vor einem Jahrzehnt beim Nachfolger des einstigen Thomas-Mann-Verlegers S. Fischer herauszugeben begann, geben ziemlich klar und anschaulich zu erkennen, wie die Gesamtpersönlichkeit aussieht, aus der jene allemal mit großer schriftstellerischer Lauterkeit vorgeführte Lebensrolle herausgelöst ist.

«Meine Befürchtungen gelten jetzt in erster Linie und fast ausschließlich diesem Anschlag auf die Geheimnisse meines Lebens», notiert Mann im denkwürdigen April des Jahres 1933, als er befürchten muß, daß die Tagebücher, die aus seinem von den Nazis beschlagnahmten Münchner

Haus gerettet worden waren, unglücklicherweise auf einem Schweizer Bahnhof verschwunden sind. «Sie sind schwer und tief. Furchtbares, ja Tödliches kann geschehen.»

Die Seiten dieser bis 1933 verfaßten Tagebücher gelangten am Ende unberührt in die Hände ihres Eigentümers zurück. Doch durch diese aufregenden und schreckensvollen Tage gewarnt, verbrannte er am 24. Mai 1945 aufgrund eines lange gehegten Entschlusses fast alle diese Tagebuchhefte im Garten seines kalifornischen Hauses. Es war allerdings nicht das erste Brandopfer. Im Alter von einundzwanzig Jahren hatte Thomas Mann schon einmal alle bis zu diesem Zeitpunkt notierten Tagesaufzeichnungen verbrannt, so daß erst die von da an weitergeführten Tagebücher jener Müllverbrennung im Garten zum Opfer fielen. Die Hefte mit den Aufzeichnungen von 1918 bis 1921 verschonte er möglicherweise nur deshalb, weil er in dieser Zeit am «Doktor Faustus» arbeitete und die Notizen für seine Arbeit brauchte. Was schon an sich einiges über den Charakter der Tagebücher aussagt. So konnten also nach Ablauf der im Testament festgelegten Zeit nur diese vom Feuer verschonten älteren sowie die nach 1933 entstandenen und fast bis zu seinem Tode 1955 reichenden Tagebuchhefte veröffentlicht werden.

Und wer die im letzten Jahrzehnt veröffentlichten Tagebücher im Original kennt, bei dem wird das Erschrecken, das er angesichts der tiefen Lebensgeheimnisse dieses Autors empfindet, von einem verstehenden Kopfnicken begleitet; ja, Thomas Mann tat gut daran, das zu verbrennen, was er verbrannte, und noch besser daran, als er dem keine Gnade widerfahren ließ, dem er ein anderes Schicksal zugedacht hatte. Denn die frühen Hefte bieten reichlich Kostproben jener Geheimnisse, die er in Wahrheit zur

Vernichtung bestimmt hatte, während die wesentlich vorsichtiger geführten späteren Hefte auf die Proportionalität des Persönlichkeitsbildes hinweisen, dem nach Maßgabe seiner Konstitution die Rolle angepaßt war, und damit auch auf die mögliche Einheit, die er nicht für nötig erachtete zu bewahren. Thomas Mann hat mit dieser Verbrennung ohne Zweifel die weitreichendste Tat seines Lebens vollbracht. Hat er damit doch die Dokumente jener intimen, persönlichen und unerläßlichen Seelenarbeit vernichtet, ohne die er seine Arbeit nicht hätte zu Ende führen können. Zwar ist das mit seiner Lebensrolle übereinstimmende Werk erhalten geblieben, doch nur Anspielungen haben noch Spuren davon gelassen, was ihn zu dieser Lebensrolle brachte. Nichtsdestotrotz kann das Erschrecken des aufmerksamen Lesers nicht ethischer Natur sein. Es sei denn, ich wäre Perseus und würde beim Anblick des Hauptes der Gorgo vor Entsetzen erstarren, doch zu urteilen stünde mir nicht zu.

Die überraschendste Erfahrung beim Lesen der Originaltagebücher ist, daß diese Texte auf die für Thomas Manns Werk so charakteristische Technik seines die Einzelheiten zugleich nachgiebig und unnachgiebig herausmeißelnden, in Neben- und Unterordnungen schwelgenden, ineinandergeschachtelten, mit attributiven Konstruktionen durchsetzten, rhythmisch gelassenen, umständlichen oder gewollt weitschweifigen und so einen nicht gerade geringen Grad von Selbstverliebtheit verratenden Satzbaus verzichten oder sie geradezu vermeiden. Er fixiert knapp und reflektiert etwas ausführlicher, setzt aber die fixierten und reflektierten Sachverhalte nicht in Zusammenhang, denn dieser Zusammenhang ist evident, und deshalb muß er seine Themen auch nicht in stilistische

Relationen ordnen. Er schreibt sehr eilig, benutzt unschöne Abkürzungen, redet in lückenhaften Sätzen, erlaubt sich viele vulgärsprachliche Ausdrücke und stehende Redewendungen, die sonst nie aus seiner Feder kämen. Womit ich nicht behaupten will, daß diese Aufzeichnungen von flüchtigem Charakter wären oder nicht von ebenjener Rigorosität des Stilbewußtseins getragen wie das Werk. Der vom Werk völlig abweichende Stil ließe sich eher durch Lücken und vorsätzliche Auslassungen charakterisieren.

Möglich, daß nur von den Folgen eines naheliegenden technischen Problems zu reden ist. Muß Thomas Mann doch, erschöpft von Arbeit und gesellschaftlichem Leben, auch noch all das notieren, was er außer seiner Arbeit und dem gesellschaftlichen Leben oder im Zusammenhang mit diesen für sich selbst für wichtig, vielleicht sogar von schicksalhafter Bedeutung hält. Am Ende eines vor der Öffentlichkeit absolvierten Arbeitstages schreibt hier ein Mensch mangelhaft ausgestattete Sätze, der sonst ausschließlich in überaus sorgfältig, manchmal sogar übermäßig ausgestatteten Sätzen spricht beziehungsweise in der Öffentlichkeit in einer dementsprechenden Rolle auftritt. Dennoch muß in diesen Texten, obwohl sie von lockerer Webart sind, seine die eigene Person betreffende Distinktion tatsächlich noch deutlicher walten, weil er hier auf jene seelischen und stilistischen Operationen verzichten muß, mittels deren er sonst die rohen Tatsachen des Leben in eine von Humor und Ironie bestimmte Distanz bringen kann. Diesen Texten fehlt der für sein öffentliches Reden oder seine öffentliche Rolle charakteristische Humor nahezu vollständig, und gleicherweise fehlt die berühmte Ironie. Wegen des betonten Fehlens stilisierender und stilistischer Relationen aber scheint es, als gäbe es zwischen den einzelnen Lebensphänomenen, den unterschiedlichsten Sachverhalten und Ereignissen keinen qualitativen Unterschied, als hätten in dieser definitiven Ernsthaftigkeit alle Phänomene und Ereignisse das gleiche Gewicht oder als wäre das alles bloß deshalb nicht gleicherweise unbedeutend, weil der Verfasser dieser Aufzeichnungen sich selbst für außerordentlich bedeutend hält. Unter dem Gesichtspunkt dieser Bedeutung geht er so auch mit den Symptomen seines Körpers und seiner Seele nicht anders um, als würde er ein totes Insekt mit einer Unmenge von Stecknadeln auf das Papier aufspießen.

Was auch immer geschieht und wie auch immer es geschieht, ich habe Distanz zu wahren. Diese alleinige und sich bis zum Überdruß wiederholende Haltung bildet den Hintergrund seines Schreibens. Der Abstand von den Ereignissen ist natürlich mal kleiner und mal größer, mal mehr und mal weniger geglückt, aber die Dynamik des Textes ist dementsprechend sehr gering. Er ist monoton, um nicht zu sagen, von vornehmer Langeweile. Auch bezüglich seiner Themen läßt sich der Autor auf dauernde Wiederholungen ein, und aufgrund des Fehlens verschiedener Stilebenen und unterschiedlicher stilistischer Wendungen vermag er die Themen durch die Wiederholungen nicht in ein neues Licht zu stellen. Wenn jemand über alles Rechenschaft ablegt, aber das, was die Dinge voneinander unterscheidet, auf der Ebene stilistischer Unreflektiertheit beläßt, dann engt sich seine Perspektive notwendigerweise ein. Als sollten wir sehen, wie flach und langweilig das Leben eines solchen Titanen ist. Können wir doch im Netz der sich wiederholenden Themen nicht die Persönlichkeit des Autors durchschauen, sondern eher, wie er seine Persönlichkeit durch diese Einengungen in ein Netz einschließt. Entlang den Spuren der Wiederholungen, den Monotonien seiner Persönlichkeit, lassen sich seine Themen mit Leichtigkeit sondern oder zusammenfassen.

Er berichtet über seinen Gesundheitszustand, seine Unpäßlichkeiten, seine eingebildeten und echten Krankheiten, seinen Schlaf und seinen Appetit, über seine Verdauung, die Beschaffenheit seines Stuhlgangs, die Art und Weise seiner medizinischen Versorgung, Schlaf- und Aufputschmittel; er berichtet über seine physische und seelische Kondition, seine Arbeitslust, seine Gemütszustände, über die Länge seiner Spaziergänge, deren Ort und Dauer, über Essen und Trinken, Rauchen, über die Art und Weise seiner sexuellen Manipulationen. Gesondert von allen anderen Themen behandelt er die sich an Knaben und Männer heftenden erotischen Phantasien, die vom Anblick bekannter und unbekannter Epheben angeregten Wachträume, und ebenso Vorgänge des Haushalts und der Haushaltsführung, Anschaffungen, Einkäufe, Preise, seine Frau, die Kinder, die finanzielle Familiensituation und das Verhältnis zu den Dienstboten betreffend. Wiederkehrende Themen sind der Wetterbericht, die politischen Tagesnachrichten und die gesellschaftlichen Ereignisse; sagen wir, schönes Wetter und Revolution, Regen und Krieg, irgendwelche Essen, Tees, Gesellschaftsveranstaltungen, Besuche, Konzerte, Theatervorstellungen, berufliche Besprechungen und freundschaftliche Gespräche, und von gleicher Regelmäßigkeit die Berichte, die er über seine Reisen, seine Lektüre oder seinen Briefwechsel gibt. Haben wir diese Themen mit der gebührenden Aufmerksamkeit in ein System gebracht, dann steht uns ein Schema seiner Interessen vor Augen. Die schematische Wiederholung der Themen und die stilistische Monotonie ihres Vortrags verraten die psychischen Zwänge einer Person, die dieses Zwangsverhalten nicht aufgrund ihres eigenen Persönlichkeitsprinzips, sondern unter dem Druck der herkömmlichen bürgerlichen Lebensweise und Lebenskonzeption ausübt. Selbst ahnungsweise wird ihm kaum bewußt, daß es auch andere Lebensbedingungen und Lebensweisen geben könnte; auch da nicht, wo er Schönes oder Bedeutendes keineswegs mit dem Eigenen in Übereinstimmung zu bringen weiß. Für solche, im übrigen seltenen Ausnahmen hält er jene stille Resignation bereit, mittels deren er sich dann vollständig dem Zwang der bewährten Lebensregeln überlassen kann: «Ein Luxusleben inmitten von Schmerzen.»

Der Stil des Tagebuchautors Thomas Mann repräsentiert nicht weniger als der des Romanciers Thomas Mann. Nach diesem abgemessenen und bis ins kleinste geregelten Prinzip von Bedingungen vorgehend, erfüllt er eine Aufgabe, vollzieht er eine Pflicht. Als das vielleicht rechtschaffenste Kind seiner Zeit, das diesen Ehrentitel mit dem tragischen Verlust seiner Persönlichkeit bezahlt. Und um diesen Preis bezahlen zu können, läßt er die eigene maßlose Tragödie nicht einmal bis an die Schwelle seines Bewußtseins gelangen. Auf seinen einsamen Spaziergängen wird er oft von Weinen geschüttelt, und noch häufiger quälen ihn Schlaflosigkeit und bedrückte, gereizte, düstere Stimmungen. Die sich in den Tagebüchern offenbarende Tiefenschicht seines Lebens ist ein dunkles Geflecht von Fluchten und Leiden. Im Zeichen von Pflicht und Aufgabe stehend, muß er die seiner Persönlichkeit abgerungene repräsentative Rolle mit so großer Überzeugungskraft vertreten, daß nicht einmal der Gedanke einer Revolte gegen sie aufkommen kann. Nie, nicht ein einziges Mal. Und was anderes könnte ihn davon zurückhalten als Zwang. Sogar noch beim Lesen seiner Tagebücher könnten wir glauben, ihm sei das beste aller denkbaren Leben zugefallen. Er leidet, und deshalb flüchtet er sich gern in die Rolle des Erfolgsmenschen. Der Erfolg verleiht dem Leiden auf handgreifliche Weise Sinn, aber er stillt es nicht, sondern verstärkt es eher. Denn das dauernde Pendeln zwischen Erfolg und Leiden hat einen hohen Preis: Er darf sich weder der Leidenschaft noch der Wut ausliefern und auch Zornesworte bezüglich der Defizite nur in der behutsamsten Formulierung in seinen Wortschatz aufnehmen. Mit dieser Technik des Sublimierens steht er in der Tat völlig allein unter seinen Zeitgenossen. Ein Held jener liberalen Denk- und Lebensweise, zu dem er nicht werden könnte, wenn er dieses ganze Martyrium, das er gerade um der Heldenhaftigkeit willen zu erleiden hat, nicht sublimieren und verfeinern würde.

Zur Auflösung dieses Scheins, der aus der verkörperten Rolle entsteht, muß man sich nicht unbedingt auf die repräsentativen literarischen Werke berufen, die aus dem gegenläufigen Strom der liberalen Kulturtradition ausscheren, sagen wir, die Tagebücher Gides oder die Briefe Kafkas. Für das Fiasko der liberalen Persönlichkeit, ihre Katastrophen und Tragödien mit geradezu mythischem Ausmaß bietet die Berichtform der Tagebücher Thomas Manns vielleicht gerade wegen der Art der Auslassungen, Kürzungen, der Gehetztheit, der Schnitte, der ganzen Unvollkommenheit eine überreiche Fülle an Material.

Die Tagebücher sind das Instrument der verfeinernden und sublimierenden Arbeit. Sie sind nicht für uns bestimmt, sondern bilden das notwendige schriftstellerische Erinnerungsmaterial für eine beendete oder zu beendende psychische Arbeit. Ein kaum bewegtes Binnenmeer, umschlossen von den Landzungen seiner Werke und seines Lebens. Um sich selbst an das zu erinnern, woraus er etwas gemacht hat, woraus er etwas machen könnte oder woraus er etwas machen sollte. Seine Denk- und seine Lebensweise beruhen auf der Bedeutung seiner Arbeit und der Geltung seiner Person. Eine Lebensfunktion, eine Lebenserscheinung oder eine Lebensäußerung, die er nicht aus dem Blickwinkel dieser Koordinaten betrachten würde, ist nicht vorstellbar. Von da geht alles aus, dorthin führt alles zurück, und ausschließlich der Rang der Arbeit und der Persönlichkeit bestimmen Wert oder Unwert der Dinge. In einer Welt wie dieser muß freilich jede Lebensform und jede Lebensäußerung akzeptiert werden, die das Gleichgewicht der Werte herstellt, gleichzeitig aber auch alles aus ihr verbannt werden, was es zum Kippen bringen könnte. In dieser Welt dürfen Leidenschaften überhaupt nicht vorkommen, ja selbst Gefühle der Liebe und des Mitleids sind hier nicht zu gebrauchen. In Thomas Manns Tagebüchern finden sich nicht einmal Spuren davon. Vielleicht mußte er deshalb so eifrig Tolstoi lesen, damit er nicht entbehrte, woran es ihm so extrem mangelte. Denn Thomas Manns Gefühle sind nicht in ihrer reinen Existenz, sondern nur als nach Nützlichkeit oder Nutzlosigkeit stilisierte vorhanden. Er hat kein Gefühl, das er nicht mit der größten Ruhe zur Kenntnis nehmen würde, und daher kann auch kein Zweifel an seiner Redlichkeit als Schriftsteller aufkommen, doch er hat auch kein Gefühl, das er nicht unter dem Gesichtspunkt seiner eigenen Bedeutung stilisieren würde. Daher hat die Tatsache, daß er zum Abendessen einen Smoking anzieht, keine größere oder geringere Bedeutung als die Tatsache, daß er beim Anblick seines jüngsten Kindes kaum einen ständigen Ekel zu unterdrücken vermag. Der Stellenwert solcher Gefühle wird dadurch bestimmt, inwieweit und wo sie einen Platz in der aufsteigenden Hierarchie seiner Bedeutsamkeit einnehmen.

In einer Lebenswelt, in der im Dienst der eignen Bedeutung alles und jedes als gleichrangig anzusehen ist, muß auch das Denken jede Radikalität ablehnen. In seinem Ekel vor dem Faschismus treibt seine politische Auffassung in den Jahren der Tagebuchaufzeichnungen wohl deshalb spürbar nach links, obwohl seine soziale Empfindsamkeit dessenungeachtet gleich Null bleibt. Es gibt erotische Versuchungen, heftige Zuneigungen, doch freundschaftliche Gefühle hat er zu niemand. Auch wenn man die unverwechselbare Rolle und Funktion, die Katia Pringsheim in seinem Leben erfüllt, genau versteht, kann man sie nur äußerst schwer mit einem Gefühl in Verbindung bringen, das Liebe zu nennen wäre. Über Liebe mag er sich überhaupt nicht äußern, selbst das Wort ist selten, das heißt, er versucht, sein diesem irgendwie ähnliches, einmaliges und längst vergessenes Gefühl mit einem das Wort Leidenschaft vermeidenden Synonym umschreibend aus sich selbst zu erklären. Seine väterlichen Gefühle gegenüber seinen Kindern aber muß man zur Kenntnis nehmen wie ein falsches Spiel; es ist nicht nur dann falsch, wenn er unter den vielen nur eines oder nicht einmal eines wahrnimmt, sondern auch dann, wenn er sich gegenüber irgendeinem von ihnen verpflichtet fühlt zu empfinden, was er tatsächlich empfinden würde, aber wegen anderweitiger Beanspruchung zu empfinden nicht in der Lage ist.

Der mental kultivierte liberale Geist kann sich auch nicht dem negativen Affekt der Liebe, dem Haß, ausliefern, sondern bei diesem Gefühl nur mit seinem verfeinerten und sublimierten Wortschatz hantieren. Und dabei gibt es in Hülle und Fülle Ablehnung, Verachtung, Verächtlichmachung, Geringschätzung, nicht zu sprechen vom Ekel. Diese sorgsam in Evidenz gehaltenen und lustvoll ausgekosteten psychischen Offenbarungen bilden eine negative Hierarchie, an deren Spitze das antiseptische Idealbild einer bedeutenden Persönlichkeit beziehungsweise der durch die eigenen Erfolge legitimierte Ehrgeiz steht.

Eine metaphysische Vorstellung von der Welt, die ihm überhaupt erst die Möglichkeit zu einem von jeder Stilisierung freien Denken und Schreiben bieten würde, fehlt ihm ganz, und dieser Mangel wird bei ihm ersetzt von der Geisteswelt des Humanismus. Wie einen Schildpatt trägt der unglücklich rasende Nietzsche seine humanistische Gedankenwelt auf dem Rücken, die in der wahnwitzigen Stilart Wagners mit Göttern, Halbgöttern und Heroen bevölkert ist, und auf dem Thron der höchsten Gottheit thront der nüchterne Goethe. Ich beabsichtige nicht zu karikieren; er würde es zwar verdienen, doch darauf angewiesen wäre er nur dann, wenn er das tragische Bedingungsprinzip dieser jeder Realität baren und vornehmlich götzendienerischen Vorstellung selbst nicht besser erkennen würde als ich.

Er ist sich der unerhörten Gefährlichkeit einer der menschlichen Intelligenz ausgelieferten Vorstellung von der Welt bewußt; das ist die andere, seine schriftstellerische Redlichkeit bestätigende Seite der Medaille. Zu den vielleicht erschütterndsten, weil sein ganzes Denkgebäude zum Einsturz bringenden Tagebucheintragungen gehört die, als er am 19. Oktober 1937 bei der Lektüre einer Rezension Horkheimers über ein Buch von Jaspers auf einen das Deutschtum beurteilenden Satz seines geliebten Nietzsche stößt: «Ein Volk, das sich der Intelligenz eines Luther unterordnet!», und nach der Pause eines Gedankenstrichs dann ausruft: «Nein, Hitler ist kein Zufall, kein illegitimes Unglück, keine Entgleisung. Von ihm fällt ‹Licht› auf Luther zurück, und man muß diesen weitgehend in ihm wiedererkennen. Er ist ein echtes deutsches Phänomen.» Dennoch ist er nicht zu der qualvollen oder schmerzlichen Erkenntnis gekommen, die seiner ständigen psychischen Neigung, sich selbst doch irgendwie zu Goethe hin zu stilisieren, hätte im Wege stehen können. Das bedeutet andererseits, daß er Goethe zumindest zum weltlichen Stellvertreter des menschlichen Geistes stilisieren mußte. Was freilich eher den, vorsichtig ausgedrückt, schlechten Geschmack Wagners bezeugt als die heitere, in andere Welten hinabsteigende und sich wieder emporhebende organische Denkungsart Goethes. Thomas Mann weiß, er weiß alles, doch muß er aus dem hierarchisch gegliederten System des Denkens, das er errichtet hat und zwanghaft repräsentiert, jenen kritischen und protestierenden Geist eliminieren, der die Grundlage und ständige Haltung dieses Denkens sein müßte. Die gestürzten Götter, die vertriebenen Heiligen kehren in Gestalt lebender und toter Menschen auf die sorgfältig übermalten Wände zurück.

Bei der Betrachtung seiner Tagebücher wird deutlich, in welcher Weise er den Mangel an metaphysischer Vorstellung in seinem Werk mit seiner stilistischen Konzeption ausfüllt beziehungsweise in welcher Weise er psychisch negative Inhalte mit Hilfe von Humor und Ironie zu positiver Bedeutung verwandelt. Er domestiziert seine Zweifel, hinterläßt aber schwache Spuren seiner Erschütterung. Das Protokoll dieser mentalen Arbeit ist das Tagebuch. In ihm befaßt er sich mit allen Lebensgeheimnissen ausschließlich unter dem Gesichtspunkt seiner Arbeit, und so gibt es kein persönliches Geheimnis, dessen Spuren nicht in seinem Werk aufzufinden wären, aber es gibt auch keines, das in seinem Tagebuch in seinem ganzen ursprünglichen Ausmaß zutage treten dürfte.

In seinem Werk erscheint er in der Rolle des gütigen, verständnisvollen, zärtlichen, aufgeklärten, begütigenden Allvaters. So daß sich sowohl diejenigen, die sich selbst ähnlicher Tugenden rühmen, mit ihm zu identifizieren vermochten als auch jene, die, vom Mangel an persönlicher Freiheit verstört, von einem solchen mit väterlichen Tugenden ausgestatteten Seelenführer träumten. Um mit den Worten Attila Józsefs zu sprechen, bat ich, batest du, baten wir ihn, sich zu uns ans Bett zu setzen und zu erzählen. Wer sich aber wirklich zu uns ans Bett setzte, und diesen Umstand leuchten die Tagebücher taghell aus, war nicht Hermes, sondern Kronos. Der sich bekanntlich die Weltmacht sicherte, indem er seinen eigenen Vater Uranus kastrierte, um alsbald auch seine eigenen Kinder aufzufressen.

So wie wir Kronos keinen Vorwurf machen können, haben wir mit unserem moralischen Urteil auch gegenüber dem Erzähler Thomas Mann zurückhaltend zu sein. Nicht er hat uns betrogen, keineswegs! Ist doch nicht eine seiner so einlullenden Geschichten, in der keine Ausrufungszeichen erkennbar würden: Achtung! jetzt blende ich! jetzt täusche ich, jetzt zaubere ich! In unserer Unreife waren wir leichtgläubig, allenfalls haben wir nicht gemerkt, was wir nicht merken wollten. Seine eigenen Kinder nannten den Vater im familiären Umgang «der Zauberer», was nicht nur den in der Familie herrschenden universalen Ehrgeiz befriedigte, sondern dazu auch noch der Wahrheit entsprach. Es gibt einige, die viel wissen, und es gibt, so schwer uns das auch immer anzuerkennen fällt, solche, die alles zu Wissende wissen. Diese ein Viel- oder vielleicht Alleswissen dokumentierenden Tagebücher lassen uns das bis jetzt so gründlich zu kennen geglaubte Werk und die weltweit bekannte Persönlichkeit Thomas Manns in neuem Licht sehen. In diesem neuen Licht wird, wenn auch nicht ein anderes Lebenswerk und eine andere Person, so doch ein im Zeichen des liberalen Denkens mit seinem meisten gefürchteten und zutiefst verborgenen Geheimnis belasteter Mensch sichtbar: ein Leidender. Was sich allerdings gerade in den Augen jener Generation als modernes und zeitgemäßes Phänomen erwies, die zwar seinen Stil verwarf, aber gerade der Linienspur seines auf Vernunft gegründeten Denkens folgend, und sogar den Begriff des Leidens aus dem Wörterbuch der Literatur verbannte.

Ich muß betonen, daß die von Peter de Mendelssohn herausgegebenen Tagebücher nicht ohne Auslassungen sind, obgleich er in seinem Vorwort anführt, die Texte der erhaltenen Hefte nicht gekürzt zu haben. Um seiner Herausgeberehre zu genügen, fügt er allerdings rasch an, daß er mit Rücksicht auf allerprivateste Empfindlichkeiten «an einigen wenigen Stellen» «einige Sätze oder lediglich einige Wörter» entfernt und durch drei Punkte zwischen eckigen Klammern ersetzt habe. In den Heften des Jahres 1920 finden sich zum Beispiel zwei Stellen, die zum Teil und ohne daß wir erkennen können zu welchem, dem herausgeberischen Schrecken des ansonsten unsere ganze Bewunderung und Anerkennung verdienenden Mendelssohn zum Opfer gefallen sind.

Der Tagebuchautor war zu dieser Zeit fünfundvierzig Jahre alt. Am Ende einer Eintragung vom 5. Juli finden wir folgende kurze und überraschende Mitteilung: «Verliebt in

Klaus dieser Tage. Ansätze zu einer Vater-und-Sohn-Novelle. – Geistig rege.» Der in der Familie «Eissi» genannte Klaus hatte das vierzehnte Lebensjahr noch nicht vollendet. Eine neun Tage später datierte Eintragung aber wird durch einen verstümmelten Satz lückenhaft, und zwar bezieht sich diese Eintragung Thomas Manns auf das allerprivateste Verhältnis zu seiner damals siebenunddreißigjährigen Frau. In einer mit der Textlücke im Zusammenhang stehenden Reflexion lesen wir von etwas Neuem. Thomas Mann schreibt dort, daß er mit seinem Zustand nicht ganz im reinen sei, denn man könne hier eigentlich nicht von Impotenz reden, sondern eher von der gewöhnlichen Verwirrung, der Unzulässigkeit seines «Geschlechtslebens». In diesem Satz setzt er sein Geschlechtsleben im übrigen in Anführungszeichen, als glaube er nicht ernstlich daran, daß dergleichen überhaupt als vom Persönlichkeitsganzen abtrennbare Funktion existieren könne, womit er natürlich recht hat, obwohl die Anführungszeichen gerade der Abtrennung des Vorganges von der eigenen Person dienen. «Zweifellos», schreibt er im nächsten Satz, «ist reizbare Schwäche infolge von Wünschen vorhanden, die nach der anderen Seite gehen.» Was wäre, fragt er mit einer auch hier in Anführungszeichen gesetzten, reichlich assoziativen und zugleich zweideutigen Wortverdrehung, wenn ein Junge «vorläge» beziehungsweise «zu seiner Verfügung stünde»? Die Antwort auf diese rhetorische Frage braucht er gar nicht erst niederzuschreiben: Der Erfolg wäre ihm sicher, er wäre nicht impotent. Jedenfalls wäre es unvernünftig, fährt er fort, sich durch einen Mißerfolg deprimieren zu lassen, dessen Gründe ihm nicht neu seien. «Leichtsinn, Laune, Gleichgültigkeit, Selbstbewußtsein sind schon deshalb das richtige Verhalten, weil sie das beste ‹Heilmittel› sind.» Und löst in den folgenden Tagen, in denen die Arbeitslust «ziemlich schlecht» ist, die an sich selbst gerichtete Aufforderung auch ein. Die folgenden Eintragungen aber lassen inzwischen keinen Zweifel mehr, wer dieser gewisse Junge ist und welche «Umkehrung» seiner Aufmerksamkeit die Impotenz verursacht haben mochte. Er ist «entzückt» von Klaus, der «im Bade erschreckend hübsch ist».

Zur Bewältigung dieser Lebenssituation müßte er entweder über übermenschliche Fähigkeiten verfügen oder, wenn er über diese nicht verfügt, sich bereitwillig in die Tragödie ergeben. Eine andere Wahl hat er nicht. Wenn er, dem kulturellen Gebot gehorchend, sein Geschlechtsleben von seinem Persönlichkeitsganzen abtrennen und die Potenz zum Gradmesser des Erfolges machen würde, dann hätte er von der offensichtlichen Erfolglosigkeit, vom Zusammenbruch des von sich selbst errichteten Bildes auszugehen. Würde er dagegen die Zuneigung zu seinem leiblichen Sohn als unumkehrbaren Teil seiner Persönlichkeit betrachten, dann müßte er seine gesamte kulturelle Prägung verleugnen. Das aber kann er auch nicht, denn dann würde er den bisher im Zaume gehaltenen Geist des Protestes entfesseln.

«Finde es sehr natürlich, daß ich mich in meinen Sohn verliebe.» Dieser Satz ist vom stilistischen Gesichtspunkt eine logische Beschreibung der Zuneigung. Ist sie natürlich, kann sie nicht abnorm sein, ist sie aber nicht abnorm, muß man auch nicht vor ihr erschrecken; das ist das künstlerische Fazit, mit dem er dem kulturellen Gebot ein Schnippchen schlägt und das ihm den Weg freimacht zu der Novelle, die er noch schreiben wird. Einige Zeilen weiter reist er schon mit diesem akzeptierten und jeder Befangenheit baren Gefühl nach München und führt ein kurzes Gespräch mit einem sympathischen jungen Mann in weißen Hosen, der neben ihm sitzt. «Freude hierüber. Es scheint, ich bin mit dem Weiblichen endgültig fertig?» In dieser als Feststellung gemeinten Frage, in diesem leichtfertigen und launigen Stil klingt Goethes Idealbild vom Ewigweiblichen an, das er sich, um die Situation zu bewältigen, ins Gedächtnis ruft. Weiter darüber hinaus kommt sein Stil nicht, da er zu Hause ankommt. «Begrüßte alle nach der Droschkenfahrt, für die ich zwanzig Mark zahlte. Eissi lag mit nacktem braunen Oberkörper lesend im Bett, was mich verwirrte. – Gestern K.'s Geburtstag. Morgens Beschenkung. Sie erhielt das neue Fahrrad. Nahm mittags Eissi auf einen kurzen Spaziergang mit und unterhielt mich mit ihm über die Aufsatzfrage. K.'s Eltern zur Schokolade. Abends Gartenfest bei Dr. Mannheimer.» ... «Sprach viele Leute, übrigens lauter Männer bis auf ein Wesen am Schluß, das mich ‹kennenlernte›. Zu Fuß nach Hause, sehr spät und müde ins Bett.» Das in Anführung gesetzte Wort ist nicht leicht zu verstehen; aus Textumfeld und Ausdrucksweise könnte man darauf schließen, daß es auf ein zu beendendes oder ein soeben beendetes erotisches Abenteuer hindeutet.

Der Schreiber des Tagebuchs jedenfalls hat sich einigermaßen beruhigt; er hat seine gefährliche Neigung überwunden und damit das sich selbst gegebene Versprechen eingelöst. Er hat einen Erfolgsnachweis erbracht, und so könnte er dann dieses in den Kreis natürlicher Wirkung einbezogene Abenteuer des ursprünglichen Begehrens ohne moralische Wunden beenden. Doch zwei Tage später lesen wir: «Las gestern Abend eine weltschmerzlich zerrissene Novelle Eissis und kritisierte sie an seinem Bett unter Zärtlichkeiten, über die er sich, glaube ich, freut.» In

Kenntnis des Vorausgegangenen und der Zusammenhänge bedarf es wohl keiner allzu großen Vorstellungskraft, um zu erkennen, welch kritische Grenze die Leidenschaft des Tagebuchschreibers inmitten dieser Zärtlichkeiten erreicht haben mochte. Ihn bewahrte wohl nur die auf seine schriftstellerische Autorität gegründete väterliche Kritik davor, wovor er den Knaben bewahrte. Der Schein hing nur an einem Haar.

In einer drei Monate später datierten Eintragung werden wir informiert, wie er die in sich erstickte Leidenschaft untergebracht hat: «Ich hörte Lärm im Zimmer der Jungen und überraschte Eissi völlig nackt vor Golos Bett, Unsinn machend. Starker Eindruck von seinem vormännlichen, glänzenden Körper. Erschütterung.» Er blickt nunmehr aus der Höhe seiner väterlichen Autorität herab. Obwohl die Kraft der Anziehung damit nicht abgeschwächt wird. An dieser Stelle sind wir allerdings auf Vermutungen angewiesen, da der deutsche Herausgeber den Text wiederum abbrechen läßt. Aus dem Schluß der gleichen Eintragung erfahren wir jedoch, daß der Autor, ins eheliche Schlafzimmer zurückgekehrt, zwar seiner Gewohnheit, die eigene Leidenschaft zu unterdrücken, vertrauen und der verständnisvollen Haltung seiner Frau sicher sein kann, es aber anscheinend nicht vermag, ihre Beziehung in der erwünschten Weise wiederherzustellen.

In diesen flüchtig analysierten und nur beispielhaft angeführten, in der ungarischen Ausgabe drastisch zensierten Eintragungen erweist sich Thomas Mann als jemand, der in kulturelle Zusammenhänge eingeweiht ist, von denen die europäische Literatur und die europäische Psychologie bislang zutiefst geschwiegen haben und auch in Zukunft schweigen werden. Weil in einer Kultur, die sich auf die

Autorität und Leistung von Mannsgottheiten gründet, Faktum und tägliche Praxis der Vaterliebe des Sohnes nachgerade als notwendig und wünschenswert angesehen werden müssen, gerade von dem anderen Gesicht derselben Liebe, von der Sohnesliebe der Väter, um der Autorität der Väter willen zutiefst geschwiegen werden muß. An diesem Punkt ist unsere Kultur unterminiert. Die Liebe der Söhne zu ihren Vätern sichert diesen die Autorität und spornt sie zu der Leistung an, die von der heimlichen Sohnesliebe der Väter bis auf den Grund zerstört und ausgelöscht wird. Mendelssohns Zensurstift aber beginnt dort die Arbeit, wo wir in sachlichster Form Auskunft über Einzelheiten dieser kulturellen Zusammenhänge erhielten, die unser aller Leben bestimmen.

Der erste Band der ungarischen Tagebuchausgabe geht noch wesentlich weiter bei den Verstümmelungen. Sie gehorchen nicht etwa nur kulturellen Verboten, sondern viel einfacheren Erfordernissen. Es fehlen nicht nur Sätze in den täglichen Aufzeichnungen, sondern es fehlen ganze Tage und Wochen. Nach meiner ungefähren Schätzung fehlen zwei Drittel des Tagebuchs, und ein Defizit gleichen Umfangs weisen die Anmerkungen auf, was die Orientierung zusätzlich erschwert. Es erhebt sich die Frage, ob die ungarische Ausgabe überhaupt berechtigt ist, den Titel der Originalausgabe zu tragen. Nimmt doch der arglose ungarische Leser nicht den ersten Band von Thomas Manns Tagebüchern in die Hand, sondern eine nach undefinierbaren Gesichtspunkten erstellte Auswahl davon.

Gewiß bin nicht ich die Person, die Wissenschaftler darüber aufzuklären hat, wie eine sorgfältig redigierte und textgetreue Ausgabe eines so bedeutenden Werkes beschaffen zu sein hat. Doch ich denke viel darüber nach, aufgrund welcher Prinzipien diese unglaubliche und durch nichts zu rechtfertigende Verstümmelung zustande gekommen ist. Antál Mádl, der ungarische Herausgeber der aus den Tagebüchern zusammengestellten Auswahl, verrät lediglich, daß diese Auswahl sich «innerhalb des durch den Umfang bestimmten Rahmens bemüht, einen Querschnitt herzustellen, der, wenn auch in gedrängter Form, dem Leser alle wesentlichen Aspekte des Originals vermittelt». Ich bin bereit zuzugeben, daß die Auswahl wesentliche Stränge der Tagebücher für die Leser, die sie ohnehin bereits im Original kennen, ausgeglichen vorführt. Denn sie verdankt ihre Ausgeglichenheit ja dem Zwang, beim wohlbekannten, gutgepflegten, nichts und niemand irritierenden Thomas-Mann-Bild zu bleiben. Ihre Untreue dem Text gegenüber ist auf die Treue gegenüber der repräsentativen Person gegründet. Damit bewahrt diese Textversion den ungarischen Leser gerade vor allem Neuen, das seine falschen Vorstellungen nicht nur von einem Autor, sondern auch von Stil und Lebensführung einer ganzen Epoche revidieren könnte.

*Deutsch von Hildegard Grosche*

# Helen

Als ich einmal im Zug die bulgarisch-rumänische Grenze zwischen Ruse und Giurgiu passierte, begann eine ältere, sorgfältig gekleidete Bulgarin zu weinen, beugte sich mit dem ganzen Oberkörper aus dem offenen Fenster und winkte den verrußten bulgarischen Bäumen, dem ausgemergelten Boden, den staubigen bulgarischen Sträuchern und dem in der Hitze des bulgarischen Sommers verdorrten Gras und Unkraut zum Abschied mit ihrem Taschentuch zu. Sie schluchzte und jammerte, es war nicht möglich, sie zu besänftigen. Sie wand und krümmte sich auf den schmutzigen Sitzen des Abteils. Weder mit Streicheln noch mit guten Worten, es war ihr durch nichts zu helfen. Ein bleischwerer Abschied von nichts. Drei Frauen trösteten und beruhigten sie gleichzeitig, eine Rumänin, eine Französin und eine Ungarin. Das sprachliche Durcheinander hat ihren Verzweiflungskrampf wahrscheinlich noch verstärkt. Ob dies das Land ist, wo ich auf bulgarisch Trost fände?

Deutschland. Ich weiß nicht, was das ist. Welches der vereinten beiden Deutschlands? Und wer erblickte eines davon, von wo aus? Vom Flugzeug? Durch die Wolkenrisse erblicke ich Wälder, Felder, Seen und einen einsamen Radfahrer auf einem Weg, der nirgendwohin führt. Ist es ein Deutscher? Wer weiß. Von hier aus läßt sich das Einzelne nicht benennen. Oder müßte ich mich vielleicht mit einem

Raumschiff noch höher erheben? Auch dann ist für mich nicht festzustellen, wo das eine Land endet und das andere beginnt. Ich kann lediglich sagen, wir führen die mit dicken, roten Linien umrissenen Ländergrenzen in unser Hirn eingegraben mit uns herum. Rigorose Schulmeister bleuen uns ein, was wir wo suchen müssen, und Armeen, Zöllner, Kartographen, Staatspräsidenten, Grenzposten, Könige und Historiker wachen über der geheiligten Vorstellung der Grenzen. Wir zeigen unser ganzes Leben lang mit der unerschütterlichsten Überzeugung auf nichts.

Auch über meine eigene Sprache kann ich nur dann etwas aussagen, wenn ich das Niemandsland zwischen zwei Sprachen betrete. Wenn ich das Eigene verlasse, wenn ich zurückblicke. Die schwerwiegende Bedeutung solcher Worte wie Land und Heimat läßt sich weder durch Glück noch durch Freude, weder durch eine Hymne noch durch Begeisterung, weder durch verminte Grenzgürtel noch durch die eigene Sprache zum Ausdruck bringen. Eher durch Bedrohung, Schmerz, Unglück, Abschied, Zweifel, Trennung und Schweigen.

Ich konnte das Verhalten dieser bulgarischen Frau, als wir mit dem Zug durchs Niemandsland ruckelten, weder lächerlich noch allzu dramatisch finden, schließlich erinnerte ich mich noch gut daran, wie ich zwölf Jahre nach Ende des Zweiten Weltkrieges, fünfzehnjährig, die Grenze zu einem der Deutschländer überquerte. *Bad Schandau* stand auf dem Schild. Sicher wäre mir lieber gewesen, wenn mit diesen verdammten gotischen Lettern dort *Bad Schande* gestanden hätte. Denn ich war darauf gefaßt, ich müßte nun am eigenen Leib die schändlichen Greueltaten erfahren, die das bloße Wort Deutschland damals für mich bedeutete. Für mich war Deutschland das Emblem für

Schandtat. Die Sonne strahlte. Weder Nazigebrüll noch Bombentreffer. Nur eine hübsche, alte, reich mit roten Geranien geschmückte Bahnstation und dahinter unter riesigen gelben Sandsteinfelsen still dahinfließend die Elbe. Geranien, Gelb, Bäume, Fluß. Allesamt Dinge, die sich von unseren Vorstellungen, Erwartungen und Vorurteilen nicht beeinträchtigen lassen. Das ist unser Glück.

Manchmal scheint mir, Deutschland ist viel zu groß, um es mit den Erfahrungen und Erkenntnissen zu füllen, die ich seither erworben habe. Ein andermal ist es gerade umgekehrt, als würden meine Erkenntnisse und Erfahrungen auch noch den Namen des Landes unterspülen und hinwegreißen. Und ähnlich geht es mit den Menschen. Zweifellos ist es mir nur möglich, dem einem oder anderen zu begegnen, und alle, die außerhalb des Kreises sind, den wir beide bilden, tauchen unter und verschwinden. Ich kenne Helga, kenne Hans, aber ich mache mir mein Bild von den Deutschen doch von der Vielzahl, die ich nicht kenne. Es ist wie mit Ebbe und Flut; mal weichen wir zurück, mal stürzen wir voran. Wenn ich sage, die Deutschen, dann habe ich noch nicht das Wasser, sondern lediglich die Bewegungsrichtung des Wassers bestimmt. Deutschland ist wahrscheinlich weder das, wofür es die Fremden, noch das, wofür es die Deutschen halten. Es gibt nicht nur das Land nicht, es gibt auch nicht die Deutschen.

Bin ich dahin gekommen zu behaupten, ich habe Deutschland, wie auch immer es geartet sei, noch nie gesehen und bin noch nie in meinem Leben einem Deutschen begegnet, dann bin ich sicher nicht im Zustand der Ebbe, sondern der Flut angelangt und will damit sagen, ich bin auch mir selbst noch nie begegnet und habe auch mein eigenes Land noch nie gesehen.

Und wenn ich einmal dahin gekommen bin, dann möchte ich auch im Zustand der Flut verweilen. Ich möchte auch die Geschichte nicht als die Einzelauftritte sich gegenseitig voneinander abgrenzender Nationen betrachten, seien sie nun überzeugend und gut oder gewalttätig und grausam, sondern vielmehr als einen anhaltenden, sich fortsetzenden und wechelseitigen Prozeß der *Akkulturation*, wie es der französische Anthropologe Louis Dumont formuliert hat, oder so wie der amerikanische Philosoph Richard Rorty, der sie für das Produkt vielseitiger Interaktionen zwischen unterschiedlichen nationalen Traditionen hält.[1]

Als Napoleons gut ausgerüsteten und meisterhaft organisierten Horden über die deutschen Grafschaften und Fürstentümer fluteten, da wurde bei denen, die einander aufgrund von Sprache und Tradition Deutsche nennen, der Wunsch geweckt, endlich auch das zu haben, was diese verdammten Franzosen schon seit Jahrhunderten forwährend hatten: ein einziges Land.[2] Oder sagen wir es mit einem gegenteiligen Beispiel. Als die von ihren eigenen kurzsichtigen Kartographen irregeführten Franzosen sich dazu hinreißen ließen, die Grenzen des unüberschaubaren Russischen Reiches zu überschreiten, da wurden die vergeßlichen Russen gewahr, daß sie seit Jahrhunderten etwas

1 In meinen Darlegungen stütze ich mich weitgehend auf Louis Dumonts Untersuchung «L'ideologie allemande – France-Allemagne et retour» (Paris 1991). In diesem Buch zitiert und interpretiert Dumont die Ansichten Rortys. Für Ungarn ist Dumonts Buch schon deswegen interessant, weil es sich in vielen Punkten mit den Gedanken István Bibós berührt, wobei ich nicht annehme, daß Bibós Werke Dumont bekannt sind.
2 István Bibó, «Válogatott tanulmányok» (Ausgewählte Essays), Budapest, 1986; Bd. 1, S. 388.

unbehelligt besaßen: *matj rodina*. Ihre zerstörerischen Erfahrungen führten die Franzosen darauf, in welchen Grenzen sie ihre neu erworbenen Nationalgefühle zu suchen hatten. Die erwachten Deutschen aber hofften, das gleiche mit Blut und Eisen zu finden, als sie die hinter ihre eigenen Grenzen zurückgewichenen Franzosen überrollten und ihr Reich ausgerechnet am Sitz der französischen Könige auszurufen suchten. Jene Lektion, die den Franzosen neunundfünfzig Jahre zuvor der Winter und die Flammen bei Moskau erteilt hatten, erhielten die Deutschen zweiundsiebzig Jahre danach von den Russen bei Stalingrad erteilt.[3] Heute sehe ich diese Geschichte so.

Als Kind schlug ich oft einen schweren Bildband auf und betrachtete dann lange Anton von Werners berühmtes Gemälde. Nicht so sehr das falsche Heroentum des Bildes fesselte mich, vielmehr war der Titel unbegreiflich. «Die Kaiserproklamation von Versaille». Was zum Teufel hatte dort ein deutscher Kaiser zu suchen und zu proklamieren? Und wenn er schon irgend etwas gefunden und proklamiert hatte, warum freute er sich dann nicht wenigstens? Ich betrachtete mir die Gesichter mit der Lupe. Woher kamen diese gekränkten und entschlossenen Mienen? Ein Gesicht war darunter, das mich bei allen Unterschieden an die ständig aufgebrachte Miene von Hitler erinnerte. Damit aber kam mir auch wieder das Bild der Massengräber mit den

3 Am 18. Januar 1871, dem Jahrestag der Krönung des ersten preußischen Königs (1701), wurde das Deutsche Reich auf französischem Boden proklamiert. Den Festakt schätzten schon damals viele eigentlich nur als einen verzweifelten Versuch ein, ein «kleindeutsches Großpreußen» zu schaffen. Zweiundsiebzig Jahre später, am 31. Januar 1943, erklärt General Paulus bei Stalingrad die Kapitulation der 6. deutschen Armee; 146 000 Tote, 90 000 Kriegsgefangene.

starren, von Bulldozern zu Haufen getürmten, übereinanderkollernden Leichen in den Sinn. *Bad Schandau.* Denn diese Bilder, Gesichter und Geschehnisse ließen sich unschwer mit der letzten Zeile von Ilja Ehrenburgs berühmter und berüchtigter Flugschrift zusammenfügen, damit die Welt wieder rund war.[4] «Tod den Deutschen!» Wenn

4 Ilja Ehrenburg verfaßte seine Flugschrift «Die Deutschen» für die sowjetischen Soldaten an der Front. Man sollte denken, daß Ehrenburgs blutrünstige Deutschfeindlichkeit heute der Vergangenheit angehört. Es überraschte auch mich, daß dem nicht so ist. In den Tagen, als ich diese Rede schrieb, schaltete ich eines Abends den nicht eben für seine Deutschfeindlichkeit bekannten österreichischen Fernsehsender ein, auf dem gerade der französische Film «Die Rache» gezeigt wurde. Romy Schneider und Philippe Noiret zählen zu meinen Lieblingsschauspielern; da ich sie gern sehe, bemerkte ich erst nach langen Minuten, daß ich eigentlich in einer Zeitmaschine saß. Im Kino der fünfziger Jahre, in dem gerade ein Film von zwei engelsgleichen Menschen vorgeführt wird, die mit deutschen Bösewichtern kämpfen. Da war wieder der gräßliche, verachtenswürdige und unversöhnliche Haß, den ich mir unter dem Einfluß sowjetischer Filme, also sozusagen auf kollektiver Basis, als Kind zu eigen gemacht hatte. Obwohl ich doch aufgrund meiner Erziehung alle derartigen, auf Verallgemeinerungen beruhenden Voreingenommenheiten hätte ablehnen müssen. Das ist eine höchst interessante Sache. Die Ausbreitung und Verwurzelung von kollektiven Sympathien und Antipathien wird von Bibó sogar datiert. Ihm zufolge dürfte im Hintergrund der Verbreitung abstrakter Nationalcharakteristiken wahrscheinlich jener Prozeß gestanden haben, in dem der affektfreie Krieg der Barockzeit, der eigentlich als Voraussetzung für den Friedensschluß anzusehen war, von 1792 an vom nationalen Krieg abgelöst wurde, in dem die mit dem Krieg verknüpften Interessen und Urteile zur Sache und zum Recht der Massen wurden. Daraus folgte, daß im Interesse einer erfolgreichen Kriegsführung eine Nationalcharakteristik geschaffen werden mußte, die

sie nun einmal so sind. Doch wie sind sie? Und auch wenn sie so sind: Ist ein solch schauderhafter Schlachtruf nicht der gespenstische Widerhall des Schlachtrufs Hitlers? Wie sollte es mir möglich sein, diese Fragen nicht mit hinüberzunehmen über diese deutsche Grenzstation?

Heute interessieren mich diese gräßlichen und bösen Bilder, Gesichter und Geschichten sowenig wie die schönen und guten, die uns als Gegenbeispiele angeführt werden, wenn wir die Deutschen sozusagen ohne Voreingenommenheit und Vorurteil zu verstehen suchen. Es ist naheliegend, daß auch das Land der Deutschen nicht aus einer guten und einer schlechten Hälfte besteht beziehungsweise daß wir uns, wenn wir es so auseinanderdividieren, doch einer zwangsweise übernommenen Legende überlassen. Würde ich jetzt nicht darüber sprechen, dann müßte ich die Scham über meinen eigenen eingefahrenen Divisionsrassismus verdrängen. Ich habe als Kind auch

sich in der Phase der Kriegsvorbereitung ausschließlich aus negativen Eigenschaften zusammensetzt und im Krieg zum ideologischen Rechtfertigungsmittel für das Töten wird, während in der Nachkriegsphase diese unglaublichen und unglaubwürdigen systematischen Übertreibungen im Interesse des Friedens von allen wieder vergessen werden müßten. Das moderne Denken, füge ich an, ist auf diese Weise hin und her gerissen zwischen den Extremen zweckdienlicher Übertreibung und nicht weniger zweckdienlichen Vergessens. Der französische Staat hat die Wiedervereinigung Deutschlands im Rahmen der europäischen Integration befürwortet und gefördert. Aber in den Tagen, als sie sich vollzog, strahlte das französische Fernsehen Abend für Abend Filme aus, die zwangsläufig Erinnerungen an die Schändlichkeit Nazideutschlands wachrufen mußten. Beim Anblick der ihre Wiedervereinigung feiernden deutschen Massen wurden die Franzosen auch von tiefem Schrecken erfaßt vor dem, was nun wohl wieder folgen würde.

oft in den reich illustrierten alten Bänden der Werke von Goethe, Schiller und Heine geblättert und gelesen. Diese Bücher hatten wir aus der wundersamen Bibliothek meiner Großmutter geerbt. Das Antlitz von Goethe machte mir ausgesprochen Angst, wie etwas, das zuviel ist. In die sanften, ein wenig sentimental, ein wenig verschwommen gezeichneten Gesichter von Schiller und Heine war ich eher verliebt. Diese Gesichter und diese Gedichte drängten jedes anderweitige Wissen hinweg. Was interessierte mich, wer von ihnen Deutscher, wer Jude war. In diesem Land herrschten ausschließlich Engel und nur in jenem weit entfernten unbekannte Teufel. So gelang es mir, die Doppelheit von Haß und Anbetung aufrechtzuerhalten.

«Natürlich ist richtig, daß der deutsche Charakter wie jeder Nationalcharakter gewisse wiederkehrende Grundtöne hat», schrieb vor nunmehr fünfzig Jahren István Bibó in seinem großartigen Essay «Ursachen und Geschichte der deutschen politischen Hysterie».[5] Und um nicht in den Abgrund eines selbstgemachten Rassismus zu stürzen, sollten wir felsenfest bei dieser Feststellung bleiben. Auch nicht einen Schritt weiter. Weder vor noch zurück. In einer ein und dieselbe Sprache sprechenden Gruppe von Menschen kann ich zwar gewisse ähnliche und wiederkehrende Züge entdecken, doch wenn ich einem einzelnen Menschen aus dieser Gruppe gegenübertrete, dann habe ich es nicht mit irgendeiner rätselhaften Mischung von persönlichen und nationalen Eigenschaften zu tun, sondern einzig und allein mit dem Charakter dieses anderen Menschen, der solche wiederkehrenden Züge als Teil ineinandergreifender per-

5 István Bibó, a. a. O. Bd. 1., S. 369

sönlicher Eigenschaften innerhalb eines Beziehungsgeflechts individueller Veranlagungen in sich trägt. Es gibt so viele Nationen wie es Charaktere gibt. Einem Knoten vergleichbar, einem ungewöhnlichen Stoffgewebe. Dem menschlichen Charakter läßt sich, zumindest ohne Gewalt, weder etwas hinzufügen noch etwas nehmen. Und auch nicht mit Gewalt. So unverrückbar und beständig sehe ich den menschlichen Charakter.

Ob sie wohlwollend oder bösartig sind, immer werden die nationalen Legenden die gemeinsame Identität nach dem Muster individueller Identität, anhand von Ähnlichkeiten und Unterschieden herzustellen versuchen. Und wenn zwei Menschen verschiedener Nationalität, von diesen gnadenlosen Versuchen schon gut präpariert und weichgemacht, einander gegenüberstehen, wird jeder von ihnen mit seiner eigenen nationalen Legende konfrontiert. Denn alles, was ich am Charakter eines anderen Menschen interessant und anziehend finde, läßt sich lediglich anhand von Ähnlichkeiten und Unterschieden auf den Charakter meiner eigenen Nation zurückführen, doch es unterscheidet den Charakter gerade von diesem, daß er nicht identisch mit ihm ist. Und ich finde wohl unterschiedliche und ähnliche Charakterzüge mit meiner Nation, doch ich identifiziere mich selbst nicht mit meiner Nation, sondern mit dem Charakter des anderen. Es gibt Nationen, die sich hassen, doch zwei Nationen, die geradezu verliebt ineinander wären, können wir uns nicht vorstellen. Es ist gerade umgekehrt, als in den nationalen Legendenbüchern zu lesen. Jeder einzelne Mensch verkörpert und vertritt absolute Identität mit seiner Nation, während sich relative Identität allein anhand der eine Nation bildenden Personen beziehungsweise der sich zwischen den Nationen abzeichnenden Ähnlichkeiten und Unterschiede feststellbar ist. Während das eine eine unabdingbare Gegebenheit ist, ist das andere eine an Bedingungen geknüpfte Abstraktion. Ich neige zu der Ansicht, daß vom Standpunkt der persönlichen Identität auch die Sprache nur eine Abstraktion ist. Eine sicher gewagte Behauptung.

Zu meiner Verteidigung und zur Aufmunterung will ich eine Geschichte erzählen.

Es passierte eines schönen Tages, daß der kleine Herr Homola in unserer Badewanne stand, um den Wasserhahn zu reparieren. Es passierte vor langer Zeit, vor fast zwanzig Jahren. Er erzählte, daß er auf einen Sprung nach Österreich hinübermüsse, weil er einige Ersatzteile für sein Auto brauche, die er hier nicht beschaffen könne. Er fragte mich, ob ich Deutsch spräche. Ich nickte so, daß es zugleich ja und nein bedeuten konnte. Er fragte, ob ich es ihm nicht beibringen könne. Gewiß, gern, sagte ich darauf schnell, da ich ihn nicht kränken wollte. Kränkte ich ihn, würde er nie wieder zum Montieren kommen. Ich fragte, wann er zu fahren gedenke. Nächste Woche, sagte er. Dann sei die Zeit vielleicht ein wenig zu knapp, bemerkte ich mit einer gewissen Erleichterung. Was solle das heißen, fragte er darauf, wie lange hätte ich denn gebraucht, um Deutsch zu lernen? Obwohl ich befürchtete, daß mein ganzes Ansehen augenblicklich zu Bruch gehen würde, sagte ich wahrheitsgemäß, daß ich mich schon mehr als zehn Jahre darum bemühte, doch auch jetzt noch nicht behaupten könne, es zu können. Er war gerade im Begriff gewesen, eine festsitzende Schraube zu lösen, ohne das Gewinde zu beschädigen, doch jetzt ruhte der Schraubenschlüssel in seiner Hand. Meine Bemerkung schien ihn so getroffen zu haben, daß er sich, als die Schraube endlich glücklich gelöst war, in der Badewanne aufrichtete und auf mich herunterblickte wie jemand, der auf ein unerklärliches Rätsel gestoßen ist. «Die ungarische Sprache ist doch die beste auf der Welt», verkündete er dann gewichtig. Mir entschlüpfte darauf ein leises und erschrockenes Warum. Auf seinem Gesicht begann ein wahrer Kampf, er suchte nach Worten, stotterte, mit irgend etwas mußte er seine Behauptung begründen. «Na ja, sie ist leicht, einfach leicht!» Er half den Händen nach, um irgendwie auf die fehlenden Worte zu kommen. «Denn in dieser Sprache kann man alles, aber auch alles ausdrücken!»

Herder würde zustimmend nicken. «Die drei Göttinnen der menschlichen Kenntnis, Wahrheit, Schönheit und Tugend, wurden so national, wie es die Sprache ist.» Auch Wilhelm von Humboldt würde nicken. « ... ein Volk spricht, wie es denkt, denkt so, weil es so spricht ...»[6] Ich hingegen würde mitnichten nicken, weil ich stark bezweifle, daß sie recht haben. Wenn es so wäre, dann müßte jeder Mensch identisch sein mit dem, was seine Sprache aussagt oder was er mit seiner Sprache über sich selbst aussagt, beziehungsweise könnte er in einer anderen Sprache nichts über sich selbst aussagen, da er ja jedweder Aussage nur in der eigenen Sprache fähig wäre, Ausdruck zu geben. Ich denke dagegen, daß wir viel mehr empfinden, als wir wissen, und mehr wissen, als wir auszudrücken imstande sind.

6 Herder, «Fragmente über die neuere deutsche Literatur»; Wilhelm von Humboldt, «Von dem grammatischen Bau der Sprache». Beide Zitate sind dem Manuskript eines deutschsprachigen Vortrags von Árpád Bernáth entnommen.

Ich hatte vor, diese Rede mit der deutschen Sprache zu beginnen, mit den beiden Wörtern *Land* und *ausdrücken*, und dann auf Hans Hermann von Katte[7], Kurt Gerstein[8] und Helen Hessel[9] zu sprechen zu kommen. Meine Überlegung war, am Beispiel von Helen Hessel zu zeigen, wie jemand sich durch die Unbeirrbarkeit seines Charakters über die eigene Sprache und die eigene Nationalität hinwegsetzt. Am Beispiel Kurt Gersteins, wie jemand den Versuch unternimmt, sich herauszuheben, und dann von der Höhe der eigenen Phantasien und Wahnvorstellungen in die Tiefe stürzt; und am Beispiel Hans Hermann von Kattes, wie jemand mit den Ketten der eigenen Sprache und Verhältnisse gefesselt ist, wie er sich windet und wie er eher den Tod wählt, als aufzubegehren.

7 *Hans Hermann von Katte* (1704–1730), preußischer Offizier, Jugendfreund Herzog Friedrichs, des später als Friedrich der Große bekannt gewordenen preußischen Königs, war nicht nur an der Vorbereitung der abenteuerlichen Flucht des Herzogs beteiligt, sondern hat ihn auf seinem Weg auch begleitet. Nach ihrer Festnahme ließ Friedrich Wilhelm I., der verhaßte Vater des Thronfolgers, von Katte im Hof der Festung Küstrin, gegen die ausdrückliche Bitte des Kriegsrats, vor den Augen seines Herzensfreundes hinrichten.
8 *Kurt Gerstein* (1905–1945) Chemieingenieur, SS-Obersturmführer. In Jugendjahren charismatischer Sprecher eines stark nationalistisch gefärbten Flügels der protestantischen deutschen Jugendbewegung. Seine Biographen sehen einen entscheidenden Zusammenhang zwischen seinen erotischen Frustrationen, den daraus resultierenden moralischen Qualen und seiner Hinwendung zum nationalen Kollektivismus. Edle Selbstaufopferung war aufgerufen, seine edlen Qualen zu lindern, deshalb faßte er sein Leben als eine Art Dienst auf. Drei Monate nach der Machtergreifung Hitlers, im Mai 1933, trat er der Nationalsozialistischen Partei bei, aber als er erfuhr, daß eine seiner Tanten im Rahmen des Hitlerschen Euthanasie-

Sie sollten meine deutschen Helden sein, die weder gut noch böse wären, da sie ja Namen tragen, das heißt mal gut und mal böse sind. Hans Hermann von Katte ist die Güte selbst, sofern man blinde Selbstaufopferung als Güte bezeichnen kann. Ich wäre nicht gern solch ein Mensch, aber wie gern hätte ich einen solchen Menschen zum Freund. Kurt Gerstein erstrebt das Gute, oder er versucht zumindest, mit seiner Person all das Böse zu neutralisieren, das seine Nation vertritt. Mir graut vor ihm so wie vor der dunkleren Häldsfte meiner eigenen Seele.[10] Helen Hessel dagegen zeigt für diese moralischen Kategorien keine

programms mit sämtlichen übrigen Geisteskranken einer Heilanstalt getötet worden war, wandte er sich aus Gewissensgründen gegen das Naziregime. Er wird wegen geheimer Kirchentätigkeit aus der NSDAP ausgeschlossen, seine Wohnung durchsucht, zweimal wird er verhaftet. Nach der zweiten Verhaftung wird er 1938 ins Konzentrationslager Welzheim gebracht, aus dem es ihm gelingt zu entkommen, er beschließt jedoch, als «Agent Gottes» gegen die Nazis tätig zu werden, um «Zeugnis zu geben» von jenen Untaten, die er nun mit eigenen Augen gesehen und am eigenen Leib erfahren hat. Unter großen Mühen gelingt es ihm, in die Nationalsozialistische Partei zurückzukehren und auf Grund seines Fachwissens in die mittlere Führungsebene der SS vorzudringen. Während er versucht, die Welt mit Hilfe von Diplomaten ausländischer Botschaften über das Ausmaß und die Technik der systematischen Menschenvernichtung zu unterrichten, ist er von Berufs wegen für die Bereitstellung des in den Gaskammern eingesetzten Gases Zyklon-B verantwortlich. Um sein aufgewühltes Gewissen zu beruhigen, sucht er die Tätigkeit zu sabotieren, die er zur gleichen Zeit berufshalber ausübt. In den letzten Tagen des Krieges gerät er in Kriegsgefangenschaft, legt vor Offizieren des französischen Abwehrdienstes ein Geständnis ab, wird in das Pariser Zuchthaus Cherche-Midi überführt, wo er in französischer Sprache eine Erin-

Empfindsamkeit, sie ist der Engel der Freiheit, der persönlichen Selbstbefreiung. Wenn ich ihr begegnete, würden mir die Knie zittern, aber ich folgte ihr gern. Doch um über diese Menschen sprechen zu können, über das in ihren Geschichten verborgene kulturelle Problem, das in der europäischen Kultur als Gegensatz und Spannung zwischen individueller und kollektiver Identität beziehungsweise universellem und holistischem Denken erscheint, mußte ich jenes Niemandsland betreten, das sich zwischen den Sprachen und Kulturen erstreckt.

Ich habe das Wort *Land* herausgegriffen. Wenn ich es auf ungarisch sage, ist es weit, offen, von Wind durchweht. *Ország.* Mit einem schönen runden o einsetzend, das Ende durch das á geöffnet, ist es in seinem Klang zugleich hoch und tief, und in dem Doppelkonsonanten läßt es den darüberwehenden Wind zischen. Ich bin Bürger eines verhältnismäßig kleinen Landes, aber ich habe dafür ein sehr luftiges Wort. Und so ist auch meine Vorstellung von Land. Wird jetzt auf deutsch Land gesagt, dann verstehe ich die Bedeutung des Worts, doch auch wenn ich weiß, daß es um ein sehr großes Land geht, erfassen es meine Sinne so, als handle es sich um einen schweren und dunklen Erdklumpen. Dieses Wort ist geradezu durch Klimadruck an den Boden

nerungsschrift über seine Tätigkeit verfaßt, nach deren Fertigstellung er unter bis heute ungeklärten Umständen Selbstmord begeht. Vgl. Saul Friedländer, «Kurt Gerstein oder die Zwiespältigkeit des Guten», Gütersloh, 1968, und Pierre Joffroy «L'espion de Dieu – la passion de Kurt Gerstein», Paris, 1992

9 *Helen Hessel*, geborene Helen *Grund* (1886–1982), entstammt einer wohlhabenden und gebildeten deutschen Bürgerfamilie. Als junges Mädchen studierte sie Malerei in München und Paris, lernte

gepreßt. Oder nehmen wir das Wort aus dem schwärmerischen Satz von Herrn Homola, *ausdrücken*. Wenn es meine deutschen oder französischen Freunde sagen, dann müssen sie es wahrscheinlich mit irgendeinem Druck in Verbindung bringen. Vielleicht mit irgendeinem inneren Druck, aufgrund dessen die Sache heraus will. Dieses Herauskommenwollen ist auch im ungarischen Wort enthalten, aber das ungarische Wort setzt es nicht mit Druck, sondern mit Kopf in Verbindung, und so gesellt es sich dann bei jedem, der ungarisch denkt, zur großen Wortgruppe jener Aktionen, die

dort den deutschen Schriftsteller Franz Hessel kennen und wurde nach der Rückkehr nach Berlin seine Frau. Sie brachte zwei Kinder zur Welt. Franz Hessel war Soldat im Ersten Weltkrieg, und seine Fronterlebnisse haben ihn seelisch zerbrochen. Nach Friedensschluß wandte sich Helen Hessel in einem Brief an den französischen Freund ihres Mannes, den als Kunstsammler und Kunstkritiker bekannten Henri-Pierre Roché, den auch sie aus ihren Pariser Jahren flüchtig kannte, und lud ihn, in der Hoffnung, ihrem Mann damit zu helfen, in ihr bei München gelegenes Haus ein. Roché kam, und sie verliebten sich ineinander, was die außergewöhnliche Freundschaft der beiden Männer eher noch vertiefte. Helen Hessel und Henri-Pierre Roché haben die Ereignisse ihrer Liebe in parallel geführten Tagebüchern aufgezeichnet, und Jahrzehnte später hat Henri-Pierre Roché an Hand dieser Tagebücher über die änigmatische Dreierbeziehung den Roman «Jules et Jim» (1953) geschrieben, den François Truffaut unter dem gleichen Titel verfilmte (1961). Nach Rochés Tod gerieten die Tagebücher ins Zentrum für Humanwissenschaftliche Forschung der Universität von Texas in Austin; wahrscheinlich der würdigste Ort dafür bis zu ihrer ersten französischen Veröffentlichung. Henri-Pierre Roché, «Carnet», Première partie, 1920–1921, Marseille, 1991, und Helen Hessel, «Journal d'Helen», 1920–1921, Marseille, 1991. Vgl. auch Franz Hessel, «Pariser Romanze», Berlin, 1920.

nicht mit Druck, sondern mit dem Kopf zu vollbringen sind. Ich vermag die Bedeutung des ungarischen Wortes ins Deutsche, ins Französische zu übertragen, aber habe ich sie übertragen, habe ich zusammen mit der Lautgestalt meines eigenen Wortes auch seine Abstammungsgeschichte verloren und damit alles, was ich in meiner eigenen Sprache da-

10 Allen, die einen großen Teil ihres Lebens in der einen oder anderen Diktatur verbracht haben, ist Kurt Gerstein als Person im Grunde bekannt und vertraut. Es verlangte ihn danach, so wie alle anderen zu sein, und daher ist für ihn totale Loyalität die einzige Möglichkeit der Selbstverwirklichung; wenn es gelingt, sie zu verwirklichen, dann kann er die besonderen Merkmale seiner Persönlichkeit verschwinden lassen. Beinah zwangsläufig verhilft er seinem extremen Wesen zur Flucht in eine extreme Ideologie, angesichts der Exaltiertheit der anderen kann er die eigene Exaltiertheit als berechtigt und angemessen empfinden. In einem seiner Briefe schreibt er, er habe sich zur SS gemeldet und spreche jetzt «manchmal in ihrer Sprache». Er kann selbst dann nur in der Kollektivität eine Sprache für seine Persönlichkeit finden, wenn er sich der von dieser Kollektivität angerichteten Zerstörung zu widersetzen trachtet. Die Logik des Selbstbetrugs funktioniert so schließlich wirklich. Er ersetzt eine exaltierte Religiosität durch exaltiertes Nazitum, das exaltierte Nazitum dann durch exaltierten Widerstand, was jedoch nicht bedeutet, daß er endlich zu einer eigenen Sprache gefunden hätte, vielmehr erhält so die Absurdität Ziel und Sinn, daß seine eigene persönliche Sprache die Exaltiertheit ist. Er wolle Einblick in die ganze Maschinerie nehmen, um dann dem Volk zurufen zu können, äußerte er. Den Dienst, den er zwar nicht mit dem Gewissen vereinbaren kann, aber dennoch als gottgefälliges Tun ansehen möchte, erklärt er zum Dienst an der Gemeinschaft. Indes kann er dem Volk, dem er dienen möchte, überhaupt nichts zurufen, da er ja wegen seiner aufklärerischen Tätigkeit stumm bleiben muß und höchstens einige Ausländer informieren kann; aber seinen finsteren Dienst führt er wider das eigene Gewissen dennoch ordentlich aus.

zugesellen kann. Von nun an sagt mein Gefühl etwas anderes als mein Wissen. Wenn ich auf ungarisch etwas nicht ausdrücken kann, dann macht mein Kopf irgend etwas falsch, was für ein Druck jedoch bei einem Deutschen oder bei einem Franzosen entsteht, wenn ihm irgend etwas nicht gelingt auszudrücken, ahne ich noch nicht einmal.

Die Bereiche von Mythos und Magie, die sich in der Lautgestalt der Wörter verbergen, verschließen die Sprachen gegenseitig voreinander, und man wird schwerlich sagen können, daß diese Verschlossenheit nicht mitunter verheerende Folgen hätte, doch ich weiß zumindest, daß es solche Bereiche gibt. Damit wir einander verstehen, müßten uns die gebräuchlichen Wörterbücher nicht nur die Wortbedeutung soufflieren, sondern alles, was ein Wort berührt und als Vorstellung lebendig werden läßt. Solange es solche vergleichenden Wörterbücher nicht gibt, plappern wir wie Papageien in einer anderen Sprache und schlucken wechselseitig die Folgen der Mißverständnisse.

In den ersten fünfzehn Jahrem meines Lebens, als ich nur wenige Worte Deutsch verstand, kam bei mir beim Hören des Deutschen immer das Gefühl auf, als seien die Leute aus unerfindlichen Gründen ständig beunruhigt oder geradezu aufgebracht. Ich lauschte der anderen Sprache mit dem Klangmaß der eigenen. Und ich behaupte nicht, daß diese andere Sprache in meinen Ohren keine Musik gehabt hätte, im Vergleich zu meiner eigenen Sprache war sie jedoch auf jeden Fall dunkler und schwerer, voll mit kräftigen Stößen und allem möglichen Dröhnen. Als ob sie aus der Tiefe eines großen dunklen Waldes erklingen würde. Wollte ich den einst vernommenen Sprachklang orchestrieren, müßte ich wahrscheinlich die Streicher weglassen, es gäbe das Klavichord, doch es gäbe kein

Klavier, es würden die tieferen Bläser dominieren und die Schlaginstrumente, aber eine Triangel zum Beispiel würde kein einziges Mal ertönen, weil solche kurzen, durchdringenden Klänge nicht vorhanden sind. Meine Ohren, meine Nase, meine Augen und mein Verstand vollbringen letzten Endes eine sehr primitive Arbeit. Sie bringen überein, vergleichen, unterscheiden. Ich messe an den physikalischen Eigenschaften meiner eigenen Sprache die physikalischen Eigenschaften der anderen Sprache. Wir leben in einer furchtbaren Sklaverei. Wir sind an einen Felsblock gekettet, von dessen Umfang und Beschaffenheit wir eher vage Vorstellungen als genaue Begriffe haben.

Eigentlich müßten Sie jenen fünfzehnjährigen, auf raffinierte Weise durch Rassismen vorgeprägten Jungen hören, der ich heute nicht mehr bin. Er würde sagen, Deutschland ist ein Geruch. Der Geruch irgendeines komischen Desinfektionsmittels. Über die deutsche Sprache aber würde er sagen, sie sei Nörgelei und Entrüstung. Doch seit ich mir zur Kenntnis gebracht habe, nach welchen tückischen Regeln die Deutschen drei einander fernstehende Wörter zu einem einzigen Satz binden, habe ich meine Ketten doch etwas gelockert und bin wenigstens bis zu jenem Niemandsland vorgedrungen, das sich zwischen den beiden Sprachen erstreckt. *Ich bin da. Itt vagyok.* Man müßte Zeus sein, um sagen zu können, warum die Deutschen drei Wörter dafür haben, wofür die Ungarn zwei haben. Und wenn sich ein solches Wunder doch auf der Erde zutragen kann, was ist dann der, der beide auf gleiche Weise deuten kann? Bin ich Deutscher geworden? Wenn Herder, Humboldt oder Herr Homola recht hätten, wie könnte sich dann in überhaupt irgend jemandem ein solches kleines Wunder ereignen?

Ich habe Deutsch zuerst von deutschen Kindern gelernt,

später stellte sich heraus, in Wirklichkeit hatte ich Sächsisch von sächsischen Kindern gelernt. Und es wäre sicher besser gewesen, beim Klang dieser Sprache zu bleiben, denn es ist mir auch seither nicht gelungen, eine deutsche Sprache zu lernen, die Sächsisch, Bayrisch, Thüringisch, Niederdeutsch und alles weitere zugleich sein könnte. Ich spreche eine deutsche Sprache, die zwar zu verstehen ist, die es aber gar nicht gibt. Ich habe alles darangesetzt, diese eine zu erreichen, doch vergeht kein Augenblick, in dem ich nicht mit jeder Intonation die vielen zunichte machte, aus denen dieses eine Deutsch besteht. Ich bin kein Deutscher geworden, und eigentlich habe ich auch nicht das Deutsche erlernt, sondern ich habe gelernt, daß ich es soviel mal erlernen muß, so viel Menschen ich begegne. Weil auch sie nicht nur durch den eigenen Dialekt mit ihrer eigenen Sprache verbunden sind, sondern die eigene, dialektgebundene Sprache zudem auch noch ihrer persönlichen Eigenart entsprechend reden. Woraus dann wiederum nur eine Unmenge von Mißverständnissen hervorgeht.

Meine Ost-Berliner Wirtin, Frau Herm, die redete, als kommandiere sie ein Torpedoboot, hat mich einmal gefragt, ob alle Ungarn so langsam und leise sprächen wie ich. Zweifellos spreche ich langsamer als üblich, weil mein Charakter so beschaffen ist, doch das erlaubt noch nicht zu sagen, die Ungarn redeten leiser und langsamer als die Deutschen. Sie mußte das infolge meiner sprachlichen Unsicherheit noch leisere Deutsch werten, das ich sprach, und da sie es mit keiner anderen Kommunikationserfahrung zu verknüpfen vermochte, konnte sie auch nicht genau beurteilen, ob das Leise und Langsame zu meinen persönlichen Eigenarten gehört beziehungsweise in welchem Verhältnis es zu einer kollektiven Identität steht, von der sie keine Erfahrung hatte. Das war gerade das Großartige an ihrer Frage. Eigentlich war sie neugierig, was ich für ein Mensch bin. Trotzdem stellte sie ihre Frage so, als ob sie von vornherein annehmen würde, daß ich mich von allen übrigen Ungarn nicht unterscheide. Louis Dumont beschreibt das als traditionelle Weltanschauung der Deutschen. «Ich bin meinem Wesen nach Deutscher und dank meiner deutschen Qualitäten Mensch.»[11]

11 In der Einleitung (S. 15) und dem Schlußkapitel (S. 249–250) des zitierten Buches stellt Louis Dumont, gestützt auf Montesquieus berühmten Satz («Je suis nécessairement homme, et je ne suis français que par hasard»), die französische und die deutsche Auffassung einander so gegenüber: «Ich bin notwendigerweise Mensch und zufällig Franzose» und: «Ich bin meinem Wesen nach Deutscher und dank meiner deutschen Qualitäten Mensch.» Das ist nichts anderes als die Gegenüberstellung von universeller und holistischer Auffassung des Individualismus. Dumont zufolge brachte Luthers Reformation die erste Welle des Individualismus in Europa mit sich, und so war es die Reformation selbst, die die Deutschen gegen die Aufklärung, die zweite Welle des Individualismus, immunisierte. Als die Gedankenwelt der französischen Aufklärung die Deutschen erreichte, hatten sie sich bereits ein eigenes Instrumentarium zur Individualisierung herausgearbeitet, die «Bildung», die laut der Ideologie der Reformation jeder für sich und an sich selbst vorzunehmen hat. In der zweiten Individualisierungswelle sahen die Deutschen eine Gefahr, die individuell erworbene kulturelle Identität zu verlieren. Herders Theorie diente der Abwehr dieser Gefahr. Dumont zufolge tritt damit die «ethnische Theorie» der Nation, die sich auf die kulturelle Gemeinschaft infolge gleicher Herkunft gründet, der «Wahltheorie» gegenüber, welche die Nation aus dem Willen der Individuen ableitet, aus denen sie gebildet wird. Mit der Verschiedenartigkeit von *Bildung* und *Lumières* kommt eine jedenfalls charakteristische Dualität zustande: Bei der französischen Variante wird die zivile Gesellschaft von Individuen gebildet, die, dem eigenen

Bibós Analyse deutscher Hysterie enthält die eindringliche Mahnung, uns vor jeder Gemeinschaftsmetaphysik zu hüten, die der Gemeinschaft *an sich* irgendwie «Seele» oder «seelische Störung» zuschreibt.[12] Die Deutschen haben

Wissen und der eigenen Vorstellung folgend, soziale Übereinkünfte miteinander schließen, während bei der deutschen Variante die Individuen ihre gemeinschaftliche Verbundenheit stärken, wenn sie alle Kräfte daransetzen, sich in ihr Innenleben zurückziehend, ihre Persönlichkeit zu entwickeln. Die mit der Lutherschen Individualisation vollbrachte Selbstbildung («éducation de soi») schafft demnach nicht auf der politischen Ebene, sondern auf der kulturellen und ethnischen Ebene kollektive Identität, und ihre Verletzbarkeit stellte sich erst in der Zeit der Napoleonischen Kriege heraus. Da wird klar, daß diese in ihrem Denken innerlich individualisierten Menschen in Staaten leben, die ihnen, da sie hierarchisch strukturiert sind, weder persönliche politische Souveränität sichern können noch die Souveränität ihres Deutschtums, da dies ja nur auf kultureller Ebene existiert. Das Nationale konnte sich nicht dem Demokratischen zugesellen, sondern es erschien eher als Bedrohung für die Kultur, das heißt für die Nation. Gleichzeitig war die fehlende staatliche Souveränität nicht länger durch die innere Souveränität des Individuums zu ersetzen bzw. der innere Anspruch auf individuelle Souveränität in Einklang zu bringen mit den hierarchischen Verhältnissen, die im Staatswesen der einzelnen Fürstentümer und in ihrem Umgang untereinander herrschten. Der Gehalt der kollektiven Identität war nicht länger identisch mit dem Gehalt der individuellen Individualität. Die kulturelle Souveränität der Deutschen stand außer Zweifel, aber ebenso auch, daß sie über keinerlei politische Souveränität verfügten. Davon spricht auch Bibó: « … die Deutschen, die dem äußeren Eindruck nach der mächtigsten Nation Europas angehörten, waren zu Hause hilflos dem Despotismus, Dünkel und Hochmut kleiner Duodezfürsten und Fürstendiener ausgeliefert» (a.a.O. Bd. 1, S. 426).

12 István Bibó, a.a.O. Bd. 1, S. 375

sicherlich eine Weltanschauung, so wie die Franzosen und die Ungarn auch[13], und diese kann man aus ihrer Sprache, ihrer Kultur, ihrer Geschichte heraus verstehen oder gegebenenfalls ablehnen, aber Seele oder Charakter besitzen nur Hans Hermann von Katte, Kurt Gerstein, Helen Hessel und Frau Herm. Das eine ist die Existenz an sich, da außer ihr nichts ist, das andere jedoch der auf sie zielende Versuch, diese Existenz aufgrund bestehender Ähnlichkeiten und Unterschiede einzubinden und in eine Form zu bringen. Die Erfahrung, daß uns eine bestimmte Gemeinschaft die Welt so oder so sehen läßt, da sie ihre Weltanschauung aufgrund von ähnlichen Merkmalen bildet, hat allein vom Standpunkt der Menschengemeinschaft Gültigkeit, aber die einzelnen Mitglieder der Gemeinschaft sind weder in ihrem Charakter noch in ihrem Sprachgebrauch, noch in ihrer Denkweise mit der Gemeinschaft identifizierbar, die

13 Dumonts Fährte folgend, ließe sich sagen, daß die Franzosen spontan zwischen der persönlichen Identität und der kollektiven Identität unterscheiden, weil die persönliche Identität für sie eine natürliche Gegebenheit ist, die kulturellen und sozialen Umstände aber als zufällig gegebener Rahmen erscheinen, in dem ihre persönliche Identität auf der Ebene des Kollektiven zum Ausdruck kommt. Für die Deutschen gibt es die Möglichkeit einer solchen spontanen Unterscheidung nicht, da sie aufgrund ihrer kulturellen und ethnischen Zugehörigkeit und der Eigenart ihrer kollektiven Identität ihre persönliche Identität als Qualität auffassen müssen. Die Franzosen sehen ihre natürliche Einbindung als primär an, ihre kulturellen und sozialen Einbindungen aber als eine Eigenart, die sich nach Maßgabe ihrer persönlichen Entscheidungen nur aufgrund von Übereinkünften als etwas Kollektives darstellen läßt. Die Deutschen hingegen sehen ihre kulturelle und ethnische Einbindung als primär an, und da sie in diesem Rahmen ihre persönliche Identität lediglich

sie aufgrund ständig getroffener und gebrochener Übereinkünfte mal stärken und mal zersetzen. Für mich war nicht von Bedeutung, wie Frau Herm ihre Frage stellte, weil sie damit allenfalls ihre kollektive Identität charakterisierte, sondern von Bedeutung war, worauf sie eigentlich zielte, weil sie sich selbst damit charakterisierte.

Und wie zu sehen, habe ich aufgrund dieser Überlegung mit großer Mühe die Reihenfolge verkehrt. Ich frage nicht, in welcher Sprache jemand spricht, sondern ich frage, wer spricht, in welcher Sprache. Ich frage nicht, ob jemand Deutscher ist, sondern ich frage, wer ist dieser Mensch, der Deutscher ist. Ich frage nicht, wie dieses Deutschland ist, sondern ich frage, was das ist, was ich da-

als Qualität von der kollektiven Identität abgrenzen können, unterscheiden sie in Wahrheit auch ihr Menschsein von ihrem physischen Sein und trennen die beiden voneinander. Die Franzosen setzen das Natürliche nicht mit dem gleich, was sie aufgrund von Übereinkünften als kulturelle und soziale Einbindung definieren, und trennen so zwischen der Natur als Ganzem und den durch kulturelle und soziale Aspekte zu bezeichnenden Teilen. Vielleicht muß ich nicht erst sagen, daß die Ungarn in ihrer Weltanschauung den Deutschen näherstehen als den Franzosen. Aber ich muß sofort hinzusetzen, daß diese als gegensätzlich zu bezeichnenden Eigenarten meiner Auffassung nach allenfalls auf der Ebene des *Denkens* und *Verhaltens* Gültigkeit haben, jedoch nicht auf der des *Empfindens*. Wenn ich sage, jemand ist Franzose, Deutscher oder Ungar, dann spreche ich von der Ebene des Denkens und Verhaltens, von Dingen, die wechselseitig zu adaptieren sind, doch auf der Ebene des Empfindens gibt es zwischen ihnen nicht den geringsten Unterschied. Wenn es zwischen den Nationen auch auf der Ebene des Empfindens irgendeinen Unterschied gäbe, dann hätte zum Beispiel der Ungar László Németh die ethnischen Theorien der Deutschen nicht so großartig adaptieren können, weil er einerseits dann nicht imstande gewesen wäre,

für halte oder das dafür gehalten wird und warum halte ich es oder hält man es wofür. Ich würde wie Montesquieu sagen, daß ich durch Notwendigkeit Mensch, aber nur durch Zufall Franzose bin. Zwei Menschen. Der eine heißt Helen, und Henri-Pierre heißt der andere. Sie ist Deutsche, er ist Franzose. Sie lieben sich. Von dem, was ihnen passierte, wissen wir aus ihren parallel geführten Tagebüchern. Es passierte ihnen nichts anderes als allen, die verliebt sind. Vertrauen sie sich ihren Körpern an, so erreichen sie eine Identität, die sie danach nicht in Worte umsetzen können. Und was sich im Dialog der Körper als Identität zeigt, wird dann zu Unverständnis, Gezänk, Streit oder einem regelrechten Redegefecht. Bei diesem

Deutsch zu lernen, und weil er andererseits, selbst wenn er es gelernt hätte, nicht imstande gewesen wäre, zu verstehen, daß die Deutschen ihre persönliche Identität aufgrund ihrer deutschen Qualität definieren, und selbst mit der ungarischen Adaption dieser Theorie hervorzutreten. Für mich ist der Kontrast von französischem und deutschem Denken und Verhalten auch nur deshalb interessant, weil das Denken und Verhalten der Franzosen in Einklang mit ihrer Weltanschauung steht, denn ihre Weltanschauung besteht ebendarin, zwischen den Ebenen des Empfindens, Denkens und Verhaltens Einklang herzustellen, während das Denken und Verhalten der Deutschen und Ungarn eher dem eines neurotischen Menschen gleicht, der nicht imstande ist, zwischen seinem Empfinden, Denken und Verhalten einen Einklang herzustellen, und deshalb eine Zwangsvorstellung zu seiner Weltanschauung macht. Unter dem Gesichtspunkt des behandelten Themas ist interessant, welche enormen Erfolge in der Selbstheilung dieser kollektiven Neurose das eine Deutschland erzielte, als es nach 1968 begann, die Allmacht des Staates mit friedlichen Mitteln («Langer Marsch durch die Institutionen») abzubauen oder direkt zu zerschlagen und den Untertanengeist durch ziviles Selbstbewußtsein zu ersetzen; Ungarn aber,

Gefecht wird sich mal der eine, mal der andere geschlagen geben. In der Hoffnung natürlich, daß die mit Worten geführten, aussichtslosen Schlachten wieder umkehrbar wären in den Dialog der Körper. Und daß sie nicht nur umkehrbar wären, sondern daß sie, je verheerender das Wortgefecht, je stärker die Verletzungen und Mißverständnisse, als ob sie sich auf einer endlosen Spirale aufwärtsbewegten, den Worten zum Trotz in immer eigenere Regionen der Identität gelangten. Natürlich stärkt sich so auch das Bedürfnis, mit Worten nicht all das zu zerstören, was sinnlich erlebbar ist. Henri-Pierre Roché bleibt im wesentlichen bei seiner Muttersprache, in fremden Sprachen würzt er nur, Helen Hessel aber tritt aus der eigenen Muttersprache heraus und spricht und schreibt Französisch, allerdings ist gut zu sehen, wie sie den eigenen Sprachgebrauch auf die andere Sprache überträgt.

Es ist äußerst interessant zu beobachten, was von beiden wie charakterisiert wird. Henri-Pierre häuft Attribute, drei, fünf, manchmal sechs, und aus dieser Attributhäufung läßt sich herauslesen, daß er über eine Sache eine Meinung hat. Helen dagegen häuft auch im Französischen die Attribute nicht, benutzt immer nur eins oder zwei und führt die fremde Sprache so auf ihre eigene zurück, denn das Deut-

mit der blutigen Erfahrung von 1956 im Rücken, die Autorität des diktatorischen Staates mit einem historischen Unternehmen seiner renitenten Bürger untergrub, sich in einer Schattenwirtschaft aus eigener Kraft an die Privatisierung des kollektiven Eigentums machte und so, nicht zum ersten Mal in der Geschichte, den bürgerlichen Aufbau erneut von unten begann, indes das andere Deutschland hierarchisches Denken, Untertanenbewußtsein, autoritäres Staatsideal und Glauben an die kollektivistische Ideologie bewahrte und antiquierte und damit die eigene Neurose konservierte und vertiefte.

sche liebt keine Attributhäufungen. Als ob Henri-Pierre eine festgelegte Meinung meiden würde, während Helen gerade danach strebt. Mir selbst fällt das Ganze auch nur auf, weil auch die ungarische Sprache zu Attributhäufung neigt und ich, wenn ich irgend etwas auf deutsch sage oder denke, diese Neigung bei mir herunterdrücken muß, beziehungsweise mir fällt an mir selbst auf, daß ich auf deutsch eindeutigere Feststellungen treffe als ich sie in meiner eigenen Muttersprache treffen würde. Für die beiden bleiben diese Mikrobewegungen des Diskurses unbemerkbar, bemerkbar ist für sie nur, daß beide Arten, sich auszudrücken, gegenseitig mal Gegenstand von Bewunderung, mal von Verärgerung, sich bis ins letzte durchdringen.

Helen ärgert sich fortwährend, daß Henri-Pierre seine Gefühle nicht eindeutig genug ausdrückt, taucht jedoch gleichzeitig mit Genuß in diese indirekte und flexible Vieldeutigkeit, da durch sie ihre Handlungsfreiheit größer wird, und gerade das ist es, was sie ihrem Charakter gemäß will. Henri-Pierre dagegen bewundert die Unmittelbarkeit der Ausdrucksweise Helens, ihre Direktheit, ihre Schroffheit und ihre Unbedingtheit, so sehr, daß er mitunter sogar gegen sich selbst vorgeht: «Vielleicht hat Helen recht: ich bin zerstreut, ich vernachlässige alles, was wesentlich ist.» Zugleich kann er Helens Aussagen nicht ganz ernst nehmen, denn alles, was ihm Helen als feste Meinung vorträgt, sind für ihn lediglich durch Anhäufung zu kennzeichnende Erscheinungen. Während er die Ernsthaftigkeit und Klugheit von Helen lobt und mit ihren manchmal amüsanten, manchmal grausamen Vorstellungen konfrontiert ist, bleibt er selbst andauernd skeptisch. «Zu glauben, nicht zu glauben, das bedeutet gar nichts: alles ist wahr, nichts ist wahr, niemand weiß es.» Alle beide sind leidenschaftliche

Menschen, leidenschaftliche Individualisten, sogar Egoisten. Wie sie ihre Individualität auffassen, ist ein Unterschied der Intonation.

Henri-Pierre behandelt seine eigene Spontanität, gegebenenfalls auch seine Seitensprünge, als Gegebenheit, die den natürlichen Rahmen seiner Eigenschaften nicht sprengt, während Helen ihre Handlungen fortwährend zwanghaft zu begründen sucht, außerhalb ihrer Person liegenden Zielen unterordnet, ideologische Fassaden vor ihnen errichtet, auch ihren Seitensprüngen noch höhere Berechtigung verleiht und die gewünschte Treue an Bedingungen knüpfen möchte. Henri-Pierres Spontanität ist berechenbar, denn er kann sie nur so weit treiben, wie seine Eigenschaften erlauben, Helen aber flattert unberechenbar zwischen Schwärmerei und Sachlichkeit, handelt mal bewußt, mal zügellos. Henri-Pierre ist nur letzten Endes treu, Helen aber letzten Endes immer untreu. Helen wacht eifersüchtig über die eigene Individualität, weil sie sie auffaßt, als wäre sie etwas, das es zu schaffen gilt, als Gegenstand ihrer Freiheit, und dementsprechend findet Henri-Pierre ihren stark von Philosophen und Ideologen beeinflußten Sprachgebrauch mal ärgerlich und mal faszinierend, läßt sich jedoch den skeptischen Regeln seiner Spontanität entsprechend nicht auf ideologische Diskussionen ein, sondern beobachtet eher, bleibt dran, verfolgt, stellt fest und sieht das Geschehen mit immer neuen Attributanhäufungen. Seine Gedanken jedoch bleiben keinesfalls unberührt von Helens auf begrifflichen Gegensätzen basierendem Sprachgebrauch.

In der Hitze eines ihrer großen Wortgefechte sagt er treffend, Helen besitze *Weltanschauung*, habe aber keine *exactitude*. Ein französisches und ein deutsches Wort stehen sich in diesem Satz gegenüber. Die Feststellung ist zugleich treffend und ungerecht. Treffend, weil sie ihre unterschiedlich intonierte Individualität richtig benennt, aber ungerecht, weil sie den Eindruck hervorruft, als wäre Weltanschauung von vornherein irgendeine schlechte Sache, Exaktheit dagegen von vornherein etwas Gutes, über das Helen nicht verfügt. Eigentlich ist es der versteckte Vorwurf, daß die Deutschen die Dinge nicht auf exakte Weise benennen könnten, weil sie von ihrer Weltanschauung daran gehindert würden, während die Franzosen keine Weltanschauung hätten und die Dinge daher exakt zu benennen verstünden. Daran ist zwar etwas, aber nur, wenn wir sofort hinzusetzen, daß auch das Streben nach Exaktheit selbst Teil einer Weltanschauung ist, und dann ließe sich eher sagen, daß zwischen beiden ein weltanschaulicher Unterschied in der Auffassung ihrer Individualität besteht. Helen faßt ihre Individualität wie eine Leistung auf, als etwas, das es zu finden und herauszuarbeiten gilt, Henri-Pierre aber als etwas natürlich Gegebenes, für das er nichts Eigenes tun muß. Helen hält ihre persönliche Freiheit für ein Ziel, bei dessen Erreichung sogar ihr Geliebter ein Hindernis bedeuten kann, während sie für Henri-Pierre in einem flexiblen und dynamischen Verhältnis besteht, das freie Individuen miteinander eingehen: Die Freiheit des anderen ist Bedingung für die eigene Freiheit.

Am schärfsten ist der Kontrast in der Intonation der beiden Sprechweisen vielleicht in Beziehung auf die eigene Nationalität. Henri-Pierre erwähnt nicht ein einziges Mal, daß er Franzose ist. Helen hingegen betont und wiederholt nicht nur, es erfüllt sie geradezu mit Stolz, daß sie Deutsche ist. Es liegt ihr fern, das als Zufall zu betrachten, sie behandelt es eher, als sei es ein Verdienst. Gleichzeitig tritt sie ohne weiteres aus ihrer Sprache aus, wechselt nach Bedarf ins Englische oder Französische, während Henri-Pierre nur dann Deutsch oder Englisch spricht, wenn er den Wechsel an sich genußvoll findet oder aus Mangel von Besserem dazu gezwungen ist. Einmal, als sie auf dem Höhepunkt ihres Liebesstreits angelangt sind und es tatsächlich so scheint, als hätten sie sich mit Worten jeden Weg verstellt, der sie noch in die heilige Wechselseitigkeit zurückführen könnte, fordert Henri-Pierre Helen sehr schroff auf, nun gefälligst Deutsch zu reden. Er sagt nicht, was in so einem Fall naheläge, nämlich daß sie den Mund halten solle, denn damit würde er sie als Mensch verleugnen, und einen so verhängnisvollen Schritt zu tun, ist eher Helen geneigt. Seine schroffe Aufforderung klingt eher wie ein rückwirkendes Urteil. Es war kein richtiges Französisch, und wenn es schon menschlich mit ihnen so weit gekommen ist, dann soll sich auch sprachlich nichts mehr vermischen. Er ist zwar bereit, die Diskussion fortzusetzen, aber die Deutsche soll Deutsche bleiben und der Franzose Franzose sein; das ist die Bedingung für jedes weitere Reden. Als würde er Helen aus dem Kulturkreis verstoßen, in dem er sie bis dahin nur gnädig geduldet hat, obwohl er, wenn ihm diese Wortschlacht nicht im nächsten Moment in den Dialog der Leiber zu verkehren gelingt, selbst nicht länger Mensch sein wird.[14]

14 Dumont spricht von zwei inhaltlich gegensätzlichen Dispositionen in der Auffassung von Individualismus bei Deutschen und Franzosen: «Die Franzosen drehen die Sache hier praktisch zwangsläufig um und setzen naiverweise die eigene Kultur mit universeller Kultur gleich», während es über die Deutschen heißt: «Wir könnten den Kontrast nicht verstehen, wenn wir den Ursprung dieser Einstellung nicht bei Luther sehen würden. Luther hat ausschließlich die geistliche Individualität zurückgefordert und begehrte nicht

«Ich liebe entweder Pierre oder alle übrigen Männer. Wenn ich Pierre nicht lieben kann, dann muß ich alle übrigen lieben.» Helen hat den Nagel wieder auf den Kopf getroffen. In der Liebe hat die kollektive Identität nur so lange Aussichten, wie die Liebenden reden. Es gibt entweder diesen einen oder alle, und dann kann man gleich den Schlußchor der Neunten Symphonie anstimmen.

Die individuelle Identität faßt die kollektive Identität in sich und nicht umgekehrt. Helen alle übrigen Deutschen und Pierre alle übrigen Franzosen. Zugegeben, es kommt umgekehrt vor, aber dann muß das Individuelle verstummen, denn dann herrscht Despotismus, Diktatur. Mit klarem Verstand kann niemand sich wünschen, in einer Diktatur zu leben, aber der gleiche klare Verstand kann auch nicht der Versuchung erliegen, sich nach einem edlen Kol-

die weltliche, denn ihn interessierte nur Gott» (s. S. 35). Und wenn wir schon bei Gott sind, muß ich zwei Dinge anmerken: 1. Das Christentum gründet sich eindeutig auf die «Wahltheorie», nicht auf die «ethnische Theorie». 2. Als ich die Tagebücher von Helen Hessel und Henri-Pierre Roché las und noch nicht ahnen konnte, was Dumont über die Individualismus-Disposition von Deutschen und Franzosen dachte, konnte meiner Aufmerksamkeit doch nicht entgehen, daß der Intonationsunterschied zwischen den Sprechweisen beider vielleicht am stärksten in bezug auf ihr Verhältnis zu Gott ist. Man kann weder sagen, daß sie Theisten, noch daß sie Atheisten wären, denn einmal französisch, einmal englisch bezeichnen beide Henri-Pierres Geschlecht mit großem Genuß als Gott. Wenn es etwas anstellt, stellt das in beider Tagebuch «dieu» oder «god» an; es ist nicht mehr feststellbar, von welchem der beiden diese magische Bezeichnung stammt, doch soviel ist sicher, daß es nie «Gott» ist. Helen behält sich in ihrem eigenen, französisch geschriebenen Text dennoch einen deutsch benannten Gott vor, wenn sie das Tun des Allmächtigen vom Tun des mit gött-

lektivismus zu sehnen, solange er in einer Gesellschaft des individuellen Egoismus lebt, oder sich nach einem edlen Egoismus sehnen, solange er in einer Gesellschaft stumpfsinnigen Kollektivismus leben muß. Diese Spannung der europäischen Kultur gelang es bis heute nicht aufzuheben.

Über diese Fragen hätte ich sicher auch in einer direkteren Form sprechen können, und dann hätte ich mich nicht mit irgendwelcher Ebbe und Flut, nicht mit dem menschlichen Charakter und der Sprache, nicht mit Helen und nicht mit Pierre befassen müssen, sondern mit dem politischen Deutschland, dem einen oder dem anderen oder eben mit dem vereinten. Wenn Sie mir eine Frechheit erlauben, dann würde ich sagen, ich habe darüber nicht gesprochen, weil ich nicht so deutsch sein wollte. Ich beharre darauf, daß es nur Pierre, nur Helen gibt und höchstens noch den großen Tiergarten des Reichs Gottes.

Nach meiner Geschichtserfahrung bin ich natürlich un-

lichen Fähigkeiten ausgestatteten Geschlechts Henri-Pierres unterscheiden will. So gibt es einen auf magischer Ebene wirkenden Gott auf englisch oder französisch und einen auf spiritueller Ebene wirkenden Gott auf deutsch. Doch dieser seiner magischen Eigenschaften beraubte spriritueller Gott hat kaum etwas gemein mit jenem Gott, von dem Henri-Pierre, mal hinsichtlich seiner kulturellen, mal hinsichtlich seiner natürlichen Eigenschaften, auf spiritueller Ebene redet, und das alles von der magischen Bezeichnung zu trennen käme ihm nicht in den Sinn, denn dieser Gott wird ja gerade durch seinen magischen Charakter individuell. «Dieu» oder «god» ist gleichzeitig Natur, Kultur, Individuum und Magie und deshalb spirituell und allmächtig. Dem gegenüber steht ein «Gott», der nicht Natur, nicht Kultur, nicht Individuum und insbesondere nicht Magie ist, sondern ein von alldem gereinigter spiritueller Allmächtiger. Ein ziemlich großer Unterschied innerhalb einer Kultur. *«Weltanschauuung» und «exactitude».*

terschiedlich ausgerichteten Kollektivismen verbunden, nach meinem Wünschen und Denken dagegen unterschiedlich gefärbten Individualismen. Hätte ich die Freiheit der Wahl, würde ich eher den Individualismus von Henri-Pierre Roché wählen, weil ich als Ungar viel stärker von der deutschen als von der französischen Kultur beeinflußt bin und so im Individualismus von Helen Hessel den eigenen erkennen muß. Denn in dem großen inneren Diskurs, den wir in dieser Kultur mit uns selbst führen, wenn wir mit klarem Verstand die Aussichten möglicher Kollektivismen und Individualismen abwägen, ist es eine nicht weniger brennende Streitfrage, ob die Gesellschaftsform des Individualismus sich auf Volkssouveränität oder auf nationalstaatliche Souveränität gründen sollte.

Als an einem unvergeßlichen Herbstabend des Jahres 1989 die Menschen durch die Straßen Leipzigs zogen, riefen sie: Wir sind das Volk! Vor Bewunderung und Freude stockte mir der Atem. Es sollte heißen, wir sind freie Menschen, die über ihr Schicksal gemeinsam entscheiden wollen. Wir sind gerettet, dachte ich. Nach einigen Tagen änderte sich die Stimmung, und sie riefen: Wir sind ein Volk! Das sollte noch immer so etwas Ähnliches heißen. Auf welcher Seite der Grenze wir auch leben, wir alle sind freie Menschen, die über ihr Schicksal gemeinsam entscheiden wollen. Einige weitere Tage später aber schrien sie: Wir sind Deutsche, und das sollte fast gar nicht mehr heißen, wir sind freie Menschen. Die beiden Deutschländer hat nicht der erste und nicht der zweite Ruf, nicht die Volkssouveränität also, sondern die dritte Option im Sinne der Tradition nationalstaatlicher Souveränität vereinigt. Wir sind nicht gerettet, dachte ich, sondern wir sitzen im größtmöglichen kulturellen Schlamassel.

Dieses neue Deutschland kann kein Nationalstaat sein, weil seinem Rechtssystem die Volkssouveränität zugrunde liegt, und solange sein Rechtssystem funktioniert, ist es auf jeden Fall schwer, das Prinzip Nation gegen das Prinzip Demokratie zu kehren. Gleichzeitig gibt es jedoch in diesem Deutschland nicht eine, sondern nunmehr zwei kollektive Identitäten, und während die eine dem gemeinsamen Rechtssystem entspricht, entspricht die andere diesem Rechtssystem nicht. Die eine ist geprägt von der Erfahrung der Kontinuität zweier unterschiedlicher Kollektivismen, die andere dagegen von der Erfahrung eines vom Individualismus abgelösten Kollektivismus. Die kollektive Identität eines *Ossis* ähnelt viel eher der kollektiven Identität eines Ungarn als derjenigen eines *Wessis*, dessen kollektive Identität wieder eher der kollektiven Identität eines Franzosen gleicht. Sie sprechen Deutsch, trotzdem sprechen sie verschiedene Sprachen. Es würde uns die Sache vereinfachen, könnten wir die nach dem Prinzip des Individualismus organisierte Gesellschaft letztlich mit Gut und die nach dem Prinzip des Kollektivismus organisierte letztlich mit Böse in eins setzen, denn dann hätten wir jetzt ein gutes Deutschland, in dem aus Böse Gut werden müßte. Das wäre sicher gar nicht einmal so schwierig, wissen wir doch von Aristoteles, daß jeder Einzelne nach dem Guten strebt. Der Haken ist dabei nur, daß die Menschen, die die besten Jahre ihres Lebens entweder da oder dort verbracht haben, nicht geneigt sind, sich mit den Systemen, in denen sie lebten oder noch leben, zu identifizieren. Wir leben inmitten ungeheurer Erschütterungen und sehen vielleicht noch größeren entgegen. Wenn es Deutschland gibt und Deutsche, dann müssen die Deutschen jetzt miteinander in ihrer eigenen Sprache über all die Probleme sprechen, welche die Nationen Europas bisher eher auf Schlachtfeldern zu lösen suchten. Ich sage vorher, daß sie andere mit anderen Sprachen in dem Maß verstehen werden, wie sie einander in ihrer eigenen verstehen.

Es ist mir ein Bedürfnis, mit einer guten Botschaft zum Schluß zu kommen, da ich ein manischer Mensch bin. Freunde, Pierre liebt Helen! Ihr Leute, Helen liebt Pierre! Etwas Besseres weiß ich nicht an die Wand zu schreiben. Etwas Größeres kann ich nicht in die Welt rufen.

*Deutsch von Kristin Schwamm*

# Wer was wie und wie was wen bezeichnet

Ich komme näher, gehe ein wenig zurück, trete dichter heran und wieder auf Abstand. Dann setze ich mich auf das Sofa in einem der ovalen Säle, um das Ganze von neuem zu betrachten. Ich stehe auf. Nähere mich langsam, bis das Bild vor meinen Augen verschwimmt. So als hätte ich die Brille abgenommen. Es wird in jene Bestandteile zerfallen, aus welchen der Maler das Ganze aufgebaut hat.

In den beiden ovalen Sälen des Musée de l'Orangerie stehe ich vor den «Nymphen» von Claude Monet, stehe davor, sitze davor, komme, gehe und wiederhole den Vorgang des Sich-Annäherns und Sich-Entfernens so lange, bis die wachsame Unruhe des Saalwächters meine manische Geschäftigkeit stört. Er verdächtigt mich, zu jenen wahnsinnigen Enthusiasten zu gehören, die mit Messer, Stock und Salzsäure auf den Gegenstand ihrer Begeisterung losgehen. Er beobachtet mich, doch ich betrachte jetzt nicht mehr das Bild, sondern versuche herauszufinden, worin sich die Empfindungen Monets von den Empfindungen aller anderen unterscheiden. Hinter seinen tausend, zehntausend, hunderttausend Pinselstrichen stehen ebenso viele Entscheidungen, und hinter diesen Entscheidungen sicherlich zehnmal, hundertmal, tausendmal so viele Beobachtungen und Überlegungen. Wie er selber sagt: «Ich habe nichts anderes gemacht, als anzuschauen, was mir das Universum gezeigt hat …» Schauen, beobachten, überlegen, auswählen, entscheiden, Pinselstrich.

Wenn der Begriff Kreativität überhaupt Sinn hat, dann ist er auf der plastischen Spur der Verdünnungen und Verdickungen, der Verdunkelungen und Aufhellungen der Farbschichten zu verfolgen und zu erkennen. Als könnte ich ihn mit dem Finger ertasten. Wir haben hier eine Leinwand, die zwar, von Farbschichten bedeckt, nicht mehr zu sehen ist, sich aber mit den auf ihrer Oberseite den Pinselstrichen abgewonnenen Beobachtungen, Gedanken, Urteilen und Entscheidungen nach ihren eigenen Ordnungsprinzipien zwischen die wirkliche und die vorgestellte Welt schiebt. Und das wäre keine Wirklichkeit? Diese Welt gehörte ins Reich der Phantasie? Aber warum? Da sie doch konkret gemalt, konzipiert, entworfen, komponiert ist. Ich muß auf meine neugierigen Finger achtgeben, um nicht unter den wachsamen Augen des Aufsehers die aus Überlegung, Auswahl und Entscheidung geronnenen Farbschichten zu berühren.

Im Meisterwerk wird nicht allein sichtbar, wohin den Meister seine Phantasie geführt hat, es ermöglicht auch, sich dorthin zurückzuversetzen, von wo sie ausgegangen ist. Zurück zu den Gräsern, den Seerosen, dem See. Wenn ich mit meinem Freund oder mit meiner Liebsten in der sanften Abenddämmerung am Ufer des Sees stehe, dann sehe ich nur das, was ich sehen kann, habe aber nicht die geringste Vorstellung von dem, was sie sehen. Ich hoffe, sie sehen etwas Ähnliches. Sie sagen schön, und ich sage das auch. Aber das Wort bleibt nur ein Wort; unser Wunsch nach Identität oder Ähnlichkeit, jener schönen Geschwisterlichkeit, daher nur eine Hoffnung. Beim Anblick von Meisterwerken aber ist die Sache umgekehrt, hier wird die

Betrachtungsweise des anderen zu meinem unmittelbaren Erlebnis. Ich erfahre etwas, von dem ich ohne dieses Kunstwerk keine Vorstellung hätte, und nur auf diese Weise bekomme ich auch eine Ahnung davon, wie nah oder wie fern mir meine Liebste oder mein Freund sind, wo ich stehe und wo meine Mitmenschen stehen. Der von der künstlerischen Kreativität erschaffene Gegenstand erschließt uns seit Jahrtausenden, was sonst nicht zu sehen ist. Er schafft nicht nur zwischen der Natur und dem Gegenstand, dem Ganzen und dem Teil eine sichtbare Beziehung, sondern bringt auch, Zeiten und Räume ineinander verschränkend, Menschen, die sich gar nicht kennen, einander so nahe wie Liebende oder Freunde. Er löst etwas ein, was wir uns sonst nur ersehnen und erhoffen können.

Man braucht sich also nicht darüber zu wundern, daß die demokratischen Gesellschaften Westeuropas seit dreißig Jahren bestrebt sind, die Erfüllung dieses uralten und nur so selten befriedigten Wunsches für jedermann erreichbar zu machen. Wenigstens durch das Wort, wenn schon durch nichts anderes. Wenn du eine gute Idee hast, wenn du ein von anderen anscheinend nicht zu lösendes Problem mit einem einzigen Husarenstreich zu lösen oder dein Bücherregal aus vorgefertigten Elementen selbst zusammenzufügen verstehst, wenn die von dir gegründete Bürgerrechtsbewegung den Stand der Dinge verändert, so kannst du dir den vielbedeutenden Namen eines kreativen Menschen erwerben. Während ich an diesen Zeilen schreibe, schlage ich die neueste Nummer von «Le Nouvel Observateur» auf und lese die folgenden Zeilen: «Die Homos haben die Welt verändert. Seit dreißig Jahren hat diese unterdrückte und kreative Minderheit, neben den Feministinnen und häufig mit ihnen, dic westliche Sensibilität verändert.»

Der Begriff Tisch bezeichnet deshalb einen Tisch, weil er weder einen Stuhl noch Suppengrün meint. Nicht so der Begriff Kreativität. In den Sprachen der westeuropäischen Demokratien gebraucht man das Wort *kreativ* nicht nur, um sehr verschiedene und weit auseinanderliegende Tätigkeiten, Bewegungen und Ideen zu benennen, es ist vielmehr ein Wort, das nicht allein benennt, sondern auch bewertet, ja auszeichnet. Ich selbst neige zu der Auffassung, daß dieses Wort deshalb eine so besondere Bedeutung gewonnen hat. Damit die gewaltige Differenz, die in unserer Kultur seit Jahrtausenden den Schöpfer und seine Geschöpfe voneinander trennt, in ihrer Unklarheit verschwindet. Wenn jeder *créateur* sein kann, kann niemand *créature* sein, und dann ist zumindest in der Sprache eine der Grundvoraussetzungen der erwünschten Demokratie, nämlich die Gleichheit, verwirklicht. Wenn es keine Götter gibt, sind Menschen und Dinge von gleichem Rang, und wenn es keinen Unterschied zwischen ihnen gibt, gibt es auch keine Hierarchie. Auch wenn ich weder das Wasser noch die Seerosen malen kann, darf das nicht bedeuten, daß ich von niedrigerem Rang bin als Monet, kann ich sie doch zum Beispiel jederzeit fotografieren. Damit werden Möglichkeiten eines Tuns und die für die Einlösung dieser Möglichkeiten benötigte Technik unversehens wichtiger als die Qualität des Ergebnisses. So vorsichtig die Umgangssprache der demokratischen Gesellschaften mit Hierarchie umgeht, so großzügig geht sie mit der Kreativität um. Die Frage ist natürlich, ob eine derartige sprachliche Großzügigkeit, die nicht mehr zwischen Kreativität und Handhabung, zwischen dem Individuum und der Masse differenziert, noch zu einer Kultur gezählt werden kann, deren Grundlage doch gerade die Fähigkeit zur Differenzierung ist.

Auch ist es interessant zu beobachten, daß dieser Begriff in denjenigen europäischen Gesellschaften, in denen die persönliche Freiheit in den vergangenen Jahrzehnten keine rechtliche Garantie besaß, völlig unbekannt oder doch nur Intellektuellen, die die politischen Grenzen wenigstens per Gedanken und Informationen zu überwinden vermochten, bekannt ist. Das Fehlen einer juristisch fundierten Garantie der persönlichen Freiheit hat die Möglichkeit der Produktivität in diesen Gesellschaften äußerst eng gezogen, der Mangel an Produktivität aber brachte materielle Mängel hervor, angesichts deren das persönliche Handeln auf nichts anderes mehr gerichtet sein konnte als auf ihre Behebung, auf die persönliche Überlebensmöglichkeit, die pure Reproduktion des Lebens. Steht der Begriff Kreativität im Wortschatz der westeuropäischen Gesellschaft ganz oben, so bestimmt der Begriff Findigkeit die Praxis der osteuropäischen Gesellschaften. In diesen Gesellschaften hat man täglich und stündlich materielle und geistige Mängel auszugleichen, was bedeutet, das Funktionieren vorhandener Apparate und Einrichtungen mit Hilfe von Dingen und Techniken zu sichern, die in Wahrheit für etwas anderes bestimmt sind. Daher funktioniert nichts ganz so, wie es funktionieren müßte, sondern eben nur irgendwie, wir aber verbuchen schon dieses bloße Funktionieren als Sieg unseres Erfindungsgeistes, obwohl wir von Versagen, von Niederlage sprechen müßten.

In einer aufs Überleben zugeschnittenen Welt wird auch die Qualität der Dinge zweitrangig, doch nicht etwa deshalb, weil ich, vom Reichtum an Möglichkeiten verblendet, die Vorstellung nährte, die Dinge der Welt würden durch ihren Gebrauchswert bestimmt, sondern weil ich, dem Gebot des Überlebenwollens gehorchend, unter dem vielen

Nicht-Möglichen das einzig Mögliche finden muß. Und so entsteht bei mir unvermeidlich die Vorstellung, die fehlenden Dinge in unserer Welt könnten letzten Endes durch alles und jedes ersetzt werden. Wenn ich aber der Meinung bin, daß zum Zweck des Überlebens alles durch jedes ersetzt werden kann, dann bleibt die Frage, wie kann eine solche Vorstellung in eine Kultur eingebracht werden, die nach wie vor eine strenge Differenzierung der Dinge zur Grundlage hat.

In der Welt der Kreativität ersetze ich mit differenziertesten Requisiten, Methoden und Techniken das Fehlen der Götter, in der Welt der Findigkeit aber setze ich die fehlerhaften Dinge mit gröbsten Mitteln, ungeschickten Werkzeugen und unzureichenden Techniken instand. Heute stehen sich die Zerrbilder dieser zwei Welten gegenüber. Die einen Augen sehen nur die nahen Dinge, die anderen nur die fernliegenden. Die einen möchten dauernd an etwas herumbessern, das sie nicht mehr als Ganzes sehen, die anderen ein Ganzes in Besitz nehmen, dessen kleinste Einzelteile sie mit groben Händen zerstören. Vielleicht müssen beide, von ihrem gegenseitigen Anblick entsetzt, von neuem die Grundregeln jenes ausgewogenen Sehens erlernen, die der Seerosen, Gräser, Wasser, Abendlicht und Sonnenschein malende Claude Monet als die seinen verstand.

Ich trete näher und wieder zurück. Und um das Ganze des Bildes zu erfassen, lasse ich mich auf dem bequemen Sofa in der Mitte des schönen, ovalen Raumes nieder. Der Aufseher kann beruhigt sein.

*Deutsch von Hildegard Grosche*

# Unser armer, armer Sascha Anderson

## 1

Als ich auf die Journalistenschule ging und wir dort über Gerichtsberichterstattung sprachen, schickte man uns zu einem Verhandlungstermin. Es war ein blutiger Fall, die Öffentlichkeit war zutiefst aufgewühlt. Auf der Empore hingen die Leute in Trauben. Sie wollten sehen, wie sich ein in die Falle geratenes Tier ausnimmt. Sie tuschelten, raunten, machten Zwischenrufe, der vorsitzende Richter konnte das Toben kaum besänftigen. Es war leicht zu beweisen, daß sich der Angeklagte als Diplomat ausgegeben und die schönsten Mädchen verführt, vergewaltigt und getötet hatte. Manchmal auch umgekehrt. Erst getötet und dann vergewaltigt. Die Erregung des Publikums war durchaus begründet, denn ein sogenannter normaler Mensch tut so etwas nicht. Möglicherweise war auch Endre Fejes im Verhandlungssaal, denn kurze Zeit später hat er über den Fall eine Erzählung geschrieben, die dann verfilmt wurde, und die Hauptrolle spielte ein gutaussehender und intelligenter junger Schauspieler. Der blutrünstige Wilde aber, auf den sich das Publikum am liebsten mit Zähnen und Krallen gestürzt hätte, um ihn in winzige Stücke zu zerreißen, war weder gutaussehend noch intelligent, er war nicht einmal schlau. Er machte eher den Eindruck eines körperlich und seelisch verpfuschten Mannes; er war untersetzt, unangenehm dicklich, in seinem Gesicht sprossen riesige Pickel, und er stotterte. Vielleicht war das Publikum auch irritiert, weil der Vorsitzende immer, wenn es um die aufregendsten Details ging, den Ausschluß der Öffentlichkeit verlangte. Das ergab sich aus der Natur der Dinge. Darüber, wie der Angeklagte was mit der Rasierklinge durchgeschnitten hatte, konnte man ruhig öffentlich reden, nicht aber darüber, wann und wie er seinen Schwanz rausgeholt hatte. Wenn wir den Saal wieder betreten durften, war nur noch zu hören, ob bei der Obduktion Wiener Schnitzel oder Mohnnudeln im Magen des Opfers gefunden worden waren. Es gibt Dinge, die man erfahren darf, und Dinge, die man nicht erfahren darf. Jeder ist frei, sich von den nicht zu erfahrenden Dingen seine eigenen Vorstellungen zu machen, und jeder begeht da seine eigenen Schweinereien. Und kann sie später verurteilen.

Auch der vorsitzende Richter benahm sich sehr merkwürdig. Er war ein ganz apathischer Mann, doch manchmal geriet er außer sich und brüllte los, wiewohl zu merken war, daß er sich nur wegen einiger ungeschickter Lügen des Angeklagten in diese Wut hineinsteigerte. Es war, als würden diese Anfälle nicht durch die Verletzung seines Moralgefühls hervorgerufen, sondern als wollte er sein gutes psychologisches Einfühlungsvermögen unter Beweis stellen, indem er durch diese gespielte Wut die Publikumshysterie befriedigte. Das moralische Vergehen von Sascha Anderson ist sicher klar zu bestimmen. Aber mich hat schon damals sehr viel mehr das geheime Zusammenspiel zwischen hysterischem Publikum und gleichgültiger Rechtsprechung, Angeklagtem und Kläger, Richter und Opfer interessiert. Hätte es mich nicht viel mehr interessiert, wäre ich möglicherweise Gerichtsreporter geworden. Ich hätte sicher dafür gestimmt, daß solche unglücklichen Wesen nicht weiter solche Straftaten verüben können, und versucht, die schönen Mädchen davor zu schützen, daß sie weiter Opfer solcher unglücklichen Verführer werden, doch wenn ich weder dies noch das tat, dann nicht aus rein moralischen, sondern in erster Linie aus ästhetischen Gründen, mich selbst nicht gern der blutrünstigen Hysterie des Publikums und der berechnenden Apathie der Rechtsprechung auszuliefern.

Wolf Biermann hat sicher recht: Sascha Anderson ist ein Arschloch. Die Behauptungen von Jürgen Fuchs sind aller Wahrscheinlichkeit nach belegbar: Sascha Anderson hat seine Freunde verpfiffen, angezeigt, verraten. Trotzdem möchte ich der letzte sein, der von der Eindeutigkeit seiner Sünden spricht. Und wenn ich so rede, spricht nicht christliches Erbarmen aus mir. Und auch nicht aufgrund eines wie auch immer gearteten moralischen Relativismus würde ich mich um ein eindeutiges Urteil drücken, im Gegenteil. Wenn ich keinen Zusammenhang zwischen der Publikumshysterie und der Apathie der Rechtsprechung, zwischen der zutiefst verstörten Libido der schönen Mädchen und der nicht mehr rückgängig zu machenden Tat dieses stotternden, pickeligen, häßlichen Wesens sehe, ist zu befürchten, daß ich zu den Grundlagen der Moral, anhand deren überhaupt erst geurteilt werden kann, nichts beitragen kann. Einfach gesagt, dann bin ich selbst ein verlorener Mensch, und die Wahrscheinlichkeit ist groß, daß ich mit meiner Ahnungslosigkeit, mit argloser Hysterie, mit absichtlicher Gleichgültigkeit zur Gefährdung anderer Menschen beitrage.

2

In einem ziemlich verschämten Satz hat Sascha Anderson darauf hingewiesen, daß die, die ihn verhörten, ihm mit einem Schlüsselbund die Nieren zerschlagen hätten. Bei diesem ersten Verhör war er zwanzig Jahre alt, sagt er. Er begriff nicht, was geschah. Seine Nieren schmerzten. Er wollte nichts anderes als dort herauskommen. Auch Béla Szász hatte man die Nieren zerschlagen. Auch er kann nichts anderes gewollt haben, als rauszukommen. Der eine ist bereit, einen Preis dafür zu zahlen, der andere nicht. Der eine sagt, ich halte es nicht aus, der andere sagt, lieber will ich verrecken. Und stelle ich mir eine solche Situation vor, so flüstert mir mein Moralempfinden zu, man sollte eher den Untergang wählen. Doch wenn man sich die Welt nicht mit dem Kopf eines Halbwüchsigen vorstellt, wenn einem einige Erfahrungen mit Genuß und Schmerz zur Verfügung stehen, weiß man, daß einem moralische Ansprüche nicht über so heikle Fragen hinweghelfen. Ich habe zwar keine Zweifel daran, daß es besser ist, als Held unterzugehen, denn als moralische Leiche am Leben zu bleiben, aber ich kann nicht vorauswissen, ob ich in der entsprechenden Situation in der Lage wäre, den Preis zu zahlen, den man gerade verlangt. Solange ich nicht in einer solchen Situation war, kann ich nicht sagen, was für einer ich bin.

István Eörsi zum Beispiel hat uns erzählt, er habe gegrinst. Aber auch er kann nicht vorausgewußt haben, daß er grinsen würde, es war umgekehrt; in diesem ganz unmöglichen, nicht vorausberechenbaren und in keinerlei Moralvorschrift vorkommenden Grinsen mußte er das ihm bis dahin unbekannte Mittel entdecken, mit dem er die eigene menschliche Integrität auch in einer derartigen Notsituation zu bewahren wußte. Mich jedenfalls erfüllt es mit Staunen, daß es Menschen gibt, denen solche Mittel zur Verfügung stehen, aber ich kann nicht wissen, ob sie mir zur Verfügung stünden. Ich kann ohne weiteres gewillt sein, ein Bösewicht zu werden, ich kann auch danach streben, kein Schurke zu werden, aber ich kann kein Vorwissen darüber haben, wie ich körperliche Demütigungen und Schmerzen ertragen würde und ob mir Mittel zur Verfügung stünden, mit denen ich zumindest meine Selbstachtung schützen könnte. In der Notsituation wird der Verräter von den eigenen Gefährten erschossen, denn die Notsituation muß von ihnen selbst erst angenommen werden. Doch eine Gewißheit über ihre eigene Beschaffenheit bekommen sie dadurch nicht, höchstens über ihre Absichten.

In seinem Buch «Erinnerung an die alten schönen Zeiten» erzählt Eörsi auch, daß in der Zeit, als Tausende von Verhafteten in den Gefängnissen saßen, der eine mit zusammengebissenen Zähnen, der andere mit einem Grinsen oder als gerade neugebackener Spitzel, während erschossen und gehängt wurde, von äußerst namhaften ungarischen Schriftstellern und Denkern freiwillig ein Papier unterzeichnet wurde, in dem sie verlangten, daß die UNO die Diskussion der ungarischen Angelegenheiten aus der Tagesordnung streichen solle, da «durch das Auftreten der Revolutionären Bauern- und Arbeiterpartei und die zu Hilfe gerufenen sowjetischen Truppen die Gefahr einer immer stärker um sich greifenden, blutigen Konterrevolution von unserem Land abgewehrt werden konnte». Eörsi kann ich erlauben, diese hundertvierundsiebzig Personen beim Namen zu nennen, aber mir selbst kann ich ein solches Urteil nicht erlauben. Ich kann höchstens darüber nachdenken, was jene namhaften Leute in jener entsetzlichen Zeit zur Unterzeichnung eines solchen grauenhaften Papiers bewegt haben mag. Und sobald ich darüber nachdenke, wird mir unvermeidlich in den Sinn kommen, daß ich im September 1957, vielleicht zur selben Stunde, in der die namhaften Leute das grauenhafte Papier unterzeichneten, dem kommunistischen Jugendverband beigetreten bin.

Was war geschehen? Ich hatte es aus eigenen Stücken getan, niemand hatte mich gezwungen. Läge es nicht eher in meiner Absicht, meine Erinnerung anzuspannen, dann könnte ich schnell hinzusetzen, daß ich fünfzehn Jahre alt war. Und ich könnte auch hinzusetzen, daß ich wenige Monate später sehr kampflustig meinen Austritt verkündete. Hatte ich nichts von den Verhaftungen und Hinrichtungen gewußt? Dergleichen zu behaupten wäre eine lächerliche Ausrede. Auch mein Lebensalter liefert keine entlastenden Umstände. Wenige Monate zuvor, als ich mich für die Revolution begeisterte, war ich noch nicht einmal fünfzehn. Hatte ich etwa Angst? Nein. Oder müßte man eher sagen, daß ich gerade deswegen beigetreten bin, weil ich entsetzt war über das Ausmaß der Katastrophe, die die Niederschlagung der Revolution *auch* hinsichtlich der sozialistischen oder kommunistischen Vorstellungen bedeutete? Mit dieser Aussage komme ich der Wahrheit schon sehr viel näher. Denn in den Tagen der Revolution hatte ich nicht mit den sozialistischen oder kommunistischen Vorstellungen abzurechnen, das stand mir noch bevor, sondern mit der diktatorischen Ausübung dieser Vorstellungen. Und Mitglied blieb ich bis Mai, so lange, bis ich erkannt hatte, daß diese Organisation in Wirklichkeit zur Reorganisation der diktatorischen Macht geschaffen worden war. So weit zumindest kann ich die innere Logik meiner eigenen Geschichte mit meinem heutigen Verstand verfolgen. Die Zerrissenheit setzte erst später ein. Zu einer Zeit, als ich nur noch ohnmächtig hin und her gebeutelt wurde. Als ich einmal glaubte, die Revolution, die sich gegen die Diktatur gerichtet hatte, behüten zu müssen, ein anderes Mal die vom Sozialismus oder Kommunismus hervorgebrachten Vorstellungen. Das war, als ich von 1959 bis etwa 1961 erneut Mitglied des Verbandes war und keineswegs mehr wagte, laut meinen Austritt zu verkünden, sondern mucksmäuschenstill fernblieb. Die beiden Dinge waren ja unvereinbar. Und dem zum Trotz, beziehungsweise damit einhergehend, hatte ich bis zum 21. August 1968 Vertrauen darauf, daß der Sozialismus reformierbar sei, da nicht notwendigerweise die Diktatur daraus folgen müsse. Und wie groß mein Vertrauen war!

Wenn ich aufgrund späterer Erfahrungen, unter dem Aspekt späterer Einsichten nach entlastenden Umständen suchen würde und nicht nach der inneren Logik der Geschichte, müßte ich die Ereignisse meines eigenen Lebens im unklaren lassen. Und dann wäre die gemeinsame Erinnerung um ebendiese ärmer. Das kann nicht mein Wunsch sein. Und es wäre überhaupt nicht zu rechtfertigen, die Geschichte meiner eigenen Irrungen und Wirrungen mittels der moralischen Ansprüche anderer zu verdecken oder eben mittels der Verirrungen anderer zu entschuldigen. Wenn Wolf Biermann Sascha Anderson in einer feierlichen Rede ein Arschloch und einen Stasi-Spitzel nennt, dann hat er damit ihrer beider Positionen gekennzeichnet, womit Biermann in meinen Augen allerdings weder der Klügere noch der Anständigere ist, aber das ist ihre Angelegenheit, sollen sie sich duellieren. Doch ich kann nicht mehr für rechtens finden, daß Jürgen Fuchs dann in den zugänglichen Stasi-Akten nach Angaben fahndet, die Sascha Andersons Agententätigkeit belegen, denn wenigstens das ist meiner Ansicht nach nicht Sache des Geschädigten, sondern der Polizei, der Staatsanwaltschaft und des Gerichts. Und wenn sie für so etwas keine gesetzliche Ermächtigung haben, handelt es sich wahrscheinlich um eine moralische Frage. In moralischen Fragen verfüge ich jedoch ausschließlich über Ermächtigungen, die sich auf mich beziehen. Nichts ermächtigt mich dazu, nach noch kräftigeren oder auch milderen Attributen zu suchen, noch dazu, nach noch stichhaltigeren oder auch entlastenden Beweisen zu fahnden.

## 3

Es gibt solche und solche Menschen. Es gibt vereinbarte und notwendige moralische Lehrsätze. Wir möchten daher nicht zu den solchen gehören.

Doch wenn es einmal geschehen ist, ist die Sache wahrscheinlich sehr einfach, auf der anderen Seite brutal. Die persönliche Integrität wird berührt, und zu deren Schutz reagiert man heftig. Man schlägt um sich oder begehrt auf.

Die Chefs dieser Geheimdienste sind gewiß sehr brutale Menschen, wiewohl ihre Brutalität aller Wahrscheinlichkeit nach nicht aus Gefühllosigkeit rührt. Sie müssen Dinge zur Kenntnis nehmen, die wir, friedlich in unseren Sesseln sitzend, gar nicht gewillt sind, zur Kenntnis zu nehmen. Wenn sie gerade Gefühllosigkeit benötigen, besorgen sie sich einen gleichgültigen Schlägertyp. Ein andermal nehmen sie einen eleganten Verführer, eine begehrenswerte Frau, einen vielversprechenden Mann, wieder ein anderes Mal einen Meisterschützen. Theoretisch verfügt der Leiter eines gut funktionierenden Geheimdienstes über so viel Seelenkenntnis und seelisches Einfühlungsvermögen wie etwa Shakespeare oder Tschechow. Die Frage, im Namen oder Interesse welcher ideologischen Vorstellungen er vorzugehen hat, überläßt er den Politikern. Ideologische Vorstellungen könnten seine Sensibilität stören. Denn Ideologien wollen die Gesellschaft ja immer in die eine oder andere Richtung umformen, er hingegen muß die Menschen immer so nehmen, wie sie eben sind. Darin muß er seine Sensibilität wahren, das ist seine Aufgabe.

Daher sind die Leiter gut funktionierender Geheimdienste die weltlichen Statthalter eines überaus finsteren und sehr dauerhaften Wissens. Wir, die Menschen, sind allesamt brutale Ungeheuer. Es gibt Leute, die sich als Ungeheuer wohl fühlen, und solche, die sich nicht wohl fühlen, doch das bloße Gefühl ist noch kein Beweis dafür, daß nicht alle Ungeheuer wären. Damit haben sie im großen und ganzen sogar recht. Man kann die Menschheitsgeschichte als eine Geschichte der Verfeinerung darstellen, zwischen den Peloponnesischen Kriegen zum Beispiel und dem Zweiten Weltkrieg bleibt aber noch immer der Unterschied, daß letzterer vernichtender war. Solche historischen Beweise brauchen jene gar nicht erst. Für ihr finsteres und dauerhaftes Wissen liefere ich die stärksten und auf der Hand liegendsten Beweise. Denn zwar neige ich dazu, ähnlich wie Shakespeare oder Tschechow, mein finsteres Wissen in kathartischer oder ironischer Form vorzutragen, also die eigenen Brutalitäten und Leiden wie auch die der anderen nicht als etwas Unabänderliches zu betrachten,

aber der Preis für ihre Arbeit wird trotzdem von mir beglichen. Und es mag sein, ich verrate meine Freunde nicht, aber ich komme dafür auf, daß andere sie verraten. Wenn ich mir in den Kopf setzte, daß ich für dergleichen nicht zahle, würde man mir die erforderliche Münze mit der hysterisch zustimmenden Unterstützung meiner Mitmenschen abnehmen. Das finstere und dauerhafte Wissen der Geheimdienste wird nicht durch erbärmliche, für wenige Groschen gekaufte Spitzel und nicht durch leicht zu gewinnende Karrieristen oder durch andere moralische Nullen aufrechterhalten, sondern durch mich.

In den Augen des Leiters eines gut funktionierenden Geheimdienstes ist die Stunde der Wahrheit gekommen, wenn er von Menschen, die sich für moralisch integre Wesen halten, beweisen kann, daß sie in Wahrheit schwache, feige, selbstsüchtige, gierige, lebenshungrige, verkommene Würmer sind, und diese heimlich durchgeführte Beweisprozedur wird von mir bezahlt. Von mir, der ich mich ebenfalls für ein moralisch integres Wesen halte. Das Wissen dieses Menschen erhärtet sich erst richtig, wenn sich für mich leise die Stunde der Finsternis ankündigt. Ideologische Implikationen und Explikationen sind diesen Leuten scheißegal, sie stehen Staaten mit den unterschiedlichsten ideologischen Färbungen zu Diensten, und als Staatsinstitutionen erlangen sie sogar die Absolution der institutionellen Kirchen. Und in diesem Sinn besteht zwischen der aufgelösten Abteilung III/3 des ungarischen Innenministeriums und dem noch tätigen Deuxième Bureau, zwischen dem aufgelösten Stasi-Apparat und dem Bundesnachrichtendienst überhaupt kein moralischer Unterschied, wie man auch zwischen ihren entlarvten Agenten allenfalls auf ideologischer Ebene unterscheiden kann.

Ein Ignác Martinovics oder ein Sascha Anderson ist immer zu finden und auch zu entlarven. Martinovics hat zum Umsturz des Kaiserreiches eine geheime republikanische Gesellschaft organisiert, um dann die eigene Verschwörung noch geheimer zu entlarven. Und Sascha Anderson hat sich gegen den sozialistischen Staat gestellt, während er den eigenen Widerstand heimlich entlarvte und dazu auch die Mitglieder jener Gruppe, die er auf legendäre Weise organisierte und lenkte. Soeben hat man ihn entlarvt. Martinovics mußte zweihundert Jahre auf die Entlarvung warten. Nach Sascha Anderson wird man äußerstenfalls nicht Straßen und Plätze benennen. Doch ihre Entlarvung, die Auflösung ihrer Legenden gibt uns keinerlei Hoffnung auf eine moralische Läuterung. Im äußersten Fall bekommen wir einen gewissen Einblick in die Funktionsweise der großen Systeme, die mit unserer moralischen und finanziellen Beihilfe aufrechterhalten werden.

Ich glaube nicht, daß diese Enthüllungen auch nur einen Geheimdienst veranlassen, nach neuen Mitteln zu suchen oder seine Vorgehensweise moralisch zu verfeinern. Auch an den Entlarvungsmethoden ist nichts Neues, das finstere und dauerhafte Wissen dieser Leute wird dadurch nur gefestigt. Ein eindeutig moralisches Urteil wäre nur dann einigermaßen begründet, dürfte nicht nur Bärbel Bohley, sondern auch Katharina Blum in die eigenen Akten schauen. Dürfte sie hineinschauen, würde gewiß auch sie viele erstaunliche Dinge finden und sicherlich auch den Namen eines sehr guten Freundes. Mich würde der Name dieses Freundes überhaupt nicht interessieren, doch würden wir, wenn hier Sascha Anderson nicht allein stehen müßte, nicht nur die Lust an der ganzen Vorzeige- und

Nachforschungshysterie verlieren, sondern einen wesentlich tieferen Einblick in unser Selbst bekommen, das uns in der Zeit der friedlichen Koexistenz das eigene Leben bedeutete. Wenn wir jetzt im Gegenteil Heinrich Bölls kathartischen Anspruch großzügig vergessen und uns angesichts der Akten von Bärbel Bohley nicht die nicht weniger interessanten Akten von Katharina Blum in den Sinn kommen, kommt der Geschichte plötzlich die Lehre zu, daß immer der stärkste Hund an die Hündin darf. Was zwar wahr ist, sich aber noch nie als moralische oder als geschichtliche Lehre bewährt hat.

Gewisse Akten und gewisse Menschen sind jetzt als gemeine Beute preisgegeben, und auch das ist Teil kühler Berechnung. Jetzt kann sich jeder darüber entsetzen, was für ein Bösewicht der andere ist. Damit sind wir fein heraus, können Ensetzensschreie ausstoßen, jammern, lauthals Genugtuung fordern und uns bestens befriedigen. Doch der Staat muß natürlich inzwischen hochgehalten werden, die Geheimdienste müssen arbeiten, denn wenn es nicht so wäre, dann würden die Völker und Nationen übereinander herfallen, und dann wäre noch nicht einmal der Schein aufrechtzuerhalten, daß der Mensch nicht ein Irrtum der Natur, ein gewöhnliches brutales Ungeheuer sei. Dieser Schein hat seinen Preis und erfordert seinen Tribut. Und die Leiter der Geheimdienste sind gewiß kluge Leute. Sollte mir zum Beispiel einfallen, Funktionsfehler in den großen Systemen zu suchen, so wäre das nach ihrer Rechnung kein großer Schaden. Sie wissen, daß es stets Menschen gibt, die als Summe ihrer Ahnungen immer neue Ideologien verfertigen, deren Ziel die moralische Verfeinerung der Menschengattung ist. Diese immer neuen Ideologien, die natürlich auch alte sein können, werden sie nur so lange als feindlich betrachten, wie sie mit der Unterstützung derjenigen Ideologien rechnen können, die an der Aufrechterhaltung der Geheimsysteme interessiert sind. Wenn es mir zum Beispiel in den Sinn käme zu fordern, parallel zu den Programmen zur allgemeinen Abrüstung sollten sich auch die großen Geheimdienste der Welt, eben als Lehre aus den verheerenden moralischen Verwüstungen einer vorangegangenen Ära, einer internationalen Kontrolle und allgemeinen Abrüstung unterziehen, würde ich mich nicht nur als ein Phantast zu erkennen geben, sondern damit meine neueste Akte selbst eröffnen.

Und sie wissen auch, daß es einfach destruktive Charaktere gibt. Die müssen sie entweder unschädlich machen oder dürfen sie nicht zur Kenntnis nehmen. Dabei muß ich wieder an Béla Szász oder István Eörsi denken. Aber auch an Heinrich Böll könnte ich denken. Als Béla Szász die erste obligate Ohrfeige bekam, gab er demjenigen, der ihn geschlagen hatte, ohne die Kraftverhältnisse nüchtern zu berechnen, instinktiv eine kräftige Ohrfeige zurück. Und Eörsi grinste. Jenem finsteren und dauerhaften Wissen nach gibt es so etwas nicht. Und was nicht ist, darf auch nicht sein. Durch die Mitteilungen der beiden wissen wir, daß es auch so ablaufen kann, und ahnen, daß außer ihnen wohl auch andere solche Reflexe hatten, man hat sie höchstens daran gehindert, davon Nachricht zu geben. Aber auch das ist in der großen Berechnung enthalten. Denn die Toten und die Nachrichten davon halten unser moralisches Empfinden zwar wach, sie stehen im Widerspruch zu der Behauptung, daß jeder Mensch ein brutales Ungeheuer sei, doch weder die Nachrichten noch die Erinnerung an die Toten geben uns eine Garantie für die Moralität unseres eigenen Verhaltens.

# 4

Wir stellen uns eine Welt vor, in der man das Gute nach bestimmten Kriterien vom Bösen trennen kann. Diesen Anspruch kann ich verstehen, denn auch ich stelle mir eine solche Welt vor. Aber aus irgendeinem Grund, und das ist vielleicht eine unheilbare Berufskrankheit, sehe ich die Dinge lieber in Zusammenhängen, und da ist es schon ziemlich schwer, die Spreu vom Weizen zu trennen.

Bei Rudolf Ungváry gibt es eine durchaus diskussionsbedürftige, aber durchaus treffsichere Formel, mit der sich zumindest eine Unterscheidung zwischen den Systemen vollziehen läßt. Er sagt, das kommunistische System sei deshalb übler als das faschistische, weil die kommunistische Ideologie allgemeines Wohl, die faschistische hingegen das Wohl lediglich den Angehörigen einer einzigen Nation, allen übrigen aber Übel verspreche. Hören wir die kommunistische Ideologie, kommen wir in Verlegenheit, denn wie könnten wir uns dem entgegensetzen, wenn jemand das Wohl für jeden wünscht. Hören wir jedoch die faschistische Ideologie, dann wissen wir alle, was wir zu tun haben.

Angesichts der faschistischen Ideologie müssen alle Nationen und selbst die nüchtern denkenden Deutschen sagen, so geht es nicht. Und nicht nur deshalb, weil sie praktisch undurchführbar ist, sondern auch, weil sie selbst den von ihr Begünstigten keinen kulturellen oder moralischen Halt bietet. Selbst von ihnen behauptet sie, sie seien in Wirklichkeit die stärkeren Tiere. Wenn ich von dem dauerhaften und finsteren Wissen ausgehe, daß jeder Mensch ein brutales Ungeheuer ist, ist eine solche Vorstellung eine logische Schlußfolgerung. Aber sie entspricht in nichts der

Vorstellung, die sich der europäische Mensch seit mehreren Jahrtausenden als ethischen und ästhetischen Anspruch gerade gegen die Erkenntnis der eigenen Brutalität geschaffen hat. Und namens einer mehrtausendjährigen alten Kultur, die nach einem universellen Menschenbild und einer universellen Moral strebt, läßt sich nein dazu sagen. Es wäre leichtfertig zu vergessen, daß dieses Nein neunzehnhundertzweiunddreißig von zweiundzwanzig Millionen Deutschen ausgesprochen worden ist. Nicht nur die Nichtdeutschen, sondern auch sie hatten kein Verlangen nach einer solchen deutschen Beglückung.

Es ließe sich also sagen, jeder, der eine solche Ideologie akzeptiert oder auch nur damit kollaboriert, ist ein Agent des Bösen. Gegen solche Menschen, gegen solche Systeme muß ich nicht darum kämpfen, weil ich kein Deutscher oder weil ich Deutscher bin, sondern weil ich Mensch bin. Und wenn es so ist, dann muß ich die kämpferischen Vertreter solcher Ideologien wie tolle Hunde abschießen. Bei der kommunistischen Ideologie ist das etwas schwerer zu durchschauen. Es ist schwer, gegen etwas zu kämpfen, das in Vertretung des Allgemeinwohls auftritt und behauptet, es sei jetzt vielleicht noch nicht alles zum besten, aber wenn auch ich mich dem Bund der ums Wohl Bemühten anschlösse, werde es bald so sein und nicht nur für mich, sondern für jeden. Die kommunistische Ideologie hat einen der empfindlichsten Nerven der europäischen Kultur getroffen.

Jetzt ist es vielleicht noch schlecht, aber wir möchten, daß es besser wird. Die Verwirklichung aber sehen wir nicht in der persönlichen Verfeinerung auf der Grundlage von griechischen, jüdischen oder christlichen Prinzipien und Traditionen, da das zu nichts geführt hat, wir wollen vielmehr jene Strukturen und Institutionen auflösen, die dich oder mich zur Grausamkeit zwingen oder uns dazu verleiten könnten, in den Dienst des Bösen zu treten. Einer solchen Auffassung läßt sich allenfalls entgegenhalten, daß ich überhaupt keiner Art von Bund angehören will, weil ich die Entscheidung, was ich für gut oder böse halte, der Kirche anvertraue oder niemandem anvertraue oder weil ich lieber auf die Lebenskraft von real existierenden kulturellen Traditionen und Institutionen vertraue als auf die Verwüstung, die durch die Zerstörung von Strukturen und Institutionen entsteht. Eine demokratische Auffassung beinhaltet höchstens, daß man derart gefährliche Straßen nicht betreten darf, doch solange jemand meine Institutionen und Strukturen nicht gefährdet, kann er tun, was er will: mit sich selbst.

Unsere mädchenhafte Verwirrung verdeckend, beeilen wir uns heutzutage, diese Unterschiede zu vergessen, und es ist fast schon schick, im Rahmen einer statistischen Denkweise die faschistische Ideologie mit der kommunistischen Ideologie gleichzusetzen. Zu sagen, daß dort so und so viele Menschen und hier so und so viele Menschen vernichtet worden sind. Wer sich zur Ideologie des nationalen Egoismus hingezogen fühlt, wird aufgrund dieser statistischen Erhebungen behaupten, daß der Kommunismus das größte Übel sei, und wer sich zur Idee der Gleichheit aller Menschen hingezogen fühlt, wird sagen, daß der Faschismus dies bedeute. Auf beiden Seiten gibt es genug grauenhafte Daten, und sie stehen jedem im Überfluß zur Verfügung. Mir erscheint die Gleichsetzung dieser beiden Systeme jedoch nicht nur vom logischen oder geschichtlichen Gesichtspunkt unhaltbar, sondern auch moralisch höchst gefährlich.

Gefährlich, weil sie die Geschichte unverändert als

Kampf von Gut und Böse darstellt und somit hintenrum wieder hereinholt, was sie vorn aus dem Feld schlägt. Anhand der Zahl der Toten mißt sie Gut und Böse und liefert mich so erneut Ideologien aus, die ohne mich oder über mich hinweg entscheiden und mich dadurch von einer persönlichen Verantwortung befreien. Diese nur gefühlsmäßig verständlichen, vom Affekt her nachvollziehbaren Versuche der Gleichsetzung zeigen mir eher, wie tief bestürzt wir darüber sind, daß wir die faschistische Ideologie, wie auch immer, besiegt haben, die kommunistische Ideologie jedoch durch die eigene Belastung zusammengestürzt ist.

Vom Logischen her aber ist der Versuch der Gleichsetzung deshalb unhaltbar, weil zwei verschiedene Dinge zwar ähnliche Merkmale aufweisen können, ich sie aber dennoch nur anhand der Unterschiede benennen kann. Wären diese beiden Dinge aber in allen Merkmalen identisch, dann wäre es unbegründet, zwei verschiedene Begriffe zu ihrer Benennung zu gebrauchen. Wollen wir sie jedoch aufgrund von ähnlichen Merkmalen benennen, dann hätten wir dafür keinen dritten Begriff, vielmehr würden wir in diesem Fall merkwürdigerweise zu einem ähnlich wirkenden Kommunisten sagen, er sei ein Faschist, aber zu einem ähnlich wirkenden Faschisten niemals, er sei Kommunist.

Schließlich muß ich den Versuch einer Gleichsetzung auch geschichtlich als unhaltbar bezeichnen. Denn wenn ich die Geschichte der beiden Ideologien betrachte, dann muß ich sagen, daß die antifaschistische Koalition doch kurzfristig, in klar begreiflicher Weise und sehr wirkungsvoll zustande gebracht werden konnte, während es zwar auch Versuche zur Bildung einer antikommunistischen Koalition gab, eine solche Koalition jedoch selbst auf lange

Sicht nicht zustande gebracht werden konnte und ohne Wirkung blieb. Den Faschismus, der auf der Ideologie des nationalen Egoismus basiert, konnte man im blutigsten Krieg der Weltgeschichte besiegen, während man den Kommunismus, der auf der Idee der menschlichen Gleichheit basiert, zwar zu besiegen anstreben konnte, doch gerade angesichts der Fehlschläge dieser Bestrebungen die friedliche Koexistenz zwischen Demokratie und Sozialismus schaffen mußte; die vom Hinterhof der Geheimdienste aus betrachtet freilich nicht so friedlich war, wie wir uns das erhofften.

Wenn wir das eine von beiden besiegt haben, das andere aber nur in sich zusammengefallen ist, dann ist auch unsere Erschütterung und Verstörung gerechtfertigt. Und wenn ich solche Gefühle rechtfertige, wäre als Maßstab persönlicher Verantwortung doch so gut wieder der bewährte Begriff der Kollaboration hervorzuholen. So wie es aus Entsetzen über den Anblick der Hinterhöfe auch viele noch tun. Die Frage ist nur, wer wessen Kopf kahlscheren sollte, da wir die letzten drei Jahrzehnte des gemeinsamen Lebens doch im Zustand einer friedlichen Koexistenz verbrachten und uns schon längst nicht mehr auf kämpferische, sondern auf pragmatische Überlegungen beriefen. Es hat doch nicht nur unser armer, armer Sascha Anderson in zwei Richtungen gearbeitet; als der Papst János Kádár empfing, hat auch er seine moralischen Bedenken eingefroren, die englische Königin hat den kaum salonfähig zu nennenden Ceauşescus ein Abendessen gegeben, und Helmut Schmidt hat am Kamin in Güstrow zwar mit düsterer Miene mit Honecker gesprochen, aber doch unter viel freundlicheren Umständen als die Mitarbeiter der Stasi mit Sascha Anderson. Und wäre im Zeitalter der friedlichen Koexistenz die Rede davon gewesen, wer alles auf niederträchtige Weise mit dem Bösen zusammenarbeitete, während andere sich mit todesverachtendem Mut in die Höhle des Bösen wagten, um das wütende Wild zu beruhigen, dann hätten wir es auch nachträglich leichter. Aber nicht davon war die Rede. Der Gute und der Böse ließen sich ihre Anzüge beim selben englischen Schneider anfertigen und haben sich gegenseitig in ihren Höhlen aufgesucht, um das Schlimmste zu vermeiden. Zwar verkehrte natürlich jeder von ihnen nicht mit irgendwem, aber jeder verkehrte mit jedem, und während sie die nach den jeweils örtlich üblichen Plänen gefertigten Höhlen betrachteten, versicherten sie sich gegenseitig ihrer jeweiligen Gutwilligkeit. Ich will nicht behaupten, daß diese vielseitigen, gesitteten Kontakte unvernünftig gewesen seien, aber inwieweit sie moralisch gewesen sind, dem haben wir uns jetzt zu stellen.

## 5

Sascha Anderson hat seine Freunde verraten. Es käme mir nie in den Sinn, ihn zu entschuldigen. Es kommt mir schon deshalb nicht in den Sinn, weil man fast im gleichen Jahr auch mir eine vergleichbare Position angeboten hat und ich nicht einen Augenblick daran gedacht habe, sie anzunehmen. Man hat seine Freunde nicht zu verraten und selbst in einer solchen Situation nicht einmal seine Feinde. Man hat niemanden zu verraten, zu denunzieren, beziehungsweise wer so etwas tut, ist ehrlos. Nur daß das, denke ich, nicht mehr als moralische Lehrsprüche sein können. Denn wenn ich da stehenbleibe, habe ich herzlich wenig von der Logik jener Epoche kapiert, die mich dazu zu erziehen suchte, für kleine Begünstigungen ehrlos zu werden.

Auch von mir wußten sie, mit wem ich schlafe und wie ich mit wem schlafe, wen ich mit wem betrüge, Dinge, die im Prinzip nur zwei Menschen voneinander wissen sollten beziehungsweise niemand außer mir. In einer dicken Aktenmappe lagen trotzdem die ausgewählten Blätter mit den Angaben über mein geheimes Leben auf dem Schreibtisch. Ich war mit zwei Fremden in ein Zimmer eingeschlossen. Natürlich wollten sie mich mit diesen Angaben erpressen. Auch Zuckerbrot haben sie mir vor die Nase gehalten. Aber nur weil ich die mir angebotene Rolle einfach schon aus ästhetischen Gründen nicht übernehmen wollte, fühle ich mich noch lange nicht berechtigt, mich auf das hohe moralische Roß zu schwingen. Selbst wenn ich eine Ahnung hätte, durch wen die Angaben in den Besitz dieser Leute gelangt sind, würde ich von ihnen nicht Genugtuung fordern, oder gerade nicht von ihnen. Und ich möchte die Rolle des Urteilenden nicht nur deshalb nicht übernehmen, weil ich nicht geschlagen worden bin, also die magische Schwelle der Demütigung nicht überschreiten mußte, während andere das vielleicht mußten, sondern weil ich, auch wenn ich die mir angebotene Position nicht angenommen habe, trotzdem die auf Ewigkeiten ausgerichteten allgemeingültigen Lebensgesetze der friedlichen Koexistenz mit dem ganzen dazugehörenden Pragmatismus akzeptieren mußte oder akzeptiert habe.

Ich habe eine Vorladung akzeptiert, die unter dem Vorwand erfolgt war, daß man meine Daten ergänzen wolle, obwohl das den Gesetzen nicht entsprach. Ich habe nicht protestiert, als man hinter mir die Tür zusperrte, obwohl das meinem Geschmack keineswegs entsprach und obwohl es unbegründet war, in einem Büroraum mit zwei fremden Männern eingesperrt zu werden, wenn sie angeblich irgendwelche ergänzenden Daten von mir wollten. Ich bin zwar nicht ehrlos geworden, aber ich bin dadurch auch weder ein Held noch ein Revolutionär geworden. Ich habe keine Ohrfeige zurückgegeben, und auf meinem Gesicht ist auch kein aufreizendes Grinsen erschienen. Ich wußte, was sie wollten. Ich fürchtete sie nicht, weil ich mich selbst nicht fürchtete. Ich wußte, falls es zu ihren Bedingungen gehören sollte, würde mich Reisen um diesen Preis nicht mehr interessieren. Doch ich habe auch berechnet, wie ich ein Nein aussprechen könnte, das jeder Provokation entbehrte und nicht gleich bedeuten würde, daß ich nirgendwohin mehr fahren könnte. Und damit stand ich bereits bis zum Hals in der Logik jener Epoche der friedlichen Koexistenz. Denn es kann wohl zweckdienlich sein, wenn sich jemand dümmer stellt, als er ist, doch durch die Zweckdienlichkeit wird sein Verhalten noch nicht ethisch.

Auch wenn ich in einem zugesperrten Zimmer nur so taktisch argumentiere, um großen Schaden zu vermeiden und vielleicht sogar noch etwas Gutes herauszuschinden, ich rede trotzdem mit den Menschen, die mich in dieses Zimmer eingeschlossen haben. Somit ist mein praktischer Sieg zugleich meine moralische Niederlage. Ich habe das kleine Zimmer mit nicht gelinder Selbstzufriedenheit verlassen, und bis zum heutigen Tag erinnere ich mich daran, wie schön die Frühlingssonne draußen schien. Doch ich habe auch nicht vergessen, wie ich mich bemühte, mich bei dem wunderbaren Sonnenschein meiner Vernunft zu erfreuen, um so meine moralische Schlappe nicht erkennen zu müssen. Das bitte war die Praxis einer dreißig Jahre währenden friedlichen Koexistenz der Systeme. Das war mein auf die Ewigkeit ausgerichtetes reifes Leben. Diese Praxis war durch den Vertrag von Helsinki abgesegnet, der einen schönen großen Stempel unter die Jalta-Konferenz drückte und im Gegenzug Menschenrechte in einem Paket voller verlockender Inhalte anbot. Dieser Logik folgten der Papst, die englische Königin und Helmut Schmidt. In kleinen Nestern des Widerstandes konnte man die Logik dieses Zustandes zwar umdrehen, indem man sagte, man müsse anstatt kleiner Vergünstigungen das unvernünftige moralische Minimum wählen, aber auch die demokratische Opposition in Ungarn, die Charta 77 oder Solidarność mußten zur Kenntnis nehmen, daß sie das nur innerhalb gewisser Grenzen tun durften.

Ich bin in ein Zimmer eingeschlossen. Ich kann nicht zu weit gehen, weil ich dann nie wieder hinauskomme. Verhandle, solange du verhandeln kannst, weil du, wenn du nicht verhandelst, deine eigene Hoffnung aufgibst. Besser abwarten als unvernünftig handeln. Wenn du dich der Schutzlosigkeit anheimgibst, kann ich dich nicht länger beschützen. Schwinge keine Reden im Namen der Gerechtigkeit, predige nicht von Gut und Böse, sondern suche danach, was jetzt vernünftig ist.

Und wer sich nach all dem immer noch nach so etwas wie den Nürnberger Prozessen sehnen sollte, wer den Begriff der Kollaboration hervorholt und hofft, um den Preis der Gleichsetzung von Kommunismus und Faschismus einen eigenen moralischen und ästhetischen Anspruch umgehen zu können, der muß nicht nur die ganze Epoche und sein ganzes Erwachsenenleben ganz schnell vergessen, er muß auch eine grundsätzliche Misere der europäischen Kultur zudecken, die wir gerade mittels unserer persönlichen Verantwortung vernünftig lösen müßten. Denn es gibt ein paar Dinge, die ein denkender und fühlender Mensch nicht vergessen sollte.

Dazu gehört vor allem, daß der Mensch physisch und seelisch, existentiell und moralisch ein überaus gebrechliches Wesen ist. Und diese gebrechlichen Wesen lebten in einem System, das sich auf die Ewigkeit eingerichtet hatte. Und die großen westlichen Demokratien haben das weltpolitische Gewicht dieses für die Ewigkeit eingerichteten Systems zwar nicht hingenommen, es aber jedenfalls drei Jahrzehnte lang akzeptiert und mit dieser keinesfalls zu beanstandenden Geste gerade das Leben der wenigen hoffnungslos gemacht, die weder die von Ewigkeiten handelnden Träume noch die Realität einer solchen gesellschaftlichen Einrichtung hinnehmen wollten, weil sie sie unter dem Aspekt des menschlichen Lebens irreal nennen mußten. Und da auch von den wenigen kaum einer übrigblieb, da doch ein solcher Standpunkt nicht nur von der Stasi verfolgt, sondern auch von der auf die Realität setzenden Politik der großen westlichen Demokratien als Hirngespinst eingestuft wurde, was hätte da schon die Mehrheit tun können? Für all die physisch und seelisch, existentiell und moralisch gebrechlichen Wesen, die, jeder realen Hoffnung beraubt, in dem auf Ewigkeit und Unbeweglichkeit ausgerichteten System lebten, blieben nur zwei Möglichkeiten: das System hinzunehmen und es damit im gegebenen Rahmen zu stärken, oder es zu reformieren und damit den gegebenen Rahmen zu etwas tatsächlich Ewigem zu erklären.

Jahrelang habe auch ich mich zwischen den beiden Unmöglichkeiten umherwerfen lassen. Das Hinnehmen war moralisch nicht zu rechtfertigen, doch wenn man die eigenen Reformgedanken ernst nahm, kam man schon beim zweiten Schritt an die Grenze, die man hätte sprengen müssen, hätte also nüchternen Verstandes Revolutionär und nicht Reformer sein müssen. Eine solche Revolution wünschten viele, man hätte also theoretisch bei deren Vorbereitung mitmachen können, praktisch aber war es nicht möglich, da eine militärische Konfrontation beider Systeme tatsächlich nicht vernünftig gewesen wäre und das durch die Niederschlagung der ungarischen Revolution ernüchterte Europa so etwas nicht riskieren konnte. Aber wenn nicht schon eher, so mußte es doch spätestens seit dem 21. August 1968 einleuchten, daß die großen westlichen Demokratien ihrer pragmatischen Denkweise entsprechend auch Reformen nur so weit unterstützen würden, wie diese schön brav innerhalb des gegebenen Rahmens blieben. Und aufgrund ihrer sehr nüchternen Denkweise stimmten sie, wenn auch schweren Herzens, eher für Hinnehmen als für Reformen. Und daher ist unter moralischem Aspekt bei diesen Systemen nicht die erste Epoche die dunkelste gewesen, sondern durch das Wohlverhalten der großen westlichen Demokratien die zweite; in ihr aber haben wir das uns allen gemeinsam auferlegte, unser reifes Leben verbracht.

Man mußte ein sehr souveräner Mensch sein, um weder in die Sackgasse des Hinnehmens noch in die der Reformen zu geraten und um dabei nicht wahnsinnig zu werden, sich das Leben zu nehmen oder sich in den Tod zu trinken. Ich zumindest kenne sehr wenige solche Menschen. Anfang der achtziger Jahre kam es so zu der merkwürdigen Situation, daß die westlichen Demokratien viel mehr an der Aufrechterhaltung des gegebenen Rahmens interessiert waren als die, die innerhalb von diesem lebten. Für die ersteren war die friedliche Koexistenz nichts weiter als eine Konsequenz der praktischen Überlegung, daß politische Systeme nicht ewig währen, daß ihre Wähler es jedoch nicht billigten, wenn ihre Vorstellung vom Ende eines so unmenschlichen Systems offen ausgesprochen würde, weil sie einerseits daran nicht wirklich, andererseits aber wohl an einem friedlichen Handel interessiert waren, und weil sie einerseits das System gar nicht so unmenschlich fanden und auch sie andererseits Anhänger des Gedankens von der sozialen Gleichheit oder zumindest eines sozialen Gleichgewichtes waren, vor allem aber, weil sie sich im Interesse irgendwelcher moralischer Ideen nicht auf ein aussichtsloses Abenteuer einlassen konnten. Lieber abwarten, diskutieren, verhandeln.

Für uns, die wir hier das uns gemeinsam auferlegte Leben verbrachten, war der einzige Haken an diesen äußerst vernünftigen Überlegungen, daß man das Ende der Ewigkeit nur dann erhobenen Hauptes hätte abwarten oder durch Verhandlungen überbrücken können, wenn man die Garantie, daß es sich nur um den Schein von Ewigkeit handelte, oder aber die Aussicht auf Verhandlungen bekommen hätte. Eine Garantie fürs erste gab es nicht und die Aussicht auf Verhandlungen nur für jene Herren, die sich über unseren Kopf hinweg gegenseitig in ihren Höhlen besuchten. Erich Honecker hatte Befehl geben müssen, auf jeden, der über die Mauer zu klettern versuchte, zu schießen, weil sonst das Land innerhalb eines Tages leer gewesen wäre. Angesichts dieser verzweifelten Schwäche sagte sich Helmut Schmidt, nun, dann gehe jetzt eben ich rüber und versuche, zumindest kleine Erleichterungen für diejenigen zu erreichen, die gar nicht erst hinüberzuklettern versuchen. Sie sprachen am Kamin davon, wie human es wäre, wenn wenigstens die Rentner hinübergehen könnten und die auseinandergerissenen Familien vereinten. Erich Honecker hat sich nicht allein deshalb einverstanden erklären müssen, um sein System human nennen zu können, sondern vor allem, weil das Schießen so viel Geld kostete, daß nichts mehr für etwas anderes übrigblieb. Die illegalen Aktivitäten von Sascha Anderson haben Erich Honeckers Position zwar geschwächt, weil solche Tätigkeiten einmal mehr bestätigten, wie menschlich unerträglich und unhaltbar ein solches System ist, aber er hat Sascha Anderson nicht vom Erdboden verschwinden lassen, denn so konnte er beweisen, daß das System gar nicht so unhaltbar war, daß also Helmut Schmidt ruhig zu einem Gespräch zu ihm herüberkommen konnte, damit er im Namen von Erleichterungen das Geld von ihm erpressen konnte, das ihm die Ewigkeit seines Systems wenigstens bis zum nächsten Tag sicherte. Und bei einer so praktischen Lösung konnte Sascha Anderson kein Hindernis bilden, denn auch er mußte einsehen, daß Helmut Schmidt höchstens protestieren würde, falls man ihn, Sascha Anderson, einfach verschwinden ließe, wenn dieses Verschwinden überhaupt jemandem auffallen sollte; denn so weit konnte auch Helmut Schmidt nicht gehen, Sascha Anderson öffentlich oder heimlich zu unterstützen, einerseits weil seine Wähler diesen Schritt nicht gebilligt hätten, andererseits weil er sich dann nicht mit Erich Honecker zu diesen Verhandlungen hätte setzen und die offensichtliche Schwäche des anderen hätte ausnützen können, um für einiges Geld wenigstens ein paar menschliche Erleichterungen herauszuschlagen. Sascha Anderson wiederum konnte sich damit trösten, daß er, wenn er seine Freunde auch anzeigte und keinen nicht von Erich Honecker bestimmten Schritt tun konnte, doch das System, das Erich Honecker ohne die Unterstützung von Helmut Schmidt nicht mehr aufrechtzuerhalten vermochte, so nicht nur gemeinsam mit Erich Honecker untergrub, sondern dadurch wenigstens in jenen Freunden die Hoffnung auf Widerstand aufrechterhielt, die er verriet.

Das Böse hat nicht deshalb eine Niederlage erlitten, weil das Gute siegte. Man kann ein und dieselbe Sache nicht nach Belieben einmal mit der Vernunft und einmal mit der Moral messen. Bestenfalls läßt sich sagen, daß diese unsere kleine friedliche Koexistenz zwar moralisch keine hohen Ansprüche besaß, daß aber die täglichen Probleme mit dem geringstmöglichen Opfer an Blut zu bewältigen gewesen sind. Und dann sehen wir jetzt mal, ob meine gestrigen Taten meine moralischen Ansprüche heute noch immer befriedigen. Einer der bezeichnendsten Wesenszüge der Gesellschaft, in der wir im Rahmen der friedlichen Koexistenz lebten, war ja gerade, daß wir über die Welt nicht mit den Begriffen von Gut und Böse nachdachten. Man hatte einen bestimmten Rahmen, einen bestimmten Spielraum, man war von bestimmten Wirkungen und Zwängen abhängig, und im Verhältnis dazu mußte jeder entscheiden, was er zu tun oder zu unterlassen hatte, was machbar und was nicht machbar war. Eine ganze Generation ist so aufgewachsen, und die nächste wurde in diese Situation schon hineingeboren. Durch die Bedingungen der friedlichen Koexistenz haben wir uns jene Grundsätze des pragmatischen Denkens angeeignet, mit denen wir jetzt ethisch klarkommen müssen. Und wenn es etwas gab, was zum Zusammenbruch dieser auf die Ewigkeit ausgerichteten Systeme beigetragen hat, und zwar unabhängig von ihrer eigenen Lebensunfähigkeit, dann ist es die Tatsache, daß auf Ideologien aufgebaute Systeme nicht mit pragmatischem Denken aufrechtzuerhalten sind. Jetzt stehen wir auf einem Schutthaufen, und die Frage erhebt sich tatsächlich von selbst, inwieweit unser pragmatisches Denken einen moralischen Anspruch hatte. Auf diese Frage muß jeder sich selber die Antwort geben. Setzen wir uns brav hin, aber streuen wir uns die Asche nicht gegenseitig aufs Haupt, streuen wir sie uns selbst aufs Haupt.

Wer es nicht tut, wer nach weltlichen Instanzen Ausschau hält, damit sie ihm die Fragen beantworten, klammert sich entweder an eine der ausgelutschten Ideologien oder verkündet moralische Lehrsätze oder möchte eine neue süße kleine Ideologie nach altem Muster, die diese erbärmliche Welt wieder einmal erlösen könnte, damit er sich dabei nicht selbst erlösen muß.

Es wäre die Aufgabe moderner Demokratien, zwischen selbständigen Personen und selbständigen Nationen gleichrangige Wechselbeziehungen herzustellen, und bei diesem Beziehungssystem dürfte es untereinander, aber auch gegenüber der Natur, kein Primat geben. In diesem Jahrhundert hat die moderne Demokratie diese Aufgabe zweifellos schlecht gelöst. Aber im Unterschied zu den missionarischen und welterlösenden Ideologien hat sie eine solche Lösung wenigstens angestrebt. Was bedeutet, ich bin es, der die Aufgabe schafft oder nicht schafft. Heute schaffe ich sie, und morgen schaffe ich sie nicht. Eine Demokratie, die durch die Fehler des anderen zu Fall kommt und nicht durch meine, ist nur schwer vorstellbar.

## 6

Eines der wesentlichen Charakteristika der friedlichen Koexistenz war, daß wir uns alle, und ich betone: alle, Grundelemente des relativierenden pragmatischen Denkens für die persönliche Moral aneigneten und so lernten, mangelnde persönliche Verantwortung durch unangenehme Situationen oder Notlagen zu entschuldigen oder zu erklären. Aber ich möchte jetzt demonstrativ bei der eigenen Person bleiben.

Als man in der Visumabteilung des Innenministeriums in der Andrássy-Straße die Tür hinter mir schloß und mich ersuchte, bei der Rückkehr von meinen Auslandsreisen zu erzählen, wen ich getroffen und worüber ich mit wem gesprochen hätte, wurde diese sehr höflich vorgetragene Bitte in jenem verschlossenen Zimmer damit begründet, daß «das Land durch die Verschärfung der außenpolitischen Situation in eine recht bedrängte Lage geraten» und man daher auf jede kleine, mir vielleicht unwesentlich erscheinende Angabe angewiesen sei, das heißt, man ersuchte mich nicht, etwas Unanständiges zu tun, sondern brauchte meine Hilfe in der Not. Was soviel bedeutete, daß ich im Dienst für die Heimat stünde.

Aber jemand, der in jenen Jahren noch bei Verstand war, konnte sich nicht vormachen, eine Heimat zu haben. Nein. Anfang der siebziger Jahre war auch die letzte kleine Hoffnung auf eine noch reformierbare Heimat erloschen. Für jeden war eine imaginäre Heimat geblieben, und dazu hatte man ein reales Zuhause. Zwischen diesen beiden lag das Niemandsland, das allerdings gründlich vermint war. Abends konnte sich jeder in seine imaginäre Heimat zurückziehen, doch morgens mußte er den verminten Boden betreten, weil er nur auf diesem Wege in die reale Heimat gelangen konnte. Wenn er nicht in die Luft ging, keinen Selbstmord beging, nicht wahnsinnig wurde, sich nicht um seinen Verstand trank, konnte er abends friedlich zurückkehren und seine Sehnsüchte, Erinnerungen, fixen Ideen und Wahnvorstellungen weiterpflegen. So war es, und ich war nicht naiv. Ich wußte, was jener Vorschlag bedeutete. Hätte ich mich entschieden, daß Reisen für mich das Wichtigste war, wären sie sofort mit der bereitliegenden Erklärung gekommen: meiner Heimat zu dienen. Grund zu großer Entrüstung hätte ich allerdings auch dann nicht gehabt. Einerseits, weil ich als Staatsbürger grundsätzlich akzeptiere, daß es solche Geheimdienste gibt und daß sie, da es sie schon gibt, auch ihre Aufgabe verrichten müssen. Ich verrichte meine auch. Beide Aufgaben können höchstens unvereinbar sein, und dann suchen sie sich statt meiner bald einen anderen, der sich bewährt. Andererseits, und das ist das Entscheidende, wenn ich mich auf einen Streit eingelassen hätte, dann hätte ich mich nicht nur lächerlich gemacht, ich hätte auch in recht derber Weise diese rechtswidrige Situation legitimiert, die ich mit meinem Schweigen hinnahm.

Ich bin nicht aufgesprungen, habe nicht zurückgeschlagen, nicht gegrinst und auch noch nicht einmal nein gesagt. Im Gegenteil. Ich sagte, ich würde jedermann und jederzeit gern von meinen auf Reisen gemachten Erfahrungen erzählen, sähe jedoch insofern keinen Sinn darin, weil mein Leben ohnehin ein offenes Buch sei und ich über meine Erlebnisse in aller Öffentlichkeit zu berichten pflege. Hier gerieten wir in eine kleine Auseinandersetzung. Sie wußten ja, daß meine Bücher nicht erscheinen durften. Auch da wieder bin ich nicht aufgesprungen, ich habe ihnen nicht ins Gesicht gespuckt, sondern ihnen unverschämt ins Gesicht hinein behauptet, daß mir davon nichts bekannt sei. Aber womit ich es erkläre, daß kein Buch von mir erscheine, wo sie doch Kenntnis davon hätten, daß ich ordentlich arbeite. Ganz einfach: ich schreibe, aber publiziere nicht. Sie fragten mich, ob es nicht viel einfacher wäre, wenn ich ihnen helfen würde und sie würden mir helfen, das unangenehme Publikationsverbot aufzuheben. Da ertönte dann in mir tatsächlich die dünne Stimme der verbliebenen Moral: Antworte nicht, so als ob du nichts gehört hättest! Sie verstanden natürlich, daß ich mich deswegen schämte, denn auch sie hatten sich schon die Frage gestellt, wovon ich denn lebte, wenn von mir nichts erschien. Wovon hätte ich dann das Geld für eine so kostspielige Reise in den Westen? Ob meine Lebenspartnerin, meine Geliebte, sie wüßten auch nicht, wie man das nenne, ob also eine Frau mich aushalte? Die ich dazu auch noch betrüge? Wie unangenehm es doch wäre, wenn sie erführe, mit wem ich sie betrüge. Wenn ihr zufällig einer meiner Briefe in die Hände fiele. Und außerdem, warum wolle ich ausgerechnet nach Italien und nach Deutschland fahren? Mit wem wolle ich mich treffen?

Diese Frage konnte ich genau beantworten. Ich war auf die Lebensschauplätze Thomas Manns neugierig, ich wollte nach Rom, München und Lübeck fahren, und wenn sie sich dafür interessieren sollten, würde ich gern davon berichten, meinte jedoch, daß sie sich dafür nicht interessierten. Sie spielten ihre Rolle und ich die meine, jede war unschwer zu durchschauen und beide waren auf die gleiche Art verlogen. Einer der Männer, der jüngere, sprach sehr gewählt, kultiviert und freundlich, der andere fuhr mich unentwegt an, mitunter schrie er regelrecht. Auch das gehörte zum Spiel. Nach etwa anderthalb Stunden war es dann doch der jüngere, der den Stuhl unter sich wegstieß, den Deckel der vor ihm liegenden Akte zuknallte, mit der Hand daraufschlug und rief: «Jetzt reicht's!» Ich dachte, damit geht es jetzt los. Doch es setzte nicht jener Alptraum ein, mit dem man in Kenntnis der Erinnerungen von Béla Szász oder István Eörsi rechnete, sondern damit war die Angelegenheit beendet.

Es war ein sehr pragmatischer Satz. Er bedeutete einfach, daß sie sich nach einem anderen umsahen. Auf der Straße angelangt, befiel mich dennoch kein Siegestaumel. Nicht etwa, weil mich wegen der Lügen Gewissensbisse geplagt hätten. Ich hatte die Situation bestanden, und das war schon was. Ich war nicht ungeschickt gewesen, das war schon was. Doch in dem Augenblick, als ich, um die Situation geschickt und erfindungsreich zu bestehen, den Satz aussprach, daß ich jederzeit jedem gern berichte, hatte ich mich, auch wenn ich anschließend hinzufügte, daß ich den Sinn eines solchen Berichtes nicht einsähe, moralisch trotzdem vernichtet. Oder vielleicht war es gar nicht der Satz, der mich quälte. Die Ironie darin war ja offensichtlich. Es ging um dieses einzige Wort, um dieses *gern*.

Unter dem Aspekt pragmatischen Denkens ist es geradezu notwendig zu sagen, ja aber, jedoch, dennoch, wenn, insofern als, in gewissem Sinne. Die persönliche Moral des Menschen kennt jedoch weder *Wenn* noch *Aber*. Sie kennt nur *Ja* und *Nein*. Darauf kann ich nicht erwidern, das sei unwesentlich, und auch nicht, es sei einfach eine stilistische Sünde, und auch meine moralische Verantwortung kann ich niemandem aufhalsen. Ich wollte eine Situation bestehen und mußte daher jene imaginäre Heimat verlassen, in die ich mich am 22. August 1968 gerade in der Hoffnung zurückgezogen hatte, mich moralisch stützen zu können. Und nun war ich auf eine Mine getreten. Und die Mine war explodiert.

Mit jenem einfachen Wort hatte ich auch mir selbst gegenüber die gesellschaftliche Einrichtung legitimiert, die mein empfindliches Moralgefühl verletzte. Natürlich könnte man sich auf mildernde Umstände berufen. Denn hätte ich auf einer bestimmten Ebene nicht den Beweis dafür geliefert, daß ich sie für legitim halte, hätte ich keine Chance gehabt, auch nur irgendeine Situation zu bestehen. Das war die Logik der Epoche der friedlichen Koexistenz. Nur war dieses Wort, dieses *gern*, für mich auch damals ein Zeichen dafür, daß ich, um eine Schwierigkeit zu meistern, etwas legitimierte, dessen Legitimierung ich in jenen Jahren schon nicht mehr annehmbar fand. Ich gebe zu, daß ich aus einer Mücke einen Elefanten mache, trotzdem muß ich feststellen, daß es in der Logik, wie Sascha Anderson seine Situation löste und wie ich meine löste, keinen Unterschied gibt. Zu unterscheiden wäre höchstens, auf welcher Ebene wir unsere eigene Situation im Rahmen der nämlichen Logik durchschauten.

Sascha Anderson hat jene Ewigkeit, deren Gültigkeit Erich Honecker wenigstens bis zum folgenden Tag gerne gesichert hätte, aller Wahrscheinlichkeit nach todernst hingenommen, ich aber habe mir spätestens Ende August 1968 gesagt, daß ich von diesem Hinnehmen nichts mehr wissen wollte, aber auch nichts mehr von Reformen, weil ich von dieser Ewigkeit nichts mehr wissen wollte, doch das hieß nicht, daß ich nichts mehr davon bekommen hätte. Helmut Schmidt hat das alles besser durchschaut als Erich Honecker, die Traditionen, auf die sich der Papst oder die englische Königin stützten, haben sich als haltbarer erwiesen als die, auf die sich Frau Ceauşescu oder Michail Gorbatschow stützte. In diesen Dingen gibt es sicherlich Unterschiede, und das zu vergessen wäre völlig falsch, wie man auch jene bittere oder geradezu begeisternde Erfahrung nicht vergessen darf, daß man seine persönliche Moral umsonst mit der Notwendigkeit, Vernünftigkeit oder Nützlichkeit einer Tat begründet, es geht einfach nicht. Und wenn ich das gesagt und meine überhaupt nicht heroisch zu nennende Position bestimmt habe, kann ich innerhalb dieses Fragenkomplexes vielleicht mit ein wenig mehr Anspruch von allgemeineren Zusammenhängen reden. Aber selbst dann möchte ich nicht von der Moral oder Unmoral anderer sprechen, sondern nur von der unumgänglichen Logik der geschichtlichen Situation.

7

Anfang der sechziger Jahre gab es bei uns eine große Diskussion über das Verhältnis von Macht und Moral. Wer zwischen den Zeilen lesen konnte, sah, worum es dabei wirklich ging. Erkenne ich an, daß nichts anders abgelaufen ist, als es ablaufen mußte, und wäre also ein Kádárist, oder erkenne ich eher, daß es zwar nicht anders ablaufen konnte, aber daß es gerade darum nicht gut ist, Kádárist zu sein? Wenn ich für die Realität jener Übermacht arbeite, die die Meinung der Mehrheit im Blut erstickt, oder diese auch nur akzeptiere, bleibt meine eigene Moral ungedeckt. Wenn ich umgekehrt im Schutz der eigenen Moral die Realität nicht akzeptieren, geschweige denn für sie arbeiten will, wie kann ich dann über sie reden, beziehungsweise wird es sich, wenn ich schweige, nicht als Anerkennung der Realität ausnehmen? Die Diskutierenden mußten die Probleme so über die Grenzen der politischen Vorstellungen und Realitäten schmuggeln, daß sie nicht schon bei der ersten Mine mit fürchterlichem Krach in die Luft gingen.

Die einen wollten sagen, diese Macht ist, so wie sie ist, unmoralisch, doch statt dessen behaupteten sie, daß jede Macht unmoralisch sei. Nein, das stimme nicht, mit nüchternem Verstand könne man so etwas nicht behaupten, sagten darauf die anderen, man müsse doch erst einmal zwischen Machtmechanismen unterscheiden, und dann müsse man sagen, daß der Kommunismus moralisch sei, weil er die breite Masse vertrete, der Kapitalismus aber unmoralisch, weil er nur für die Interessen einer dünnen Schicht einstehe.

So entstand eine geistig paradoxe und moralisch unannehmbare Situation. Jene redlichen Publizisten, die doch zum Ausdruck bringen wollten, daß die gegenwärtige Macht keine Legitimität habe und infolgedessen unmoralisch sei, warfen vom Faschismus bis zur Demokratie jede Macht in einen Topf und entfernten sich damit nicht nur weit von der Realität, sondern auch von der Wahrheit, ihre Worte ließen sich höchstens als eine Art dichterische Übertreibung oder als Metapher auffassen, während diejenigen, die nahe bei der Realität blieben, zwar zwischen unterschiedlichen Formen der Macht zu unterscheiden wußten, aber damit auch höchstens zu Formeln kamen wie: der schlechteste Sozialismus sei noch besser als der beste Kapitalismus, und damit offen die Wertlosigkeit ihrer moralischen Auffassung demonstrierten.

Es war sicher notwendig und nützlich, die redliche Auffassung, daß politische Macht unmoralisch sei, gegenüber einer moralisch wirklich wertlosen Auffassung hervorzuheben, aber wenn ich in meinen Überlegungen von einem notwendigen und nützlichen kleinen Betrug ausgehe, dann wird meine moralische Auffassung auch nicht viel wertvoller sein als die, die ich für wertlos halte. In den folgenden

Jahrzehnten haben diese beiden Auffassungen nicht nur tiefe Wurzeln geschlagen, sondern sich auch vermischt. Dafür, daß auch der beste Kapitalismus schlechter sei als der schlechteste Sozialismus, konnte man zwar keinen haltbaren Beweis finden, weil es nicht der Realität entsprach; dafür aber, daß jede politische Macht unmoralisch sei, hat man nicht nur Beweise gefunden, sondern man konnte sogar behaupten, daß ebendieser nützliche und notwendige Relativismus den eigenen moralischen Anspruch ausmache.

Vielleicht könnte man sagen, daß im Status der friedlichen Koexistenz diese irrigen Prinzipien die Grundlagen der moralischen Auffassung bildeten und der moralische Relativismus allgemeine Übereinkunft wurde. Wahr ist, daß sich die Begriffe der Machtlegitimität und der politischen Moral auf unangenehme Weise vermischten, und klar ist, daß man hätte sagen müssen, was nicht laut ausgesprochen werden durfte. Eine Staatsmacht kann nur dann eine wie auch immer geartete Moralität für sich beanspruchen, wenn die Wähler ihr die Legitimität erteilen, aber die Legitimität einer Machtstruktur bedeutet noch nicht, daß ich ihre Politik a priori als moralisch ansehen muß. Daraus, daß sich die Mehrheit bei den Wahlen für die eine oder die andere Politik entscheidet, also eine Regierung legitimiert, läßt sich noch nicht folgern, daß ich, ob ich nun zur Mehrheit oder zur Minderheit gehöre, meine eigene Auffassung aufgeben muß oder aufgeben darf, da doch einzig und allein meine eigene politische Moral eine Gewähr dafür bieten kann, daß die Politik nicht unmoralisch wird und somit ihre Legitimität nicht verliert, beziehungsweise daß sie diese verliert, sobald sie unmoralisch wird. Für politische Moralität ist die Legitimität einer Staatsmacht lediglich Vorbedingung, meine persönliche Verantwortung jedoch ist die einzige Garantie. Meine persönliche Verantwortung läßt sich jedoch nicht auf der Ebene von Nützlichkeit oder Notwendigkeit messen. Ich bin ihr einziger Hüter, nur ich kann sie vertreten.

Ende der achtziger Jahre lag das Problem nicht darin, daß solche Prinzipien nicht hätten ausgesprochen werden dürfen, sondern daß man an so etwas gar nicht mehr dachte, weil man durch die Relativierung der persönlichen Moral bequem geworden war. Helge Leiberg, deren Atelier einst von Stasi-Agenten verwüstet worden war und die einmal zu den Freunden, das heißt Opfern Sascha Andersons gehört hatte, sagt dazu jetzt ziemlich resigniert: «Die Elbe floß so schön dahin, und das Bewußtsein, welches Verhältnis man zur übrigen Welt hat, war uns völlig abhanden gekommen.»

Der sogenannte Staatsbürger, der zu den sogenannten freien Wahlen eilte, wählte nicht zwischen Parteiprogrammen, sondern zwischen Vorstellungen, die er auf Grund seines wohlverstandenen eigenen Interesses und der Qualität seines moralischen Abwehrsystems dreißig Jahre hindurch im Zustand der Hoffnungslosigkeit allein zu Hause gehegt hatte. Heute stehen uns sozialistische, christliche, faschistische, demokratische, nationale, liberale Vorstellungen zur Verfügung, aber diese geistigen Einlagerungen besitzen auch heute nicht mehr Inhalt oder Realität als gestern. Egal ob wir diese Vorstellungen als Wähler oder als Parlamentsabgeordnete haben, hinter ihnen steht immer unsere traurige und zukunftslose Erfahrung des Pragmatismus unserer täglich abgewickelten häßlichen kleinen Konformismen und unseres apathischen moralischen Relativismus. Wir haben nicht ein neues Leben begonnen, sondern wir setzen dasselbe Leben fort. Wir möchten einen schönen roten Strich ziehen und sagen, das Schlechte ging bis hierhin, und von da an wird es gut. Und um diese Operation zu bewerkstelligen, ist es nicht nur nötig, sondern auch nützlich, zumindest einen Sascha Anderson zu haben.

## 8

Wohl jeder möchte gern einen dicken roten Strich ziehen und sagen, die Guten sollen sich hierhin und die Schlechten dorthin stellen. Die Deutschen haben jetzt einen solchen verzweifelten Versuch gemacht, aber sicher ist es kein Zufall, daß weder die Tschechen noch die Slowaken, weder die Ungarn noch die Polen sich so weit vorgewagt haben, die schmutzige Wäsche ihrer Geheimdienste so schamlos der Öffentlichkeit preiszugeben. Es ist meine aufrichtige Hoffnung, daß sie es auch in Zukunft nicht tun werden.

Selbst der demokratischste Staat muß keusch über die Aktivitäten seines Geheimdienstes schweigen. Die demokratischen Parlamente haben zwar Kontrollbeauftragte, doch auch sie unterstehen der Schweigepflicht. Es gibt reichlich Dinge, über die sie schweigen müssen. Denn der Geheimdienst eines demokratischen Rechtsstaates kann sicher weder alles tun noch irgend etwas Beliebiges, doch das, was er tun muß, ist wahrscheinlich schwer mit den moralischen Bedingungen vereinbar, unter denen ein herkömmlicher Staatsbürger sein tägliches Leben führt. Der Geheimdienstchef und der Geheimdienstagent messen das eigene Tun nicht an Schön und Häßlich, Gut und Böse, sondern an der Nützlichkeit, der Notwendigkeit, all dem, was im nicht unbedingt der Öffentlichkeit preiszugebenden Interesse des Staates steht. Die Chefs und Agenten sind Menschen, die der Staat im wohlverstandenen Eigeninteresse nicht vom Turnen, sondern von der Moral befreit hat. Und wenn der Staat im wohlverstandenen Eigeninteresse morgen jemanden von der Moral befreien muß, kann er nicht heute einen anderen entlarven.

Ein solches Kunststück haben die Deutschen wahrscheinlich nur deshalb unternehmen können, weil sie von etwas, von dem andere immer nur eines besitzen, plötzlich zwei hatten. Und wahrscheinlich wollten sie nur zum Ausdruck bringen, daß sie das schlechtere davon wegwerfen und das notwendig bessere behalten müßten. Das hätten sie auch ganz leise tun können. Vielleicht ist ihnen, als sie das ruinierte Leben der Mitmenschen in ihrem Lande sahen, das Herz schwer geworden. Vielleicht ist ihr Moralempfinden in den Zeiten der friedlichen Koexistenz zu lasch geworden. Vielleicht schleppen sie eine moralische Belastung aus früheren Zeiten mit sich herum. Jedenfalls haben sie der Welt jetzt laut verkündet, daß sie den guten ihrer Geheimdienste gewählt haben. Daher mußten sie zeigen, wie der böse gewesen war, und wenn sie das schon einmal zeigten, dann konnten sie auch gleich die Agenten des bösen beim Namen nennen. Und damit behaupten sie gleichsam, daß in dem guten Staat die Aktivitäten des Geheimdienstes geheimzuhalten sind, man im Dienste des schlechten aber nicht die eigenen Freunde verraten darf. Was als moralischer Lehrsatz ziemlich mager ist.

So weit konnten sie ja nicht gehen, alle Agenten des Bösen vor den Richter zu stellen, da es zwar dafür Gesetze gibt, daß niemand im Dienste eines fremden Staates als Agent tätig sein darf, doch weder in einem guten noch in einem schlechten Staat ein Gesetz dafür, daß jemand nicht für seinen eigenen Staat Agent sein und seine Freunde aus Arbeitspflicht verraten dürfte. Niemand mit einem gesunden Moralempfinden wird behaupten können, daß dies gut wäre, denn ein solcher aus Arbeitspflicht erfolgter Verrat kann schließlich nicht als Kavaliersdelikt betrachtet werden, wenn er das Leben eines anderen zugrunde richtet oder sogar auslöscht. Doch ein Gesetz, nach dem man Freunde nicht einmal im Interesse des eigenen Staats verraten darf, weil man das Leben eines anderen nicht einmal im Interesse des eigenen Staates vernichten darf, können wir erst haben, wenn die Nationen gemeinsam beschließen, ihre Geheimdienste aufzulösen. Bis zu diesem fernen Tag bleibt diese Angelegenheit verhängnisvoll mir selbst überlassen, ganz gleich, ob ich in einem faschistischen oder einem kommunistischen oder einem demokratischen System lebe. Zwischen moralischen und rechtlichen Zweifeln hin und her geworfen, sind die Deutschen leider so weit gegangen, für das öffentliche moralische Urteil einen gesetzlichen Hintergrund zu schaffen. In einem solchen Prozeß fahndet nicht die Polizei, sondern der durch die öffentliche Meinung als untadelig hingestellte Geschädigte oder das Opfer. In einem Prozeß mit solcher moralischen Thematik erheben die Zeitungen die Anklage und nicht der Staatsanwalt. In einem solchen Prozeß gibt es keinen Rechtsanwalt, der dem Angeklagten beistehen könnte, und das Urteil wird, wie es bei moralischen Urteilen immer der Fall ist, von der sich für untadelig haltenden Öffentlichkeit bei der Pediküre, in den Treppenhäusern, im Fernsehen, in den Kneipen und literarischen Salons gefällt.

Wenn ich es zurückhaltend formulieren wollte, müßte ich in Anbetracht dessen sagen, es handelt sich hier gewiß um eine Notsituation. Meine deutschen Kollegen mit ihren feinen Federn reden hingegen von der Notwendigkeit der Selbstüberprüfung. Doch dann muß ich mit meiner Feder etwas dicker auftragen, denn eine Selbstüberprüfung, die mit der Überprüfung eines anderen Menschen beginnt, ist mir schwer vorstellbar.

Nachteilige Situationen haben manchmal Vorteile. Die Polen, Tschechen, Slowaken und Ungarn befinden sich nicht in der vorteilhaften Lage, bestimmen zu können, welcher von ihren Geheimdiensten gut oder böse war. Vorzeigematerial haben auch sie, doch ein Vorzeigematerial, mit dem sie die Machenschaften des bösen vor dem Hintergrund der eigenen Untadeligkeit darstellen könnten, ist ihnen nicht in den Schoß gefallen. Nicht einmal auf dieser Ebene können sie mit dem beigebrachten Material arbeiten. Und wenn der Anspruch auf moralische Selbstüberprüfung schon aufgetaucht ist, ist dies zu ihrem großen Glück die vorteilhaftere Situation. Warum aber ist es gerade für die Deutschen zum brennenden Bedürfnis geworden, in Deckung gehend beim Guten, das Böse beim Namen zu nennen? Auf diese Frage müssen sie selbst antworten.

*Deutsch von Zsuzsanna Gahse*

# Schicksal und Technik

Ich möchte einige bekannte Wörter nennen.

Niederlage. Verlust. Zusammenbruch. Bankrott. Verwüstung. Armut. Hunger. Findigkeit. Gestank. Hoffnungslosigkeit. Hilflosigkeit. Kummer. Krankheit. Schwäche. Schmerz. Verfall. Qual. Kälte. Staub. Betrübnis. Schwermut. Bedenken. Zweifel. Verzweiflung. Geschäftemachen. Freude. Verlegenheit. Entsagung. Verdrängung. Vergessen. Erniedrigung. Isolation. Beschuldigung. Selbstbeschuldigung. Vorwurf. Jammer. Wut. Rache. Selbstbetrug. Lüge. Genugtuung. Abhängigkeit. Feigheit. Ausgeliefertsein. Erinnerung. Wagemut. Rebellion. Scheitern. Ungerechtigkeit. Rechtlosigkeit. Gefangenschaft. Willkür. Angst. Beklemmung. Atemnot. Schande. Scham. Mangel. Leiden.

Einige der peinlichsten habe ich gar nicht erst erwähnt. Verhör. Schläge. Folter. Hinrichtung. Und tödliche Stille.

Ich möchte ein paar andere bekannte Wörter nennen.

Übereinkunft. Bauen. Fortschritt. Hoffnung. Entwicklung. Beschäftigung. Expansion. Ordnung. Ausbau. Investition. Ertrag. Gewinn. Erfolg. Freude. Eifersucht. Neid. Wettbewerb. Betrug. Vorsicht. Aufmerksamkeit. Strebsamkeit. Begabung. Niveau. Qualität. Ausgewogenheit. Wohlgeruch. Fülle. Wohlstand. Überfluß. Egoismus. Genuß. Übersättigung. Besitzdrang. Wollust. Maß. Enthaltsamkeit. Kritik. Einsicht. Härte. Gnadenlosigkeit. Offenheit. Kraft.

Heiterkeit. Wohltätigkeit. Ernst. Irrtum. Neuanfang. Distanziertheit. Differenziertheit. Strukturiertheit. Selbständigkeit. Sterilität. Kälte. Einsamkeit. Isolation. Selbstbewußtsein.

Und dabei habe ich ein paar wichtige Wörter noch gar nicht erwähnt. Kreativität. Souveränität. Spontaneität. Freiheit.

Mit diesen Wortgruppen wäre ein einzelner Mensch nicht zu beschreiben, da ein einzelner bei sich selbst Erfolge nicht von Mißerfolgen, Freuden nicht von Leiden, Siege nicht von Niederlagen, Gestank nicht von Wohlgeruch zu trennen vermag. Und doch sind diese Wortgruppen möglicherweise geeignet, die Lebensbedingungen und gesellschaftlichen Organisationsprinzipien zu kennzeichnen, die in den vergangenen vierzig Jahren den Rahmen für unser Leben abgegeben haben: nicht die Prinzipien und Ideologien, sondern die Realitäten unseres Lebens.

Die eine Gruppe von Wörtern steht für einen Menschen, der dem Schicksal ausgeliefert ist, die andere für einen, der sein Schicksal selbst in die Hand nimmt und organisiert. Der eine versucht zu überleben und zu ertragen, wo der andere einzurichten und zu gestalten versucht. Das macht einen erheblichen Unterschied, was persönliche Erfahrungen, aber auch was Sehnsüchte, Ziele, Handlungsmuster und die Wahl der Methoden angeht. Ich zweifle nicht daran, daß wir einander in den kommenden Jahrzehnten unseres gemeinsamen Lebens im Zeichen dieser Unterschiede mißverstehen werden.

Ich möchte von einer Gruppe von Erscheinungen sprechen, die ein Grieche, der so ähnlich gedacht hätte wie ich, einmal als Schicksal, Fügung, als von den Göttern vorbestimmt, als *tyché* bezeichnet, zum anderen als handwerkliche

Geschicklichkeit, als professionelles Können, Kunstfertigkeit, Gewandtheit, Findigkeit, List, als *techné* definiert haben würde. Heute würden wir Schicksal und Technik sagen. Der Mensch der einen Wortgruppe erlebt sein Schicksal als etwas, was er weder ordnen noch gestalten kann, das heißt, er besitzt keine Technik für den Umgang mit seinem Schicksal. Der Mensch der anderen Wortgruppe verfügt zwar über die Technik, weiß aber in Wirklichkeit nicht, was er gestaltet und ordnet. Beide haben innerhalb einer Dualität verschiedene Prioritäten gesetzt: Der eine sieht zu weit, der andere zu kurz, und so haben sie kaum eine Chance, einander zu verstehen. Ich will nicht behaupten, daß sie überhaupt keine Chance hätten, denn wenn ihre Wahrnehmungen auch unverändert im Zeichen dieser Dualität ablaufen, findet ihr Tun und Denken doch jedenfalls im Zeichen der eigenen Prioritäten statt. Woraus folgt, daß der eine nicht nur mit dem Verständnis des anderen Probleme hat, auch das eigene Leben ist nichts weiter als die logische Abfolge peinlicher Mißverständnisse. Woraus jedoch geschlossen werden kann, daß es sich nicht um eine einfache Kommunikationsstörung zwischen beiden handelt, sondern vielmehr um eine Kommunikationsstörung, die der Störung ihrer Selbstkenntnis und Weltkenntnis entspringt. Beide gehen nicht mehr von der Dualität von Selbstkenntnis und Weltkenntnis aus: Der eine gibt der Weltkenntnis, der andere der Selbstkenntnis Priorität.

Der dem Schicksal ausgelieferte Mensch begreift die Ereignisse als Naturerscheinungen, universalisiert seine Lage leichtfertig, faßt seine Tätigkeit als Zwang auf, während der sein Schicksal selbst ordnende Mensch den Wirkungskreis seiner Tätigkeit streng eingrenzt, seine Lage individualisiert und annimmt, daß die Ereignisse durch Übereinkünfte gestaltbar sind. Der dem Schicksal ausgelieferte Mensch denkt regressiv, schließt von der Wirkung auf die Ursache, sucht Erklärungen in der Vergangenheit und beruft sich auf die Wahrheit. Der das Schicksal selbst ordnende Mensch denkt progressiv, er schließt aus der Ursache auf die Wirkung, sucht eher in der Gegenwart nach akzeptablen Übereinkünften und beruft sich auf die Gesetze. Der seinem Schicksal ausgelieferte Mensch hat nur Geschichte, aber keine individuelle Vergangenheit; der sein Schicksal selbst ordnende Mensch hat nur eine individuelle Vergangenheit, aber keine Geschichte. Der erstere schaut eher in die Zeiten zurück, die vor der Französischen Revolution liegen, weil er für seinen Überlebens- und Anpassungszwang moralisch fundierte Muster braucht; der letztere dagegen faßt die ganze Geschichte als eine Abfolge von Schritten hin zur Individualisierung auf, und in Zeiten, die vor der Modernisierung liegen, schaut er am liebsten gar nicht erst zurück. Der eine erinnert sich zwanghaft, der andere vergißt zwanghaft. Der Sprachgebrauch des Menschen, der seinem Schicksal ausgeliefert ist, ist dementsprechend immer persönlich, vertraulich, aber nicht individuell. Der Sprachgebrauch dessen, der sein Schicksal selbst gestaltet, ist immer individuell, doch er vermeidet alles, was auf etwas Vertrauliches oder Persönliches hinweisen könnte. Der eine beruft sich lieber auf die Tradition, der andere auf die Aktualität, der eine schöpft aus magischen und mythischen Bewußtseinsinhalten, der andere aus mythischen und mentalen Bewußtseinsinhalten. Die Sprechweise des einen ist von einer seltsamen, unangenehmen Langsamkeit, Antiquiertheit und Provinzialität, der andere demonstriert – nicht weniger unangenehm – seine Schnelligkeit, Wohlinformiertheit und Weltläufigkeit. Der seinem Schicksal ausgelieferte Mensch findet in der kollektiven Identität zu sich selbst, der sein Schicksal gestaltende in der individuellen Identität.

Die Störung ihrer Kommunikation ist ziemlich einfach zu beschreiben, weil es einsichtig ist, welche Verhaltensmuster und Sprachschemata hinter der einen und hinter der anderen Mentalität stehen. Es läßt sich nicht allzu schwer begreifen, daß die Bulgaren den Kopf schütteln, wenn sie Ja meinen, und nicken, wenn sie etwas verneinen, oder daß die Briten nicht auf der rechten, sondern auf der linken Seite der Straße fahren. Die Kommunikationsstörung wird jedoch dadurch verstärkt, daß hinter den verschiedenen Verhaltensmustern und Sprachschemata nicht nur Widersprüche stehen, die mit der Verschiedenheit der historischen Situation oder des Zivilisationsniveaus erklärbar wären, sondern auch eine Störung der Selbst- und Weltkenntnis, die die gesamte europäische Kultur kennzeichnet.

Ich möchte diesen Zusammenhang anhand eines ganz einfachen Beispiels demonstrieren.

Schon um den einfachsten Ansprüchen von Höflichkeit Genüge zu tun, fragt ein Mensch den anderen: Wie geht es dir? Zwar ist die Frage durch häufigen Gebrauch schon stark abgenutzt, doch seltsamerweise schadet ihr das nicht, denn direkt hinter ihr steht die Dualität von Gut und Schlecht, in ihr sind Neugierde und der Wunsch aufgehoben, den anderen kennenzulernen, der Prozeß von Kontrolle und Selbstkontrolle, und je nachdem, wie die Antwort ausfällt, Wahrheit und Lüge, Ehrlichkeit und Falschheit, Zurückweisung und Mitgefühl, Annahme und Schlußfolgerung, also in Spurenelementen alles, woraus ein Werturteil aufgebaut wird, alles, woraus Selbstkenntnis und Weltkenntnis entstehen können.

Begegnen sich zwei der dem Schicksal Ausgelieferten, so würde die Antwort «Es geht mir gut» das denkbar größte Befremden hervorrufen. Bedeutete sie doch, daß der eine in dem ganzen Elend, das ihrer beider Leben ausmacht, die Schicksalsgemeinschaft mit dem anderen aufzukündigen gedenkt, und daher werden sie, wenn sie höflich sein wollen, bestrebt sein, die Unerträglichkeit ihres Schicksals in den schillerndsten Farben darzustellen, und versuchen, sich dabei geradezu zu übertreffen. Das werden sie selbst dann tun, wenn sie sich aufgrund irgendeines Zufalls ausnahmsweise wohl fühlen sollten, denn die kollektive Identität, die sich in der elementaren Höflichkeit ausdrückt, befiehlt ihnen, den anderen durch die eigenen angenehmen Gefühle nicht zu belasten. Von denen, die ihr Schicksal selbst gestalten, erfordert die elementare Höflichkeit das genaue Gegenteil. Treffen zwei von ihnen zusammen, so ist ihr grundlegendes Interesse, einander auch dann nicht mit ihren unangenehmen Gefühlen zu belasten, wenn es ihnen ausnahmsweise nicht gutgeht, denn würden sie anders handeln, so müßten sie einem Fremden die intime Information anvertrauen, daß sie ihr Schicksal falsch gestaltet und Konkurs erlitten haben, daß sie Versager sind, und in diesem Falle würden sie geradezu die Funktionsfähigkeit jenes allgemeingültigen Prinzips in Frage stellen, auf das die kollektive Identität derer aufgebaut ist, die ihr Schicksal selbst gestalten. Die ersteren sind zwanghafte Simulanten, die letzteren zwanghafte Dissimulanten.

So ist es auch nicht weiter verwunderlich, daß bei einem Zusammentreffen eines dem Schicksal Ausgelieferten mit einem, der sein Schicksal selbst gestaltet, jeder von der Antwort des anderen schockiert ist. Unvermeidlich entsteht bei jedem der Eindruck, der andere verletze die elementaren

Regeln der Höflichkeit, obwohl sich Simulation und Dissimulation jeweils auf die gleiche Sache beziehen: das Schicksal. Aber weder der eine noch der andere kann erkennen, warum er dem Schicksal gegenüber zur Simulation beziehungsweise zur Dissimulation gezwungen ist. Was für den einen unbegründetes Gejammer ist, weil er innerhalb der Dualität von Gut und Schlecht dem Guten Priorität zugesprochen hat, ist für den anderen unbegründete Prahlerei, weil er innerhalb derselben Dualität dem Schlechten Priorität gegeben hat. Und noch peinlicher wird ihr Zusammentreffen, wenn sie einander Ratschläge erteilen. Das sieht ein wenig so aus, wie wenn ein heftig mit dem Schwanz wedelnder Hund auf eine Katze trifft, die den Schwanz steif in die Höhe hält. Sie werden unvermeidlich übereinander herfallen, denn was in der Sprache des einen ein Zeichen für Interesse und freundliche Annäherung ist, bedeutet in der Sprache des anderen Mißtrauen und Angriffsbereitschaft.

Bisher habe ich noch nicht einmal der Einfachheit halber gesagt, es handele sich bei dem einen um einen osteuropäischen und beim anderen um einen westeuropäischen Menschen. Eine solche Unterscheidung wäre nur dann begründet, wenn diejenigen, um die es geht, sich nicht nur durch ihre Mentalität und das Niveau einer gleichgerichteten Entwicklung unterschieden, das heißt durch alles, was in den Bereich des fachlichen Könnens, der fachlichen Fertigkeiten und Versiertheit fällt oder unmittelbar daraus folgt. Es müßte sich dabei um klar voneinander abgrenzbare Gruppen von Menschen handeln, die ihr Schicksal deshalb mittels verschiedener Methoden ordnen und gestalten, weil sie verschiedene Vorstellungen darüber haben, was zu ordnen und zu gestalten ist. Leider aber ist es in unserem Falle nicht so.

Der eine weiß zwar, was er zu gestalten und zu ordnen hätte, hat aber gerade hierfür keine Technik, der andere hat zwar die Technik, weiß aber nicht, was er mit ihr gestaltet und ordnet. Deshalb sehe ich nicht den Unterschied zwischen ihnen, sondern eher den Zusammenhang zweier verzerrter Betrachtungsweisen, die aus verschiedenen konstitutionellen Eigenschaften hervorgehen, einen Zusammenhang, den sie gerade durch die Simulation und Dissimulation oder eben durch den schematischen Kontrast geographischer und politischer Begriffe vor sich selbst und den anderen verbergen.

Ich kann es nicht als Werk des Zufalls erachten, daß die nationalen Gemeinschaften derer, die ihr Schicksal selbst gestalten und ordnen, ausgerechnet in dem Augenblick anfingen, die juristischen und wirtschaftlichen Rahmenbedingungen ihres geographisch getrennten Lebens entscheidend zu harmonisieren, als jenes auf Universalisierung gerichtete Machtgefüge zusammenbrach, das das Leben der ihrem Schicksal Ausgelieferten restlos ungestaltbar und unregelbar gemacht hatte.

Vielleicht ist es eher so, daß der ideologisch begründete Universalismus einem ideologisch begründeten Separatismus den Boden bereitet hat, doch dieser Separatismus war bestrebt, innerhalb eines geographischen Rahmens die gleichen als universell erachteten Prinzipien zu bewahren, welche die andere Ideologie auf alle Kontinente und Nationen auszubreiten bestrebt war. Der erstere sonderte sich geographisch ab, bewahrte aber in seiner Politik den universellen Anspruch der ursprünglich gemeinsamen Prinzipien, der letztere dagegen verlor die Legitimität seines Universalismus, da er sich ja politisch absondern mußte. Es blieb ein beiden gemeinsamer Wesenszug, daß zwischen

Theorie und Praxis, Ideologie und Realität jeweils ein unüberwindlicher Abgrund klafft, auch wenn der eine eher zur Simulation, der andere mehr zur Dissimulation neigt. Es liegt auf der Hand, daß es nicht weniger unmöglich ist, aus dem Mangel an elementarsten Voraussetzungen für Einheit, aus der Verneinung einer kulturellen Gemeinschaft heraus ein einheitliches Europa zu schaffen, als aus dem Mangel an Brüderlichkeit, aus der Verneinung von elementarsten Voraussetzungen für persönliche Freiheit heraus Gleichheit zu schaffen.

Ich muß also davon ausgehen, daß ein Zusammenhang existiert, wenn die nationalen Gemeinschaften derer, die ihr Schicksal selbst gestalten und ordnen, gerade dann die Zeit gekommen sahen, aus ihren nationalen Grenzen herauszutreten und sich aufgrund ihrer politischen, ideologischen Gemeinschaften in einer juristischen und wirtschaftlichen Gemeinschaft eine neue Identität zu schaffen, als die politisch und ideologisch abgesonderten Gemeinschaften der dem Schicksal Ausgelieferten schon alle jene mentalen und wirtschaftlichen Reserven aufgezehrt hatten, die der Praxis einer übernationalen gesellschaftlichen Organisationsform entsprungen waren, so daß diese also zur Herstellung einer neuen Identität gar nicht geeignet sein konnte. Die Absonderung war nicht zu verwirklichen, die Universalisierung scheiterte.

1989 ist nicht nur der Versuch des Kommunismus gescheitert, ausgehend vom Primat der Gleichheit mit dem Mittel gewalttätiger Expansion eine universelle Freiheit zu verwirklichen, die er den Individuen jedoch vorenthielt und deren Fehlen auch verhinderte, daß unter den Individuen Brüderlichkeit entstehen konnte. Zugleich erscheint auch der Versuch angeschlagen, der es geographisch und politisch abgesondert unternahm, auf Kosten von Gleichheit und Brüderlichkeit eine auf das Primat individueller Freiheit aufbauende Praxis der gesellschaftlichen Organisation zu verwirklichen. Scheinbar ist der Unterschied enorm, denn es sieht so aus, als wäre der Zusammenbruch in erster Linie wirtschaftlicher, das Angeschlagensein dagegen mehr politischer Natur. Wenn es so wäre, könnten wir wenigstens auf die Lebensfähigkeit des einen Modells hoffen.

Die zusammenbrechenden Systeme haben den angeschlagenen Systemen jedoch eine Endabrechnung eingereicht, die keineswegs nur wirtschaftlichen Charakter hat. Es ist gleichzeitig offenkundig geworden, daß die gemeinsamen universellen Prinzipien, die in der geographisch abgesonderten Existenz bewahrt wurden, Modifizierungen erfahren haben: Der Begriff Freiheit wurde abgelöst vom Begriff Rechtsgleichheit, der Begriff Gleichheit vom Begriff soziales Gleichgewicht, und in der Praxis der notwendigen Absonderung geriet der Begriff Brüderlichkeit vollkommen in Vergessenheit. Die menschlichen Gemeinschaften, die aus ihren nationalen Grenzen herauszutreten gedenken, sind gerade durch die reale Praxis der Absonderung unfähig geworden, ihre verbal vierzig Jahre lang und auch heute noch vertretenen Prinzipien zu verwirklichen. Die aber wollen die Völker der östlichen Hemisphäre nun endlich eingelöst wissen, indes stürzen sie in dem Maße in ihre nationalen Begrenzungen zurück, wie sich die von den Völkern der westlichen Hemisphäre ihren abgesonderten Bedingungen angepaßten universalistischen Prinzipien als funktionsunfähig erweisen.

All das, was zwischen beiden geschehen ist und geschieht, weist auf einen Bankrott oder zumindest schwerwiegende

Funktionsstörungen der gesamten europäischen Kultur hin, und es ist zu befürchten, daß der wirtschaftliche Zusammenbruch auf der einen Seite deshalb nicht aufzuhalten ist, weil die Kommunikationsstörung auf der anderen Seite nicht mit politischen Mitteln zu beheben ist. Was von Prag und Budapest, teils aber auch von Berlin aus gesehen als unüberbrückbarer kultureller Bankrott erscheint, ist von Zürich, Paris oder Frankfurt aus betrachtet nur eine überwindbare Kommunikationsstörung. Wer angesichts einer Kommunikationsstörung von kulturellem Bankrott spricht, denkt an Schicksal, wer angesichts eines kulturellen Bankrotts von Kommunikationsstörung spricht, denkt an Technik.

Schicksal bedeutet Zeitlichkeit und Zeitlosigkeit, Geschehensablauf, Zufall und Eventualität; Technik bedeutet im ursprünglichen Sinne des Wortes List, Pfiffigkeit, Kunstfertigkeit und fachmännisches Können, wodurch all das, was Klotho auf ihrer Spindel gesponnen hat, nutzbar wird, was Lachesis zugeteilt hat, sich einteilen, was Atropos unabwendbar gemacht hat, sich irgendwie deuten läßt. Ein Grieche, der so ähnlich wie ich gedacht hat, hätte vielleicht gesagt, es gibt Dinge in der Welt, die ihr Entstehen der Fügung verdanken, sie sind von Natur (*physis*) gegeben. Und es gibt Dinge, die vom handwerklichen Können (*techné*) hervorgebracht sind, die aufgrund menschlicher Übereinkunft (*nomos*) nutzbar werden. *Nomos* hat jedoch niemals Priorität auf Kosten der Natur genießen können, weil die von Natur gegebenen Dinge als die mächtigeren erachtet wurden, und so haben die Griechen auch nicht auf den Gedanken kommen können, *tyché* Priorität gegenüber *techné* zuzusprechen, so wie wir das tun, und sie konnten auch nicht auf den Gedanken kommen, ohne der Macht der Natur gewärtig zu sein, *tyché* zu interpretieren oder Übereinkünfte aufgrund handwerklicher Fertigkeiten einzugehen.

An der Funktion dieser miteinander zusammenhängenden Begriffspaare hat sich im Laufe von tausend Jahren nichts geändert, auch wenn die Rolle der Fügung von der göttlichen Vorsehung abgelöst worden ist. Und obwohl sich seit dem siebzehnten Jahrhundert die inneren Akzente dieses Zusammenhangs wesentlich verändert haben – ob wir nun «Kreativität» sagen wie diejenigen, die das Schicksal gestalten, oder «Findigkeit» wie diejenigen, die dem Schicksal ausgeliefert sind –, denken wir ungefähr an dieselbe Zeitlichkeit und Zeitlosigkeit, an welche die Griechen gedacht haben dürften, wenn sie von *Nemesis* sprachen, oder die Römer, als sie das *Fatum* anriefen. Der Mensch gestaltet seine Lage mal günstig und mal ungünstig, man kann sie im voraus weder austüfteln noch berechnen. Doch unseren Tüfteleien und Berechnungen stellt sich nicht mehr die Fügung in Form naturgegebener Dinge in den Weg, und sie werden auch nicht von der göttlichen Vorsehung mit ihrer dem menschlichen Geist nicht ermeßlichen Einsicht gelenkt.

Die innere Verschiebung der Akzente könnte als der Raumgewinn von *Nemesis* auf Kosten des *Fatums* beschrieben werden. Dank *Lumières* denken wir seit etwa dreihundert Jahren vor allem an eine Art von Schicksal, das uns gemäß unseren Verdiensten zugesprochen wird, beziehungsweise dank *Bildung* an ein Schicksal, das man auch dann zu gestalten bestrebt sein muß, wenn es vorherbestimmt ist. Vor dieser Zeit hatte man im Angesicht göttlicher Vorsehung vielmehr an eine Art Schicksal zu denken, das uns zuteil wurde, das starr und unveränderlich war, und so wird es vielleicht eher verständlich, warum diejenigen, die dem Schicksal ausgeliefert sind, auf die Zeiten vor der Französischen Revolution zurückblicken müssen, diejenigen dagegen, die das Schicksal selbst gestalten, eher auf das, was seitdem passiert ist. Und vielleicht wird so auch verständlicher, warum der das Schicksal gestaltende Mensch von Verständnislosigkeit und panischer Angst ergriffen wird im Angesicht des Fatums, das er gegen Nemesis ausgetauscht hat, und warum der dem Schicksal ausgelieferte Mensch jedes persönliche Verdienst als eitlen Selbstbetrug auffaßt, da doch das ganze Leben vom Fatum gelenkt wird. Vielleicht wird jetzt verständlicher, warum sich der eine nach einem Schicksal sehnt, das eher in den Händen der Nemesis ruht, und warum es den anderen vor einem Schicksal graut, das in der Hand des Fatums liegt. Diesen kaum merklichen Unterschied gibt es erst seit vierzig Jahren in der europäischen Geschichte. Jene kritische Akzentverschiebung kann erst auf dreihundert Jahre zurückblicken. Die Bewegung dieser zeitlich eingrenzbaren Vorstellungen aber gründet sich auf eine fast tausendjährige Geschichte, die sich gerade aufgrund solcher gemeinsamen Vorstellungen von anderen Kulturen abgrenzt beziehungsweise sich anderen Kulturen eben im Zeichen solcher gemeinsamen Vorstellungen aufdrängen will.

Der seinem Schicksal ausgelieferte und der sein Schicksal selbst gestaltende und ordnende Mensch des Abendlandes unterscheiden sich nicht in der Art, wie sie die Zeit betrachten. Ob einer simuliert oder dissimuliert, der Gegenstand seiner Sorgen ist der gleiche. Schon beim Frühstück möchte er wissen, was sein Abendbrot sein wird, so daß seine Vorstellung von der Zeit durch einen Wunsch bestimmt ist, der nicht auf die Gegenwart einzugrenzen ist. Ob er sein Schicksal in der Hand des Fatums oder der Nemesis wähnt, er müßte in beiden Fällen über ein Zukunftsbild verfügen, das ihm weder Fatum noch Nemesis gestatten.

Die abendländische Kultur hat gegenwärtig ein allgemeines und ein spezielles Problem bezüglich des eigenen Zukunftsbildes.

Das allgemeine Problem besteht darin, daß diese Kultur zwar den sehr engen Spalt vergrößert hat, den die *tyché* einer Stadt, eines Staates oder gar eines ganzen wirtschaftlich und politisch integrierten Kontinents der menschlichen List, Pfiffigkeit und dem fachmännischen Können zu öffnen erlaubt, sie wurde jedoch dem Maß und der Art der Differenziertheit und Strukturiertheit der technischen Fertigkeiten entsprechend mit der Macht der Natur konfrontiert. Differenziertheit und Strukturiertheit bedeuten also nicht, daß der Mensch des Abendlandes über sein Schicksal verfügt, sondern daß er viel weniger darüber verfügt, als er es noch vor dreihundert Jahren hoffte. Er hatte die Macht der Natur in dem Maße vergessen, wie es ihm gelungen war, die göttliche Vorsehung durch menschliche Übereinkünfte abzulösen.

Innerhalb dieses allgemeinen Problems ist es nur ein spezielles, daß diejenigen, die dem Schicksal ausgeliefert sind, eher an Fatum denken, wenn sie von brauchbaren Lebenstechniken sprechen, während diejenigen, die das Schicksal selbst gestalten und ordnen, dabei eher an Nemesis denken, die das Schicksal nach persönlichem Verdienst zuteilt.

Ich weiß nicht, ob der Mensch über sein Schicksal wirklich verfügt und demzufolge den vernichtenden Elementen trotzen muß, oder ob er nicht über sein Schicksal verfügt und sich deshalb bestenfalls List und Pfiffigkeit den vernichtenden Elementen gegenüber erlauben kann. Ich weiß auch nicht, ob Differenzierung und Strukturierung tatsächlich Qualitätskriterien für etwas sind, aber ich bin gezwungen zu sagen, daß sie es sind. Die vierzig Jahre des Kalten Krieges und der friedlichen Koexistenz haben jenes Problem bloß vertieft, das die gemeinsame Kultur seit dreihundert Jahren mit sich schleppt und nicht lösen kann. Kennzeichnend ist, daß im Laufe dieser dreihundert Jahre bereits zwei politische Systeme mangels kultureller Kohärenz zusammengebrochen sind, und nicht weniger kennzeichnend ist, was an ihrer Stelle übrigblieb.

Die faschistische Utopie ist die Zukunftsidee bloß einer ethnischen Gemeinschaft, eine für alle anderen Nationen und Ethnien vernichtende Methode. Die kommunistische Utopie ist die Idee für eine gemeinsame Zukunft, aber keine Methode. Die pragmatische Denkweise der sich von beiden Ideen abgrenzenden Demokratien enthält keine Idee für die Zukunft, sie ist bloß eine Methode. Wenn wir von einer Kommunikationsstörung sprechen, welche den Umgang der ihrem Schicksal ausgelieferten mit den das Schicksal selbst gestaltenden Menschen so erschwert, dann könnten wir sagen, daß sich hier Ekel vor Utopie und Mangel an Utopie Auge in Auge gegenüberstehen. Mangel an Utopie denen anzubieten, die jeder Utopie gegenüber Ekel empfinden, aber doch wissen möchten, was ihr Abendbrot sein wird, ist ein ebenso sinnloses Unterfangen, wie Mangel durch Ekel ersetzen zu wollen.

Nur wenn wir die auf Übereinkünften beruhende Methode vom Gesichtspunkt des Schicksals aus prüften und daher nur solche menschlichen Übereinkünfte gelten ließen, die das Primat der Natur sicherstellen, könnten wir versuchen, jene Kommunikationsstörung zu beheben. Wenn jedoch ein recht kleiner Kreis von Menschen sich sein Abendbrot weiterhin so sichern will, daß er damit das Abendbrot aller übrigen gefährdet, dann wird sich nicht nur diese Kommunikationsstörung vertiefen, sondern auch die ökologische Krise.

Ökologische Krise und Kommunikationsstörung zusammen machen den kulturellen Bankrott aus.

*Deutsch von Krisztina Koenen*

# An den trüben Quellen des Scheins

Eigentlich müßte ich über den schönen, eitlen, jahrhundertealten Wunschtraum, die wechselseitige Verständigung sprechen. Zu meinem größten Bedauern aber kann ich nur über den Mangel an Verständigung sprechen, über ihre Scheinexistenz, über die quälende Realität, die uns dieser Mangel hinterläßt.

Offen gestanden sehe ich kaum noch Chancen, daß wir einander verstehen.

Nicht nur so im allgemeinen: Kulturen, Völker, Nationen, sondern zuallererst: ich, du, er, sie, wir alle, ein Mensch den anderen. «Seid umschlungen, Millionen!» Hoffnung des kranken Schiller, des tauben Beethoven. Eine Hoffnung, die sich aber nicht erfüllen wird. Man sollte es endlich zur Kenntnis nehmen. Gerade erst haben wir die letzte Chance verspielt. Den verpflichtenden historischen Moment, als die Ungarn die Grenzen öffneten, die Tschechen sich auf samtenen Sohlen auf den Weg machten, die Rumänen mit Angst und Wonne ihre beiden Tyrannen niedermetzelten und die Deutschen endlich mit Nägeln und Klauen über die Mauer herfielen. Als wäre in diesem Moment wieder Hoffnung aufgeflackert, zum erstenmal nach langer Zeit. Hoffnung auf ein vernünftig einzurichtendes, gemeinsam gestaltetes Zusammenleben. Auch wenn wir die Sprache der Freiheit mit der Zeit unterschiedlich sprechen gelernt haben, im Prinzip müßten wir einander doch verstehen. «Oh welche Lust, in freier Luft, den Atem leicht zu heben!»

Aber schon im nächsten Augenblick wurde jeder von seiner langen und dunklen Vergangenheit eingeholt. Jeder begann, den schönen Chor der Befreiten auf seinen Lippen zu erdrücken. Jeder auf seine Weise, seiner Vergangenheit, seiner Eigenart gemäß. Auch der taube Beethoven hätte nichts anderes sehen können als dieses ohnmächtige, leere, mundgymnastische Mimen. Die Franzosen waren die ersten, die mit dem Gesang aufhörten. Nach alter Gewohnheit folgten die Engländer, und auch die Deutschen zierten sich nicht lange, weil sie das Verstummen und Mimen doch vorteilhafter fanden. Die Skandinavier, die Italiener, Spanier, Griechen und Portugiesen hatten ihre Lippen gar nicht erst bemüht. Später brachen die Tschechen unter präsidialer Stabführung ihren Gesang ab, dann, um nur nichts zu verpassen, gingen auch die braven Ungarn zum Mimen über und, mit ihrem besonders entwickelten Sinn für leere Mundgymnastik, die Österreicher, und schließlich die Polen, die sich schon einmal stimmlich einigermaßen verausgabt hatten. Dabei wollen wir nicht vergessen, daß zuletzt nur ein paar ausgehungerte, halbnackte, barfüßige Albaner übrigblieben, die nicht an diesem allgemeinen Mimen teilnahmen, sondern das Lied der Freiheit verzweifelt weitersangen. «Oh Himmel! Rettung! welch' ein Glück! / Oh Freiheit, oh Freiheit, kehrst du zurück?»

Da war sie nun wieder. Nicht die Freiheit, sondern die Totenstille der Restauration. Die artige, hirnlose Sprechübung, der gut eingeübte große Chor der alten europäischen Heuchelei, bei dem noch nie ein Wort oder Seufzer menschlicher Qual durchdringen konnte. Es blieb nur der heilige Schein. Es blieb nur die Stille der Spiegelsäle, die Stille der Gala-Diners, die Stille der Kristallüster und die Stille der ausgerollten roten Teppiche, die die Schritte der politischen Verbrecher und Massenmörder auf Staatsbesuch stets so rücksichtsvoll dämpfen. Chaos, Rauch, Blut, Völkerwanderung und Völkermord. Vergewaltigte Mädchen und Frauen, Mütter, die ihre Söhne losschicken: geht hin, vergewaltigt, mordet. Ein Krieg, den selbstverständlich niemand sehen und hören mag.

In letzter Zeit habe ich den unabweisbaren Eindruck, daß die wechselseitige Verständigung als geistige Herausforderung, als politische Aufgabe und moralische Pflicht, auf die unsere strenge, anspruchsvolle Erziehung bis dato pochte, in Wirklichkeit nicht stattfindet. Wie auch, wenn sich selbst die Liebenden nur dann einigermaßen verstehen, wenn sie den Mund nicht zum Sprechen öffnen. Denken wir daran, daß das Fruchtwasser Mutter und Frucht noch immer wechselseitig versteht.

Die Vernunft ist wahrscheinlich ein sehr dünnes Häutchen über der Menschenwelt. Mal wird es von Stürmen aufgerissen und zerfetzt, mal von animalischen Instinkten durchstoßen. Es wäre sicher dienlicher, einzugestehen, daß wir zwar von Gegenseitigkeit etwas verstehen, unsere Vernunft jedoch für Wechselseitigkeit nicht ausreicht.

Ich glaube kaum, daß es noch jemanden gibt, der etwas einzugestehen vermöchte. Und ich glaube auch nicht mehr, daß Geständnisse überhaupt noch Gehör finden.

Europa ist menschlich und geistig derart heruntergekommen, daß es keinen Denker mehr hat, der die Autorität besäße, den Bankrott glaubwürdig zu erklären.

Es geht nicht. Ich habe keine Ideen, ich habe keine Reserven mehr. Ich habe mich grundsätzlich geirrt. Ich bin müde. Ich kann nicht mehr.

Und man würde sich auch schämen, derart pathetische Sätze laut auszusprechen.

In den letzten fünfzehn Jahren sind die besten Köpfe dem Kult des Scheins und der Beliebigkeit erlegen, weil das zahlungsfähige Massenpublikum nur nach Erfolgsmeldungen und Amüsement verlangt. Als mir letzthin jemand in wohlbekannten, altmodischen Sätzen von seinem persönlichen Bankrott vorjammern wollte, habe auch ich nicht mehr vermocht, als fast widerwillig Anteilnahme vorzuspielen. Nun ja, was soll man dazu sagen, laß es doch bleiben, wenn du es nicht aushältst.

Ein solcher Verlust ist es nun auch nicht, wenn du aus dem Fenster springst.

Es würde sich vielleicht gut machen, der wohlgemeinten Anteilnahme noch ein wenig Raum zu lassen. Doch schon schwirrt die Luft von diesen unausgesprochenen, gutgehüteten Sätzen.

Vielleicht ist es kein Zufall, daß eine namhafte deutsche Publizistin schon in den ersten Tagen des Balkankriegs einen dieser gutgehüteten kleinen Sätze denn auch verlauten ließ. Den einander massenhaft abschlachtenden Kriegsparteien sandte sie die Botschaft, sie sollten sich ruhig umbringen, solange es ihnen Spaß mache. Wir jedenfalls könnten nicht zulassen, daß unzivilisierte Leute mit ihrem unvernünftigen Gezänk unseren Frieden stören.

Nimmt man diese Sätze beim Wort, so existieren zwei völlig getrennte Europas. Ein infernalisches, gänzlich verrohtes, und ein engelhaft unschuldiges, das seine noble Selbstbeherrschung schon immer zu wahren wußte. Als die Rotationsmaschinen jene paar deutschen Sätze druckten, fielen unbemerkt die letzten, auf die reine Vernunft gegründeten Vorstellungen von moralischer Verantwortung. Jene paar Sätze bedeuten, daß es im Europa der Tüchtigen und Perfekten, in dieser besten aller Welten, nichts mehr gibt, was dem Egoismus irgendwie Einhalt gebieten könnte. Keine letzte, schwache Erinnerung an den längst toten Gott. Keine seit zweihundert Jahren wie ein Gott verehrte Vernunft. Es ist weder meine Aufgabe noch meine Pflicht, schon gar nicht mein Bedürfnis, die anderen zu verstehen.

Kant ist überholt und tot. Die namhafte deutsche Publizistin hingegen zog später jene paar unvorsichtigen Sätze zurück. Umsonst. Ist es doch ein Augenblick der Wahrheit gewesen, als sie entgegen ihren Absichten, entgegen ihrer Erziehung, entgegen ihren tiefsten Überzeugungen, aber mit einer Verbeugung vor den Zwängen der Zeit jene Sätze aussprach. Auch ich möchte schon längst den Leidenden und Versehrten ins Gesicht schreien.

Wenn du es nicht aushältst, dann krepier doch. Laß mich mit deinem Unglück in Ruhe. Bring dich doch um. Hungere, wenn du nichts zu essen hast, aber gefälligst leise. Friere, aber laß mich dein Zähneklappern nicht hören.

Ich weiß, wovon ich spreche.

Vor fünfzig Jahren wurde meine Geburtsstadt zweiundfünfzig Tage lang belagert, beschossen und bombardiert. Kein Stein blieb auf dem anderen. Noch lange ragten die Stümpfe der gesprengten Brücken aus der Donau. Ich bin zwischen Ruinen und schwer versehrten Menschen aufgewachsen. Zweifellos bin ich selbst ein schwer versehrter Mensch.

Meine früheste Erinnerung: ein Luftangriff. Auf der dunklen Wand gegenüber der flackernde Widerschein der brennenden Dächer. Das erste, woran ich mich erinnere:

der schreckliche Luftdruck, Taubheit, Atemnot, die blutrot flackernde Wand, wie sie auf mich zustürzt.

Bis zu dem Zeitpunkt, da die Hormone meinen Körper erwachsen machten, kam ich nicht einmal auf die Idee, daß es noch eine andere Welt geben müßte oder geben könnte oder womöglich schon gab, eine sanftere, unschuldigere, aufgeklärtere Welt, in der nicht jeder Mensch mehrere Tote zu beklagen hat: Märtyrer und Henker, Opfer und Helden. Eine Welt, in der das Leben nicht von vornherein auf Verlust angelegt ist, in der das größte Glück nicht darin besteht, daß man heute noch Hände, Füße und Augen hat, die man morgen vielleicht verliert. Zwischen den Trümmern tappten die Blinden mit ihren weißgestrichenen Eisenstäben. Glücklich, wer hölzerne Hand- oder Fußprothesen erhielt, wer richtige Krücken oder einen anständigen Stock besaß. Es gab Gesichter, Gliedmaßen, ganze Körper mit versengter Haut. Es gab die tiefen Einschnitte im Fleich, die Flächen, wo einmal Nase und Ohren gesessen hatten. Wer unter den Trümmern hervorgezogen wurde, konnte nur noch pfeifend Luft holen. Und die, die zurückkamen, hatten eine tätowierte Nummer auf dem Arm.

Das alles steht mir deutlich vor Augen. Wie allen anderen auch. Deshalb kann mich niemand glauben machen, es gebe zwei verschiedene Europas. Es gibt nur ein Europa, das der Versehrten. Und die Grenzen der Verständigung haben mit Geographie nichts zu tun. Frankreich betrachte ich von Vichy aus, Deutschland von Stalingrad und Auschwitz. England sehe ich mit den Augen Ghandis. Die einen verstehen sich selbst, die anderen nicht. Es gibt keine Gnade der späten Geburt. Weil es keine Generation gibt – und in nächster Zukunft auch nicht geben wird –, die von Kriegsverwundungen verschont bliebe. Wir selbst sind es, die jeder neuen Generation die Sehnsucht nach Selbstzerstörung, nach Auslöschung einimpfen. Was wir selbst abbekommen haben, geben wir den anderen tagtäglich, zehntausendfach weiter. Jeder, ohne Ausnahme, wird ins Ritual der Zerstörung eingeweiht.

Wenn wir überhaupt noch von wechselseitiger europäischer Verständigung sprechen könnten – nicht nur von ihrem puren Mangel und bloßen Schein –, dann lautete die aktuelle Frage nicht mehr, warum denn die in Demokratie bewanderten europäischen Völker und frei gewählten Regierungen den neuen Demokratien nicht auf die Beine geholfen haben, wie es ihre moralische Pflicht gewesen wäre. Oder warum sie diese Völker, die doch wenigstens allein aufstehen wollen, im Namen ihrer kurzfristigen Interessen in die Knie zwingen. Die Frage ist vielmehr, warum ihre führenden Denker nicht endlich aufschreien, warum sie es weiterhin versäumen, einen Menschen verständlichen, der Realität angemessenen Satz schön laut auszusprechen: Ich kann dir nicht helfen, weil mich die Funktionsprinzipien meines eigenen Systems daran hindern, aber ich werde seine funktionellen Mängel untersuchen.

Der Kult des Scheins und der Beliebigkeit wird einen solchen Satz wohl kaum zulassen. Vielleicht denkt ihn auch niemand.

Die in Demokratie bewanderten europäischen Völker und frei gewählten Regierungen bemühen sich nicht darum, demokratische Traditionen zu stärken, Fehler in den demokratischen Systemen zu korrigieren, Funktionsstörungen zu beheben. Es geht ihnen vielmehr darum, die hierarchische Ordnung neu festzulegen. Einen Dialog gibt es nicht, er ist unerwünscht. Sich selbst verschreiben sie lieber überwachte Separation, und statt einer natürlichen europäischen Integration bieten sie den neuen Demokratien kontrollierte Isolation. Sie lassen keinen Zweifel daran, wer bestimmt, wer überwacht, wer in den Gang der Dinge hineinreden darf und wo die Grenzen der gebotenen Höflichkeit enden. Nach einer nicht sehr langen Pause ist der Geist des Wiener Kongresses und des Kremls wieder in die barocken Spiegelsäle eingezogen.

Zum Schluß möchte ich wenigstens meine eigene Geschichte zu Ende erzählen.

Als Heranwachsender entdeckte ich plötzlich, wie weich unsere Haut ist und wie vollkommen unversehrt. Wenn es aber zwei unversehrte Menschen auf dieser wunderbaren Erde gibt, muß es dann nicht auch ein Leben geben, das ganz aus Schönheit besteht? Nur der Anblick der tätowierten Nummern störte das neuerworbene körperliche Wohlgefühl. Warum verdeckt man das nicht? Warum erinnern sie einen fortwährend an dieses Grauen? Ich ekelte mich. Dieser pfeifende Atem, die Stümpfe, die Narben, die fehlenden Gliedmaßen. Wenn ich so aussähe, würde ich keinen Fuß auf die Straße setzen. Wohlstand und körperliches Wohlbefinden machen einen nicht rücksichtsvoller und einsichtiger, wie man vernünftigerweise erwarten könnte, sondern eher rücksichtsloser. Ich haßte sie. Sie verdarben mir den blauen Himmel. Dreißig Jahre mußten vergehen, ehe ich auch nur mir selbst eingestehen konnte, was das eine Europa entsetzt verdrängt, das andere haßerfüllt flüstert und was allmählich auch für mich zum Himmel stinkt. Ich verstehe es. Auch ich hätte ihnen ja am liebsten ins Gesicht geschrien, daß sie besser zu Hause geblieben wären.

Und obwohl ich diesem drängenden Impuls nie nachgab, nie jemandem ins Gesicht schrie, entging ich der Strafe nicht.

In unserer Gegend lebte eine ältere Frau, die Tag für Tag durch die Straßen zog und aus voller Kehle brüllte. Ihr verklebtes graues Haar stand ihr vom Kopf ab, die schmutzigen Kleider hingen ihr in Fetzen vom Leib. Ihre Geschichte war uns nicht unbekannt. Das fünfstöckige Mietshaus hatte beim Einsturz das Kellergewölbe durchschlagen, und sie wurde von einem Eisenträger unter den Trümmern eingeklemmt. Nach drei Tagen wurde sie zufällig entdeckt. Man mußte ihr ein Bein abnehmen. Den Wahnsinn jener Tage und Nächte konnte man ihr nicht entfernen. Sie hatte kein Holzbein. Warum, weiß ich nicht. Sie hatte eben keins abgekriegt, sie war arm und hatte niemanden. Ein Knüppel ersetzte ihr das fehlende Bein, sein Ende war mit einem dicken Gummipfropf versehen, damit es nicht so tockte.

Diese Frau blieb eines sonnigen Vormittags inmitten der vorüberströmenden Menschenmenge vor mir auf der Straße stehen. Verschämt, fast ängstlich lächelnd, als wollte sie etwas fragen oder um etwas bitten. Natürlich kommt ein wohlerzogener junger Mann teilnahmsvoll näher. Sie aber bat um nichts, fragte nichts, sondern öffnete den leeren Mund zum Schrei.

Leute, hört her, das war der junge Mann, der mir den Mund mit Gestank gestopft hat. Die Leute blieben tatsächlich stehen. Die Frau kam mir so nah, daß mir der Atem ihres Gebrülls ins Gesicht schlug.

Warum hast du mir den Mund mit Gestank vollgestopft, brüllte sie, wie soll ich mich gegen dich wehren?

Ich verstand die Frage schon richtig. Die Seele kann ja sehen.

*Deutsch von Christina Viragh*

# Der betäubte Schmerz

Als ich einmal in einem fast leeren Bus saß und mit jemandem plauderte, löste sich plötzlich etwas von der Decke und schlug mir tüchtig auf den Kopf. Der Schlag war so heftig, daß ich zusammensackte, aber weh tat es nicht. Starker Schmerz ist meist hinterhältig, läßt lange auf sich warten. Mein Mund aber öffnete sich, und in meinen Augen erstarrte die vertraute Welt. Auch die erschrockenen Rufe klangen immer ferner. Mein Blick hingegen hielt alles viel unvoreingenommener fest als sonst. Eigentlich schien mir ganz amüsant, was da mit mir geschah; nur eines störte diesen stillen geistigen Genuß: etwas floß mir dick und schwer in die Augen, lief an der Nase entlang. Als es meinen Mund erreichte, kam ich zur Besinnung. Blut.

Ein ähnlicher Schlag war die Erkenntnis, daß ich fünfzig Jahre lang nichts, rein gar nichts verstanden habe, auch heute nichts verstehe und vielleicht auch nichts verstehen will von einer Welt, die andere entgegen ihren gut funktionierenden Sinnen für real, für alltäglich halten und mit der sie sehr zufrieden sind. Nicht nur ihre Gesten sind mir unverständlich, ihre Beweggründe und Absichten, sondern auch ihre Zeitrechnung. Was ich bisher irrtümlich für meine Stärke hielt, ist so zu meiner Schwäche geworden. Ich sah deutlich, daß ich mich mit meinem fortwährenden Erzählzwang aus der ewigen Gegenwart der realen, von rohen Instinkten, alltäglichen Interessen bestimmten Welt zwar erfolgreich zurückgezogen, mich damit einigermaßen geschützt hatte, daß aber unterdessen mein Leben endgültig und unwiderruflich einen anderen Menschen in mich einbeschrieben hatte; einen fremden, einen völlig wehrlosen Menschen im weltweiten Durcheinander, das in jüngster Zeit über uns hereingebrochen ist. In den letzten fünfzig Jahren hat dieser Mensch seine Erfindungskraft gänzlich aufgebraucht; nichts, womit er sich noch etwas vormachen könnte. Und niemand, dem etwas vorgemacht werden kann, jeder sieht ja, daß diese seine beste aller Welten die planmäßig begangenen Verbrechen nicht nur zuläßt, sondern verlangt, befördert und Geschäfte damit macht.

Dieser Mensch muß zugrunde gehen. Ich sollte mich hüten, an seinem Leben festzuhalten, selbst wenn ich mit ihm sterbe. Er hat keine echten Gefühle mehr. Seine Instinkte funktionieren nicht mehr richtig. Seine narzißtische Aufmerksamkeit muß sich dauernd vergewissern, welches Gefühl zu welchem Trieb gehört. Da weiß er viel, ist kaum zu täuschen. Überwachte Triebe lassen aber keine echten Gefühle zu. Auch kein echtes Interesse. Lebensunfähig. Lebensfähig sind vermutlich jene, die all das sehen, wissen und dennoch nicht zurückblicken und vorsichtshalber gar nicht erst fragen, wie denn, wenn die Dinge schon so stehen, unser nächster Tag aussieht. Selbstschutz kennt keine anderen Mittel. Entweder muß ich zu kurzsichtig sein, um nicht zu sehen, was sie mit mir gemacht haben, oder zu weitsichtig, damit mich nicht berührt, was ich gerade mache. Es gibt keine Vernunft, es konnte keine geben, die imstande gewesen wäre, die Verheerungen des zweiten Weltkriegs zu fassen und zu verbuchen. Erst jetzt, im

Lichte des Balkankriegs, werden ihre jahrzehntelangen Versäumnisse deutlich sichtbar.

Allmählich müßte auch ich diese weit abscheulichere Zeitrechnung lernen. Wenn jemand jahrzehntelang absichtlich nicht auf die hinter ihm liegenden Verheerungen zurückblickt, dann kann er auch keinen Anspruch auf Zukunft erheben. Tage, Wochen, Monate, Jahre schwinden ihm unbemerkt dahin. Mangels Erinnerung wird es auch keine Stunden mehr geben, die Geschehnisse haben keinen Anfang und kein Ende; es gibt keinen außerordentlichen, keinen auserwählten Augenblick mehr. Fin sans fin de siècle. Ende ohne Jahrhundertwende. Was einen gar nicht zu erschrecken braucht, ist doch die christliche Zeitrechnung auch nichts anderes als eine kulturelle Vereinbarung, die der Europäer auf eigene Faust mit Sternen und Göttern getroffen hat. Ewig wird sie nicht halten. Man kann sie getrost aufkündigen.

Festgemacht an meiner Hand, tropfte die Infusion still in mich herein. Jeder Tropfen zog sich sachte in die Länge, als müßte er sich überlegen, ob er fallen wolle, und überließ sich erst dann dem Gesetz der Schwerkraft. Sollte ich doch noch Zeit haben, die wichtigeren Dinge wenigstens für mich festzuhalten. Zugedeckt mit einem einzigen Laken, festgebunden an Apparate, lag ich nackt auf dem Rükken in einem riesigen Raum, wo es weder Tag noch Nacht gab. Hinter knapp zugezogenen grünen Vorhängen pfiffen, stöhnten, flehten, furzten und röchelten die schweren Fälle. Frauen und Männer zusammen, wie wir zur Welt gekommen waren. Hin und wieder drang schrecklicher Gestank zu mir.

Ich dachte da wirklich nicht an Literatur. Wer denkt denn schon an Literatur. In meinem Hirn war spurlos gelöscht, was ich bis dahin gemacht hatte. Nicht einmal die Erinnerung, daß ich mich an etwas erinnern müßte, war geblieben; wenngleich mir Mechanik und Zwang, Beweggrund, Richtung, Absicht und Leidenschaft meiner gesamten bisherigen Tätigkeit deutlich vor Augen standen; die ganze poetische Technologie. Aber keiner ihrer Gegenstände. So, als wäre es mir endlich gelungen, von einem meiner Sätze den Stil abzulösen.

Dieser seltsame und äußerst zweifelhafte Erfolg charakterisiert wohl auch die Literatur und Kunst des Jahrhundertendes. Sie haben sich selbst ihrer Gegenstände enthoben, und ihr Stil bleibt dennoch stark. Mir jedenfalls scheint die Condition humaine nicht mehr ihr Gegenstand zu sein. Weder der allgemein-menschliche noch der persönliche, noch der gestrige, noch der heutige Zustand, sondern der Stil von alledem. Als ob wir uns vom Zauber der ineinander übergehenden Spiegelsäle des Versailler Schlosses einnehmen ließen und darüber am liebsten vergäßen, daß die Herren im Treppenhaus urinieren, die Damen dreckig und verlaust sind. Der Herzog von Vendôme erläßt die Tagesbefehle auf dem Leibstuhl sitzend und schmaust genüßlich, während er sich entleert. Die Herzogin von Bourgogne läßt sich im Königlichen Theater einen Einlauf geben, den sie bis zum Ende des anschließenden üppigen Abendessens in sich behält, weil sie behauptet, der Einlauf erfrische ihr ganzes Wesen und so falle sie in den stickigen Räumen nicht in Ohnmacht. Literatur und Kunst des Jahrhundertendes verknüpfen die verschiedenen Gegenstände nicht, sondern flattern zwischen den Extremen eines einzigen Gegenstands hin und her; sie sterilisieren oder brutalisieren, machen ihn keimfrei oder kriminell. In diesen künstlerischen Gesten ist das pure Entsetzen am Werk.

Was andererseits verständlich ist; gab es doch in den dunklen Jahren der Restauration, die auf den Krieg folgten, genug zu fürchten. Die Alpträume des Kalten Krieges gebaren Ungeheuer. Um die demokratische Ordnung zu wahren, blieb nur ein vernünftiges Mittel: der öffentliche politische Kampf, der über lange Strecken die demokratischen Traditionen bestätigte und stärkte. In der östlichen Hälfte Europas dagegen bot sich nur ein vernünftiger politischer Ausgang aus der Gewaltherrschaft, die unvernünftige Rebellion. In dieser Gegend verlor die Politik denn auch ihren traditionellen Sinn und wurde für jeden anständigen Menschen zur Schreckensgestalt. Aufgrund dieses wesentlichen Unterschieds zerfiel Europa tatsächlich in zwei Hälften, wenn auch eine feine Naht es noch unsichtbar zusammenhielt: der bis dahin nie gekannte beziehungsweise nie eingestandene Primat der Politik, ihr entfesselter Kult.

Der Westeuropäer dachte vom Schicksal, es könne durch politische Stellungnahmen bestimmt werden, der Osteuropäer hingegen lebte sein Leben im Glauben, es sei ihm zusammen mit der Gewalt über sein politisches Schicksal entrissen worden. Die zwei Perspektiven sind unverwechselbar. Dennoch hat sich die geistige Elite des Jahrhundertendes hüben wie drüben diverse politische Rituale zu eigen gemacht und darüber vergessen, daß sie selbst eine Verantwortung trägt, die sie mit niemandem teilen, niemandem übertragen kann. Diese Verantwortung betrifft ausschließlich ihre Werke und ist nicht unbedingt identisch mit der staatsbürgerlichen Verantwortung. Sie ist noch aus anderen Gründen in Vergessenheit geraten. Der Begriff der künstlerischen Verantwortung, der zusammen mit dem des Humanismus in der Asche der Krematorien zerfallen war, wurde zur Zeit der Nachkriegsdebatten geschickt mit dem Begriff des künstlerischen Engagements vertauscht. In diesem Begriff war für Stil- und Strukturfragen in der Tat kein Platz mehr, deshalb konnten die geistige Elite und die antiautoritären politischen Bewegungen auch ohne Widerstand aufeinander zugehen.

Die tiefgreifende, nachhaltige und verheerende Wirkung dieser Begegnung ist noch heute spürbar, auch wenn der Begriff «engagierte Literatur» längst der Vergangenheit angehört. An die Stelle des Charakteristischen und Eigentümlichen ist das Politische oder Ideologische getreten (in diesem Sinn hat der Mensch keine zusammenhängenden Eigenschaften mehr, besteht vielmehr aus Affekten und Meinungen); beziehungsweise es ist im Gegenzug zu dieser einschneidenden Veränderung eine demonstrative Stilisierung aufgekommen, die alle Politik und Ideologie umgehen will, indem sich die künstlerische Obsession nicht auf die Darstellung von Eigenschaften, sondern auf die Mittel der Darstellung richtet. Die Stärke der einen ist die eindeutig politische Betrachtung, die Stärke der anderen der eindeutig ästhetische Charakter. Die eine schreibt das klassische europäische Menschenbild mit politischen Begriffen um, die andere mit ästhetischen. Umgeschrieben wird so oder so. Und Umschreiben bedeutet in beiden Fällen, daß sich der Künstler vor seinen Gegenstand drängt.

Eine geistige Elite in Versailler Manier kann auch angesichts von Tragödien nicht zur Besinnung kommen. Sie erinnert sich nicht, daß sie etwas vergessen haben könnte, folglich kann sie sich nicht erinnern, was sie vergessen hat. Und wenn sie überhaupt begreift, was um sie herum geschieht, dann prüft sie nicht zuerst ihre eigene künstlerische Verantwortung, nicht ihre Werke, sondern sie gießt ihren staatsbürgerlichen Zorn über frei gewählten Politikern aus, die im übrigen die alltäglichen Interessen der Elite zäh verteidigen. Über Leuten also, die sie nach den Spielregeln der Demokratie im Prinzip ablösen dürfte. Sie tut es nicht. Versuchten nämlich die frei gewählten Regierungen tatsächlich, nach den Regeln der Vernunft Ordnung in das europäische Chaos zu bringen, müßte diese Elite mit schwerwiegenden Konsequenzen rechnen. Müßte den gewohnten Versailler Lebensstil aufgeben. Müßte auf dem Thron vollendeter Lebenswerke den künstlerischen Bankrott eingestehen.

Literatur und Kunst sind nicht in moralischer Hinsicht, sondern im engsten Sinn des Wortes professionell in einem katastrophalen Zustand. Ariane Mnouchkine trifft den Nagel auf den Kopf, wenn sie sagt: «Im Westen hat man oft den Eindruck, daß Schauspieler dazu erzogen sind, die Zähne zusammenzubeißen und zu sagen: Schaut her, wie gut ich meine Gefühle verbergen kann.» Was man freilich auch als eine neue Qualität der europäischen Kunst des Jahrhundertendes verstehen mag. Denn in der östlichen Hälfte Europas nimmt es sich nicht anders aus. Dort haben die Zuschauer oft den Eindruck, daß Schauspieler dazu erzogen sind, abends um sieben das Maul aufzureißen und bis elf zu brüllen: Schaut her, welch tiefer Gefühle ich noch fähig bin. Der Unterschied zwischen beiden Varianten besteht darin, daß die geistige Elite Westeuropas durch zwanghafte Dissimulation etwas lösen möchte, was die geistige Elite Osteuropas durch fortwährende Simulation löst. Was die eine zwanghaft verschweigt, tritt die andere zwanghaft breit; in beiden Fällen erfahren wir nicht, was derjenige, der fühlt, fühlt.

Simulation und Dissimulation haben einen wirklichen und einen scheinbaren Gegenstand. Scheinbarer Gegenstand ist das ungenannt gebliebene Gefühl. Wirklicher Gegenstand dieses ungenannten beziehungsweise unerörterten Gefühls ist die Geschichte oder mit anderem Namen: der Mensch und sein Schicksal. Der scheinbare Gegenstand muß den wirklichen sorgfältig verdecken, haben doch Literatur und Kunst am Ende des Jahrhunderts darüber seit langem nicht nur keine Meinung, sondern mußten nach dem Trauma des Krieges die Begriffe Geschichte und Schicksal aus ihrem Wörterbuch streichen. Über die klaffende Lücke hilft nur Verstellung hinweg. Das mit politischen und ästhetischen Begriffen umgeschriebene Menschenbild ist die Grundlage dieser Verstellung. Aufgrund von etwas kann jemand etwas nicht aussprechen. Aufgrund von etwas darf jemand etwas nicht aussprechen. Schweigen und Schreien. Hochintensive Gesten. Die geistige Elite des Jahrhundertendes verdeckt mit solch intensivem Gebaren, daß sie vom Schicksal des europäischen Menschen seit fünfzig Jahren keine eigene Vorstellung mehr hat. Und da sich kaum jemand mehr verpflichtet fühlt, uns darüber etwas mitzuteilen, haben Stilisten, Politiker, Ideologen und Kunsthandwerker die europäische Literatur in Beschlag genommen. Sie haben alles sterilisiert und brutalisiert. Selbstschutz in Versailler Manier. Was natürlich auch der Selbstschutz des Publikums ist. Von allem, was an Leiden erinnert, möchte es verschont bleiben.

Wahrscheinlich kann man Verheerungen nur verbuchen, wenn es in der Kultur bereits eine Rubrik für sie gibt. Gibt es sie nicht, bringt die Zeit für Schmerz und Scham keine Linderung.

Wer wo und wie auch immer den zweiten Weltkrieg erlebt haben mag, ja, damals vielleicht nicht einmal geboren war, ist irgendwann doch von Schmerz und Scham eingeholt worden, sie stecken ihm im Hals. Solche Verheerung läßt sich in dieser Kultur nicht verbuchen. Daß der Riesenapparat von Simulation und Dissimulation unablässig in Gang gehalten wird, ist bloß ein verzweifelter Selbstschutzversuch. Angesichts des Balkankriegs sind Scham und Schmerz nach fünfzigjähriger Verdrängung wieder aufgebrochen. Doch der Selbstschutzmechanismus wird wohl stärker bleiben als das in seltenen Momenten der Erkenntnis aufblitzende Verantwortungsbewußtsein. Schon deshalb, weil Simulanten und Dissimulanten höchst zufrieden sind, gar nicht aufzuhalten in ihrer Dummheit und Kurzsichtigkeit. Sie haben die Politik, Wirtschaft und Ästhetik der Simulation und Dissimulation geschaffen, und offensichtlich lassen sich diese Systeme viel leichter miteinander vereinbaren als mit dem gesunden Menschenverstand. Ihre Politik ist der in den Rang von Universalien erhobene Egoismus der Nation, der Großmacht. Ihr Staatshaushalt ist die weltweite, dauerhafte gegenseitige Verschuldung und multilaterale Korruption. Ihre Ästhetik ist der Kult des Häßlichen, Gemeinen, Maßlosen, Oberflächlichen, der Unbildung und Kriminalität. So ist die Staatsordnung perfekt. Sie hat nur einen Schwachpunkt. Die Systeme der Simulation und Dissimulation konnten keine entsprechende Ethik schaffen. Und genau an diesem Punkt brachte der Balkankrieg das Gebäude ins Wanken.

Eine Ethik hätte man nur auf etwas gründen können, womit auch Literatur und Kunst am Ende des Jahrhunderts nicht dienen konnten: auf eine selbständige Betrachtung von Mensch und Schicksal. Das Problem besteht nicht darin, daß man mit dem ständigen Mangel an ethischen Prinzipien nicht leben könnte. Es tritt auf anderen Ebenen zutage. Dieser ständige Mangel hat allmählich und fast unmerklich die aus früheren Jahrhunderten überkommenen Institutionen untergraben. Daß diese anders und für anderes bemessen sind, hat sich erst jetzt und ganz plötzlich herausgestellt. Aber auch eine Ethik könnte nur vermitteln. Nicht das Fehlen der Ethik, sondern die Tatsache, daß das heutige Menschenbild und die traditionellen Institutionen inkommensurabel sind, macht die Systeme der Simulation und Dissimulation funktionsunfähig. Lassen wir die Systeme nicht weiterfunktionieren, ereignet sich eine soziale Katastrophe, funktionieren sie hingegen, dann ist das nicht nur unanständig, sondern treibt auch die ökologische Katastrophe voran.

Das ist der einzig erkennbare Trost in diesem Desaster. Die Kultur erklärt, daß sie sich dem ungeheuren Apparat der Simulation und Dissimulation nicht einfügt. Sie erklärt, daß das Machbare nicht unbedingt sinnvoll ist und das Sinnvolle nicht unbedingt ethisch. Sie erklärt, daß die Demokratien individuelles Bestreben und nationales Interesse, nationales Bestreben und universelles Interesse nicht nach den Ansprüchen des Sinnvollen und des Ethischen in Einklang bringen können. Sie erklärt, daß das Zivilisationsniveau weder die Qualität der Kultur noch ihre Dauer garantiert. Im Gegenteil. Je höher das Zivilisationsniveau, um so zerbrechlicher die Kultur. Und das ist nicht nur so ganz im allgemeinen die Regel, auch wenn wir es gerne glauben möchten; man fühle sich also nicht nur von einer großen sozialen und ökologischen Katastrophe bedroht: eine solche Zivilisation läßt jeden als einzelnen zerbrechlich werden. Weiht jeden einzeln dem Untergang.

Mein Herz hat mir nach fünfzig Jahren eifrigen Tuns den Dienst versagt. Ist stehengeblieben. Was aber nicht bedeutete, daß ich an ein Ende gekommen wäre, daß mein

Sehen, mein Denken aufgehört hätten, sondern ich kippte mit ihnen zusammen in eine andere Dimension. Man kippt aus der dunklen Gebärmutter in den dämmrigen Geburtskanal, und dort wird man von einer ungeheuren und gütigen Kraft in Richtung Licht gestoßen. Im Augenblick des Todes erlebt man wohl wieder seine Geburt. Das ist nicht sinnbildlich gemeint, das ist so. Ich habe mich mehrmals umgedreht, habe die blassen Rippen des Geburtskanals gesehen, und als ich mich dem Ausgang des Kanals näherte, wurde das Licht immer gewaltiger. Noch hatte ich es nicht erreicht. Ich wußte, daß ich jetzt aus dem Leben wegging. Die offenen Schamlippen meiner Mutter waren nicht ganz symmetrisch, das Oval ein wenig nach rechts verzogen. Ungewohnt die riesige Kraft, die mich bewegte, drehte, mitnahm; ich hielt aber Umschau, war mir dessen auch bewußt. Konnte aber nicht geboren werden, meine Mutter konnte meinen Tod nicht gebären, denn nach irdischer Zeitrechnung wurde ich binnen dreieinhalb Minuten von den drei um meinen Körper bemühten Menschen, zwei Ärzten und einer Krankenschwester, brutal zurückgeholt. Ich sollte weiterleben, mit ihnen leiden, mit ihnen mein Leiden genießen. Mein Bewußtsein ist irgendwie doch dort drüben hängengeblieben, es schien ihm interessanter, die Dinge nicht in Einzelteile zerstückelt zu sehen.

Zurückgeholt, kehrte auch gleich mein irdisches Gedächtnis wieder. Das Bewußtsein funktionierte normal, aber seither bringt es auch scheinbar entfernte Dinge miteinander in Zusammenhang. Es hat das geschichtliche und politische Durcheinander mit meiner früher sorgsam gehüteten Vorstellung verknüpft, ich sei stark und gesund. Nirgends hätte ich das heillose Chaos menschlicher Meinungen und Vorstellungen intensiver durchleben können als halbtot auf dieser Krankenstation, angekettet an die gefühllose Zivilisation. Hier nun diktiert unsere famose Zivilisation wirklich etwas anderes, als was unsere noch famosere Kultur sagen würde.

Mir schien, mein kulturelles Bewußtsein strecke meinem zivilisatorischen Bewußtsein die Zunge heraus. Denn wenn ich wirklich nicht verstehe, was die anderen Realität nennen, dann soll ich es eben nicht verstehen und gefälligst krepieren. Der Tod ist süß, wenn er in der Ordnung der Dinge steht, sagt Augustinus. Dagegen wird hier der menschliche Körper, sosehr er für den Tod bereit sein, ihn wünschen, in ihn einwilligen mag, zu Boden geworfen, bekniet, mit gewaltigen elektrischen Schlägen traktiert. Als widerriefe das zivilisatorische Bewußtsein das kulturelle: man müsse um jeden Preis leben.

Ich wurde gebrannt, mir wurden die Rippen gebrochen. Sie haben mir meinen eigenen vollkommenen Tod vergällt. Ich wurde in die abscheuliche und verantwortungslose Gegenwart zurückgezerrt, der sie mit ihren Instrumenten dienen und die sie mit ihren Techniken vergöttern. Das ist eben Lebensrettung; sie stützt sich auf den nackten Lebenswillen und strebt empor. Doch wie ich ein zweites Mal dem Bauch meiner Mutter entrissen dalag, mußte wieder ich für den zivilisatorischen Erfolg reichlich bezahlen. Es blieb mir nichts übrig, als zu atmen, gegen meine tiefste Überzeugung. Es gibt keine Währung, in der wir den Preis entrichten könnten. Unsere Kultur folgt einfach einem anderen Maß.

Der Satz von Cioran, wonach jeder Leidende gemeingefährlich sei, könnte als Motto über dem Desaster des Jahrhundertendes stehen. Cioran ist tot. Es gibt kein Jenseits, in dem ich wegen dieses lächerlichen, gräßlichen Satzes mit ihm abrechnen könnte. Ist auch nicht nötig. Jetzt weiß auch er schon, daß er sein Leben auf eine falsche Prämisse gebaut hatte. Jeder ist gemeingefährlich, der das Leiden umgehen will.

*Deutsch von Christina Viragh*

# Weltbürger und Ziegenbock

Am selben Tag, als die Flugzeuge der NATO militärische Ziele in Jugoslawien zu bombardieren begannen, entschieden die Lords in London, daß der ehemalige chilenische Diktator Augusto Pinochet an die spanischen Behörden auszuliefern ist.

Ich glaube nicht, daß man die Gleichzeitigkeit der beiden Ereignisse dem Zufall zuschreiben kann.

Im letzten Jahr dieses Jahrhunderts ist etwas aufgebrochen, etwas in Bewegung geraten, dessen Ausmaß und Wirkung sich aus den Tagesnachrichten kaum ablesen läßt.

Die Lords entschieden in einer Frage, die seit mehreren hundert Jahren die Gedanken jedes Menschen mit gesundem Urteilsvermögen beschäftigt und die bisher noch niemand befriedigend zu lösen vermocht hat. Nicht einmal für sich selbst. Oder gerade für sich selbst am wenigsten, denn nach dem Muster von Stammesbräuchen ist fast ein jeder bestrebt, die Missetaten der eigenen Familienmitglieder oder der eigenen Nation zu verstehen und eilfertig zu entschuldigen. Den Stammesgewohnheiten zum Trotz bleibt es dennoch ein allgemein anerkannter moralischer Anspruch, Irrtümer, Fehler, Sünden, Greueltaten nicht mit zweierlei Maß, sondern nur mit einem einzigen zu messen. Das ist eine heikle Sicherheitsfrage. Die verschiedenen Maßstäbe strahlend erleuchteter Marmorsäle und schattiger Kirchen, brodelnder Börsen und hochfahrender Akademien, blutiger Schlachtfelder und stiller Bibliotheken müßten zuerst in einer einzelnen Person, dann unter den Personen innerhalb eines Staates abgestimmt werden, damit man sie zu guter Letzt zwischen den Staaten in Übereinstimmung bringen kann.

Auf dem mittelalterlichen Marktplatz von Preßburg, in das Tor des alten Rathauses, ist eine vom vielen Gebrauch abgenutzte schmiedeeiserne Elle eingeschlagen. Wenn jemand auf dem Platz Stoff kaufte, konnte er an dieser Elle nachprüfen, ob sich der Händler nicht vertan hatte, oder der Händler konnte feststellen, ob seine Elle den Ansprüchen entsprach, die die Menschen von einem Maß erwarten. Eine moralische Elle ist nirgends angeschlagen.

Es gibt jedoch ein paar auffallend schlichte und störrisch wiederkehrende Fragen, die nicht zu beantworten und nicht abzuweisen sind. Diese Fragen, meine ich, kommen der schmiedeeisernen Elle nahe.

Wenn ein Staat, der auf seine unbestechliche Justiz stolz ist, einen schmutzigen kleinen Taschendieb ohne weiteres faßt, vor Gericht stellt, verurteilt und einkassiert, wie kann er dann zulassen, daß Erzverbrecher und Massenmörder nach Erledigung ihren normalen Vormittagskommissionen Tee in den Salons gekrönter Häupter schlürfen, nur weil es Reiche oder Staatsmänner sind? Sind Irreführung, Ausplünderung oder die Ermordung anderer etwa im Prinzip staatlicher Souveränität inbegriffen oder folgen daraus, beziehungsweise wird die persönliche Integrität eines Staatsoberhaupts durch einen von Staats wegen verordneten Massenmord etwa nicht beeinträchtigt? Das europäische Jahrhundertende verfügt in dieser Sparte über einige unvergeßliche, beschämende Lichtbilder. Papst Paul VI.

empfängt János Kádár in einer Privataudienz. Die englische Königin Elisabeth gibt ein Essen zu Ehren von Elena und Nicolae Ceauçescu. Der holländische Oberst Karremans, Befehlshaber der UN-Blauhelme in Srebrenica, und der serbische General Mladić, in Gesellschaft ihrer schneidigen Adjutanten, stoßen mit Sekt an. Margaret Thatcher trinkt demonstrativ Tee in der mit erlesenem Geschmack eingerichteten Londoner Residenz des unter Hausarrest gestellten Generals Pinochet.

Die Lords haben an diesem von Entscheidungszwang schweren Märztag jedenfalls kundgegeben, daß sie das auch dann nicht mehr wollen, wenn ihre Herrscher und Regierungen es im Interesse des British Empire über Hunderte von Jahren für gut befunden haben. Wie einer von ihnen die Entscheidung treffend begründete: «Massenmord gehört nicht zu den Berufspflichten eines Staatsoberhaupts.»

Die ersten Luftangriffe der NATO stellen eine vergleichbar schwerwiegende, von den Konsequenzen her nicht weniger unbequeme Entscheidung dar.

Ich schreibe es mit angehaltenem Atem nieder, aber die Daten zweier späterer Ereignisse fielen wieder zusammen. Der Einspruch der Anwälte Pinochets ist am 66. Tag des Kosovokrieges zurückgewiesen worden, am selben Tag, an dem der Haager Gerichtshof den jugoslawischen Präsidenten Milošević unter Anklage stellte und Haftbefehl gegen ihn erließ.

Als hätte das Schicksal, die Bestimmung, die Vorsehung, die Geschichte, wie immer wir es nennen, mit unerhörter Kraft die eigenen früheren emanzipatorischen Äußerungen bestätigt. Und diese Bestätigungsgeste würde bedeuten, daß es kein Zurück mehr gibt. Wenn Augusto Pinochet, trotz rationaler politischer und rechtlicher Gegenargumente der chilenischen Regierung, an die spanischen Behörden ausgeliefert werden kann, dann darf es auch nicht geschehen, daß Slobodan Milošević auf Grund mehrfach begründeter diplomatischer Überlegungen nicht unter Anklage gestellt wird. Die großen, voneinander unabhängigen Machtmechanismen der Demokratie arbeiten parallel. Was zwar die Arbeit der amtierenden Politiker, Diplomaten und internationalen Juristen erschwert und die öffentliche Meinung noch mehr teilt und aufwühlt, aber keinen von ihnen lähmen beziehungsweise eine Entschuldigung für ein vorübergehendes Gelähmtsein liefern kann.

Diese parallel wirkenden demokratischen Institutionen sind in meinen Augen die einzige Sicherheit dafür, daß aus den brauchbaren Elementen von Chaos und Anarchie vielleicht doch noch eine transparentere, gerechtere und berechenbarere europäische Ordnung herzustellen ist. Es gibt internationale Rechtsfachleute, die genau das Gegenteil fürchten. Sie meinen, daß mit diesen Entscheidungen das Prinzip der Staatssouveränität einen schweren Schlag erlitten habe und die internationale Gemeinschaft sich von diesem Schlag nur schwer erholen werde. Derartiges würde ich darum nicht fürchten, weil alles, was geschehen ist und geschieht, wahrscheinlich weitaus tiefer geht, weitaus bedeutsamere Veränderungen zur Folge haben wird, als daß der Souveränitätsbegriff davor zu schützen wäre. Für mich wäre es eher zum Fürchten gewesen, wenn die internationale Gemeinschaft wegen einer hergebrachten Interpretation des Souveränitätsbegriffs den Genozid erduldet beziehungsweise aus diplomatischen oder juristischen Überlegungen heraus der Föderativen Republik Jugoslawien und ihrem Präsidenten auch weiterhin ein Privileg darauf eingeräumt hätte. Und da dic internationale Gemeinschaft ganz richtigerweise nicht fand, daß derartige Privilegien irgendeine Rechtsgrundlage haben, heißt Staatssouveränität heute etwas anderes, als es gestern hieß.

Es heißt wahrscheinlich, daß die Staaten von nun an auch innerhalb ihrer eigenen Grenzen nicht mehr mit ihren Bürgern machen können, was ihnen gut dünkt. Tun sie es dennoch, wird ihnen die weitere Anerkennung ihrer Souveränität verweigert. Nach Meinung der internationalen Gemeinschaft folgt aus der Definition von Souveränität nämlich nicht, daß Staaten und Staatsoberhäupter das Recht haben, ihre Staatsbürger nach Religion oder Abstammung zu klassifizieren. Und es folgt daraus auch nicht, daß Staaten und Nationen irgendwo eine Wiege haben, es sei denn im Museum. Das Staatsoberhaupt kann nicht unter Berufung auf Staatsraison oder historische Rechte die Häuser von andern zerschießen lassen, die Bewohner dieser Häuser aus ihrem Wohnort vertreiben, ihnen ihre Dokumente und ihr Geld wegnehmen, sie in fremde Länder verjagen, weil die Allgemeine Erklärung der Menschenrechte das nicht zuläßt. Er kann es auch dann nicht tun, wenn die Mehrheit der Staatsbürger des jeweiligen Landes es so wünscht und auch die maßgebende Intelligenz nichts dagegen einzuwenden hat. Diese Art von Souveränität gibt es nicht, es ist eine Schande, wenn es sie gab.

Wenn richtig ist, was ich sehe, dann ist in der von Gewalttätigkeiten gar nicht so freien Geschichte der Souveränität darum eine substantielle Änderung eingetreten, weil fünfzig Jahre nach ihrer Entstehung die Allgemeine Erklärung der Menschenrechte zum erstenmal zur Geltung gekommen ist. Die Bombardierung militärischer Einrichtungen stellt eine Sanktion für ihre Verletzung dar. Der Begriff staatlicher Souveränität und der Immunität des

Staatsoberhaupts erfährt vom Standpunkt dieses bislang nicht sehr viel geltenden Dokuments eine neue Interpretation. Womit klar wird, daß die Diplomatie, um das zweierlei Maß aufrechtzuerhalten, mehr als fünfzig Jahre lang die UNO-Charta nicht mit der Allgemeinen Erklärung der Menschenrechte in Übereinstimmung gebracht hat. Wenn die Mitglieder des Sicherheitsrates auch in solchen Fällen ein Veto gegen Entscheidungen einlegen können, wo die Erklärung der Menschenrechte keine Möglichkeit dafür einräumt, vielmehr das genaue Gegenteil von ihnen fordert, dann muß ich auch als Laie an den menschenrechtlichen Vorsätzen der Mitgliedstaaten zweifeln. Dann kann keine Rede davon sein, daß durch die NATO-Luftangriffe das vollkommene Gebäude des Internationalen Rechts zusammengebrochen sei, sondern allein davon, daß seine Unvollkommenheit für jeden sichtbar geworden ist. Daß die Kluft zwischen den beiden Grundsätzen bloßgelegt worden ist, die durch die Zwänge des Kalten Krieges entstanden und infolge der unendlichen Bequemlichkeit der Mitgliedstaaten mit den Leichen der Massenmorde eines halben Jahrhunderts zugeschüttet worden war.

Ich sehe es genau umgekehrt, als es die sich auf juristische Argumente berufenden Gegner der Luftangriffe behaupten. Es ist nicht die Souveränität verletzt worden, sondern wir haben früher auf Grund von historischem Gewohnheitsrecht Rechte aus der Staatssouveränität abgeleitet, die mit der Erklärung der Menschenrechte nicht zu vereinbaren sind. Uns auf die Vernunftmäßigkeit während des Kalten Krieges berufend, haben wir zur Kenntnis genommen, daß die letztere nur ein Vorschlag, ein Angebot, ein Paket, ein Verlangen, eine Deklaration ist, die man in dem Moment, da sie in Konflikt mit den jeweiligen Interessen der Unterzeichnerstaaten gerät, nicht mehr ganz ernst zu nehmen hat, auf die man sich aber sofort berufen kann, wenn es im Interesse desselben Staates liegt. Wiewohl unsere Uhren unverändert nach einer einzigen Greenwich-Zeit gehen und auch in das Tor des Preßburger Rathauses nur eine Elle eingeschlagen ist.

Die internationale Staatengemeinschaft könnte allein durch die gründliche Analyse der Geschichte der letzten fünfzig Jahre, das ernsthafte und gründliche Übereinbringen der Forderungen der beiden universalen Grundsätze eine neue Maßeinheit für das internationale Leben festlegen. Unter anderem müßte der Begriff der Souveränität neu definiert, müßten die Verfassungen der Staaten der internationalen Gemeinschaft harmonisiert werden. Und wenn das geschehen ist, wäre auch klarer, wo notwendige Grenzen einer als Tugend geübten Geduld und Nachgiebigkeit bestehen und wann wer welche Waffen hervorholen muß. Dadurch würden nicht nur die Staatsbürgerrechte, sondern auch die Verpflichtungen der Staatsbürger untereinander eine festere Form annehmen. Wir würden besser wissen, was die persönliche Verpflichtung eines Staatsbürgers sowie eines Staatsoberhaupts gegenüber den anderen ist, und der Begriff der anderen würde nicht mehr nach der nachbarlichen Grenzmauer zugeschnitten. Es könnte nicht passieren, daß einige US-Staaten nach eigenem Gutdünken über die Todesstrafe entscheiden oder daß einer der NATO-Mitgliedstaaten einen Strafkrieg gegen die Kurden führt. Es wäre nicht ein Maß, mit dem wir mal messen, was praktisch, und mal messen, was anständig ist. Die Souveränität der Staaten und die Immunität der Staatsoberhäupter würde infolgedessen so lange währen, wie sie sich an die einheitlichen Spielregeln der internationalen Gemeinschaft hielten. Die Gemeinschaft der demokratischen Nationen aber würde keine Spielregeln als legitim anerkennen, die nicht auf diesen beiden universellen Dokumenten basieren. Wenn es so sein könnte, würde von da an kein einziges Staatsoberhaupt mehr gezwungen sein, im Interesse hehrer Ziele mit gewöhnlichen Verbrechern über Wahrheit und Recht in einem mit Rokokomöbeln eingerichteten Marmorsaal zu verhandeln, wo zwar täglich die Blumen in den Vasen ausgewechselt werden, der Gestank von unreflektierte Aggressionen ausdünstenden Männerkörpern aber doch nicht übertönt werden kann.

Ich schreibe das alles wie einen Wunschtraum im Konjunktiv, obgleich der erste Schub dieser großdimensionierten Veränderung, allen anderslautenden Gerüchten zum Trotz, bereits stattgefunden hat.

Mit zehnjähriger Verspätung hat sich die alte Welt von ihren unterhöhlten Positionen wegbewegt, aber sie hat sich endlich bewegt. Sie hat sich nicht an einem Tag bewegt, und das Ausarbeiten des Wertesystems einer neuen Ordnung wird gewiß das ganze folgende Jahrhundert in Anspruch nehmen. Die europäischen Regierungen sind sich im klaren darüber, daß Rußland, was für eine Bürde es auch sei, nicht mehr vom Kontinent abzutrennen ist, so wie sich die USA darüber im klaren sind, daß man auch China nicht von der Welt abtrennen kann. Würden sie sich im Widerspruch zu diesen Voraussetzungen gegenseitig à la Kalter Krieg in Schach halten wollen, dann würden sie sich selbst zur Handlungsunfähigkeit verurteilen und wären außerstande, die Probleme ihrer eigenen Bevölkerung zu lösen, deren Ausmaß bislang unbekannt ist. Auch die Chance dafür ist gegeben. Denn jene Institutionen und politischen Strukturen, die sich in den Jahren des Kalten Krieges gefestigt und in domestizierter Form auch die kritische Periode der friedlichen Koexistenz überdauert haben, sind seit dem Fall der Berliner Mauer fast unberührt und dienen der negativen Möglichkeit.

Es ist im vergangenen Jahrzehnt nie, nicht einmal für einen einzigen Moment zu einem Dialog zwischen den beiden über unterschiedliche Erfahrungen und qualitativ unterschiedliches Wissen verfügenden Teilen der einst zweipoligen Welt gekommen. Mangels dessen schwebt nicht nur in den neuen, sondern auch in den alten Demokratien der Weihrauch der Gegenreformation in der Luft und haben sich Mechanismen antiaufklärerischer Tradition in die ausgedienten Strukturen hineingefressen.

Mit dem Fall der Berliner Mauer wurde die territoriale, ökonomische und geistige Isolation des kommunistischen Blocks zwar aufgehoben, jedoch noch nicht vollständig aus der Welt geschafft. Die alten Demokratien durchschauten sehr schnell, welche Kosten eine europäische Integration mit sich bringen würde, und haben aus Angst davor ihre eigene traditionelle Separation stabilisiert, ja, an gewissen Punkten sogar verschärft. Im vergangenen Dezember kündigte die NATO zum Beispiel in aller Stille an, daß sie keine neue Erweiterung des Militärbündnisses plane. Einige Tage später wurde auf der Wiener Gipfelkonferenz der Europäischen Union verkündet, daß die Aufnahme neuer Mitgliedsstaaten auf unbestimmte Zeit verschoben worden sei. Ende März jedoch mußten dieselben Zähne zeigenden Staatsmänner, die die vom Kalten Krieg festgelegten Grenzen Europas für lange Zeit von neuem zu konservieren wünschten, zur Kenntnis nehmen, daß sie, wenn sie im Kosovo etwas tun wollten, dann nirgends ihre Benzinkanister deponieren könnten, nirgends Straßen hätten, wo sie mit ihren Panzern auffahren könnten, und daß das alles immer noch zur europäischen Realität gehört. Da wurde, im Interesse der Benzinkanister, prompt wieder die sofortige und bedingungslose Erweiterung der NATO und der Europäischen Gemeinschaft in Aussicht gestellt, was eine nicht weniger anarchische Erklärung war als die vorhergegangenen. Oder als die dann folgende Vergeßlichkeit, mit der man Ende Mai endgültig einen Schleier über die Januar-Entscheidung und die April-Versprechungen breitete.

Je stärker die separatistischen Bestrebungen der alten Demokratien, um so größer Destabilisation und Desorientierung in Europa. Je geringer der Bedarf der alten Demokratien an einem den ganzen Kontinent umspannenden Dialog, desto größer die Chancen der zu keinerlei Dialog bereiten, zu Autarkie und Isolation neigenden postkommunistischen und neofaschistischen Bestrebungen in den neuen Demokratien. Mit einer zehnjährigen separatistischen Politik hat man erreicht, daß die Kosten einer umfassenden europäischen Integration jetzt tatsächlich unbezahlbar geworden sind und die innere Labilität der neuen Demokratien inzwischen tatsächlich die Sicherheit der alten gefährdet. In London, Brüssel, Bonn und Paris hat man offenbar bis heute nicht zur Kenntnis genommen, daß das in sich selbst eingeschlossene, autistische, seine Isolation als nationale Besonderheit verteidigende Serbien keine Ausnahmeerscheinung, keine einzigartige Kuriosität in der Welt ist, daß vielmehr auch in Albanien, Bulgarien, Estland, Kroatien, Lettland, Litauen, Polen, Rumänien, Rußland, der Slowakei, Slowenien, Tschechien, Ungarn, der Ukraine und Weißrußland und, Gott behüte, auch in den neuen deutschen Ländern ein noch größeres Serbien existiert. Denn wenn sie auch nicht mehr ganz intakt und gesund sind, so funktionieren die großen Mechanismen der Diktaturen doch auf verschiedenen Ebenen noch und wollen über das zu erwartende Schicksal hinausleben. Und das gilt, egal, von wo aus wir es betrachten, für den größeren Teil Europas und noch nicht mal nur für eine einzelne Region.

Was verkürzt ausgedrückt bedeutet, daß den Bürgern dieser Länder in der Epoche friedlicher Koexistenz tatsächlich keine andere Chance geblieben ist, als ihr Freiheitsverlangen aufzugeben und die Diktatur für ein Leben oder noch länger zu akzeptieren. Aus diesem schrecklichen Prozeß sind jedoch auch die demokratischen Gesellschaften nur scheinbar unversehrt hervorgekommen. Was verkürzt gesagt bedeutet, daß diese Staaten über dem realen und wünschenswerten Anspruch auf Vermeidung des dritten Weltkriegs den moralischen Preis für die Politik der friedlichen Koexistenz vergaßen. Sie gingen davon aus, daß das einzig Mögliche das einzig Moralische ist. Und leben seither in diesem Glauben, der als tiefe Überzeugung das Innenleben der europäischen Gemeinschaft durchdrungen hat. Es ist ihnen nicht aufgefallen, daß die jenseits des Eisernen Vorhangs lebenden Völker zusammen mit dem Prinzip der friedlichen Koexistenz auch das Prinzip der Notwendigkeit und der Realität der Diktatur haben schlukken müssen, wie ihnen auch nicht aufgefallen ist, daß ihre einstige wilde Ehe mit den Diktaturen ihre eigene Klarsicht und ihr eigenes moralisches Empfinden bis zum heutigen Tag verwirrt. Sie lebten im Konkubinat mit einem System, dessen Realität sie nicht kennenlernen wollten und bis zum heutigen Tage nicht kennenlernen wollen. Wenn sie sie nämlich kennengelernt hätten, hätten sie nicht damit leben können, und wenn sie sie wenigstens im nachhinein kennenlernen würden, müßten sie ihre Desorientierung, ihre Desinformiertheit und die unangenehmen Konsequenzen ihrer unmoralischen Entscheidungen erkennen.

Mit Ausnahme einiger hervorragender Journalisten nimmt niemand zur Kenntnis, daß es hier nicht nur die anarchischen und chaotischen Zustände einiger ferner, fremder, aus touristischen Gesichtspunkten uninteressanter Länder zu verstehen gilt, um über diese Zustände Herr werden zu können, sondern auch die absurde Ahnungslosigkeit und die tiefe Ignoranz der alten, vom größten Teil Europas separierten Demokratien, die aus dem eigenen Autismus und der eigenen Unwissenheit resultieren. Der Autist versteht vermutlich nicht, was er nicht versteht, vielleicht besteht aber auch ein solcher Wunsch nicht. Leiden und Verstand zappeln getrennt voneinander.

Wir besitzen keine neuen Übereinkünfte über die neuen Formen und Bedingungen menschlichen Zusammenlebens, und die alten sind unbrauchbar. Zwei Autismen unterschiedlicher Art und unterschiedlicher Herkunft sind aufeinandergetroffen, und so wurde der Krieg zur einzig brauchbaren, symbolischen Sprache der feierlichen Deklaration. Doch es läßt sich nicht sagen, daß die Bedeutung der Ereignisse des letzten Jahres oder des letzten Jahrzehnts vollkommen unklar wäre. Und ihre Bedeutung ist vermutlich nicht weniger groß als die der drei früheren, miteinander in Zusammenhang stehenden Daten der bürgerlichen Emanzipationsgeschichte.

Gewiß haben jene recht, die an der völkerrechtlichen Grundlage für die Entscheidung der NATO-Mitgliedstaaten zweifeln. Luftangriffe zu starten ist bei der gegebenen Rechtslage nicht legitim. Daraus folgt jedoch nicht, daß wir unser Augenmerk nicht auf die Brüchigkeit und Zufälligkeit dieser völkerrechtlichen Rahmenbedingungen lenken dürften, die den Ansprüchen vorangegangener Epochen angepaßt sind und jene äußerst gefährlichen Reibungsflächen herstellen, die mit der Alltagspraxis der Demokratie nicht mehr vereinbar erscheinen. Die neunzehn Mitgliedstaaten der NATO gingen ein hohes Risiko ein, als sie unter Umgehung Chinas und Rußlands beschlossen, sich nicht länger an diese unerträglich gewordenen Rahmenbedingungen zu halten. Die Luftangriffe könnten aber nur dann als Großmachtarroganz der alten Demokratien gewertet werden, wenn ihre Ziele keinen universellen Charakter hätten. Die kriegerischen Ziele der alten Demokratien weisen seltsamerweise sehr viel aufgeklärtere und universellere Prinzipien auf als die Ziele, die sie mit ihrer täglichen separatistischen Praxis verfolgen.

Auch das Aufgeklärte und Universalistische hat unumgänglich seine gewaltsamen Wurzeln, von denen die europäische Öffentlichkeit, sich selbst als etwas äußerst Verfeinertes betrachtend und zufrieden mit der eigenen Separation und doppelten Sichtweise, heute nichts mehr wissen will.

Ich führe nur zur Erinnerung an, daß 1689 die Schöpfer der *Bill of Rights* im englischen Parlament auch nicht nach der Genehmigung von kirchlichen und weltlichen Instanzen fragten, um ihrer Kirche und ihrem König fast alle Privilegien zu nehmen und neben dem Prinzip der monarchistischen Souveränität ihre eigene zu verkünden. Sie verboten dem König, Steuern zu verhängen, Gesetze außer Kraft zu setzen und ohne ihre Zustimmung in Friedenszeiten Truppen aufzustellen, die Kirche durfte nicht länger Recht sprechen und Urteile verhängen und so weiter, sie verletzten die göttliche Ordnung in dreizehn Punkten. Die Ausrufung der *Declaration of Indepence* dürfte sich im Kreis monarchistischer Anhänger ebenfalls keiner großen Popularität erfreut haben. In der am 4. Juli 1776 in Philadelphia verkündeten Erklärung gingen die amerikanischen Patrioten beträchtlich weiter als ihre englischen Mitbürger, denn sie deklarierten ihre Persönlichkeitsrechte und beraubten ihren König damit um den letzten Krümel seiner Souveränität. Gemessen an der vorangegangenen Rechtsordnung, war vermutlich auch die Abstimmung über die *Déclaration des droits de l'homme et du citoyen* vom 26. August 1789 in der französischen Nationalversammlung keine weniger eigenmächtige Handlung. Hier wurde der tyrannische König schon selbst abgeschafft, ganz zu schweigen von den unglücklichen Aristokraten. Diese gewalttätigen juristischen Werke zur Neuinterpretation der Souveränität stürzten im Namen der Volksherrschaft die monarchistische Gewalt aus der Überlegung heraus, das gleichzeitige Glück möglichst vieler zu garantieren. Ich selbst habe nie behauptet, daß sich das Glück vieler Menschen mit juristischen, politischen, polizeilichen und militärischen Methoden, Bomben oder Guillotinen erreichen läßt, doch es gehört zu den großen Realitäten des Lebens, daß die Menschen mit solchen Methoden danach streben und allein durch diese Methoden zu beeindrucken sind.

Die Welt hat nun einmal auch ein unaufgeklärtes, animalisches Gesicht. Die brutalen Züge dieses Gesichts sind in die konservativen und liberalen politischen Vorstellungen theoretisch eingebaut, durch die Annehmlichkeiten des Friedens und vor allem des Wohlstands aber dennoch in Vergessenheit geraten. Die humanistische und messianistische linke Weltsicht wird durch die Animalität per se gestört, wie sie früher durch die schwere Kriminalität der real existierenden Sozialismen gestört wurde. Dabei wäre panische Angst diesmal theoretisch unbegründet gewesen. Das unerwartete militärische Abenteuer im letzten Jahr des Jahrhunderts hat in seiner eigenen symbolischen Sprache gerade den Anspruch angemeldet, wieder auf jene große, gewaltsame historische und juristische Tradition zurückzugehen, die zwischen dem Animalischen und dem Humanen schlichtet. Habermas' kantischer Weltbürger hat nicht nur Hirn, sondern auch Hufe und lange Krallen, will fortwährend jemanden besteigen und verbreitet den durchdringenden Geruch eines Ziegenbocks. Diese Tradition kann es sich nicht erlauben, das animalische Gesicht des Menschen, das heißt die ihm eigene, höchstpersönliche Animalität, nicht vorzuzeigen, denn sie möchte es ja humanisieren, und wenn sie es nicht zeigen würde, wüßten wir nicht, was zum Teufel es überhaupt zu humanisieren gibt. Von diesem Standpunkt ist es interessant zu beobachten, daß auch die einzelnen Regierungen selbst bezüglich der Rechtmäßigkeit oder der Methoden ihres Handelns unsicher sind, Skrupel haben, obgleich sie eindeutig nach den brutalen Anforderungen der europäischen Aufklärung handeln, indes ihre Wähler, den Spielregeln der Demokratie entsprechend, es aus den verschiedensten Gründen vielleicht nicht oder nicht so oder so nicht jetzt wollen, etwas nur jetzt nicht und so nicht nicht wollen, was sie im übrigen ständig von ihren Regierungen fordern und auch lauthals verlangen. Es gibt kurze Zeitabschnitte, in denen der große kulturelle Befehl der Emanzipation mit unerbittlicher Logik funktioniert. Die Regierungen von neunzehn Staaten haben trotz allen Schwankens, aller Zweifel, aller internen Differenzen nicht gewagt, dieser Logik nicht zu folgen.

Die Entscheidung über die Luftangriffe und die Strategie der militärischen Handlungen folgten unbewußt jenem inneren Befehl einer ständig um Humanisierung des menschlichen Zusammenlebens bemühten kulturellen Tradition, in der sich wiederum eine äußerst praktische politische Erkenntnis widerspiegelt. Eine Erkenntnis, die die europäische Gemeinschaft aus Bequemlichkeitsgründen, Feigheit, Nüchternheit, natürlichem Selbstschutz, Ignoranz und animalischer Selbstsucht zehn Jahre lang erfolgreich umgangen und vermieden hat.

Wenn sich der europäische Kontinent in den nächsten Jahren zu modernisieren wünscht, weil er *pro primo* im weltweiten Spiel wirtschaftlichen und technologischen Wettbewerbs nicht zurückbleiben will, sich *pro secundo* nicht damit begnügt, die weltweite Völkerwanderung mit schwerem militärischen Gerät an seinen Grenzen aufzuhalten, *pro tertio* sich darüber im klaren ist, daß die Globalisierung keine Konsequenz bösartiger Ränke der Börse und der multinationalen Konzerne darstellt, sondern daß sich die Sache genau umgekehrt verhält, daß man nämlich eine so hochwertige Versorgung so großer Massengesellschaften nicht ohne globale Strukturen sichern kann, wenn der Kontinent also weder die ständige Modernisierung noch die Errichtung seines Sicherheitssystems versäumen und mit der Schaffung internationaler Normen zur Durchleuchtung der Wirkung der Globalisierungstendenzen und ihrer Kontrolle nicht weiter in Verzug geraten will, da er wegen keines dieser Versäumnisse erleben möchte, daß der Lebensstandard seiner Bevölkerung und die Funktionstüchtigkeit der Demokratie plötzlich abstürzt, dann ist die europäische Integration im geographisch weitestmöglichen Sinne nicht mehr zu umgehen. Aber sie kann auch nicht anders zustande gebracht werden denn als Integration hochentwickelter demokratischer Staaten.

Aus dem Munde des deutschen Außenministers Fischer ist das erste Mal etwas von dieser Erkenntnis laut geworden. Offensichtlich war er selbst darüber erschrocken, denn er wußte ja, daß der französische Außenminister Vedrine lieber eine gemeinsame Armee statt Integration möchte und der englische Außenminister Cook von so einem Gedanken wahrscheinlich überhaupt nicht berührt wird. Er wußte auch, daß Pläne für eine gemeinsame Armee nicht die Pläne für die Integration ersetzen können. Und vielleicht wußte er sogar, daß er zwar mitten im Krieg von der Notwendigkeit einer möglichst breiten europäischen Integration sprechen mußte, daß aber mit Sicherheit schon bald eine neue, große Restaurationswelle separatistischer und isolationistischer Bestrebungen folgen und sämtliche diesbezüglichen früheren Entschlüsse und Erkenntnisse für eine ganze Weile hinwegfegen würde, so daß er an Stelle des großdimensionierten Plans einer europäischen Integration bald einen sehr viel bescheideneren zur Ordnung auf dem Balkan auf den Tisch legen müßte.

In dem gegen Jugoslawien begonnenen Krieg haben die demokratischen Staaten Europas den furchtbaren und illusionslosen Moment der Selbsterkenntnis erreicht. Mit zehnjähriger Verspätung mußten sie einsehen, daß sie die mit mißlichen Konsequenzen verbundene Utopie einer vollständigen europäischen Integration ihrer eigenen Traditionen, Bindungen, Bedürfnisse und Zwänge wegen nicht umgehen, doch auch nicht verwirklichen können. Gesellschaften unterschiedlicher Mentalität treffen aufeinander und auf sich selbst, die die anderen angesichts ihrer gegenseitigen Handlungen nicht verstehen können. Sie verstehen auch nicht, daß sie von sich selbst etwas nicht verstehen, und sind deshalb theoretisch zu keinerlei Integration fähig. Die Zeit ist tatsächlich aus den Fugen geraten. Während die Serben mit ihren auf Rücken und Stirn geklebten Zielscheiben auf die Straße stürmten, um sich mit der Brutalität ihres Staates zu solidarisieren und sich in der Sprache des verhaßten Feindes sich selbst als mögliche Opfer anzubieten, deklarierte der internationale Militärbund in dergleichen Sprache nicht nur, daß er keinen Krieg gegen die serbische Zivilbevölkerung führe, sondern versuchte unter Einsatz seines beträchtlichen militärischen Wissens auch wirklich zu vermeiden, daß diese Menschen zu Zielscheiben würden, wenn er auch die Albaner, mit denen er sich einem brutalen Staat gegenüber solidarisch erklärt hatte, überhaupt nicht beschützen konnte. Die eine Mentalität entspricht keinem bisher bekannten Beispiel vernünftigen menschlichen Denkens und Verhaltens, die andere Bestrebung dagegen widerspricht nicht nur dem gesunden Menschenverstand, sondern auch allen möglichen Erfahrungen bisheriger Kriegsführung.

Um die einander gegenüberstehenden Sprachen der Isolation und der Separation gegenseitig verstehen zu können, bedürfte es einer ungeheuren linguistischen, anthropologischen und ethnologischen Feldforschung, und die gesammelten Daten müßten von der Systemtheorie mit Unterstützung von Philosophen, Historikern und Soziologen aufgearbeitet werden. Diese Arbeit würde die besten Köpfe aller europäischen Nationen für eine ganze Weile beanspruchen. Man müßte akkurat eine dreidimensionale geistige Landkarte Europas zeichnen. Der erste Schritt wäre, die personellen und technischen Voraussetzungen dieser interdisziplinären Arbeit zu schaffen. In der zweiten Phase wären jene kulturellen, religiösen und ethnischen Grenzen und Brüche zu erfassen, entlang deren in Europa traditionell Kommunikationsschwierigkeiten entstehen und Konflikte ausbrechen. In der dritten Phase wäre aufzudecken, was die Betroffenen entlang dieser Grenzen und Brüche unter allgemein gebräuchlichen Begriffen und Wörtern verstehen, was sie verstehen möchten, wie sie den Wort- und Begriffsgebrauch derer verstehen und bewerten, die auf der anderen Seite der Grenze leben, und diese Auffassungen mit all den ihnen anhaftenden magischen und mythischen Riten und Gewohnheiten müßten in sämtlichen europäischen Sprachen aufgezeichnet werden. Schon in dieser Phase erhielten wir ein riesiges, vielsprachiges Wörterbuch, das man nach dem Prinzip eines Kaleidoskops bewegen könnte. Der vierte Schritt wäre, diese parallelen Beschreibungen aus sämtlichen europäischen Sprachen wieder rückzuübersetzen in die Sprache der unter Konflikten leidenden oder mit Kommunikationsschwierigkeiten kämpfenden Parteien, und diese müßten in einer der großen Vermittlungssprachen auf alle sie betreffenden Reflexionen antworten. Das Bild würde dann zum erstenmal in seiner ganzen kulturellen Plastizität vor uns hingestellt, zum erstenmal von allen Seiten sichtbar gemacht. Auf der anderen Seite würde das Eigene, das Lokale, das Spezielle mit den gesamten Konnotationen in das Material der großen Vermittlungssprachen einfließen, welche gegenwärtig die nationalen, ethnischen, religiösen und regionalen Konnotationen der einzelnen Begriffe nicht nur nicht aufdekken oder sich aneignen, sondern im Gegenteil den Regeln ihrer eigenen Gegebenheiten und Philosophien entsprechend einschmelzen, verdecken oder wie unnützes Geröll beiseite schieben – bis zum nächsten Konflikt. In einer fünften Phase müßte man jedes einzelne Stichwort der Arbeit in dieser mehrfach reflektierten Form in allen europäischen Sprachen darstellen, und weil es so in den vielfarbigen Raum der verschiedenen Auffassungen, Philosophien, Sprachen und Interpretationen hineingestellt wäre, würden modellhaft die Analogien, Symmetrien und Ausnahmen sichtbar werden. Um präzise über das reden zu können, worüber wir reden müßten und offenbar reden möchten, wäre zuerst die erste Große Europäische Enzyklopädie zu erstellen.

Die mit ihrer eigenen Animalität stets zufriedene und im eigenen Opportunismus stets verzweifelt erstickende europäische Praxis erklärt jeden solchen oder ähnlich verrückten Vorschlag zum Hirngespinst und vergißt ihn eine halbe Stunde später. Sie geht andere Wege. Würden sich Leute mit dem notwendigen Verstand aber dennoch auf dieses geistige und mentale Arbeitsabenteuer einlassen, würde schon nach den ersten Schritten klar werden, daß drei große, mit politischer Bedeutung erfüllte Begriffe – Westeuropa, Osteuropa, Mitteleuropa – wegen ihrer Undifferenziertheit in Zukunft nicht mehr zu gebrauchen sind.

Es würde klar werden, daß diese der Geographie entlehnten Begriffe im Kalten Krieg und in der Epoche der friedlichen Koexistenz es den Demokratien möglich machten, die eigene Separation gegenüber der territorialen Isolation der Diktaturen zu benennen. Seit 1989 dürften diese beiden einander bedingenden Bestrebungen theoretisch keine Funktion mehr haben und auch die Begriffe keine weitere Relevanz besitzen, hätten nicht Kalter Krieg und friedliche Koexistenz auf beiden Seiten eine die Mentalität von mehreren Generationen bestimmende, sehr markante Sozialisation mit sich gebracht und hätte man seitdem auf beiden Seiten die Strukturen der diktatorischen und demokratischen Institutionen den gemeinsamen Ansprüchen gemäß verändert. Das letztere ist nicht geschehen. Im Gegenteil. Die alten Demokratien sichern mittels dieser Begriffe bis zum heutigen Tage die eigene Separation und verdecken die eigenen Strukturprobleme, was natürlich ihren eigenen universellen Ansprüchen widerspricht, ebenso, wie man sich in den neuen Demokratien dieser Begriffe bedient, um jene geistigen und mentalen Strukturen fortdauern zu lassen, die das Überleben der diktatorischen Institutionen sichern und ein Erstarken demokratischen Denkens verhindern.

Die Grenzen und Brüche, die es nicht möglich werden lassen, daß sich Europa als eigenständige Macht definiert oder sich zumindest mit der Erfahrung der beiden Weltkriege im Rücken auf die eigenen Füße stellt, verlaufen ganz woanders und auf ganz andere Art, als es im Interesse der Erhaltung der opportunistischen Praxis behauptet wird. Gäbe es ein paar Menschen, die an einer solchen großen europäischen Enzyklopädie zu arbeiten anfingen, dann wäre wahrscheinlich das ihre nächste Erkenntnis.

Es gibt eine starke mentale Trennungslinie zwischen Monarchien und Republiken. Es gibt eine noch größere Bruchlinie zwischen Kolonialmächten und den europäischen Nationen oder Staaten, die niemals oder doch keine bedeutenden Kolonien hatten beziehungsweise selber unter kolonialer Unterdrückung zu leiden hatten. Innerhalb dessen gibt es einen sehr bedeutenden Unterschied zwischen denen, die ihre Kolonien fast ohne Widerstand entließen oder verlorengaben, und denen, die mit brutalen Mitteln um ihre Erhaltung kämpften. Der Kern der Europäischen Gemeinschaft wird von den einstigen Kolonialmächten gebildet. Was anders auch kaum möglich wäre, da die europäische Administration nur mit Hilfe dieser Großmachterfahrungen zu bewältigen ist. Zu dieser für die Leitung der Gemeinschaft notwendigen Erfahrung tritt jedoch ein System von Gesten unreflektierter Großmachtsaspirationen hinzu, mit dem England und Frankreich geradezu fahrplanmäßig die perspektivischen Bemühungen um die europäische Integration durchkreuzen und dazu dann fast immer Deutschland an ihre Seite bestellen, das schon durch eine solche, allein seinem Machtpotential entspringende Sonderposition geschmeichelt ist.

Die koloniale Grundlage der Europäischen Gemeinschaft wird heute in erster Linie nicht von dem Schatz künstlerischer und materieller Werte gebildet, der dem über mehrere hundert Jahre dauernden Menschenhandel, der Sklavenhaltung und der Plünderung der Welt entstammt, sondern von dem ungeheuren Wissen, das sich aus der Erfahrung ergibt, jahrhundertelang fremde Welten regiert zu haben. Dieses Wissen verleiht jenen Gesellschaften eine disziplinierte innere Struktur, eine exzeptionelle Selbstbeherrschung, über die wahrscheinlich nur die Spanier, die Franzosen, die Holländer und die Engländer verfügen. Unter dem Aspekt der virtuellen europäischen Gemeinschaft ist es allerdings nicht ganz gleichgültig, ob dieses Wissen nun ein reflektiertes, humanisiertes Wissen ist oder nicht. Im Bosnienkrieg erschien es unreflektiert, roh und animalisch. Als General Janvier seine in Gefangenschaft geratenen Soldaten nur um den Preis befreien konnte, daß die holländischen Blauhelme die Hände in den Schoß legen und zusehen mußten, wie die ihrer Obhut anvertrauten Bürger von Srebrenica verschleppt und niedergemetzelt wurden, legte Frankreich bei der Vermittlung durch seinen Präsidenten Chirac seine eigenen universellen Prinzipien einfach beiseite, um mit der anderen Hand die aus dem Algerienkrieg zurückgebliebene, unreflektierte koloniale Praxis aus der Tasche zu ziehen.

Und dann gibt es eine noch bedeutendere, historisch noch tiefergehende Trennungslinie zwischen den einzelnen europäischen Völkern, Nationen und Staaten, und zwar den Unterschied im Niveau ihrer Urbanisierung. Mitunter verlaufen die Grenzen dabei nicht zwischen Staaten, sondern zwischen Regionen. Östlich der Donau lebt man in Ungarn auf einem völlig anderen Niveau der Urbanisierung als westlich der Donau, wie auch im Norden Deutschlands die Mentalität der Urbanisierung eine andere ist als im Süden. Und dann gibt es Nationen mit einer eigenen Philosophie, es gibt Nationen, die zwar Philosophen haben, aber keine eigene Philosophie, und es gibt auch solche in Europa, die nicht einmal Philosophen haben. Es gibt Nationen, deren Geschichte in der Neuzeit eher unter dem Einfluß der Reformation, und solche, deren Geschichte eher unter dem Einfluß der Aufklärung stand. Eine wichtige Trennungslinie verläuft zwischen den europäischen Staaten, deren Geschichte voll demokratischer Erfahrungen ist, und denjenigen, die eher in der Geschichte der Diktaturen und der Tyrannei bewandert sind. Europa ist bezüglich Ausrüstung und technischer Entwicklung in sich erheblich voneinander unterscheidende Zonen aufzuteilen, was bedeutet, daß in bestimmten Zonen der Geist der Produktivität, in anderen aber allenfalls der Geist der Reproduktivität herrscht, das heißt, es gibt auch Zonen, wo nicht einmal das der Fall ist. Die durch den Kalten Krieg erfolgte Teilung des Kontinents hat aber eine Spezialität bleibender Art, und in diesem Sinne ist die geographische Unterscheidung tatsächlich brauchbar. Im westlichen Teil Europas gab es eine bürgerliche Emanzipation, die als abgeschlossen anzusehen ist, im östlichen Teil hingegen leben in jeder Hinsicht unemanzipierte Menschen. Sie sind als Kinder unemanzipiert, als Frauen und Männer unemanzipiert, unemanzipiert, wenn sie schwul sind, und alle zusammen sind sie auch dem Staat gegenüber unemanzipiert. Angesichts dieser tiefen geographischen Trennungslinie kommt es einem vor, als lebten zu beiden Seiten zwei verschiedene Spezies. Und dann gibt es da noch die bekannten religiösen Grenzen und Abgründe zwischen Katholiken und Protestanten, zwischen katholisch-protestantischem und orthodoxem Glauben, zwischen Christen und Muslimen, welche die wohlbekannte Landkarte auf eine mit dem Vorangegangenen nicht übereinstimmende Weise von neuem umschreiben.

Über das Phänomen, warum Serben mit dem Segen ihrer Popen Albaner ermorden, wissen wir heute nicht mehr und nicht weniger als darüber, warum ausgewachsene irische Männer an gewissen Tagen des Jahres im Namen Christi mit ihren Stammesabzeichen durch gewisse Stadtteile marschieren wollen und warum diese rituell blutige Sinnlosigkeit an anderen Tagen des Jahres von den ausgewachsenen Mitgliedern des anderen Stammes wiederum im Namen Christi erwidert wird.

Universalistischen Vorstellungen und Ansprüchen kann nur ein umfassendes und gut strukturiertes Wissen Inhalt verleihen. Die demokratischen europäischen Regierungen und die europäische öffentliche Meinung besitzen ein solches systematisches Wissen heute weder im Krieg noch im Frieden.

*Deutsch von Terézia Mora*

## *Entstehungs- und Publikationsdaten*

Wort und Strich *(Szó, vonás)*, 1991

Heimkehr *(Hazatérés)*, 1985

Deutsch zuerst 1992 als Sonderpublikation des Rowohlt Berlin Verlages anläßlich der deutschen Ausgabe von Péter Nádas' Roman «Buch der Erinnerung»

Der Schatten des Meisters *(A mester árnyéka)*, 1991

Zum 70. Geburtstag von Miklós Mészöly, vorgetragen am 17. 1. 1991 bei einer Feierstunde des Goethe-Instituts in Budapest. Deutsch zuerst veröffentlicht in der «FAZ» v. 6. 4. 1991

Ein zu weites Feld (Originaltitel), 1992

Vorgetragen im April 1992 auf einem von der Stiftung Niedersachsen veranstalteten Literatur-Colloquium zur Krise des Romans; erstveröffentlicht in der «Frankfurter Rundschau» v. 16. 5. 1992

Göttlicher Teil, menschliches Ganzes *(Isteni rész, emberi egész)*, 1986

Melancholie *(Mélabú)*, 1987

Hamlets Freiheit *(Hamlet szabad)*, 1977

Pina Bausch, Philosophin der Körper *(Pina Bausch, a testek filozófusa)*, 1995

Die Tagebücher Thomas Manns *(Thomas Mann naplóiról)*, 1989

Helen (Originaltitel), 1992
Vorgetragen im November 1992 in den Münchner Kammerspielen in der von der Bertelsmann Verlag AG veranstalteten Reihe «Reden über Deutschland»; erstveröffentlicht im «FAZ»-Magazin v. 15. 1. 1993

Wer was wie und wie was wen bezeichnet *(Mi, mit jelent, nekem, neked)*, 1992
Deutsch zuerst in «DU», 3/1992

Unser armer, armer Sascha Anderson *(Szegény, szegény Sascha Anderson)*, 1992
Erstveröffentlicht in Kursbuch 108, Juni 1992

Schicksal und Technik *(Sors és technika)*, 1993
Vortrag vor der Alfred Herrhausen Gesellschaft für internationalen Dialog am 23. 3. 1993 in Frankfurt a. M.; abgedruckt in Kursbuch 112, Juni 1993

An den trüben Quellen des Scheins *(A látszat zavaros forrásainál)*, 1995
Dankrede beim Empfang des Leipziger Buchpreises zur Europäischen Verständigung am 24. 3. 1995 in Leipzig

Der betäubte Schmerz *(A megakadt fájdalom)*, 1995
Erstveröffentlicht in der «FAZ» v. 2. 12. 1995

Weltbürger und Ziegenbock *(A világpolgár és a kecskebak)*, 1999
Erstveröffentlicht in der «ZEIT» v. 15. 7. 1999